DESEO

AF274439

ANNA CLEARY

SOLO SI
ME AMAS

Editado por Harlequin Ibérica.
Una división de HarperCollins Ibérica, S.A.
Avenida de Burgos, 8B - Planta 18
28036 Madrid
www.harlequiniberica.com

© 2025 Harlequin Ibérica, una división de HarperCollins Ibérica, S.A.
N.º 561 - 24.4.25

© 2010 Anna Cleary
Solo si me amas
Título original: Wedding Night with a Stranger

© 2014 Catherine Schield
Sabor a tentación
Título original: A Taste of Temptation

© 2011 Olivia Gates
Sitio para dos
Título original: The Sarantos Secret Baby
Publicadas originalmente por Harlequin Enterprises, Ltd.
Estos títulos fueron publicados originalmente en español en 2014, 2015 y 2011

I.S.B.N.: 978-84-1074-529-2
Depósito legal: M-2446-2025
Impreso en España por: BLACK PRINT
Fecha impresión para Argentina: 21.10.25
Distribuidor exclusivo para España: LOGISTA
Distribuidor para México: Distibuidora Intermex, S.A. de C.V.
Distribuidores para Argentina: Interior, DGP, S.A. Alvarado 2118.
Cap. Fed./Buenos Aires y Gran Buenos Aires, VACCARO HNOS.

Capítulo Uno

Ariadne se apoyó en la barandilla del balcón y consideró lanzarse al mar. Si la encontraban flotando boca abajo, no le serviría de gran cosa a Sebastian Nikosto, que se vería obligado a buscar esposa en otro lado. Aunque hacía mucho calor, la bahía de Sídney parecía fría y profunda. Y saber que sus padres se habían ahogado en esas aguas no las hacía precisamente atractivas.

La vista era espectacular, pero la alegría de regresar a Australia se había esfumado. Jamás se había sentido tan extraña en un lugar, y le parecía increíble que hubiera nacido allí.

Regresó al interior de la suite del hotel y se dejó caer sobre la lujosa colcha mientras tomaba el folleto con la información turística que le había subyugado. La garganta Katherine. Uluru. ¡Qué emoción había sentido! Lo triste era que esos placeres no le habían sido reservados a ella. Estaba allí para encadenarse a la cama de un extraño.

A no ser que huyera de allí. Un atisbo de esperanza le surgió de nuevo. El tal Sebastian Nikosto no había aparecido en el aeropuerto. ¿Habría cambiado de idea?

El teléfono sonó y Ariadne dio un salto. ¿Sería

su tía para disculparse por haberla engañado? ¿Para aclararle lo del error de la reserva del hotel?

—Buenas tardes, señorita Giorgias —sonó la voz del recepcionista—. Tiene visita. Un tal señor Nikosto. ¿Desea recibirlo en el vestíbulo o le facilito su número de habitación?

—¡No! —exclamó ella—. Bajo ahora mismo.

Con mano temblorosa colgó el teléfono. Iba a tener que explicarle a Nikosto que era Ariadne Giorgias, ciudadana australiana, no una mercancía con la que se podía comerciar.

Su rostro estaba más pálido que sus rubios cabellos, y sus ojos habían adquirido el color azul oscuro típico de cuando se enfadaba o asustaba.

Sentía las piernas entumecidas y, camino del ascensor, intentó calmar los nervios con algún pensamiento positivo. Australia era un país civilizado donde las mujeres no podían ser sometidas. En realidad sentía cierta curiosidad por averiguar qué clase de hombre caería tan bajo como para pujar por una esposa en el siglo XXI. ¿Tan viejo era, que vivía anclado en las tradiciones del pasado? ¿Tan repulsivo como para no tener otra elección?

En cualquier caso, iba a negarse a entrar en el juego. No en vano era la famosa prometida que había dejado plantada a una de las mayores fortunas de Grecia en el altar.

Pero al salir del ascensor y ver a ese viejo obeso junto a la recepción, sintió que la sangre abandonaba su corazón. El hombre saludó con la mano a un grupo de personas y se alejó de ella.

No era él. Una ligera sensación de alivio le recorrió momentáneamente el cuerpo.

Con mirada ansiosa recorrió el vestíbulo y se detuvo en otro hombre que estaba solo. Era alto y delgado, vestido con un traje negro. Estaba de pie junto a la puerta, con el móvil pegado a la oreja. Caminaba de un lado a otro con paso ligero y enérgico y, de vez en cuando, gesticulaba con evidente impaciencia.

De repente se volvió hacia ella y los nervios se le pusieron a flor de piel. Era evidente que había llamado su atención, pues el hombre se encogió de hombros. Colgó el móvil y lo guardó en la chaqueta.

El hombre cruzó el vestíbulo hacia ella. De más cerca se hizo evidente lo atractivo que era. Delgado, hermoso, el típico griego, aunque también lucía el porte atlético del típico australiano. ¿Para qué necesitaría un hombre así encargar una esposa?

Aparentaba unos treinta y tres o treinta cuatro años. Quizás ese hombre era su sobrino o su primo…

—¿Es usted Ariadne Giorgias? —preguntó él tras detenerse a pocos metros de ella.

Tenía una voz grave y hermosa, pero fueron los ojos los que la cautivaron, de color marrón chocolate bordeados por oscuras pestañas, resultaban hechizantes. Esos ojos la miraron de pies a cabeza con frialdad. Era evidente que estaba calibrando si sus pechos, piernas y caderas merecían el precio.

—Sí, soy Ariadne Giorgias —asintió ella sonrojándose de ira y humillación–. ¿Y usted es…?

La rigidez en el tono de la joven confirmó las expectativas de Sebastian. La señorita Ariadne Giorgias, de la dinastía naviera Giorgias, y posible esposa suya, era tan rica como malcriada. A pesar de la irritación que sentía por la trampa en la que se había metido, estudió con curiosidad el rostro de esa mujer que podría terminar siendo su esposa.

Y aunque ese rostro no tenía nada que ver con su ideal de belleza femenina, debía admitir que guardaba cierta simetría. Tenía una piel suave, casi translúcida, y unos impresionantes ojos azules. Los labios carnosos resultaban especialmente tentadores, dulces. Una mezcla de inocencia y sensualidad. La boca de una sirena.

Podría haber sido peor. Cuando un hombre era chantajeado para casarse, lo menos que podía esperar era que la mujer resultara mínimamente presentable.

Tenía los cabellos de un color rubio ceniza, más claros que en la foto que había enviado el magnate. Para alguien que admirara esa clase de belleza, resultaba casi hermosa. Era algo más baja de lo que había esperado, aunque los vaqueros y la chaqueta de diseño revelaban que era delgada. El pecho era bonito y la cintura tan fina que podría abarcarla con una mano. Iba bien vestida, sin exagerar. Las joyas eran escasas, aunque de alta gama.

Fue consciente de que el pulso se le aceleraba y concluyó que era atractiva gracias a esos preciosos ojos. Estaba pálida, seguramente a causa de los nervios.

Debería estar nerviosa. Y más que iba a estar cuando comprendiera la clase de hombre que había tenido la osadía de intentar incorporar a sus posesiones.

—Sebastian Nikosto —se presentó al fin mientras le ofrecía una mano.

Ariadne no hizo el menor movimiento. Jamás tocaría a ese hombre. No si podía evitarlo.

—Su tío dispuso que nos conociésemos y que yo le enseñase Sídney —Sebastian arqueó las cejas, señal de que había captado el sutil rechazo.

—Entiendo —susurró ella—. ¿De modo que era usted quien debía ir a buscarme al aeropuerto?

—Me disculpo por no haber podido acudir. El martes siempre es un día muy ocupado en el trabajo y me temo que me vi atrapado —sonrió—. Supuse que tendría experiencia en esta clase de cosas —la voz, a fuerza de ser suave, resultaba cortante—. Y aquí está. Sana y salva.

¿A qué cosas se refería? Ariadne se preguntó qué habría oído ese hombre sobre ella. ¿Había llegado hasta esa parte del mundo la noticia de su fracasada boda? «Experiencia» no era una palabra inocua. ¿Había dado por hecho que se trataba de una chica fácil con la que se podía comerciar como si de ganado se tratara?

—No se preocupe —fingió quitarle importancia.

Pensó en la mañana que había pasado esperando a que alguien fuera a buscarla al aeropuerto, el miedo y la agonía, y la indecisión tras ser engañada para subir a ese avión. Había rezado para que, en contra de todas las probabilidades, lo hubiera entendido mal y que algún miembro de la familia Nikosto la estuviera esperando con los brazos abiertos para invitarla a su cálido hogar. Había dudado entre dirigirse al hotel o huir a algún lugar seguro. Salvo que no conocía ningún lugar seguro allí.

El único y vago conocimiento que tenía de Australia, aparte de los recuerdos del hogar de sus padres y la escuela infantil, era la casa junto a la playa a la que le habían llevado para conocer a una pariente lejana de su madre. Pero no sería capaz de recordar dónde estaba.

Ni siquiera le servía como disculpa. ¿Tanto le habría costado interrumpir el diseño de uno de sus satélites, o lo que fuera que diseñara? ¿Acaso esperaba que la novia que había encargado se entregara ella misma a domicilio?

–Siento mucho haberle alejado de su trabajo –continuó ella en un tono edulcorado–. Quizás hubiera preferido retrasar este encuentro.

–En absoluto, señorita Giorgias –él enarcó una ceja–. Estoy encantado de conocerla.

El tono suave no consiguió ocultar el muro de hielo envuelto en el elegante traje azul marino y camisa azul celeste, unos colores que le acentuaban el bronceado de la piel y el color negro de los cabellos.

Y de repente, como si el hielo hubiera despertado al macho, los ojos oscuros emitieron un fugaz destello y se detuvieron en la sensual boca unos segundos más de lo necesario.

Ariadne se apartó ligeramente, furiosa con la reacción de su propio cuerpo ante la inquietante atmósfera que rodeaba a ese hombre. Sin duda era un amasijo de testosterona.

–No sé muy bien qué le contó mi tío, señor Nikosto, pero estoy aquí de vacaciones. Nada más.

Sebastian la observó con expresión indescifrable antes de dinamitar cualquier pretensión de inocencia que ella pudiera intentar introducir en la situación.

–Yo pensaba que Pericles Giorgias podría comprarle a su sobrina un marido en cualquiera de las grandes casas de Europa, señorita Giorgias –de nuevo su mirada recorrió el cuerpo de la joven, dejando patente lo deseable que le resultaba–. Me sorprende haber recibido tamaño… honor. Y, por supuesto, también me siento halagado.

Sin embargo, el destello de los ojos marrones no tenía nada que ver con el honor o el halago. Ese hombre estaba enfadado. ¿Tanto le había decepcionado? No es que quisiera que la deseara, pero el insulto le hirió en lo más profundo.

–Lo que a mí me sorprende es que un hombre como usted pueda ser comprado –bromeó ella, aunque con voz temblorosa.

–Será mejor que sepa qué ha comprado, señorita Giorgias –Sebastian la taladró con la mirada–. Explíqueme qué tiene pensado hacer conmigo en cuanto me tenga atrapado.

Ariadne intentó suprimir la imagen de ese cuerpo desnudo en una enorme cama, con ella entre sus brazos. Pero no lo haría, y era imposible que él pretendiera…

¿Qué le había prometido su tío? Rebuscó en su mente algo que minimizara el ultraje cometido contra su independencia.

–Mi tío organizó estas vacaciones simplemente para que pudiésemos conocernos. Nada más. Para ver si había alguna posibilidad de… –sintió las mejillas arder hasta las orejas y se enfureció ante su propia debilidad–. No hay nada más.

–Claro, por supuesto –los finos labios se curvaron en un gesto de incredulidad–. Pero intente comprenderlo, señorita Giorgias. Soy un tipo serio. No soy un famoso piloto de carreras o un príncipe con tiempo de sobra para dedicarlo a entretenerla las veinticuatro horas del día. Por si no lo sabe, algunas personas trabajamos.

–Pues preferiría que no me dedicara ni un instante de su vida, señor Nikosto –ese hombre era tan frío y antipático que no pudo reprimir el estallido emocional.

De inmediato comprobó el impacto provocado por sus palabras. La oscura mirada le provocó un estremecimiento por todo el cuerpo.

Por primera vez Sebastian se fijó en las oscuras sombras bajo los ojos azules, en el rápido y fuerte pulso que le latía en el delicado cuello. Con una repentina sacudida en el pecho se vio a sí mismo, un bruto, manteniendo a raya a una delicada criatura.

Una criatura con sensibilidad, nervios y ansiedades. Con unos deliciosos pechos. Una criatura que pronto podría ser suya.

Si firmaba el contrato.

Los labios le temblaron y, en contra de su voluntad, en contra de todas las probabilidades, la sangre comenzó a hervirle. ¡Demonios, qué boca tan deseable, y cómo le gustaría besarla!

Ariadne sintió cambiar la tensión que emanaba del atlético cuerpo. El hombre se acercó a ella y pudo percibir el agradable aroma de una colonia masculina. Sus receptores sexuales se pusieron repentinamente en alerta. Debajo de la camisa azul latía un corazón rodeado de carne, sangre y potentes músculos.

—Sebastian, por favor —sugirió él—. Escucha, eh, Ariadne. ¿Puedo llamarte Ariadne?

Ella se encogió de hombros.

—Sea cual sea el aparente motivo de tu estancia aquí, he accedido a desempeñar mi papel. A no ser que prefieras anularlo todo —su expresión se tornó repentinamente seria.

Se trataba de un ultimátum, y el corazón de Ariadne falló un latido. ¿Qué pasaría si telefoneaba a su tío para informarle de lo poco colaboradora que se estaba mostrando? Después del truco del avión, no contaba con su tío para solucionar el embrollo. Y de repente se le ocurrió que la equivocación en la reserva del hotel podía no serlo tanto. Con el dinero limitado, e incapaz de pagar las treinta noches en ese hotel, quizás se viera obligada a suplicar la generosidad de ese hombre.

11

Y comprendió desolada que quizás era lo que habían planeado desde un principio. Las palabras de su tío regresaron a su mente con aterradora claridad.

–Los Nikosto son buena gente –había asegurado Peri Giorgias cuando ella aún no tenía ni idea de lo que tramaba–. Te cuidarán bien. Me figuro que en nada de tiempo te sacarán de ese hotel para instalarte en la villa de la familia.

La villa de la familia Nikosto. Sin embargo, no era la familia Nikosto la que tenía ante ella. Era un miembro furioso y frío de la familia Nikosto.

Hasta que pudiera hablar de nuevo con sus tíos, lo más inteligente sería seguirle el juego.

–No, no –miró fijamente a Sebastian–. Agradezco tu… amabilidad –la voz se le quebró.

Sebastian entornó los ojos y las mejillas se le sonrojaron ligeramente.

–Muy bien –contestó con brusquedad–. ¿Cenamos esta noche? Te recogeré a las siete –los ojos se posaron de nuevo en los carnosos labios–. Alguna vez habrá que empezar.

Ariadne caminó de un lado a otro del salón de la suite. La estratagema de su tío la había colocado en una situación imposible. ¿Qué le habían ofrecido a ese hombre por casarse con ella? Se sentía avergonzada. Avergonzada de su tío y de sí misma y el lío en el que se había metido al creerse enamorada de ese embaucador, Demetri Spiros.

No se atrevió a imaginarse qué sucedería si Sebastian Nikosto averiguaba lo de la boda.

–No habrá un solo hombre en toda Grecia que quiera tocarte ahora –había dicho su tío.

Pero hasta su tío comprendería que, si alguna vez conseguía casarse con alguien, aunque ese alguien estuviera comprado, tendría que ser informado del escándalo.

«Por si no lo sabe, algunas personas trabajamos», las palabras de Sebastian regresaron a su mente, como si diera por hecho que carecía de profesión. ¿Esa impresión causaba?

La próxima vez que lo viera le explicaría la clase de mujer que era y que, ni por un segundo, podía pensar que alguna vez estaría disponible para él.

Superada la furia inicial, se sentó en la cama y se obligó a razonar. En Atenas era de día. Su tío estaría camino del trabajo y su tía dedicada a su aseo personal, o dándole instrucciones a la asistenta. Tía Leni era una mujer afectuosa y fácil de tratar, y por eso su colaboración en el engaño le había impactado tanto.

Se cubrió el rostro con las manos, incapaz de aceptar lo sucedido. ¿Lo habían hecho para castigarla? Había creído ciegamente en su bondad. Tras el accidente, cuando ella contaba siete años, la habían llevado con ellos a Naxos. Aunque mayores que sus padres, sus tíos habían hecho todo lo posible por reemplazarlos. A su anticuada manera, la habían amado, protegido hasta hacerle sentirse realmente agobiada al cumplir los dieciocho años.

¿Cómo no había visto la verdadera razón de esas vacaciones? ¿Cuándo la había animado el tío Peri a salir de Grecia sin ellos? Cada paso que había dado desde los siete años lo había dado bajo su estricta supervisión, como si fuera la persona más valiosa del planeta.

Incluso durante la época del internado en Inglaterra, la tía Leni, o el tío Pericles, iban a buscarla cada fin de semana o en vacaciones. Después de que hubiera regresado a Atenas para estudiar en la universidad, había sabido que uno de los jardineros del internado era un guardaespaldas.

Resultaba irónico. Había sido su más preciada joya, pero desde que los había defraudado y provocado el escándalo había perdido su brillo. En su mente tradicional, seguían pensando que el honor de una familia residía, en gran parte, en los matrimonios de los hijos, y en los nietos de los que pudieran presumir.

Sus tíos nunca habían dejado de lamentar la falta de hijos propios y habían puesto todas sus esperanzas en su hija adoptiva.

–Te gustarán los Nikosto –le había insistido el tío Peri–. Son buena gente. Te cuidarán bien. Mi padre y el viejo Sebastian se reunían en la taberna cada noche, y así durante cincuenta años. Eran los mejores amigos.

–Te hará mucho bien, *toula* –la tía Leni la había abrazado con fuerza–. Ya era hora de que visitaras tu país.

–Yo creía que mi país era Grecia.

–Y lo es, pero es importante que veas la tierra en que naciste. Admítelo, has perdido el trabajo, has perdido tu apartamento, la gente murmura sobre ti. Necesitas un respiro.

En realidad eran ellos los que necesitaban el respiro. Un respiro de su presencia, de la vergüenza que había arrojado sobre ellos.

–Sebastian irá a buscarte al aeropuerto –habían sido las últimas palabras de su tía.

–Y no vuelvas sin un anillo en el dedo y un marido en la maleta –la sonora risa de su tío la había acompañado más allá de la puerta de embarque.

Debería haberse dado cuenta. Hasta ese momento, el nombre de Sebastian apenas había sido mencionado. Pero no fue hasta que la azafata empezó a hablar de salidas de emergencia que la realidad se hizo patente.

–¡Tío, tío! –exclamó con voz temblorosa cuando su padre adoptivo contestó la llamada–. ¿Se trata de alguna clase de arreglo matrimonial? Quiero decir que no habrás firmado algún acuerdo con Sebastian Nikosto, ¿verdad?

–Deberías agradecer que tu tía y yo nos hayamos ocupado del asunto –su tío siempre bravuconeaba cuando se sentía culpable.

–¿Cómo? ¿A qué te refieres?

–Sebastian Nikosto es un buen hombre.

–¿Qué? ¡No! Debes estar bromeando. No puedes hacerlo. No ha sido decisión mía.

–¡Decisión! –la voz de su tío resonó con fuerza–. Mira adónde te han llevado tus decisiones.

Tienes casi veinticuatro años y no hay un solo hombre en Grecia, en toda Europa, dispuesto a tocarte. Y ahora sé buena chica y haz lo correcto.

—Pero si ni siquiera lo conozco. Estoy de vacaciones. Me prometiste… dijiste…

Las lacrimógenas protestas fueron interrumpidas por el auxiliar de vuelo.

—Señorita —el joven se inclinaba sobre ella diciéndole que apagara el móvil.

—No puedo —le informó ella—. Lo siento —intentó explicarle al ceñudo joven—, tengo que… —agitó una mano en el aire y regresó al teléfono—. *Thio* Peri, no puedes hacerme esto. Va en contra de la ley —cuando su tío le colgó, intentó volver a marcar.

—Señorita, por favor —insistió el auxiliar con creciente impaciencia.

—Es que se trata de una emergencia —se excusó ella antes de mirar por la ventanilla y comprobar que el avión ya estaba en movimiento—. ¡Oh, no! Tengo que bajarme.

Ariadne dejó caer el teléfono e intentó levantarse tras desabrocharse el cinturón.

—Señorita, por favor, siéntese. Está poniendo en peligro a los pasajeros.

El avión aceleró para despegar y ella cayó en el asiento. Sintió las ruedas elevarse y una profunda desesperación la inundó. Tenían que regresar. Había que informar al piloto.

Empezaban a dejar atrás los blancos tejados de Atenas cuando dos auxiliares de vuelo, más autoritarios que el primero, se acercaron a ella.

–¿Sucede algo, señorita Giorgias? ¿Está usted enferma?

–Es por mi tío. Él… –el avión ya volaba sobre el mar de nubes–. Tenemos que regresar. Ha habido un error. ¿Podría informar al piloto, por favor?

No le pasó desapercibido el rápido intercambio de miradas. Las imágenes de los titulares de prensa se materializaron en su cabeza: «Ariadne Giorgias provoca un altercado en un Airbus. Ariadne de Naxos de nuevo en apuros».

Otro escándalo. Más vergüenza. Más burlas a su costa.

Y al final había pedido disculpas y se había abrochado de nuevo el cinturón.

Pero no podía limitarse a ceder sin más. Quizás estuviera sola en una habitación de hotel en la otra punta del mundo, sin nadie a quien acudir salvo un hombre que la despreciaba, pero no iba a ceder al pánico. Tenía que mantener la cabeza fría y encontrar una solución.

Pero antes debía ser práctica. Su cuenta bancaria estaba casi a cero, salvo por el dinero para gastar en las vacaciones. Dinero para vacaciones. Qué cruel broma del destino.

Respiró hondo y marcó el número de teléfono privado de la tía Leni en Atenas.

–¿Eleni Giorgias?

–¡No, *toula*, no…! No lo hagas. Tu tío lo ha hecho por tu bien. Todo saldrá bien.

–Ha habido un error en la reserva del hotel –el corazón de Ariadne se aceleró ante el tono de

17

preocupación de la voz de su tía–. Resulta que la reserva solo está hecha para una noche, y ni siquiera está pagada. Además, cuando me presenté ante el organizador de las excursiones, resulta que mi nombre no estaba en la lista. Se suponía que el tío iba a pagar mi estancia de cuatro semanas…

–¿No está pagado? –preguntó su tía–. ¿Cómo…? –de repente su voz se hizo más alegre–. Ya lo entiendo, *toula*, no necesitarás quedarte en ese hotel mucho tiempo.

–*Thea*, ¿qué me estás pidiendo que haga? –la crudeza de la jugada fue como una puñalada–. ¿Esperas que me arroje directamente a la cama de ese hombre?

–Yo no te estoy pidiendo nada, salvo que le des una oportunidad a Sebastian –la vergüenza, o quizás la culpabilidad, hizo que la voz de su tía sonara aguda–. Es un buen hombre. Y está dispuesto a casarse contigo. Es rico e inteligente, un genio con los satélites.

–Él no quiere casarse conmigo, *thea* –gritó Ariadne–. No estoy hecha para ser una esposa.

–No digas eso nunca, Ariadne –la otra mujer soltó una exclamación–. ¿Dónde está tu gratitud? Plantaste a tu prometido en el altar deshonrando a los Giorgias y los Spiros.

La emoción le provocó a Ariadne un nudo en la garganta. Lo entendía. Tras todos sus desvelos para mantenerla pura antes del matrimonio, a los ojos de su puritano mundo había sido desflorada, deshonrada, y aún no tenía marido.

–Ya te lo expliqué. Me fue infiel, y tú lo sabes. Tenía una amante.

–No seas inmadura, Ariadne –Leni suspiró–. Si quieres tener hijos, tendrás que comprometerte, y aguantar ciertas… cosas. De todos modos, esta discusión no tiene sentido. Tu tío no cambiará de idea.

–Ese hombre jamás tomará por esposa a alguien que no esté dispuesta. Si lo conocieras, te darías cuenta. No es… él es australiano. ¿Podrías, por favor, transferirme una cantidad de dinero suficiente para pagar la cuenta del hotel?

–*Toula* –la voz de su tía estaba cargada de lágrimas–, si de mí dependiera, por supuesto que lo haría. Escucha, cuando estés casada, dispondrás de todo tu dinero. Tu tío te quiere y cree que esto es lo correcto. Solo quiere lo mejor para ti.

–Él siempre cree tener razón, pero esta vez no es así –contestó ella furiosa–. Y dile de mi parte que no hay manera de obligar a Sebastian Nikosto a casarse con una mujer que no esté dispuesta a ello. Jamás lo hará.

–Sí que lo hará –contestó Leni secamente tras un largo silencio–. Desde luego que lo hará.

–¿A qué te refieres? ¿Por qué lo dices?

–Bueno… –la voz de su tía pareció de repente más lejana–. Yo no sé nada de negocios, Ariadne. Tu tío dice que Sebastian es consciente de lo mucho que tiene que ganar con este matrimonio, y todo lo que puede perder si no acepta. Su empresa se hundirá.

Capítulo Dos

Sebastian entró en casa de sus padres. Debería estar en el despacho, decidiendo cómo reducir costes para evitar despedir personal, pero los sucesos habían desviado involuntariamente su atención en otra dirección.

Antes de dar otro paso en falso, necesitaba saber algunas cosas. Tenía que haber alguna explicación a por qué, entre todos los griegos elegibles del planeta, había sido seleccionado como prometido de la sobrina de Peri Giorgias.

La cláusula que Giorgias había añadido al contrato en el último momento le había parecido una extraña broma. El viejo zorro había elegido bien su momento. Con Celestrial a la deriva, el magnate sabía que, si rompía el trato, la empresa se hundiría.

Para cuando hubo asimilado que la excéntrica exigencia del viejo iba en serio, se había visto forzado a una amarga decisión. Aceptar a esa mujer y salvar la empresa, o marcharse y ver cómo se hundía todo lo que había construido.

Angelika, su madre, y Danae, su hermana estaban en la cocina discutiendo con la cocinera sobre la mejor manera de preparar un plato. Angelika interrumpió su diatriba con abrazos y una retahíla de preguntas sobre su dieta y hábitos de sueño. Danae escuchaba atenta con expresión divertida y algún asentimiento ocasional.

Sebastian fulminó a su hermana con la mirada. No le cabía la menor duda de que estaba absorbiendo la lección magistral para poder asfixiar a sus propios hijos llegado el momento.

–Mira qué delgado estás –lloriqueó su madre al estilo griego–. Necesitas una buena cena. Maria, ponle un plato. Hay musaka en la nevera. Danae, métela en una tartera para que se la lleve a casa. Enséñale a esa mujer cómo alimentar a un hombre.

–No gracias, Maria –Sebastian alzó una mano. Para su madre, una buena cena era la cura de casi cualquier mal–. Guárdalo otra vez. Sabes que tengo una asistenta a jornada completa. Y Agnes es muy sensible acerca de su cocina.

–¿Cocina? –bufó su madre–. ¿Qué cocina? Tu problema, hijo mío, es que estás demasiado absorto en tus satélites para darte cuenta de lo que tienes ante ti.

En ese momento aparecieron sus sobrinos, que corrieron hacia él contándole, a la vez, miles de cosas importantísimas. Sebastian escuchó con paciencia mientras Danae sonreía con orgullo.

–Basta ya –ordenó mientras revolvía los cabellos de sus dos sobrinos–. ¿Está Yiayia aquí?

–En el huerto –su madre señaló con la cabeza hacia el pasillo.

Sebastian se acercó a su abuela en silencio, no queriendo interrumpir una posible siesta. No debería haberse tomado tantas molestias. Vestida con un delantal de jardinero y los cabellos recogidos en un moño, la pequeña y frágil anciana intentaba colocar un tiesto de barro encima de un banco.

–De eso nada –Sebastian le quitó el tiesto de las manos–. Ya sabes lo que dijo el médico.

–Solo dicen tonterías –exclamó su abuela mientras Sebastian colocaba el tiesto en la selva tropical en miniatura que era el orgullo de la anciana–. ¿Qué sabrán ellos?

Tras quitarse los guantes, le ofreció la mejilla para recibir un beso.

–Bueno, *glikia-mou*, ¿qué tal te va? –la anciana se sentó en un sillón de mimbre.

La luz se filtraba entre las hojas y el invernadero estaba bañado en una luz verdosa.

Sebastian se obligó a relajarse, consciente de que estaba siendo observado por una astuta, casi sobrenatural, observadora de las debilidades humanas.

–Te acuerdas de la familia Giorgias?

–¿De Naxos? –la mujer enarcó las cejas y asintió–. Por supuesto. Los conocía desde niña. En nuestra casa siempre había algún Giorgias. Mi padre y su padre eran amigos.

–¿Recuerdas a Pericles Giorgias?

–Pues claro –asintió la anciana–. Fue él quien heredó la naviera. Se casó con Eleni Kyriades. Un hombre muy generoso. Fue él quien ayudó a tu padre en los años ochenta cuando el negocio estaba a punto de hundirse.

—¿A qué te refieres con que ayudó a papá? —Sebastian se puso rígido—. ¿Estás segura?

—Desde luego que lo estoy. Cuando los bancos le negaron su ayuda, Pericles le hizo un préstamo y le concedió un tiempo casi ilimitado para devolvérselo sin intereses. Sin ataduras —la mujer sacudió la cabeza admirada—. La generosidad no es algo frecuente.

Sebastian se sintió desfallecer. En efecto, la generosidad no era frecuente. Y sin embargo sí había habido ataduras. Ataduras de honor. Amargamente comprendió la realidad. Los Nikosto estaban en deuda con los Giorgias. Peri Giorgias necesitaba un favor y él había sido el elegido para pagar la deuda.

Furioso, se puso en pie. Lo último que pretendía era volver a casarse. ¿Cómo iba a deshonrar la memoria de Esther con la muñeca malcriada de un magnate?

—Había más hermanos. Tres. Al menos tres. Recuerdo al más pequeño —la anciana se reclinó en el asiento y cerró los ojos—. El joven Andreas. No le interesaba el negocio familiar. Creo que era artista. Vino aquí y se casó con una australiana. ¡Qué terrible tragedia! El pobre Andreas y su esposa.

Sebastian se sentía cautivado por el relato de su abuela.

—¿Qué pasó?

—Un accidente de barco. En el puerto. Tú no te

acordarás. Tus padres, tu abuelo y yo fuimos al entierro, pero tú no eras más que un niño. Imagínate morir en un accidente de barco. Dijeron que fue una colisión.

–¿Tenían hijos? –Sebastian frunció el ceño, negándose a sentir simpatía.

El rostro de la anciana se iluminó.

–Había una niña. Estoy casi segura de que la criatura fue llevada de vuelta a Grecia con uno de los hermanos.

–Pericles.

–Sí.

Sebastian se preguntó si, al revelar que conocía ese detalle, se habría delatado. Tarde o temprano, si accedía a la pantomima, todos tendrían que saberlo. ¿Y qué pensarían entonces de su brillante hijo, atrapado en un matrimonio de honor? ¿Forzado a casarse con una mujer que odiaba?

Por su mente pasó una fugaz imagen de la joven de mirada angustiada y se le instaló en el pecho una repentina e inexplicable inquietud. No, no la odiaba. Solo estaba furioso con ella. ¿Qué hombre no lo estaría? Su boda, su vida, estaba siendo decidida por otro.

¿Por qué lo había elegido a él? ¿Acaso aparecía en algún catálogo barato de machos elegibles?

Pero tras oír el relato de su abuela, empezaba a pensar que el instigador de todo aquello era el propio Pericles.

–¿La conoces? –la anciana estudió el rostro de su nieto–. ¿A la hija de Andreas?

–He tenido ese placer, sí –Sebastian se encogió de hombros.

–Tengo entendido que Eleni y Pericles no fueron bendecidos.

Las personas podían ser bendecidas con cerebro, belleza, talento, salud o riqueza, pero para su abuela los hijos eran el mayor regalo de la vida y las bendiciones solo podían referirse a ellos.

–Por eso se hicieron cargo de la pequeña –continuó la mujer–. Eleni no tenía con quien llenar su corazón. Pericles vivía para el negocio. Listo, pero no siempre inteligente. Sin embargo, Andreas… era un chico reflexivo. Sensible –sacudió la cabeza y entrelazó los dedos de las manos–. Fue una pena. Los jóvenes no deberían morir.

–No –contestó él secamente. ¿Estaría pensando su abuela en Esther?–. No deberían morir.

–¿Es hermosa? –la mujer abrió los oscuros y penetrantes ojos.

Sebastian sintió un nudo en el estómago. Se resistía a pensar en la belleza de Ariadne Giorgias. Abrió la boca para contestar algo, pero no surgió ningún sonido de ella. Cuanto menos dijera, mejor, pues podría revolverse contra él.

–¿Las mujeres están obligadas a ser hermosas? –contestó evasivamente–. ¿No hubo toda una generación de mujeres que se rebeló contra ese concepto?

–Y sin embargo, suelen ser hermosas ¿verdad *glikia-mou*? –la anciana sonrió–. Los hombres necesitan algo bello sobre lo que posar la mirada.

Sebastian supuso de nuevo que su abuela se estaba refiriendo a Esther. La había amado tanto como le era posible a un hombre amar a una mujer. En su familia apenas se la nombraba, no queriendo recordarle los malos tiempos, las batallas perdidas, las esperanzas rotas tras cada intervención quirúrgica, la radioterapia, la pesadilla de la quimio.

Incluso después de tres años, su familia tenía mucho cuidado. Incluso su abuela solía dar discretos rodeos sobre el tema.

En ocasiones, Sebastian desearía que se limitaran a recordar a su esposa como la mujer que había sido. Le gustaba recordar los días felices, antes de casarse, antes de Celestrial.

Una punzada de remordimiento lo atravesó. Ojalá hubiera pasado más tiempo con ella. La había perdido y ya era tarde para lamentarse.

Nadie podría sustituirla en su corazón, pero a menudo sentía un vacío que el trabajo no conseguía llenar.

Lo cierto era, y más le valdría admitirlo, que el hombre necesitaba a una mujer. De algún modo, en contra de su voluntad, en contra de todo lo que tenía por decencia, conocer a Ariadne Giorgias había despertado al dragón que dormitaba en su interior.

De haberla conocido en otro momento de su vida…

Él no era hombre al que se pudiera coaccionar.

De repente fue consciente de la penetrante mirada de su abuela. ¿Qué le había preguntado? Hermosa. ¿Lo era?

–Seguramente –admitió secamente–. Para alguien a quien le guste ese tipo.

–¿Y qué tipo es ese? –inquirió la anciana.

Asustada, a la defensiva. Bonita. Sexy.

Ariadne se detuvo bruscamente con el peine en la mano. ¿Qué había querido decir Sebastian Nikosto con que alguna vez habría que empezar? ¿Empezar el qué? ¡No pretendería que lo besara! ¡O peor aún!

Recordó la boca, fría y masculina, la seductora sombra oscura de la mandíbula, y sintió acelerársele la sangre. Pánico junto con cierto desasosiego por lo poco que había comido en el avión.

Ese hombre era una piraña. Su instinto le decía que iba a intentar algo y tendría que mantenerlo a raya. Teniendo en cuenta la mala impresión que le había causado desde el principio, no debería resultarle muy difícil.

Ya lo había hecho durante meses con Demetri, a pesar de estar comprometidos y de creerse enamorada. Hizo una mueca al recordarlo. Qué estúpida había sido. A pesar de los intentos de su tía por explicarle qué había salido mal, ella lo tenía claro. La causa había sido la amante de Demetri. Demetri era el vivo ejemplo de que los deseos sexuales de un hombre tenían poco, o nada, que ver con la impresión que la mujer causara. Ese hombre había hecho el amor a completas desconocidas. Había sido una ingenua creyéndose todas sus mentiras, dudando de las advertencias de sus amigos, excusando su falta de interés por ella. Hasta que lo había visto en el restaurante de Atenas con su amante.

No tendría mucho sentido que Sebastian Nikosto intentara besarla después de todo lo que le había dicho. Claro que nada tenía sentido en relación a todo ese asunto.

Se sentía atrapada en una pesadilla. Si conseguía dormirse, quizás al despertar se encontraría de nuevo en su dormitorio de Naxos. Su tío seguramente había pensado que le gustaría a un griego australiano, dado que su madre era australiana, pero Sebastian Nikosto se había sentido estafado nada más verla. Jamás olvidaría ese ceño fruncido que la había atravesado como una espada.

¿No la encontraba lo bastante atractiva? Sucediera lo que sucediera, moriría antes que besar a un hombre al que habían pagado para hacerla suya. Lógico que se mostrara tan desdeñoso con ella. Debía verla como los restos de las rebajas. Cuando volviera a verlo le explicaría lo equivocado que estaba.

Sin embargo, la cobarde que llevaba dentro estaba decidida a anular la cena. ¿No podría quedarse en la suite con dolor de cabeza? Por la mañana, abandonaría el hotel y desaparecería de la vida de Nikosto sin dejar rastro.

De todos modos iba a tener que abandonar el

hotel. No estaba segura del precio de la suite, pero no podría permitirse muchas noches allí.

Tras la conversación mantenida con su tía, la desesperación le había inspirado un plan de supervivencia. Si vendía las pocas joyas que había llevado con ella y añadía el dinero para las vacaciones, y si encontraba un lugar más barato en el que alojarse, tendría lo suficiente para sobrevivir hasta encontrar un trabajo. Según los términos del testamento de su padre, a no ser que se casara antes, no podría acceder al dinero de la herencia hasta cumplidos los veinticinco años. Solo tenía que conseguir sobrevivir durante catorce meses más.

Pensó de nuevo en la casa de la playa y se preguntó si la tía de su madre seguiría viviendo allí. ¿Se acordaría de la niña que había ido a visitarla hacía casi veinte años? ¿Viviría aún?

Cada vez le resultaba más tentadora la idea de desaparecer de las vidas de Sebastian Nikosto y sus cómplices. El problema era que podría provocar cierta alarma y ya se imaginaba los titulares de prensa:

No, desaparecer sin despedirse no era una opción. Estaba sola en un país extranjero y, por primera vez en su vida, no tenía a nadie a quien recurrir. Tenía que enfrentarse a Sebastian y explicarle, mirándolo a los ojos, que jamás, bajo ninguna circunstancia, se casaría con él, y que no deseaba volver a verlo.

Mientras iluminaba sus mejillas con abundante colorete, seguía insuflándose valor. Por frío y hostil que se mostrara con ella, no iba a hacerle creer que le tenía miedo.

Que la piraña se despachara a gusto. El maquillaje sería su escudo protector. Añadió una generosa capa de sombra de ojos en los párpados. Por último, aplicó un toque de *kohl* que aumentó la profundidad de su mirada.

El resultado fue intensamente satisfactorio. Se sentía disfrazada. La elección de la ropa, sin embargo, era otra cuestión. No quería inflamar los deseos de ese hombre. Eligió un vestido negro de raso bordado con unos finísimos tirantes. Completó el conjunto con un bolero que le cubría los hombros. El escote resultaba un poco pronunciado, pero con el bolero se minimizaba el impacto.

Vestida para la batalla y con el pulso acelerado, contempló su reflejo en el espejo. El único toque de color era el rojo carmín de labios. Todo lo demás era negro. A fin de cuentas, quería una mujer griega ¿no?

Sebastian se afeitó cuidadosamente sin perder de vista el reloj. No sentía el menor remordimiento por no haber llegado a tiempo al aeropuerto. Aun así, las reglas de urbanidad dictaban que aquella noche debía esforzarse por ser puntual. La invitaría a cenar, suavizaría un poco el ambiente del primer encuentro y hacia las nueve se despediría con la excusa de tener que trabajar.

Esperaba que la señorita Giorgias mostrara una

mejor disposición. Sin duda el irascible comportamiento de aquella tarde se debía al *jet lag*.

Se lavó la cara y la secó con una toalla. ¡Por el amor de Dios! ¿Tenía que ejercer de niñera solo por haber accedido, bajo presión, a conocer a esa mujer y valorar las posibilidades?

Tomó una loción para después del afeitado y se puso una pequeña cantidad: «Limón, salvia y sándalo», rezaba la etiqueta. «Garantizado».

¿Garantizado para qué? ¿Para enamorar a una princesa?

Eligió un traje de noche. Limpio, vestido y aseado, echó un vistazo a la imagen que le devolvía el espejo. Suponía que esa mujer había cruzado medio mundo para engancharlo.

Al llegar al hotel se dirigió al vestíbulo sintiendo, muy a su pesar, cierta expectación.

A su alrededor todo el mundo se apresuraba, dirigiéndose a alguna cita. Novios, parejas. Y por una vez se sintió como un hombre que tenía algo más que hacer que trabajar.

No había señales de ella en el vestíbulo. Después de lo del aeropuerto, no sería de extrañar que le hiciera esperar como castigo.

Se dirigió a la recepción y pidió a un empleado que llamara a su habitación. El joven apenas había descolgado el teléfono cuando Sebastian la vio saliendo del ascensor. Inexplicablemente, sus pulmones se vaciaron de aire. Caminaba con la cabeza alta, erguida y elegante. Sin duda, decidió, había pasado demasiado tiempo sin una mujer, pues deslizó la mirada hacia las ondulantes caderas.

Ariadne lo vio y dio un ligero traspiés antes de retomar la marcha y encaminarse hacia él con expresión fría y desconfiada.

No hacía falta ser un genio del diseño aeronáutico para darse cuenta de que, bajo el fantástico vestido negro, las finas y torneadas piernas y el sedoso y brillante cabello, la señorita Ariadne Giorgias estaba asustada.

¿En eso se había convertido? ¿En un hombre frío y enfadado que asustaba a las mujeres?

Consciente de su pulso acelerado, Ariadne tomó aire. Sebastian Nikosto estaba muy atractivo. ¿Era su imaginación o la expresión parecía más amigable, menos hostil?

Sebastian la recorrió con la mirada y ella sintió algo muy parecido a la excitación. Se sentía demasiado consciente de sus curvas y lo corto que era el vestido. Un millón de salvajes pensamientos acudieron a su mente.

–Ariadne… –el modo de pronunciar su nombre lo hacía parecer envuelto en chocolate.

–Cheri Suisse –respondió ella con voz ronca. ¿De verdad había dicho eso? Seguro que no.

Lo que siguió fue otro de esos momentos incómodos en los que esperaba que él le tomara la mano. Sin embargo, Sebastian se inclinó hacia ella y la besó en la mejilla.

El gesto fue tan inesperado que el corazón casi

se le paralizó. Sintió la rugosa mandíbula y el embriagador aroma masculino.

Turbada y con las mejillas incendiadas, un único pensamiento coherente se instaló en su cerebro. Ese hombre solo poseía un interés económico por ella. El salvaje cosquilleo en el estómago, las incontrolables sensaciones, debían cesar de inmediato.

—Creo que no deberíamos ir muy lejos esta noche. Seguramente estás sufriendo *jet lag* –observó él con una dulzura que no se correspondía con los insultos vertidos horas antes–. Conozco un pequeño restaurante cerca de aquí. ¿Te gusta la comida italiana?

—Escucha, Sebastian –Ariadne respiró hondo–. No quiero casarme contigo –sin permitirle contestar, continuó con voz temblorosa–: No creo que quieras perder más tiempo conmigo.

—¿Cómo? –exclamó él, perplejo.

—Lo que has oído –envuelta en una oleada de adrenalina, ella sonrió fríamente–. Como suele decirse, me estoy reservando para el príncipe azul.

Encantada con su frase final, Ariadne se dio media vuelta y corrió hacia los ascensores. Desgraciadamente, antes de poder dar siquiera dos pasos, él la alcanzó.

—Espera un momento –Sebastian le bloqueó el paso sacudiendo la cabeza, divertido.

Ariadne se preguntó si no había sido lo bastante clara. ¿Tanto necesitaba el dinero como para intentar hacerle cambiar de idea?

—Me parece bien –continuó él–. Pero con boda o sin ella, tendremos que cenar ¿no?

El atractivo rostro se iluminó con una sonrisa, mucho más peligrosa que la seriedad y hostilidad anteriores. Unas encantadoras arruguitas aparecieron alrededor de sus ojos y labios, amenazando seriamente con ablandar el corazón de Ariadne.

—No tengo mucha hambre –se excusó–. De todos modos, ha sido… interesante conocerte.

—Entiendo –la sonrisa se borró del rostro de Sebastian y en su mirada apareció un destello de remordimiento–. Me avergüenzo de cómo te hablé esta tarde.

—Disculpas aceptadas –contestó con dulzura–. Adiós. Ya nos veremos. Quizás.

Los oscuros ojos la miraron con un sensual destello. Ariadne bajó la mirada para evitar esos ojos y el pulso se le aceleró. Desgraciadamente, el orgullo herido y la vergüenza al saberse el trofeo de la transacción estaban anclados en su interior.

Sebastian se sintió frustrado. Esa mujer tan difícil le resultaba por momentos más deseable. No pudo por menos que admirar el bonito vestido negro y esa especie de chaquetilla que se había puesto encima, pero que no conseguía ocultar la forma de sus pechos. De repente, en su cabeza se materializó la imagen de esos pechos en sus manos, los rosados pezones clamando ser saboreados. Rápidamente borró esa imagen de su mente.

El masculino orgullo y su fuerte sentido de la competitividad se rebelaron. Cuanto más difícil de resolver era un proyecto, más decidido se mostraba en lograrlo. Además, tenía intereses en ese asunto. Si no se casaba con ella ¿cómo quedaba su contrato con Peri Giorgias?

–Muy bien –asintió él al fin–. Es tu decisión –agitó una mano a modo de despedida–. Disfrute de sus vacaciones, señorita Giorgias –concluyó antes de marcharse.

Ariadne sintió que las rodillas le fallaban y soltó el aire que había estado reteniendo en los pulmones. Corrió hacia el aseo de señoras y se escondió en el bendito santuario.

Había sido su primer triunfo del día. Inclinada sobre el lavabo recuperó la respiración normal. La mirada del espejo le devolvió un oscuro brillo, como si acabara de librar alguna batalla. Y en cierto modo así era. Y había ganado.

Había llevado a cabo su plan y se sentía estupendamente. Sentirse poderosa debía ser bueno para el alma, pues ya no le parecía necesario pasar la noche en su habitación. En realidad, sentía un enorme apetito y podría devorar a un león.

Salió del tocador de señoras y se dirigió hacia el restaurante del hotel. Un delicioso aroma la envolvió.

–Disculpe –se acercó al *maître*, consciente de no ir acompañada habló en voz baja para no atraer la atención–. Mesa para uno, por favor.

–Da la casualidad de que nos queda una mesa

libre –tomó una carta y, sujetándola bajo el brazo, se dio media vuelta–. Sígame, por favor.

Agradecida por el golpe de suerte, Ariadne siguió al hombre por el abarrotado salón. Escondida en un rincón entre dos columnas había una pequeña y preciosa mesita vacía. Y a su lado, prácticamente tocando la primera mesa, había otra igual de bonita. Pero estaba ocupada. Sentado cómodamente con las largas piernas estiradas, Sebastian Nikosto estudiaba el menú.

El camarero le sujetó la silla y esperó. Sebastian levantó la vista y sus ojos se iluminaron brevemente antes de volver a dedicar su atención a la carta.

Ariadne dudó un instante antes de sentarse.

El maître desplegó la servilleta sobre su regazo y le entregó la carta mientras el otro camarero le llenaba un vaso con agua y le ofrecía panecillos calientes.

¿Se habría figurado que acudiría al restaurante y se había confabulado con los camareros?

Otro camarero apareció con la carta de vinos. Consciente de que era la primera vez que hacía algo así ella sola, estudió la lista de nombres de vinos australianos y neozelandeses.

Sentía la mirada de su vecino de mesa clavada sobre ella, horadando en su cabeza como si supiera, maldito fuera, lo mucho que la distraía y lo poco que sabía realmente de vinos. Rezando para no hacer el ridículo, murmuró el nombre que le resultaba más familiar de la lista.

El camarero enarcó las cejas.

–Excelente elección, señorita.

El hombre se marchó, dejándola sola ante Sebastian. Ariadne ocultó el rostro tras la carta y sintió una punzada de irritación.

Los firmes y masculinos labios podrían haberla excitado, de pertenecer a otro hombre. Una esquina de esa boca temblaba ligeramente, como si estuviera reprimiendo una sonrisa.

Estaba pensando en algo que decir cuando el camarero regresó con una copa de champán y le mostró una botella con la etiqueta amarilla.

Tal y como había visto hacer a su tío en innumerables ocasiones, Ariadne asintió. El hombre descorchó la botella y le sirvió un poco. Con toda la calma que le fue posible, considerando que estaba bajo la atenta observación de su vecino, olió la copa y tomó un pequeño sorbo. El chispeante líquido cayó en su estómago como una ola.

–Gracias –sonrió con ojos un poco llorosos por el efecto de las burbujas y, para que Sebastian Nikosto no sospechara que no estaba tan tranquila como intentaba aparentar, se llevó la copa nuevamente a los labios.

Las burbujas le entraron disparadas por la nariz, y Ariadne no pudo evitar un estornudo. En el desesperado intento de encontrar un pañuelo, alargó la mano ciegamente hacia el bolso y derramó accidentalmente el vaso de agua.

El camarero se afanó en secar el agua con una servilleta mientras la ayudaba a alejarse de la mesa para no mojarse, preguntándole al mismo tiempo si no estaba conforme con el champán y llamando, a pesar de las protestas de la joven, a otro camarero para que cambiara el mantel.

–¡No, no! No se preocupe –siseó–. No ha sido nada. Me gusta que esté húmedo el mantel. ¡Por favor! –añadió mientras tironeaba al camarero de la manga.

Al fin el hombre comprendió y, aunque de mala gana, se marchó.

–¿Celebrándolo? –preguntó Sebastian Nikosto en cuanto ella se hubo sentado de nuevo.

Ella lo miró furiosa. Los ojos oscuros brillaban y el amago de sonrisa seguía curvando sus sensuales labios.

–No es asunto tuyo.

–¿Suele mostrarse tan irritante y susceptible, señorita Giorgias?

–¿Y usted suele ser tan grosero y molesto? –contestó ella tras tomar aire.

–¡Eso no es justo! –Sebastian enarcó las cejas–. Aquí estoy, un pobre diablo, rechazado por mi cita y obligado a cenar solo. Y, de repente, por la más increíble de las casualidades…

–¿De verdad ha sido una casualidad? –ella se inclinó hacia delante.

–Pues yo me estaba preguntando lo mismo –él entornó los ojos–. No suelo creer en las casualidades. Al verte aparecer, debo admitir que me quedé alucinado. Me pregunto cómo lo han hecho. A mi me huele a montaje.

–¿Qué insinúas? –espetó ella–. ¿Crees que lo he

preparado yo? Eso es ridículo. No sabía que estuvieras aquí.

–No tengo ni idea –él se encogió de hombros–. A no ser que me siguieras porque sentías remordimientos.

–¿Cómo? –exclamó ella perpleja–. ¿Yo debería sentir remordimientos? –lo miró furiosa–. De todos modos, no era una cita. Para tu información, yo no iría a ninguna parte con un hombre que necesita un acuerdo para encontrar esposa.

–Y, sin embargo, sí te cruzas medio mundo para conocer a ese hombre.

–No es verdad –espetó Ariadne–. No lo habría hecho de tener…

A punto de revelar demasiado, se detuvo.

–¿No lo harías si tuvieras el qué?

Por enésima vez en ese día, sintió las lágrimas aflorar a sus ojos. Parpadeando con fuerza para contenerlas, bajó la vista y fingió buscar algo en el bolso. Al levantar de nuevo la mirada se encontró con los perspicaces ojos de Sebastian.

–¿Decías…?

–Nada –contestó ella, aliviada al ver que los camareros habían elegido ese momento para tomarles nota.

Para cuando por fin se hubo decidido, Sebastian ya había terminado de pedir y su camarero se había marchado y él volvía a dedicarle toda su atención a ella mientras pedía.

–Todo acompañado de ensalada y verduras, por favor.

–¿Algo más? ¿Unas patatas? ¿Ensalada de gorgonzola con panceta y manzana?

–Sí, sí, de todo –Ariadne alejó el rostro todo lo posible de la mesa de Sebastian y le susurró a la camarera, con la esperanza de que la mujer captara el mensaje y redujera su propio volumen de voz–. Una cosa más –murmuró sin apenas mover los labios.

–¿Sí, señorita? –la camarera inclinó la cabeza para oír mejor.

–La luz me da en los ojos y me molesta. ¿Podría sentarme al otro lado de la mesa?

Estaría más cerca de Sebastian, pero al menos le daría la espalda.

–No estoy segura de que la silla quepa al otro lado, señorita. Quizás nos moleste a la hora de servir al caballero.

–¿Y por qué no se traslada la señorita a mi mesa? –se oyó una profunda voz.

Ariadne le dedicó una gélida mirada.

–De ese modo no le molestaría la luz y podría seguir disfrutando del paisaje –Sebastian señaló un hueco a su lado y sonrió con aire inocente–. De todos modos, casi estamos cenando juntos –miró a Ariadne con sensual y aterciopelada intensidad–. Me encantaría que se uniera a mí, señorita Giorgias. Además, así evitará el mantel mojado.

–¿Ya se conocían? –la camarera sonrió cálidamente a Sebastian.

–Desde luego –contestó él con entusiasmo–. Nuestras familias se conocen de toda la vida.

–¿Qué le parece, señorita? ¿Le gustaría trasladarse a la otra mesa? –señaló hacia Sebastian con una inclinación de la cabeza–. Así no le molestarían las luces.

Ariadne no estaba segura de a cuántos empleados habría sobornado Sebastian, pero la sonrisa que había intercambiado con la camarera era de todo menos inocente.

–¿Siempre tienes que salirte con la tuya?

–Me gusta más así.

–Llevas la corbata torcida –observó ella furiosa.

–¿En serio? –Sebastian sonrió, como si supiera lo malditamente atractivo que estaba–. ¿Por qué no te acercas y me la colocas bien?

Sebastian se puso de pie de un salto y la acomodó en su mesa.

–Mejor así ¿verdad? –los ojos marrones brillaban–. Ya no tendremos que gritar para oírnos.

–Yo nunca grito –observó ella con frialdad.

–No, y tampoco sonríes. Me muero por borrar esa expresión malhumorada.

Ariadne sonrió para demostrarle que era capaz.

–Ahora que lo pienso –tras un tenso silencio, Sebastian habló de nuevo–, quizás sea por la forma de tus labios –se inclinó hacia ella y le trazó el contorno de los labios con un dedo, sin tocarlos–. Ese mohín los hace muy sensuales.

41

Capítulo Tres

La tensión fue creciendo durante la cena. Sebastian llevó la conversación en todo momento de manera hábil y delicada, sin abordar ningún tema delicado.

Desde luego no le faltaba encanto. A medida que transcurría la cena, Ariadne era más y más consciente de que no le disgustaba tanto su presencia como había creído al principio. Quizás no fuera ninguna piraña. En realidad parecía más una elegante mantarraya. Los oscuros ojos hacían que se le acelerara el pulso. Y esa boca resultaba devastadora.

No tenía la conciencia del todo tranquila con la nueva situación, pero lo desestimó considerándolo una emergencia. Estaba sola en el mundo, compartiendo mesa con un hombre obstinado, peligroso y extremadamente atractivo. No tenía nada más.

Era consciente de estar flirteando con el peligro, pero no podía resistirse a ello.

–Qué calor hace aquí –murmuró –. ¿Tú no tienes calor? –preguntó mientras se quitaba el bolero y lo colgaba del respaldo de la silla.

Un destello de satisfacción iluminó los ojos de Sebastian, y ella fue consciente de haber cruzado alguna línea. Sintió un cosquilleo en el pecho y los hombros, como si le hubiese alcanzado un rayo de fuego. Sus receptores sexuales bailaban alocados. Ese hombre la tocaría si pudiera.

–¿Has preparado todo esto? –preguntó ella desafiante.

–Nunca me ha gustado comer solo –asintió él con una sonrisa.

–¿Y cómo sabías que acabaría por venir al restaurante? –Ariadne lo fulminó con la mirada.

–Llevas el pelo recogido –Sebastian la observó detenidamente con masculina pericia–. Y te has puesto ese vestido. Te has molestado en aparecer espléndida y no me imaginaba desperdiciándolo. Ni siquiera por mi culpa.

–Entiendo –ella se sonrojó–. Bueno, pues espero que te haya costado una barbaridad.

Sebastian observó cómo el color ascendía desde el cuello de la joven hasta las mejillas y sintió una peligrosa y seductora punzada.

Evitó fijar la mirada en los pechos, aunque los sentía con cada fibra de su ser. Derretido el hielo, había un brillo en los ojos azules, animado por el champán o la corriente eléctrica que había entre ellos. En cualquier caso, su irritable prometida le había ofrecido algún destello de su verdadera personalidad. Chispeante, traviesa, divertida. En ocasiones su sonrisa era febril, como si su ánimo fuera frágil. ¿O era excitación?

–¿Alguna vez aceptas una negativa por respuesta? –Ariadne lo miró fijamente.

–Eso depende de quién se trate –un fugaz destello asomó a los ojos marrones–. Y de cuánto deseo conocer a ese alguien.

–Pues esta mañana no tenías ninguna gana de conocerme. Ni siquiera esta tarde.

–Eso fue antes de verte.

–¿Se supone que debería sentirme halagada?

–Halagada no –contestó él tras reflexionar–. Simplemente abierta a la posibilidad.

¿Qué posibilidad? La palabra quedó flotando como una neblina en la mente de Ariadne. Lo cierto era que una parte de ella se había abierto a más de una posibilidad desde que lo hubiera descubierto sentado a la mesa. Quizás incluso antes. Quizás desde la primera vez que sus miradas se habían cruzado y su corazón había iniciado un alocado galope.

Tomó un sorbo de champán, consciente de que seguramente era un error. Ya sentía el alcohol burbujeando en las venas y debería mantener la mente despejada.

Sin embargo, tenía un poder mágico diluyendo su miseria y aliviando su ansiedad, o por lo menos cambiándole el sabor. Se sentía hermosa y deseable, arrastrada por un torbellino, y no era el champán lo que le hacía sentir así.

Ariadne estaba acostumbrada a hombres atractivos de ojos oscuros y resplandecientes sonrisas, pero Sebastian añadía otra dimensión capaz de horadar sus defensas si no tenía cuidado. Aunque no pasaba de flirtear sutilmente con ella, se traslucía su naturaleza férrea, similar a la de horas antes, pero sin la ira y la frialdad.

Se arriesgó a mirarlo de nuevo. Desde luego la frialdad había desaparecido, pero no tenía nada que ver con el sofisticado aire de hastío de Demetri y sus amigos. De no haberlo sabido, jamás se lo imaginaría aceptando un soborno para casarse con ella.

¿Qué le habían ofrecido? ¿Acciones de la empresa Giorgias que más adelante serían heredadas por su esposa?

Desestimó el horrible pensamiento y se concentró en lo positivo. Después de todo lo que había pedido para comer se sentía mucho mejor, y el pudin de chocolate de postre resultaba balsámico, aunque también ayudaba la copa de champán ¿o habían sido dos?

Echó una ojeada al cubo de hielo e intentó calibrar cuánto quedaba en la botella. En cualquier caso, le había levantado el ánimo y ayudado a sentirse viva, incluso relajada.

–¿Y qué haces aquí conmigo? –preguntó mientras pestañeaba con fuerza–. ¿Hay escasez de mujeres en Sídney?

–No que yo sepa. ¿Y cuál es tu excusa? –contraatacó él–. ¿Se han vuelto todos los griegos cortos de vista?

Ariadne lamentó haberse expuesto al doloroso tema. No deseaba transitar por ese camino. Lo último que quería era reconocer que había agotado todas sus posibilidades de encontrar marido en

Grecia después de la experiencia de Demetri y la publicidad del escándalo.

–No tengo ninguna intención de casarme –contestó con voz ronca–. Ni en Grecia ni en ninguna otra parte.

–¿Y qué pasa si conoces a alguien y te enamoras?

–Verás, mi problema es que necesito que esa persona también esté enamorada de mí. Por eso no puedo arriesgarme. Te crees que te ama y luego descubres que solo quería casarse contigo porque, equivocadamente, pensaba que heredarías la naviera Giorgias.

Sebastian se quedó paralizado.

–¿Entonces no eres la heredera?

A pesar de haber supuesto el interés de Sebastian por la fortuna Giorgias, Ariadne se sintió defraudada. Justo cuando empezaba a pensar que podría ser distinto a Demetri…

Había dejado tan claros sus sentimientos que había empezado a preguntarse qué clase de matrimonio esperaba ofrecerle. ¿Una firma en el registro y luego cada uno por su lado?

Era muy humillante. ¿Por qué la codicia siempre superaba al honor y la integridad? Suspiró frustrada. Debería dejarle bien claro que no tenía ninguna posibilidad de mejorar su economía utilizándola.

–Que yo sepa no recibiré ni un céntimo –le informó estudiando atentamente su rostro mientras le destrozaba todas sus ilusiones–. Tengo primos de más edad, hombres, y la empresa será para ellos. El tío Peri no cree que una mujer sea capaz de dirigir un negocio. Es consciente de que las mujeres son capaces de dirigir algunos negocios, pero no el suyo —se reclinó en el asiento y esperó—. No soy más que una sobrina. Además, mi tío sabe que no me interesa el negocio —le dedicó una sonrisa agridulce antes de continuar—. Lo único que voy a heredar es una pequeña cantidad de dinero que me dejaron mis padres. No eran ricos. Vivíamos en una casa muy modesta. De modo que no tendrías nada que ganar.

Sebastian permaneció en silencio con la mirada baja y el rostro inescrutable. Al alzar la vista, los oscuros ojos se fundieron con los de ella, profundos e indescifrables.

—Suponiendo que me casara contigo.

—Eso es. Si tú... Pero jamás lo harías ¿no?

Él continuó mirándola y el instante se prolongó mientras el corazón a Ariadne se le aceleraba y las preguntas se acumulaban en su cabeza. ¿En qué estaba pensando ese hombre? No tenía ni idea de qué le había ofrecido su tío. ¿Había conseguido espantarlo con su advertencia? ¿Pensaba que podría hacerle cambiar de idea?

Sebastian se preguntaba si esa mujer sería realmente tan inocente. Daba la sensación de no tener ni idea de cómo su tío lo había obligado a acceder a sus planes. De haber sido la heredera del imperio, el viejo magnate no habría dudado en dejárselo bien claro. El hecho de que Pericles jamás lo hubiera mencionado hacía que Ariadne pareciera sincera y el trato, extrañamente, más soportable.

Hizo una mueca. Debía haberse vuelto loco. ¿Cómo podía preferir ser chantajeado en un acuerdo comercial a ser comprado como un semental?

Estudió el perfil de la joven, la suave curva de los hombros. Y el deseo estalló en sus venas.

Su abuela estaba en lo cierto. Llevaba mucho tiempo sin contemplar un rostro bonito.

Incluso su voz, suave y dulce, le producía un efecto embriagador en los oídos. Suponiendo que decidiera casarse con ella ¿cuánto le costaría persuadirla?

Sebastian pidió la cuenta. Seguía sumido en sus pensamientos. Preguntándose cómo sería estar casado con Ariadne Giorgias. Ver esos ojos luminosos, la sensual boca, cada mañana en el desayuno. Hundir el rostro en esos cabellos. Hundirse en la sedosa calidez de su cuerpo y poseerla por completo, hasta hacerle gritar extasiada, noche tras noche.

–¿Te apetece dar un paseo?

Ariadne lo miró y el corazón le dio un vuelco. ¿Había llegado el momento del ataque? Podría excusarse, despedirse y huir a su habitación. Pero al día siguiente estaría sola en un país extranjero y, con un pequeño estremecimiento, se levantó de la mesa. Se adentraron en la zona más sombría de la terraza y Ariadne agradeció no tener que seguir sonriendo.

En Sebastian también se percibía cierta tensión, como si la inminente despedida hubiera vuelto a interponer entre ellos el trato de su tío. El suspense ante la posibilidad de que fuera a pedirle que reconsiderara casarse con él le hacía tener los nervios a flor de piel.

Sin embargo, Sebastian no mencionó nada de eso mientras charlaban sobre música y libros. Tampoco intentó tocarla. Quizás se estaba volviendo paranoica, pero casi estaba segura de que se esforzaba por no rozarla siquiera. Igual que Demetri, aunque no como Demetri. Con Demetri nunca se había sentido así, tan femenina y deseable.

Sebastian contempló su perfil y se preguntó qué demonios le había impulsado a proponerle un paseo en la oscuridad. Le resultaba muy difícil no pensar en esos pechos y en el tiempo que hacía que no había besado a una mujer.

Si no hubiese sido consciente de que ella podría ser suya, no sentiría la necesidad de mirarla constantemente. No sentiría el deseo de acariciarle los hombros, no sería tan dolorosamente consciente de la manera en que se le hinchaba la suave tela del vestido con cada respiración. Tampoco podía olvidar el hecho de que esa mujer tenía una habitación en ese hotel. Con una cama.

Tuvo que hacer acopio de toda su fuerza de voluntad para no reaccionar a su lujuriosa mente.

–¿Te acuerdas de Australia? –le preguntó inocentemente, cambiando de tema.

–Tengo algunos recuerdos de una casa, y del

49

colegio al que asistía –ella lo miró–. De los niños con los que jugaba. Al venir desde el aeropuerto me resultaron familiares algunos árboles. Te parecerá una tontería, pero me emocioné al verlos.

–No me parece ninguna tontería. Supongo que sería un momento muy emotivo para ti.

–Más o menos –Ariadne bajó la vista.

Estaba perpleja. La observación de Sebastian había sido sensible, amistosa. Qué ironía que lamentara el momento de despedirse de un hombre al que no había deseado conocer.

Del restaurante surgía la voz de una cantante de jazz que se filtraba entre las preguntas de Sebastian sobre Naxos y Ariadne se vio asaltada por una oleada de nostalgia, empeorada por la seguridad de que jamás regresaría a aquel lugar.

Sebastian se inclinó hacia ella. Los ojos azules brillaban oscuros e indescifrables y comprendió que un velo de tristeza los había cubierto.

El creciente deseo era como un canto de sirenas. La belleza mezclada con emotividad y la luna podían tentar a un hombre a hacer y decir cosas que lamentaría después. Si no se controlaba iba a tomarla en sus brazos y besarla, saborear los sensuales labios, acariciar las suaves curvas.

–¿Qué tienes pensado hacer en las vacaciones? –preguntó.

–Quizás viaje por el país.

–¿Tienes a algún pariente por parte de tu madre? ¿Abuelos?

–Mi abuela australiana murió hace un par de

años –se encogió de hombros–. Tengo algunos primos que no conozco. Y la tía abuela Maeve, que vive en la costa, o al menos vivía. Mis padres me llevaron a su casa cuando era pequeña –frunció el ceño–. Era un lugar llamado Noza, Nootza, o algo así. ¿Suena a algún lugar conocido?

–¿Podría ser Noosa? –preguntó él.

–Podría ser. Suena parecido –Ariadne enarcó las cejas–. Era un lugar paradisíaco. Recuerdo la playa y a mis padres muy felices –tras un breve silencio, continuó–. ¿Está lejos de aquí?

–Noosa está al norte, en Queensland –Sebastian examinó atentamente el rostro de la joven–. Más o menos a un día en coche desde aquí, quizás un par de horas en avión.

–Qué bien –ella reflexionó un instante–. ¿Habrá alguna galería de arte en Queensland?

–Seguramente –contestó él, perplejo–. Pero si lo que quieres es visitar galerías de arte, en Sídney hay un montón.

–Sí, claro –ella bajó la mirada–. Por supuesto que las habrá.

–¿Te interesa el arte? Tu padre era artista ¿verdad?

–¿Cómo lo sabes? –ella levantó rápidamente la vista.

–Mi abuela sabe quién es quién en todas las familias.

–Entiendo –a pesar de la oscuridad reinante en la terraza, era evidente que ella se había sonrojado–. Has hecho averiguaciones sobre mí. Lo saben

–su voz se volvió ronca–. ¿Tu familia sabe lo del trato que has hecho con mi tío?

–No, no saben nada. Y no he hecho ningún trato.

–No has firmado nada. Cuéntame entonces qué te ha ofrecido. Y por favor, no me mientas.

–A ti.

–¿A cambio de qué? –Ariadne se cubrió el rostro con las manos.

A Sebastian se le encogió el estómago, avergonzado. Era evidente que la iniciativa no había sido de ella, y que no sabía nada del chantaje. Eran unas vacaciones para comprobar si se llevaban bien. Así se lo habían vendido.

–Peri me ha ofrecido un contrato –contestó con cautela–. Diseñamos satélites para toda clase de usos, incluyendo la navegación. Tu tío quiere modernizar su flota.

–Entiendo –Ariadne se irguió, dolida aunque digna–. ¿Y qué pasará ahora que no se firmará el trato? ¿Qué pasará si no hay boda? ¿Afectará a tu empresa?

De nuevo Sebastian se sintió avergonzado. Esa mujer se preocupaba por él, como si no tuviera bastante con su propia situación. No tenía ningún derecho a preocuparla aún más.

–Tenemos más clientes –se encogió de hombros.

–Bueno, qué alivio –ella suspiró.

–Entonces… –Sebastian la miró fijamente–. Cuando dijiste que habías venido de vacaciones ¿decías la verdad?

Para su espanto, cuando Ariadne levantó la vista, vio que tenía los ojos anegados en lágrimas.

–Sí –contestó ella al fin, incapaz de sostener su mirada–. No eran más que unas vacaciones.

Sebastian sintió un nudo en el pecho y, tomándola por los hombros, la volvió delicadamente hacia él.

–Ariadne, escucha. No hay necesidad de…

La luz arrancó un destello de una lágrima suspendida de las pestañas y Sebastian sintió una incoherente oleada de ternura. ¿Cómo iba él, un perfecto extraño, a consolarla? Incapaz de encontrar las palabras adecuadas, se inclinó hasta rozar los sensuales labios con los suyos. No fue más que un fugaz instante, pero el contacto fue pura dinamita.

Ariadne no se apartó. Se quedó completamente quieta, el dulce rostro vuelto hacia arriba, en posición de ser besado. Y por un instante, el planeta entero se detuvo.

Incapaz de resistirse, la besó. Sebastian sintió el estremecimiento del delgado cuerpo, y el temblor de los labios bajo los suyos, seguido de la llamarada de la respuesta que prendió en esos dulces labios. La atrajo hacia sí con fuerza, ansioso por sentir sus pechos contra el cuerpo, ansioso por tenerla.

Animándola a que separara los labios, hundió la lengua en su boca.Acariciar la boca de Ariadne con la lengua se convirtió en un tormento. De los labios de la joven escapó un pequeño y gutural gemido.

El beso se hizo más intenso y ella respondió, abrazándose a él y devolviéndole toda la pasión que un hombre podría soñar recibir de una mujer.

De inmediato se pegó a él, desmoronándose sobre él, incapaz de mantenerse en pie. Cuanto más floja la sentía en sus brazos, más obsesionado estaba Sebastian con poseerla. Tuvo que hacer un supremo esfuerzo por controlar su erección. Como un torrente de lava, la sangre ardiente lo endurecía hasta límites insoportables.

En su enloquecida mente surgió la idea de tomarla allí mismo, contra la pared. Sin embargo aún le quedaba un mínimo de cordura y se contuvo. Aunque estaban solos, la terraza era un lugar público. Ariadne debía haberlo comprendido también, pues su cuerpo se tensó, interrumpió el beso, y lo apartó de un fuerte empujón.

–¿Tomamos un café? –fue lo único que consiguió decir Sebastian.

–¡No tomaremos nada! –exclamó ella furiosa–. Escúchame bien, Sebastian Nikosto. Eso ha sido un error. No deberías haberlo hecho.

Los sensuales labios estaban aún más inflamados y el efecto era tan seductor que a Sebastian le llevó unos segundos comprender el desagrado de la joven.

–No tenías ningún derecho –continuó ella–. Solo porque mi tío me haya ofrecido a ti no significa que tenga que aceptar. No puedes disponer de mí a tu antojo.

–¿Qué? –Sebastian se sintió conmocionado

ante la acusación–. Escucha, Ariadne, eso ya lo sé. Jamás intentaría… Yo no soy esa clase de hombre que… que… –la ira, el orgullo y el honor masculino acudieron en su auxilio, pero él consiguió controlar las amargas e hirientes palabras que podrían haber surgido de sus labios–. Por si no lo habías reconocido, eso fue un beso –observó con toda la dignidad de que fue capaz–. Un beso de verdad. La clase de beso que un hombre le da a la mujer por la que siente… a la que admira. Y estoy bastante seguro de que te ha gustado tanto como a mí. Siento mucho si te sientes culpable.

Sebastian esperó una respuesta, pero Ariadne se limitó a darse la vuelta, sacudirse el vestido y retocarse el peinado con las manos, como si necesitara borrar todo rastro suyo.

Le dio unos minutos más, pero ella no hizo ningún ademán de ceder en su postura. Sebastian Nikosto no podía esperar eternamente, por deseable que fuera la mujer.

–Entonces, buenas noches –se despidió con exagerada cortesía–. Que duermas bien.

Dándose media vuelta, regresó al interior del restaurante, furioso, aturdido, arrepentido y muy, muy excitado.

Ella lo alcanzó.

–Y, por favor, no intentes pagarme la cena nunca más –la dulce voz estaba cargada de emoción–. Yo me pagaré mis cenas. Y no es buenas noches, sino adiós.

Capítulo Cuatro

Hacía demasiado calor, incluso en la suite con aire acondicionado. Y no podía culpar al champán. Privada de sueño y con *jet lag* debería haberse dormido y no dar vueltas en la cama o caer en inquietantes sueños sobre Sebastian Nikosto. Sueños eróticos y sensuales.

Aunque ¿podían ser considerados técnicamente sueños si seguía despierta? Más bien eran fantasías. Fantasías despertadas por los besos y las caricias.

Pero luego había hecho ese comentario sobre si se sentía culpable.

¿Culpable? ¿Ella? ¿Había sido ella la que había provocado el beso? Desde luego se había mostrado educada y colaboradora con el espíritu del momento, pero eso se debía a su buena educación, a sus buenos modales y a que le había pillado por sorpresa.

Cada vez que recordaba el instante preciso en que los labios de Sebastian había tocado los suyos, sentía una oleada de lánguido placer. La experiencia no se había parecido a ninguno de los besos de Demetri.

Había leído sobre esas ardientes sensaciones,

pero jamás se había imaginado que existieran realmente. Había conocido besos muy sensuales, pero jamás experimentado esas llamaradas en los labios. No podía negar que había resultado sobrecogedor.

Se preguntó si Sebastian habría sentido lo mismo. Quizás, sí, porque ¿para qué iba a invitarla a tomar un café si no era para acostarse con ella? Era evidente que deseaba hacerle el amor y, durante un loco instante, se había sentido tentada de aceptar.

Pero eso él no lo sabía ¿verdad? ¿O sí? ¿Cómo podía haberlo sabido? Claro que si ella había comprendido que Sebastian la deseaba, él seguramente también lo sabía.

¡Qué humillante resultaba todo! ¿Cómo podía permitirse sentir la más ligera atracción hacia un hombre que habían elegido por ella? ¿Un hombre que buscaba un beneficio?

La expresión de espanto cuando le había acusado de aprovecharse de ella se filtró en su mente. Irritada, decidió dejar de darle vueltas. ¿Qué importaba ya? No deseaba volver a verlo jamás.

En el enésimo intento por dormirse, acababa de cerrar los ojos cuando un extraño zumbido proveniente de la mesilla de noche le indicó que el teléfono estaba sonando.

–¿Sí? –contestó apresuradamente.

–Soy Sebastian –sonó la masculina voz tras una pausa–. Por favor no…

Todo el cuerpo de Ariadne vibró alerta.

–No cuelgues, Ariadne –continuó él–. Escucha, por favor. Me gustaría decir algo.

Ariadne sabía que debería colgar el teléfono. Pero contuvo la respiración.

–¿Qué… qué más hay que decir?

–¡Oh, Ariadne! –Sebastian suspiró–. ¿Crees que no hay nada más que decir? Espero no haberte despertado…

–No, no. Estaba acostada.

–¿En la cama? –preguntó él tras un tenso silencio–. Yo también. No puedo dormir –la voz se volvió más grave, aterciopelada–. Necesitaba decirte que siento muchísimo haberte disgustado. Todas las veces que te he disgustado.

–¡Oh! –Ariadne no sabía si perdonarle. ¿No estaría simplemente intentando engatusarla?

El caso era que deseaba que la engatusara. Además, no conocía a nadie más en Sídney, seguramente en todo el país. Y no tenía muchas alternativas.

–No puedes ir por ahí besando a la gente así sin más –no iba a ponérselo fácil.

–Lo sé –admitió él.

–Engañar a alguien para que cene contigo y luego convencerla para que de un paseo en la oscuridad, y… –sonaba tan arrepentido que Ariadne se ablandó al instante.

–Lo sé, lo sé. Seguramente fue eso lo que pareció. ¿No puedes considerar por un instante que me apetecía sinceramente conocerte?

–No es posible conocer a alguien tras una única

cena. No lo bastante como para besarla. Éramos extraños. Seguimos siendo extraños.

–No tanto. Ya no. No después de haber…

–¿De habernos besado? –Ariadne tuvo que aclararse la garganta.

–Bueno, yo iba a decir después de compartir el pan –la sensual sonrisa atravesó la línea telefónica como una suave brisa–, pero ya que lo mencionas, un beso sí que centra tu atención en alguien ¿verdad? Creo que podría decir muchas cosas de ti.

¿Qué podría decir sobre ella? Esperaba que no hubiera adivinado que era incapaz de hacer nada que no fuera pensar en ese beso.

–Quizás –admitió al fin–. De acuerdo. Adelante.

–Escucha. Quiero que sepas que no te veo como una cabra o un burro.

–Ya sabes a qué me refería –protestó ella irritada al sospechar que se estaba burlando.

–Sí, creo que sí. Quería que supieras que siento el más profundo respeto por ti –Sebastian suspiró–. Qué manera tan extraña de conocer a alguien ¿verdad?

–¿A qué te refieres? –se atrevió a preguntar ella.

–Creo que eres consciente de que te encuentro muy atractiva –contestó él tras dudar.

El corazón de Ariadne latía como un redoble de tambores. Era el momento de colgar, de impedirle seguir con sus seductoras palabras. Sin embargo, siguió a la escucha, embebiéndose de cada pausa, cada silencio, cada matiz.

–El deseo es algo muy raro ¿verdad? –continuó él con voz grave, seria y sincera.

Tumbada en la oscuridad, Ariadne apenas podía respirar, indefensa ante la hermosa voz que vibraba en su cuerpo, jugaba con sus emociones, decía todas aquellas cosas que siempre había soñado oír de labios de un hombre maravilloso.

–Es increíble, y excitante, cómo te golpea, como si fueras arrollado por un tren. Incluso cuando esperas sentir todo lo contrario, ves a alguien al otro lado de una habitación y, de repente, lo sabes. Tu cuerpo lo sabe incluso antes que tu mente. ¿Sabes a qué me refiero?

–Desde luego que sí –consiguió contestar ella en medio de un mar de confusión–. Supongo que lo sé, pero, quiero decir que no lo sé. Da igual. Tengo que madrugar mañana…

–Entonces será mejor que duermas. Buenas noches, Ariadne.

–Buenas noches –susurró ella en tono apenas audible.

Sebastian colgó el teléfono y permaneció tumbado en la oscuridad, preguntándose hasta qué punto habría logrado arreglar la situación, sonriendo ante la timidez y el espanto que había percibido en la grave voz, imaginándose a Ariadne en la cama, en pijama.

No, en pijama no. Una mujer como Ariadne sin duda dormiría con un bonito y recatado camisón de algodón con bordados.

La visión que había invadido su mente al saberla en la cama regresó con fuerza. Se imaginó los rubios cabellos extendidos sobre la almohada. Los dulces y puntiagudos pezones marcándose bajo el camisón.

Había pasado demasiado tiempo.

Ariadne se levantó al amanecer. Tras la llamada telefónica había tardado una eternidad en dormirse, pero, tenía que admitirlo, le había excitado repasar las palabras de Sebastian. Algunas le habían conmovido, pero a la fría luz del día se imponía la sinceridad.

¿En realidad qué había cambiado? Por tentador que resultara dejarse llevar, no debía olvidar que ese hombre se movía por un incentivo.

A punto de abandonar el hotel, examinó la pequeña colección de joyas que había juzgado apropiada para unas cortas vacaciones. Los pendientes eran bastante buenos, aunque dudaba poder obtener mucho por ellos.

También dudaba de que el colgante de rubí pudiera pagarle la siguiente noche de hotel, mucho menos un billete y una o dos semanas de estancia en Queensland. También tenía el reloj. Había pertenecido a su madre y era uno de los pocos recuerdos que tenía de ella.

No, el reloj no lo vendería nunca. No soportaría desprenderse de él.

El objeto más valioso era la pulsera de zafiros incrustados en oro blanco que sus tíos le habían regalado al cumplir los veintiuno. Adoraba esa pulsera y la idea de venderla...

Los ojos se le llenaron de lágrimas. Si sus tíos la hubieran querido de verdad no le habrían hecho algo tan horrible.

Se puso el reloj y guardó el resto de los objetos en sus bolsitas de terciopelo. Había leído sobre esa gente pobre que vendía sus joyas en casas de empeño, pero su tía siempre había tratado con Cartier. La pulsera seguramente provenía de una de sus tiendas y estarían encantados de recuperarla.

Con gran nerviosismo, se acercó al mostrador de recepción. La suite era muy lujosa, incluso para lo que ella estaba acostumbrada, y temía que el precio sería muy elevado. Aun así, al serle entregada la cuenta, estuvo a punto de desmayarse.

Incrédula, contempló la hoja de papel. ¿Quién se habría figurado que el champán podría ser tan caro? ¿Y por qué había pedido tanta comida sin comprobar el precio en la carta?

Tras repasar la factura durante unos segundos más, miró de frente al conserje y firmó el resguardo de la tarjeta de crédito con toda la frialdad de que fue posible, como si fuera rica y gozara del respaldo de la naviera Giorgias.

Otra noche más en ese lugar y la cuenta se le quedaría en blanco.

El conserje se ofreció a guardarle el equipaje y respondió a sus preguntas sobre la localización de diversas joyerías antes de marcarlas sobre un mapa. Podía ir caminando.

***

Sebastian tuvo que hacer un esfuerzo por relajarse camino del trabajo. En su mente resonaba continuamente un nombre. Ariadne, Ariadne…

¿Hasta qué punto había logrado limar asperezas con ella? Quizás accedería a verlo de nuevo. Quizás podría tomarse el fin de semana libre para enseñarle la ciudad. ¿Cuánto tiempo hacía que no se había tomado un fin de semana libre?

Con gran esfuerzo se concentró en el día que tenía por delante. La empresa estaba en serias dificultades y sabía que sus empleados hacían preguntas sobre el acuerdo con la naviera Giorgias. Si no se firmaba ningún contrato, cualquier contrato, esa semana, tendría que tomar unas cuantas decisiones muy difíciles.

El problema era que en esos momentos preferiría estar en el Hyatt y ahogarse en esos ojos azules. No era la actitud más adecuada para afrontar una crisis en la empresa. El estrés lo estaba superando.

Ariadne salió aturdida de la casa de empeño. No había esperado recibir gran cosa por los pendientes, pero lo que le habían ofrecido por la pulsera de zafiros era un auténtica limosna. Estaba segura de que valía varios miles. Su tía nunca compraba bisutería barata.

Durante unos segundos, rompió a sudar violentamente a punto de entrar en estado de pánico y tuvo que luchar contra una desagradable sensación de náusea.

Apoyó la espalda contra un escaparate y se otorgó unos minutos para relajarse y poder pensar. No le serviría de nada desmoronarse. Era muy capaz de ganarse la vida y, cuando hubiera ahorrado lo suficiente, podría recuperar la pulsera de la casa de empeño.

Debía encontrar el modo de resolver su situación. Cuando el pulso se le hubo estabilizado, se irguió y comenzó a alejarse de esa zona lúgubre de la ciudad para regresar a la más glamurosa y comercial. Allí se sentía más segura.

Tenía que encontrar rápidamente un lugar donde alojarse. Seguramente los hoteles serían más baratos a las afueras de la ciudad.

Encontró un cibercafé en un gran centro comercial y se sentó ante un ordenador.

Los vuelos a Queensland no eran muy caros, pero el alojamiento en Noosa sí lo era. Estaban en temporada alta y, aunque quedaban algunas plazas libres en hoteles baratos para mochileros, le horrorizaba la idea de compartir alojamiento con algún extraño.

Además, aunque se arriesgara a hacer el viaje y permaneciera varios días, quizás semanas, hasta encontrar un trabajo ¿qué seguridad tenía de que la tía Maeve siguiera allí? ¿Cómo iba a encontrarla? Ni siquiera estaba segura de cuál era su apellido.

¿Y qué haría si al final la encontraba? ¿Arrojarse en sus brazos? De haber sentido el menor interés, Maeve habría contactado con ella tras la muerte de sus padres.

Sin ninguna seguridad económica, el plan empezaba a parecer una descabellada fantasía.

Tras navegar un buen rato por Internet, sucumbió al desaliento al comprobar que quizás no le iba a ser tan fácil encontrar trabajo en una galería de arte, ni siquiera en una pequeña. Según las páginas web que había visitado, había que aportar numerosa documentación para demostrar la experiencia que se tenía, y todos sus documentos estaban en Naxos.

Desesperada, consideró enviarle un correo electrónico a su tía pidiéndole urgentemente que le enviara toda la documentación, pero enseguida desechó la idea.

Se dejó caer en la silla, recriminándose por la ingenuidad de sus planes. Solo conocía a una persona en Australia y allí estaba, intentando alejarse de ella.

Necesitaba ayuda, pero no iba a rendirse al plan de su tío y suplicarle a Sebastian. Su orgullo se rebeló, furioso. A no ser que se le ocurriera el modo de reanudar las negociaciones sin hacer el ridículo…

Por desesperada que se sintiera, no iba a arrodillarse ante Sebastian ni jugar el papel de víctima.

Y después de la llamada de la noche anterior había quedado claro lo que ese hombre pensaría si acudía a él. Si sospechaba que ella se sentía atraída…

¡Por favor! ¿A quién creía poder engañar? Sebastian no solo sospechaba que se sentía atraída hacia él. Lo sabía. De lo contrario ¿por qué le había dicho todas esas cosas?

Si acudía a él y le contaba que no tenía dinero, perdería todo su poder de negociación. ¿Qué haría Sebastian? ¿Extenderle un cheque? Jamás podría aceptarlo. Era mucho más probable que se la llevara a su casa, la arrojara sobre la cama y dispusiera de ella.

Su situación sería aún peor que como novia por encargo. Quedaría reducida a un revolcón casual sin ninguna seguridad a largo plazo. Sus creencias y su educación quedarían mancilladas, su conciencia destrozada para el resto de su vida.

Intentó no sucumbir al pánico. No estaba acostumbrada a calcular el valor de las cosas. Incluso cuando vivía, y trabajaba, en Atenas, la casa, los gastos y hasta el servicio doméstico, habían sido financiados por su tío.

Su problema era la falta de experiencia. Sin embargo no era la inútil flor de estufa que describía la prensa, sin ningún conocimiento en el mundo que no fuera saber vestirse y contemplar un cuadro. Sus tíos le habían buscado un trabajo para que se entretuviera mientras aguardaba el verdadero propósito de su vida, casarse. Pero Ariadne adoraba su profesión y se lo había tomado muy en serio, dirigiendo el departamento de compras de la galería de arte como un reloj, hasta el estallido del escándalo que había provocado su despido. Un desagradable ayudante la había descrito como una tirana vestida de princesa.

En cualquier caso, era muy capaz de dirigir a un grupo de empleados de once o más personas. Su tía se había esforzado en educarla para ser una esposa, asegurándose de que supiera cocinar, aunque no fuera probable que necesitara hacerlo habitualmente. Algunos hombres la encontraban atractiva, aunque Demetri no. Algunos incluso la admiraban.

Su tío a menudo se reía de ella porque tomaba sus decisiones con el corazón, no con la cabeza. Ariadne aceptaba la crítica con orgullo, prefiriendo ser considerada una idealista apasionada que una despiadada calculadora. Pero era evidente que, si quería sobrevivir, iba a tener que sacar sus habilidades negociadoras.

Iba a tener que negociar con Sebastian Nikosto con toda la frialdad de que era capaz, tal y como lo haría su tío.

Ojalá comprendiera mejor a los hombres. ¿Cómo de importante había sido esa llamada a medianoche? Quizás Sebastian solo había pretendido suavizar las cosas después de lo del restaurante. Adularla. Pero ¿por qué? ¿Aún tenía esperanzas de que se casara con él?

Quizás el beso había sido sincero, y él también. ¿Cómo demonios iba a saberlo?

Capítulo Cinco

Como un verdugo, Sebastian escuchaba atento la discusión que se desarrollaba en torno a la mesa de reuniones. ¿De cuál de sus empleados iba a tener que prescindir? ¿Sería Matt, que acababa de terminar la universidad y estaba emocionado con su primer empleo? ¿Sería Jake, que tenía esposa, tres hijos en edad escolar y una hipoteca? También barajaban la posibilidad de que fuera Sarah, un genio creativo y toda una promesa.

La secretaria personal de Sebastian entró en la sala de reuniones y llamó discretamente la atención de su jefe.

—Ahora no —él frunció el ceño.

—Pero… —la joven dudó antes de agacharse para susurrarle al oído—. Pero, señor Nikosto, dice que es urgente.

—¿Quién lo dice?

Ya lo sabía. La profunda sacudida en el pecho le indicaba que ya lo sabía.

—Una tal señorita Giorgias —Jenny bajó la voz aún más—. Dice que se marcha de Sídney en una hora, pero que, si se apresura, puede concederle un poco de tiempo para hablar.

—Gracias —Sebastian asintió antes de excusarse y

salir de la sala de juntas, dirigiéndose a su despacho–. Sebastian –anunció tras descolgar el teléfono.

–Soy… Ariadne –sonó la voz tras una breve pausa–. Si pudieras, si quisieras, dispongo de algo de tiempo para hablar antes de marcharme –sonaba nerviosa, sin aliento.

–Estoy muy ocupado –Sebastian se debatía entre el deseo y el deber–. No puedo…

–Da igual –lo interrumpió ella–. En realidad yo tampoco tengo tiempo. Adiós entonces.

–¿Dónde estás?

–Creo que la calle se llama Pitt, cerca del café The Coffee Club.

Sebastian consultó el reloj. Si se daba prisa…

–Quédate ahí. No te muevas –ordenó.

Tras darle unas cuantas instrucciones a Jenny, se dirigió al ascensor. Una vez en la calle, echó a correr y cruzó las cinco manzanas en escasos minutos.

Al llegar a la calle indicada hizo una pausa para recuperar el aliento, se mesó los cabellos y comprobó que la corbata estuviera en su lugar.

Enseguida la vio, de pie junto a la entrada del café. Su visión le aceleró el pulso como si de un afrodisíaco se tratara.

Los rubios cabellos le caían por la espalda y llevaba gafas de sol, unos pantalones de talle bajo y un bonito top blanco. Sencilla, elegante y sexy. Muy sexy.

Ariadne buscaba nerviosa entre la gente. Estaba a punto de hacer lo más osado que hubiera hecho jamás. Las posibilidades de ser humillada eran tan grandes que se sentía al borde del desmayo. Tenía que hacer que su oferta sonara comercial, un simple contrato.

–Hola.

Sobresaltada, se volvió hacia Sebastian. El atractivo rostro estaba desprovisto de toda emoción.

–Ah, hola –contestó ella, rememorando de nuevo las palabras que ese hombre le había dicho la noche anterior–. Qué poco has tardado.

Sebastian la miró de pies a cabeza, sin perderse ni un detalle, y ella rezó para no parecer tan desesperada como se sentía. De repente, los ojos marrones se iluminaron.

–No es justo –él se encogió de hombros–. Me están esperando y no puedo quedarme mucho –contempló su reloj y la puerta del café–. ¿Entramos?

Ella entró en el café delante de Sebastian, sintiendo la ardiente mirada de él en su espalda. No se parecía en nada al hombre que le había dedicado tan dulces palabras al teléfono la noche anterior. Parecía serio e inaccesible, un director ejecutivo centrado en el trabajo.

Sebastian señaló una mesa vacía y ella se sentó temblorosa.

–¿Y bien? –Sebastian la escrutó con la mirada, como si fuera capaz de llegar hasta su mente. Como si supiera lo de sus mentiras, sus temores y fracasos, su cuenta bancaria vacía, el escándalo de Demetri, lo de sus tíos y el sucio engaño.

–He tomado una decisión –Ariadne respiró hondo y lo miró a los ojos–. Lo haré.

–¿El qué? –él entornó los ojos.

–Casarme contigo –anunció ella con las manos fuertemente entrelazadas sobre el regazo.

Sebastian se quedó paralizado.

–A ver si lo he entendido –Sebastian estudió el rostro de Ariadne–. Ahora me pides que me case contigo. ¿Qué te hace pensar que quiero casarme?

El corazón de Ariadne se golpeó con fuerza contra las costillas.

–Es que no sé muy bien qué decir –continuó él encogiéndose de hombros.

Ariadne sintió que el suelo se movía bajo sus pies y, con una tremenda vergüenza, comprendió que había supuesto demasiado al creer que él estaría dispuesto.

–Creía que habías dicho que mi tío te había ofrecido un contrato.

–Pero no dije que lo hubiera aceptado.

A pesar de la aparente frialdad, la mente de Sebastian trabajaba frenética. Se imaginó el contrato firmado con la naviera Giorgias, a sus empleados con el trabajo asegurado. Pensó en los rostros que acababa de abandonar en la sala de reuniones. Pensó en cómo se sentiría si pudiera anunciarles que sus problemas habían desaparecido.

Contempló a la mujer sentada al otro lado de la mesa y sintió una peligrosa excitación. Los ojos azules lo miraban fríos y recelosos, los deliciosos labios estaban ligeramente entreabiertos, como si estuviera conteniendo la respiración. Y recordó su sabor y olor.

La alarma estalló en su cabeza, adoptando la forma de Esther. Debería dar por concluida la reunión, pero la dulce feminidad de esa mujer lo atraía como la abeja a la miel.

No debía permitir que el deseo le gobernara. Se había jurado no volver a casarse. Se negaba a ser chantajeado. Pero… Ariadne era tan apetecible. Y la noche anterior había quedado muy claro hasta dónde estaba dispuesto a llegar.

–¿Le propones matrimonio a cada hombre que confiesa desearte? –susurró él.

Ariadne se sintió confundida, al igual que la noche anterior ante lo directo de sus palabras. Su mirada se deslizó por las masculinas manos apoyadas sobre la mesa, los labios perfectamente cincelados… Necesitaba mantener la cabeza fría.

–Solo si les han ofrecido un sustancioso contrato por casarse conmigo.

–Pobre Ariadne –Sebastian soltó una carcajada llena de amargura.

–Solo sería una boda –ella mantuvo su pose de frialdad–. Un simple contrato. Nada de…

–¿Nada de qué? –preguntó él en tono burlón–. ¿Nada de pasión?

Ella desvió la mirada, consciente de que Sebastian se estaba divirtiendo pronunciando palabras sensuales que sabía que le afectaban.

–¿Qué pasó con lo de que solo te casarías con alguien en igualdad de condiciones? ¿Lo imaginé?

–No, no te lo imaginaste pero, en este caso, yo también ganaría algo con la boda.

–¿Cómo? –Sebastian la estudió atentamente–. Ahora sí que me estoy imaginando cosas. ¿Qué podrías ganar tú convirtiéndote en mi esposa?

–Cuando me case –ella lo miró a los ojos–, podré reclamar la herencia de mis padres. De lo contrario, tendré que esperar hasta cumplir veinticinco años –prosiguió apresuradamente–. Solo tendremos que estar juntos unos pocos días. Después, cada uno seguirá su camino.

Una camarera se acercó a ellos provista de una libreta y un lápiz.

–¿Tienen zumo de naranja? –preguntó ella tras pedir un desayuno completo.

Sebastian consideró los hechos. Al recordar la inquietud de la joven la noche anterior se preguntó por qué de repente había empezado a considerar la posibilidad de un matrimonio que tanto despreciaba. Dudaba mucho que tuviera algo que ver con la llamada telefónica a media noche. ¿Tenía problemas económicos? ¿Se había peleado con sus tíos?

Tamborileó con los dedos sobre la mesa, intentando aclarar sus conflictos. ¿Tenerla unos cuantos días o no tenerla?

El matrimonio era algo definitivo, pero en ese caso no sería de verdad. No habría sentimientos, ni riesgo de perder a alguien. Unos pocos días pasarían en un suspiro.

¿Qué podía perder el hombre que ya lo había perdido todo?

La camarera les llevó el pedido y Ariadne arrugó la nariz al probar el zumo de naranja. A continuación probó el chocolate caliente y extendió mantequilla sobre la tostada. Con elegancia le ofreció un trozo, que él rechazó, antes de hundir los bonitos dientes blancos en el pan. Sebastian se limitó a beber su café mientras la observaba saciar el hambre.

¿Bastarían unos pocos días para saciar su hambre de ella? ¿Unas pocas noches?

—¿No dan desayunos en el Hyatt?

—Sí, pero no tenía tiempo —terminada la tostada, Ariadne se limpió con la servilleta.

—De manera que no estás dispuesta a casarte con un hombre que quiera casarse contigo por tu dinero, pero sí estás dispuesta a casarte por dinero.

—Por un dinero que me pertenece.

Ariadne tuvo la horrible sensación de que no iba a conseguirlo. El que la estuviera derritiendo con su tórrida mirada no significaba que estuviera dispuesto a casarse con ella. Estaba jugando con ella. ¿Iba a tener que suplicarle que le prestara una cama para pasar la noche?

La desesperación le había llevado a esa situación y solo le quedaba el orgullo. Aún tenía tiempo de largarse antes de hacer aún más el ridículo.

—Olvida lo que te he dicho —Ariadne sacó una nota del bolso y la dejó junto a su taza antes de levantarse de la silla—. Ha sido un error. He debido malinterpretarte.

A punto de salir del café, Sebastian la agarró de

la muñeca. Y durante un instante vio algo nuevo en su mirada. Diversión. Amabilidad.

–Espera. Siéntate y explícamelo mejor. ¿Cómo pensabas que funcionaría esto?

Ariadne sintió renacer la esperanza. Tras un momento de duda, se sentó de nuevo.

Sebastian esperó atento con gesto grave y tan sexy que ella no pudo evitar recordar el beso, rememorando la ardiente sensación que aún perduraba en su piel.

–Bueno, había pensado conseguir un certificado de matrimonio y falsificarlo…

–Espera un poco –Sebastian alzó una mano para acallarla–. Esto es Australia. Aquí te meten en la cárcel por cometer fraude.

–Entonces quizás lo mejor sería hacerlo de verdad –ella asintió–. No quiero nada más de ti. Solo necesito casarme contigo. Hoy.

–¿Hoy? –Sebastian parpadeó perplejo.

–Sí. Enviaré el certificado de matrimonio por fax a mi tío para que se lo notifique a los abogados y estos transfieran la herencia a mi cuenta. Después, podré seguir con mi vida. Y tú con la tuya.

–¡Alto ahí! –la información se iba colando en el cerebro de Sebastian, pero fue la última palabra la que llamó su atención–. ¿Hoy? Lo dudo. Ya te he dicho que aquí existen leyes.

–Lo acabo de mirar en Internet –contestó ella con gesto de inocencia–. Con un buen motivo, puedes conseguir que el juzgado te proporcione una licencia.

–Eso es –él asintió, incrédulo, aunque consciente de que Ariadne debía estar en lo cierto.

Aunque estaba a punto de ceder a la lujuria, se preguntó por qué tanta prisa.

–Suponiendo que, en un momento de enajenación, considerara tu proposición, no entiendo muy bien tus motivos. ¿Mi misión es ayudar a una mujer rica a ser aún más rica?

–Yo no soy rica –contestó ella–. Si es lo que crees, vas a sufrir una decepción. Yo solo quiero lo que me pertenece –bajó la mirada antes de continuar–. Pero si no quieres, da igual. Seguramente regresaré a Grecia.

Intrigado, Sebastian comprendió que, por algún motivo, Ariadne necesitaba casarse enseguida. Intencionada o no, la amenaza había causado su efecto. No quería que regresara a Grecia. Todavía no.

Su mirada se deslizó por los delicados hombros y brazos. El recuerdo de esa piel resultaba casi doloroso. Se moría por volver a tocarla, sentir la suavidad de su piel.

–¿A qué viene tanta prisa? –preguntó mientras le tomaba las manos por encima de la mesa.

Las manos de Ariadne temblaron y la mirada azul que le dedicó inundó a Sebastian de ardiente lava. No había nada más seductor que inspirar una mirada así en una mujer.

Pero casi de inmediato, Ariadne retiró las manos y las escondió. Sebastian captó el mensaje: nada de tocar. No hasta que fuera legal.

–Es una simple cuestión de horarios –ella evitó mirarlo a los ojos–. No me quedaré mucho tiempo en Sídney. Cuanto antes me case, antes conseguiré mi herencia. ¿Para qué esperar?

–¿Y qué pasa con el vestido, la iglesia, el fotógrafo? Todo eso requiere tiempo. Además ¿no te gustaría avisar a tus tíos? Querrás que estén presentes en tu boda.

–¡No! –Ariadne agitó las manos en el aire–. Desde luego que… –se interrumpió y continuó en voz más baja–. No quiero que se molesten. No quiero que se moleste nadie.

–Entiendo –él reflexionó un instante–. Pero da la casualidad de que yo tengo una abuela, padres, dos hermanas y un hermano que se sentirían estafados si no les invito a mi boda.

–Por favor –los ojos azules se abrieron de espanto–. No podré hacerlo si hay una gran ceremonia y toda esa publicidad. Preferiría mantenerlo en secreto.

–¿Estás segura de que sabes lo que haces? –Sebastian enarcó las cejas. No se imaginaba cómo iba a ocultar una esposa ante su familia–. Las familias averiguan ciertas cosas.

–¡Oh! –el rostro de la joven se tensó–. ¿Vives con tu familia?

–¡Por el amor de Dios, no gracias! Ellos viven al otro lado del puente y yo en Bronte Beach –se sintió repentinamente incómodo al pensar en ellos. ¿Cómo se tomarían que, después de lo de Esther, se lanzara tan rápidamente en brazos de otra?

–¿Por qué? ¿No te llevas bien con ellos?

–Los adoro. Pero necesito mantener cierta distancia para que su amor no me mate.

–Bien –Ariadne se relajó–. Entonces ¿qué problema hay? Y, de todos modos ¿cómo puedes estar pensando en una iglesia con el cura y los sagrados sacramentos si vamos a divorciarnos en cuanto podamos? Sería un sacrilegio –ella le dedicó una mirada de reproche–. ¿No hay ningún lugar en ese país donde se pueda celebrar una boda civil? ¿Sin tanto jaleo? ¿Solo alguien que pronuncie la palabras y luego firmes un papel?

–Claro –Sebastian hizo una mueca–. Se puede hacer. Pero yo pensaba que a las mujeres os gustaba todo ese jaleo.

–A mí no –ella lo miró fijamente y se inclinó hacia delante–. Escucha, si no quieres hacerlo, no pasa nada. En realidad yo tampoco quiero. Ha sido una idea estúpida. Olvidémoslo.

–Tranquila, lo haré.

–¡Oh! –exclamó Ariadne –. ¿Lo harás? –el alivio que desprendían los ojos azules avivaron la curiosidad de Sebastian. ¿Qué estaba pasando?–. ¿Hoy?

–Si consigo arreglar los papeles –él se encogió de hombros–. necesitaré tu pasaporte, aunque no puedo garantizarte nada. No lo lamentarás –le aseguró en un estallido de euforia movido por el deseo.

–Claro que no –ella sonrió con timidez–. Ambos tenemos algo que ganar.

El corazón de Sebastian se aceleró. Estaba seguro de que ella lo deseaba, sentía su respuesta cada vez que la tocaba. A pesar de su aparente frialdad, exudaba pasión, y esa misma noche sería suya.

Una sombra le nubló la mente, pero rápidamente la apartó mientras se ponía en pie. Tenía que regresar a la reunión, aunque no sabía cómo iba a lograr concentrarse en cosas tan mundanas como satélites cuando tenía una boda en ciernes. Y una noche de bodas.

–Toma –le entregó una tarjeta con su número de teléfono–. Te llamaré al hotel cuando lo haya solucionado todo.

–Será mejor que te llame yo a ti –contestó ella tras dudar un instante.

–De acuerdo –Sebastian le acarició la mejilla–. Me alegra que hoy estés… mejor.

–Bueno –Ariadne bajó la mirada–. Al menos hoy sabemos donde estamos.

¿Lo sabían?, se preguntó él mientras corría de regreso a Celestrial. ¿Exactamente, dónde estaba él? se sentía como si caminara por arenas movedizas. Iba a casarse en unas pocas horas. La noche prometía ser excitante. Loca. Quizás incluso peligrosa. Pero había pasado tanto tiempo, que se sentía exultante.

Vivo.

El vestíbulo del Park Hyatt estaba concurrido y nadie pareció darse cuenta de que Ariadne se había quedado dormida en un sillón. Cuando al fin alguien la despertó, sobresaltada, vio que eran las tres de la tarde y corrió hacia un teléfono público para llamar a Sebastian.

Todo estaba solucionado, le informó él. Su secretaria llevaba todo el día ocupada con la boda. Habían localizado a alguien para celebrar la ceremonia y él mismo la recogería antes de las cinco. Ariadne se puso en marcha. Recuperó la maleta y se encerró en el aseo de señoras para ponerse algo más apropiado.

Sus problemas económicos estaban a punto de resolverse, pero la posibilidad de lo que sucedería tras la boda empezó a agobiarla. Sebastian no era de los que mariposeaban con las mujeres. Si deseaba a una mujer, estaba segura de que iría directo al grano.

No le cabía duda de que la deseaba. ¿Daría por hecho que iba a dormir con ella a pesar de que se trataba de un matrimonio de conveniencia?

Deberían haberlo aclarado en el café. Con suerte, lograría armarse de valor para sacar el tema con elegancia. Tenía que dejarlo resuelto antes de la ceremonia.

Siempre había soñado con un esposo al que conociera muy bien, alguien que la comprendiera y la amara. Con amargura comprendió que ninguno de los novios que había tenido hasta la fecha había cumplido con esos requisitos.

Eligió uno de los trajes de alta costura que le habían hecho en París para la luna de miel con Demetri. De color crema con hebras rosadas, se ajustaba a la cintura y abrochaba en el pecho. Nunca se lo había llegado a poner.

Recogiéndose los cabellos en un moño, los ató con una cinta azul.

Al ver llegar a Sebastian, se sintió repentinamente abrumada y sin habla ante todas las molestias que se había tomado ese hombre. Estaba muy atractivo vestido con un traje negro acompañado de una elegante camisa blanca y una corbata de seda blanca con una raya gris. Todo un novio.

–Estás guapí… Vas muy apropiado para una boda –se corrigió ella a tiempo.

Sebastian la miró divertido, aunque su mirada encerraba una intensa sensualidad que indicaba claramente en qué estaba pensando.

–Lo mismo digo.

Quizás fuera su imaginación, pero a Ariadne le pareció que el aire se cargaba de tensión sexual cuando Sebastian se inclinó para besarla en la mejilla.

–¿Preparada? –él tomó las maletas y las introdujo en el maletero del coche.

A medida que se alejaban del Park Hyatt y se adentraban en las bulliciosas calles, Ariadne se sentía más insegura. Apenas conocía a ese hombre. ¿En qué se había metido?

Tras unos angustiosos minutos, paró frente a una joyería y Sebastian la ayudó a bajarse. Era una de las joyerías en las que había intentado vender la pulsera de zafiros aquella mañana.

–¿Vamos a entrar? –Ariadne tragó nerviosa.

–Tenemos que comprar los anillos. Vamos –él la empujó al interior del establecimiento.

Quizás con el cambio de ropa no la reconocerían. Una vez dentro intentó llevar a Sebastian hacia una vendedora con la que no había tratado por la mañana.

Sin embargo, todo fue en vano, pues el gerente de la joyería corrió a recibirles saludando efusivamente a Sebastian y mirándola a ella como si le recordara a alguien.

Les mostraron varios anillos y, considerando la prisa que tenían, Sebastian se mostró más cuidadoso y selectivo de lo que ella había esperado. Ariadne estaba tan ansiosa por salir de allí que se hubiera conformado con cualquier cosa, pero al fin consiguieron encontrar unas hermosas y sencillas alianzas.

El gerente sugirió grabarlas y, sorprendentemente, Sebastian accedió. Tras una breve discusión, se decidieron por sus respectivas iniciales entrelazadas, junto con la fecha y la palabra «eternidad».

–¿Y qué pasa con el anillo de compromiso? –preguntó él mientras inspeccionaba una serie de anillos de diamantes–. Deberías tener uno.

–¿De verdad es necesario? –preguntó ella.

–Desde luego. Aunque, pensándolo bien, creo que lo mejor sería un zafiro –observó Sebastian mirándola fijamente–. ¿Qué te parece? –sonrió–. ¿Tienen algún zafiro que vaya a juego con esos ojos? –se volvió hacia un dependiente.

Era el mismo hombre con el que había hablado aquella mañana.

–Por supuesto –asintió el hombre antes de mostrarles una bandeja–. Felicidades, señorita Giorgias. ¿Consiguió al fin que alguien le comprara la pulsera a buen precio?

Perplejo, Sebastian la examinó detenidamente y ella se sonrojó.

–Pues, eh, no. Bueno, sí. Más o menos, gracias –balbució.

–Unas piedras exquisitas –murmuró el dependiente–. Siento mucho que no pudiésemos… complacerla.

La disculpa llegaba demasiado tarde, y en el peor momento posible. Ariadne participó en la elección de un exquisito anillo de zafiros, aunque la mitad de su cerebro estaba ocupada en idear una explicación para ofrecerle a Sebastian.

En cuanto pudo, huyó de la tienda, sintiéndose culpable por hacerle gastar tanto dinero a Sebastian por un acuerdo temporal. Al menos se iba a beneficiar del contrato con su tío.

Sebastian se sentó en el coche a su lado y la miró con severidad, aunque no le hizo ninguna pregunta acerca de los zafiros, permaneció muy silencioso y pensativo.

A partir de ese momento todo sucedió a gran velocidad. Tras un breve trayecto llegaron a la casa de la oficiante, donde les aguardaba Tony, el abogado de Sebastian, y una mujer que le fue presentada como Jenny.

—Son los testigos —le explicó Sebastian.

Los hombres se estrecharon la mano y Tony y Jenny besaron a Ariadne como si se tratara de una novia de verdad. Ella no paraba de recordarse que no era más que un matrimonio de conveniencia. Lo había dejado bien claro, ¿no?

La oficiante, una mujer de mediana edad y rostro agradable, les saludó y condujo hasta el jardín en la parte trasera de la casa.

El pequeño grupo se situó sobre el mullido césped bajo el sol del atardecer. El jardín descendía hasta el mar, pero Ariadne apenas fue consciente de la belleza a su alrededor. Todo el suceso empezaba a adquirir tintes de surrealismo.

Sebastian se mantenía callado y muy serio, pero cada vez que sus miradas se cruzaban, sus ojos desprendían un brillo oscuro y posesivo que inquietaba a Ariadne.

Tan aturdida estaba que apenas oyó los votos pronunciados por la oficiante.

—Yo, Ariadne Sarah Christina —repitió.

Después Sebastian le colocó el anillo en el dedo y prometió amarla y honrarla.

La mujer les declaró marido y mujer. Le siguió un instante en que todos parecieron contener la respiración, aunque quizás fuera solo Ariadne. Sebastian se agachó y la besó suavemente en los labios.

Una pequeña llama le prendió en el estómago a Ariadne, cuyas rodillas se volvieron de gelatina, como la noche anterior.

Sebastian interrumpió el beso justo a tiempo, antes de que se volviera demasiado apasionado y ella fue consciente de los flashes de una cámara y de alguien que les arrojaba arroz. Y también fue consciente de la mirada triunfal de su esposo.

El banquete nupcial se celebró en el salón privado de un restaurante con los consabidos brindis. Tony y Jenny se mostraron amigables y divertidos, y muy cariñosos con ella.

No hubo baile ni familia, pero las risas compartidas con sus nuevos amigos actuaron como un bálsamo y le permitieron olvidar un poco sus preocupaciones.

–Vamos querida –anunció al fin Sebastian–. Creo que ha llegado el momento de que permitamos a Tony y a Jenny proseguir con sus vidas.

Capítulo Seis

Ariadne se detuvo ante la puerta de la villa mientras su esposo abría la puerta.

Durante la cena, llevada por el ambiente festivo, había esperado con ansia el momento de estar a solas con él, pero de repente tenía sus dudas. Él había cumplido su parte del plan. Le tocaba a ella.

—Bienvenida a casa —murmuró él mientras le rodeaba la cintura con un brazo.

Aunque sonreía, sus labios reflejaban firmeza y decisión. Unos labios capaces de producir el mayor de los gozos, pensó Ariadne.

La sensación de la mano en sus costillas resultaba agradable. Sebastian estaba de tan buen humor que ella se preguntó si no debería recordarle que el matrimonio era solo temporal.

—Gracias —contestó respirando hondo—. ¿Tienes… tienes fax?

—¿No puedes esperar hasta mañana? —él la miró con gesto severo.

—No —contestó Ariadne con firmeza—. Mi tío suele consultar sus mensajes a esta hora.

—Al infierno con tu tío —gruñó él—. Es nuestra noche de bodas.

Y sin decir nada más, la tomó en sus brazos,

riendo ante el grito de espanto proferido por Ariadne. Apretada contra el fuerte torso, ella sentía la electricidad por toda la piel.

La llevó escaleras arriba y por un ancho pasillo hasta una puerta que se abría a un enorme dormitorio. Allí se detuvieron. Los ojos de Sebastian brillaban con expresión de triunfo, fijos en la cama. La dejó en el suelo tras besarla con dulzura.

–Relájate –le ordenó con la voz cargada de emoción–. Enseguida vuelvo.

Sebastian regresó con su maleta y la dejó junto a una de las varias puertas que había en el dormitorio. Al abrirla, ella vio que se trataba de un vestidor vacío con unos grandes espejos. La estancia adyacente era un cuarto de baño, también desocupado.

–¿Hay un dormitorio al otro lado?

–Hay varios –él se desató la corbata y la arrojó al suelo–, pero el nuestro es el único habitable –una lánguida sonrisa asomó a sus labios–. No te preocupes –añadió con voz ronca mientras le acariciaba las muñecas, provocándole a Ariadne una excitante descarga–, creo que aquí encontrarás todo lo necesario.

Sebastian le tomó el rostro entre las manos, pero antes de que pudiera besarla de nuevo, ella le sujetó las manos y se soltó.

–Creo que deberíamos sentarnos y hablar –sugirió con una voz más aguda de lo normal.

Sebastian entornó los ojos y examinó a su esposa. Aunque deliciosamente arrebolada por el efecto del champán y la excitación, era evidente que se esforzaba por mantener una pose de frialdad, aunque sus ojos reflejaban inquietud.

De repente sintió dudas. Los angustiosos momentos de la noche anterior estaban grabados en su alma, unos momentos que no le gustaría revivir. La acusación de que se había aprovechado de ella le había hecho mella. ¡Él no era un animal salvaje! Un hombre civilizado no atacaba a una mujer a la primera oportunidad. Y si ella era tan inexperta como sospechaba, era normal que estuviera nerviosa. Aun así, era su noche de bodas, y la ansiedad no debería prolongarse innecesariamente.

–Por supuesto –asintió, preparándose para el desafío–. ¿Estás nerviosa por algo?

–En absoluto. Solo necesito aclarar algunas cosas.

Su mirada se fundió con la de Sebastian. El mero hecho de pensar en hacer el amor le provocaba una ardiente sensación de vértigo.

Antes de que él se lanzara, dio media vuelta y corrió escaleras abajo hasta el salón.

A pesar de su nerviosismo, no pudo evitar darse cuenta de que la casa parecía algo destartalada. Era un lugar con un enorme potencial gracias a sus techos altos y líneas armoniosas. El salón era bastante bonito e incluía algunas antigüedades y varias lámparas que emitían una acogedora luz. Sin embargo, el enorme sofá y los cojines de los sillones necesitaban un buen retoque.

La estancia era acogedora de una manera descuidada, como si hubieran interrumpido al decorador antes de que concluyera su trabajo.

Sebastian entró en el salón con paso tranquilo. Se había quitado la chaqueta y el chaleco.

Tras un momento de duda, y para alivio de Ariadne, se sentó en un sillón.

–¿Es esta tu residencia habitual o solo la casita de la playa? –preguntó ella.

–Ambas cosas –contestó él con expresión divertida–. El cielo es muy bonito por las noches. No paso mucho tiempo aquí. Últimamente he tenido que trabajar hasta tarde y me he quedado a dormir en el despacho.

–Entiendo –a Ariadne no se le escapó la oportunidad que le brindaba–. Bueno, pues si prefieres hacerlo hoy también, no te preocupes por mí. Estaré bien aquí sola.

–Pero, Ariadne, es tu noche de bodas –Sebastian enarcó las cejas y sus ojos brillaron.

–Lo sé –ella le dedicó una espectacular sonrisa–, pero no soy esclava de las viejas tradiciones. Si necesitas ir a hacer lo que sea con tus satélites, adelante.

–Hay ciertas tradiciones que no deberían ser ignoradas –observó él con voz suave.

Ariadne sospechó que había percibido su estado de nerviosismo.

¿Debería informarle de su condición de virgen o lo daría él por sentado? ¿Si le confesaba su inexperiencia, se reiría de ella? No lo soportaría.

Se sentía ingenua y fuera de lugar. Cuanto más

nerviosa estaba, más relajado parecía él. A lo mejor ni siquiera estaba pensando en sexo.

Sus miradas se cruzaron y en el interior de Ariadne se desató un terremoto. Los labios de Sebastian estaban curvados en una lánguida y traviesa sonrisa, desde luego estaba pensando en sexo.

—¿De qué querías que hablásemos? —preguntó él—. ¿Necesitas algo para relajarte? ¿Un chocolate caliente quizás?

—No, no gracias. No necesito relajarme —Ariadne se levantó del sofá y empezó a pasear por el salón—. Escucha, no sé muy bien qué esperas de mí. Quizás debería aclararte que soy…

A punto de abordar el delicado tema que le preocupaba, tropezó con un grueso libro.

—Lo siento —Sebastian se levantó de un salto y lo arrojó sobre otros libros apilados junto a una estantería vacía. Toda la pila se derrumbó, levantando una nube de polvo.

—¿Cuánto tiempo hace que vives aquí? —en el suelo había cuadros apoyados contra la pared.

—Hará unos tres años —él se encogió de hombros mirando apesadumbrado a su alrededor—. Debería haber… no tuve tiempo de advertirle a Agnes de que vendrías esta noche. Debería haber flores. Y también debería… esto tendría que estar colocado en la estantería.

Se acercó a la montaña de libros y, de una patada, los empujó a un lado.

—Lo siento —rio divertido—. Agnes no tiene tiempo para el trabajo fino.

–¿Cuántas personas tienes empleadas? –Ariadne se protegió del polvo con un pañuelo.

–Solo Agnes.

–¿Para toda esta casa? –ella enarcó las cejas–. ¡Y no me digas que también es la cocinera!

–Bueno, alguna vez ha cocinado –Sebastian se mostraba evasivo–, pero no suelo comer en casa. Supongo que podríamos pedirle que nos prepare algunos platos.

–Bueno –murmuró casi para sus adentros–, no importa. No me quedaré aquí el tiempo suficiente como para darme cuenta de nada.

–Ya veremos –sonrió él con determinación.

Sebastian la condujo de nuevo hacia el sofá y se sentó a su lado.

–¿De qué querías hablarme? –con un brazo apoyado en el respaldo del sofá, se situó frente a ella–. ¿No tenías algo que decirme?

–Sí –Ariadne regresó de golpe a la realidad–. Creo que sabes, que deberías saber…

Las suaves caricias del dedo de Sebastian en su cuello la distraían. ¿Debería detenerle? Apenas era una caricia, nada sexual.

–Ya sabes que esto no es más que un matrimonio de conveniencia –ella tragó nerviosamente–. En realidad, ni siquiera estoy segura de que estemos casados de verdad –cerró los ojos para saborear la sensación. Su respiración se volvió entrecortada y su voz más ronca de que costumbre–. A los ojos de la iglesia, no estamos unidos como debe ser. No estoy segura de si deberíamos… dormir juntos.

–Deberíamos –asintió él con firmeza.

–No, bueno, yo tengo un sueño muy ligero. Creo que me sentiría más cómoda durmiendo en el sofá.

–Pues yo creo que no.

Sebastian dejó de acariciarle la mejilla, dejándola con una sensación de orfandad en la piel. Necesitaba sentirlo de nuevo y acercó el rostro un poco más hacia él.

–Puedo asegurarte que dormirás mucho mejor en la cama.

–No, lo que intento decir es que, es que no estoy segura de sentirme lo suficientemente casada contigo como para, ya sabes.

–¿Hacer el amor? –sugirió él sonriendo como el mismísimo diablo.

–Sin la bendición de la iglesia –ella asintió.

–Yo me sentí bendecido.

–Bueno, solo por el hecho de que estemos casados no significa que debamos hacerlo.

–Deberíamos hacerlo porque te deseo y tú me deseas a mí.

Ariadne lo miró a los ojos y todos los argumentos se le borraron de la mente mientras el corazón empezaba a latirle en modo de emergencia.

De repente, Sebastian se inclinó hacia ella y la besó suavemente en el cuello. El gesto resultó tan inesperado y delicioso que ella no pudo reprimir un gemido. A ese beso le siguieron más, trazando una línea descendente hasta el pecho.

Si pudiera abrirle la chaqueta y besarla ahí mismo. Solo con imaginarlo a Ariadne se le tensaron los pezones.

El olor de Sebastian era deliciosamente masculino, y los ardientes labios encendían pequeñas hogueras sobre su piel. A pesar de que apenas podía respirar, Ariadne luchó por retener cierto control.

–De acuerdo –jadeó–. Quizás podría aceptar un beso...

–¿Un beso? –Sebastian se apartó de ella, considerando la propuesta antes de asentir–. Desde luego un beso es bastante inofensivo, y no debería perturbar tu conciencia en exceso –sus labios se curvaron en una traviesa sonrisa–. De todos modos, y dado que ya nos hemos besado, supongo que el genio ya ha sido liberado de la lámpara.

–Dos veces –ella lo miró con los ojos entornados–. Nos hemos besado dos veces.

–Lo recuerdo –asintió él con voz profunda.

El brillo de los ojos marrones se volvió penetrantemente sensual, y ella contuvo la respiración, el corazón latiendo alocado, antes de que él tomara sus labios.

Tras la inicial colisión, Sebastian tomó, primero el labio superior entre los suyos, y luego el inferior, deslizándolos delicadamente entre los dientes.

¡Qué sexy resultaba!

El pecho de Ariadne se inundó de calor y los pezones, y demás zonas erógenas, se inflamaron hasta alcanzar una húmeda excitación. Sebastian introdujo la lengua en su boca, haciéndole cosquillas en la delicada mucosa y encendiendo pequeñas serpentinas de fuego que se abrieron paso hasta el torrente sanguíneo para invadirle todo el cuerpo.

Ariadne se agarró con fuerza a Sebastian y él aumentó la intensidad del beso. Cuando deslizó una mano bajo la solapa y le acarició un pecho a través del tejido del sujetador, ella sintió un escalofrío recorrerle todo el cuerpo.

Tenía que quitarse el sujetador. Lo necesitaba. Debía liberar sus pechos para que las expertas manos de Sebastian tuvieran libre acceso a ellos. Pero la mayor urgencia se estaba desatando más abajo. Entre los muslos.

Y justo cuando estaba a punto de consumirse en el fuego de la pasión, Sebastian se apartó de ella.

—Ya está —anunció él con voz ronca—. Un beso. ¿Qué tal te ha sentado?

Sebastian tenía el cuello de la camisa desabrochado, dejando expuesto un triángulo de piel desnuda en la base del cuello. A Ariadne se le hizo la boca agua.

—Bien, muy bien. Solo que… ¿quién habló de un solo beso?

Sin darle la oportunidad de protestar, apoyó las manos en sus hombros y se inclinó hacia él para besar el triángulo. Sebastian respondió con un estremecimiento que la llenó de satisfacción. Los pechos de Ariadne se movían al ritmo de la jadeante respiración y en un momento de locura le desabrochó dos botones más de la camisa.

Al mirar el hermoso torso cubierto de negro vello, se vio asaltada por una punzada de sensualidad. Sin pensárselo dos veces, presionó los labios contra esa piel ardiente y dibujó con la lengua un camino ascendente hasta el cuello, obteniendo como respuesta un nuevo estremecimiento.

Sebastian le sujetó los brazos y la apartó ligeramente, pero Ariadne aún no había saciado su hambre. En realidad había aumentado. No podía contenerse. Tenía que hacerlo.

Acercándose de nuevo a él, presionó la boca contra esos labios, sintiendo de inmediato su respuesta, saboreando y explorando con la lengua hasta sentirse excitada, en llamas. Y llegó el turno de Sebastian, que exploró su cuerpo con expertas manos, imitado por Ariadne, mientras ambos gemían descontrolados.

Sin darse cuenta, se encontró tumbada de espaldas sobre el sofá con Sebastian encima. Sus cuerpos se acoplaron y acompasaron hasta encontrar el modo de besarse apasionadamente en ese reducido espacio.

Para su mayor delicia, ese hombre era un experto en dar placer con las manos. Ella no supo exactamente cuándo le desabrochó la chaqueta, pero a medida que los hábiles dedos acariciaban sus pechos, el beso se volvía más y más apasionado.

Sebastian interrumpió el beso. Para su sorpresa, él se agachó y empezó a chuparle los pezones a través de la tela del sujetador.

¡Qué delicia! La suave fricción sobre la tela y la

boca de Sebastian en los pezones resultaba de lo más excitante. Con dedos temblorosos, se aferró a los anchos hombros antes de hundir las manos entre los negros cabellos mientras gritaba de placer. Y justo cuando estaba a punto de derretirse, Sebastian se apartó y se sentó.

Jadeando, ella lo miró con expresión hambrienta. Lejos de sentirse satisfecha, su apetito por los besos parecía haber escalado hasta convertirse en una endemoniada obsesión.

—Ven aquí —le ordenó ella con voz ronca, sorprendida ante su propia osadía.

—No te muevas —Sebastian la sujetó posando una mano firme en su pecho.

Sebastian se aseguró de que estuviera cómoda, colocando los cojines contra el reposabrazos del sofá, levantándole los pies hasta apoyarlos sobre sus muslos mientras un salvaje y delicioso suspense revoloteaba dentro de ella.

—¡Qué hermosas piernas! —él deslizó una mano desde un pie hasta la rodilla.

Aquello resultaba tan halagador que ella dobló las rodillas para que su esposo pudiera besárselas. Pero la segunda vez que lo hizo fue más arriba, en la cara interna del muslo.

Siguió acariciándole las piernas con creciente sensualidad. ¿Hasta dónde se atrevería a llegar? De repente las manos se deslizaron bajo la falda y ascendieron lentamente hasta la sedosa piel del final del muslo. Muy, muy cerca del lugar más íntimo.

Aquello resultaba muy peligroso, apenas un

beso, pero tan excitante que ella no pudo hacer más que entregarse al voluptuoso disfrute.

Cubierto únicamente por el delicado algodón de las braguitas, su núcleo más secreto ardía por ser incluido en la orgía. Lo cierto era que cuanto más se acercaban los dedos a la zona prohibida, más se moría por ser tocada allí.

Las manos se acercaron un poco más, Ariadne se tensó y un gemido gutural escapó de sus labios. ¡Ah!

Sebastian la acariciaba con tal delicadeza que parecía pura magia.

Ariadne jadeaba y gemía, apenas capaz de controlarse, cuando Sebastian la despojó de las braguitas, dejándola desnuda del todo.

Durante un instante ella lo miró espantada antes de sonreír y separar las piernas para que él agachara la cabeza entre ellas.

Sebastian le acarició con la lengua los más secretos y ocultos pliegues hasta conectar con la dolorida protuberancia y chuparla.

Ariadne estalló en una oleada de éxtasis de líquido y ardiente placer.

Sin embargo, eso no fue todo, a medida que el placer aumentaba, también lo hacía su hambre. Y justo cuando estaba a punto de gritar, Sebastian hundió la lengua en su interior y la deslizó por los tejidos más sensibles de su cuerpo. El salvaje placer estalló en una exquisita liberación.

–¡Oh! –exclamó ella cuando pudo por fin hablar–. Quizás sería mejor que durmiera en la cama…

Sebastian contempló a su esposa con satisfacción. Sus apasionados contoneos sobre los cojines del sofá le habían dejado los rubios cabellos revueltos y los labios, ya de por sí carnosos, hinchados. Tuvo que controlarse para no tumbarla sobre la cama y devorarla.

Pero, a no ser que su impresión inicial, corroborada por la exhaustiva exploración de su cuerpo, fuera equivocada, su orgullosa esposa era virgen.

—¿Sabes, Sebastian? —Ariadne se detuvo frente a él y contempló la cama antes de soltar una risita nerviosa—. Puede que te haya parecido fría y tranquila, pero lo cierto es que…

Ariadne iba a seguir cuando su mirada se posó en el amplio torso y los impresionantes pectorales.

—¡Madre mía, qué atlético eres! —exclamó—. No me había dado cuenta de lo fuerte que eres.

Sebastian sonrió.

—Relájate —murmuró él—. Yo me ocupo. Esta noche es para sentir.

—Pero… —Ariadne intentó explicarse, pero Sebastian la acalló con un apasionado beso.

El embriagador sabor del beso volvió a invadir sus sentidos.

Rodeándole el cuello con los brazos, se pegó a él como una víctima de electrocución a la fuente sexual del alto voltaje.

De inmediato sintió la viril protuberancia presionar contra su estómago. Un primitivo instinto la empujaba a retorcerse contra él, y Sebastian intensificó el beso de inmediato.

Sumergida en un mundo de sabores y sensaciones, estimulada por las férreas demandas del fornido cuerpo, Ariadne se deleitó con la sensación del latido de su corazón contra el suyo propio.

Cuando el beso al fin terminó, ella apenas podía respirar, pero quería más. Mucho más.

Sebastian la apartó ligeramente para contemplarla mientras se desabrochaba, uno a uno, los botones de la chaqueta, antes de volverse para que le desabrochara el sujetador.

Suave y lentamente, Sebastian le acarició la columna con un pulgar, sintiendo la respuesta eléctrica de su piel. Tras localizar la cremallera de la falda, la bajó y se puso duro al pensar en el momento en que la tendría completamente desnuda.

La falda cayó al suelo y ella dio un pequeño respingo, como si hubiera olvidado que hacía un rato que se había desecho de las braguitas. Sebastian sintió toda la sangre de su cuerpo concentrarse en la entrepierna mientras contemplaba las elegantes curvas de su cuello y cintura, la deliciosa redondez de las caderas y el suave trasero. Se moría por hundirse en su interior, pero se contuvo con férrea disciplina y se limitó a besarle la parte final de la espalda antes de girarla para poder mirarla a la cara.

Ariadne se quemaba bajo la tórrida mirada de los ojos negros sobre su cuerpo desnudo. El deseo, o la adrenalina, habían ahogado su ansiedad y se sentía bañada en un resplandor femenino. Una mujer virginal frente a su hombre.

Sebastian la empujó sobre la cama y ella se estiró en el centro del colchón mientras él se terminaba de desnudar.

Al posar los ojos sobre la colosal erección, los nervios de Ariadne se desataron.

—Creo que deberías saberlo —confesó sin más dilación—. Soy virgen.

—¿En serio? —él sonrió y se acercó a ella con ternura—. ¿Quién lo habría dicho?

Sebastian contempló a su esposa, cuyos cabellos se esparcían sobre la almohada. Los rotundos pechos, con los rosados pezones erectos, pedían a gritos sus atenciones. La sonrisa se esfumó de sus labios al comprender que no estaba dispuesto a dejarla marchar.

—Eres tan hermosa que no comprendo cómo no te han atrapado ya —afirmó él con voz gutural. Una extraña expresión le cruzó fugazmente el rostro a la joven y estuvo seguro de que alguien la había lastimado en el pasado.

—Es por mi culpa —Ariadne sonrió avergonzada—. Siempre elijo al tipo equivocado.

—Esta vez no —contestó él con certeza—. Esta vez has elegido al adecuado.

Ariadne se sintió conmovida por la calidez y sinceridad que reflejaban los ojos de Sebastian. Una calidez que rápidamente se tornó en ardiente lujuria.

Inclinándose sobre ella, le acarició los labios con la punta de la lengua antes de besarla apasionadamente, instándole con la fuerza de su pasión a olvidar todo salvo ese instante.

Sus agitadas respiraciones se mezclaron. Rodeada por los fuertes brazos, los pechos de Ariadne recibían las caricias del velludo torso de Sebastian, incendiando su piel.

La desmesurada erección palpitaba contra la íntima entrada.

Sebastian interrumpió el beso, pero el cuerpo de Ariadne había despertado con un deseo primitivo que no podía ser ignorado.

Cuando se inclinó de nuevo sobre ella para tomar un rosado pezón con la boca, ronroneó de placer. Cada caricia aplicada con las expertas manos por todo su cuerpo le arrancaba gemidos de los labios hasta que su cuerpo se retorció sin control. Una criatura salvaje, incandescente de deseo, presa de la mutua e insaciable pasión.

Sebastian se detuvo para sacar un preservativo de la mesita y cubrirse con él la rosada y palpitante dureza.

–Ahora –anunció él con la pasión reflejándose en sus ojos negros mientras le separaba las piernas y acariciaba los delicados pliegues hasta que estuvieron hinchados y palpitantes.

–Sebastian –jadeó arqueando la espalda.

–Estás muy tensa –él deslizó un dedo en su interior con intensa satisfacción y estiró suavemente la entrada–. Muy, muy tensa.

–¿Y eso es bueno? –ella frunció el ceño.

–Es estupendo –contestó él antes de acomodarse e impulsarse con firmeza en su interior.

–¡Sebastian!

–Cariño, cariño –él se retiró de inmediato y le acarició los cabellos para calmarla–. Puede que la primera vez te resulte algo incómodo, pero luego mejora. Confía en mí.

Parecía extraordinariamente seguro de sí mismo, pero también había una ligera expresión de preocupación en su rostro. Ariadne ya había llegado una vez, pero ¿y él?

Cerrando los ojos, se preparó para la agonía.

–Adelante. Acabemos con esto.

Sebastian la besó y, pillándola desprevenida, empujó con fuerza. Ariadne sintió un desgarro que le arrancó un gemido de dolor.

–¿Estás bien? –él se detuvo y la miró con gesto preocupado.

–Bueno… –el escozor se detuvo de golpe, y ya no hubo rastro de dolor–. ¿Eso ha sido todo?

–Relájate –Sebastian sonrió algo más relajado–. Ahora empieza lo bueno.

Sebastian se deslizó nuevamente en su interior, pero en esa ocasión la sensación fue menos desagradable. Él observaba atentamente su rostro y sonrió mientras movía las caderas, acariciándola por dentro con sus seductores movimientos.

–¿Qué tal? –preguntó con voz ronca y la mirada cargada de ternura–. Estoy dentro de ti y te estás abriendo a mí… –hizo una pausa–, como un guante. Hermoso, ajustado, de terciopelo –el ritmo se fue haciendo más intenso y ella sintió la dureza tocarle un punto en su interior que despertó una oleada del placer más intenso que hubiera sentido jamás.

–Sigue –le urgió, pues quería más de ese placer–. Sigue.

Sebastian aumentó el ritmo y ella se dejó llevar, sintiendo crecer el fuego.

Le rodeó la cintura con las piernas y se deleitó en las sensaciones físicas que le producía la fuerte y dura masculinidad.

Sebastian apretó los dientes, transportado en el sublime placer mientras su dureza se inflamaba dentro del cuerpo de su esposa.

Fuertemente abrazada a él, Ariadne ascendió la cima cada vez más rápido, cada vez más alto, hasta que se sintió de nuevo lanzada al glorioso vacío. Aferrada a Sebastian, aguardó el momento en que de nuevo se deshizo en una oleada de éxtasis.

–Estuviste genial.

–Gracias –contestó él con modestia.

–Ya dijo mi tía que eras un genio –Ariadne sonrió.

–Y a partir de ahora solo iremos a mejor.

–¿Te refieres con la práctica? –ella adoptó un aire de inocencia–. ¿Con cuánta práctica?

–Mucha –gruñó él antes de sonreír y abrazarla–. ¿No te alegras de que estemos casados?

Pasaron unos segundos de relajada y somnolienta intimidad.

–¿Qué pasó con ese tipo? –preguntó él–. El que te rompió el corazón.

Envuelta en el abrazo protector, la verdad nunca le había parecido a Ariadne tan segura.

–Demetri Spiros. Estuve prometida a él.

–¿Prometida? –exclamó él sorprendido.

–Le conocí en uno de los cruceros de mi tío. Parecía un tipo estupendo. Pero descubrí que tenía una novia en Atenas. Pocos días antes de la boda los vi juntos en un restaurante. Todos decían que la abandonaría en cuanto me tuviera a mí, pero yo no conseguía olvidarlo. Y el día de la boda, vestida con mi traje blanco, supe que no podía seguir adelante. Corrí a la playa y me quedé allí todo el día. Destrocé los zapatos.

–Me imagino que tus tíos debieron enfadarse mucho.

–Ya te digo –ella suspiró y el estómago se le encogió con el viejo sentimiento de culpa–. Todo el mundo estaba allí: el príncipe Philippos, los reyes de Suecia, los Grimaldi.

–¡Cielo santo! –Sebastian soltó un silbido–. Debieron desatarse los infiernos.

–Salió todo en la prensa. Mi tío dijo que le avergonzaba caminar por la calle. Mi tía canceló todas sus actividades. Yo perdí mi empleo.

–Hay que ser muy valiente para hacer lo que hiciste, y me alegra que lo hicieras.

Las palabras de Sebastian eran como un bálsamo para su alma torturada, y su corazón se inflamó de amor por Sebastian Nikosto.

Capítulo Siete

Ariadne no podía dejar de sonreír. Tenía un secreto. Un secreto de los que solo se compartía con las amigas más íntimas. Todos decían que el sexo era estupendo, pero ¿cómo imaginarse lo delicioso que resultaba dormir en los brazos del amado?

Habían vuelto a hacer el amor durante la noche. Sebastian había tenido mucho cuidado de no hacerle daño y le había susurrado palabras maravillosas que atesoraría para siempre.

Debía ser un madrugador pues, cuando ella despertó poco después del amanecer, ya no estaba. Al poco rato había regresado de la playa, y se había duchado. Le había parecido muy callado, serio y taciturno. Nada que ver con el Sebastian de la noche anterior. Pensando que lo mejor sería dejarlo solo mientras se preparaba para ir al trabajo, se puso una bata de seda y salió al balcón.

¡Qué vistas! Ante ella se abría una panorámica del océano Pacífico. A izquierda y derecha se divisaban varias villas y bloques de apartamentos, a cual más lujosa, mezcladas con viviendas más viejas y modestas y unas encantadoras tiendas y restaurantes. Desde el jardín partían unas escaleras que conducían al paseo marítimo.

Bajo el balcón se extendía una piscina cuyas aguas azules producían el efecto óptico de una cascada que caía sobre el mar. En un rincón del jardín había un sillón y una mesa.

Escuchó los pasos de Sebastian a su espalda y se volvió sonriente. Estaba recién duchado y afeitado.

–Me marcho –Sebastian se inclinó para darle un beso en la mejilla.

–¿Tan temprano? Había esperado que pasara algún tiempo con ella, pero no quería parecer caprichosa ni posesiva.

Sebastian estaba muy atractivo, y ella sintió una punzada de orgullo. Legalmente, ese hombre le pertenecía. Incapaz de contenerse, le ajustó el cuello de la camisa, pero Sebastian apenas se lo permitió, apartándose de ella.

–Me llevo el certificado de matrimonio –comentó–. Si te parece, lo enviaré desde la oficina.

–Estupendo.

Parecía tan eficaz y profesional. ¿Se lo estaba imaginando o evitaba mirarla a los ojos?

–¿No vas a desayunar? ¿Ni siquiera un café? –gritó mientras él corría escaleras abajo.

–Creo que habrá algo en la nevera –Sebastian se detuvo y se volvió a medias–. Ahora que lo pienso, puede que te apetezca ir a algún café. Yo tomaré algo en la ciudad –dudó un instante, como si quisiera decir algo más–. Que tengas un buen día.

Decepcionada, Ariadne regresó al interior de la casa y, tras templar la bañera con agua fría, se sumergió en un largo baño caliente de burbujas.

Se sentía dolorida, aunque la sensación le resultaba agradable pues era un dolor surgido del mayor de los placeres. Al fin podía considerarse una mujer de verdad.

Relajada, limpia y perfumada, se vistió y bajó las escaleras en busca de la cocina. La nevera estaba casi vacía, salvo por varios recipientes de plástico que contenían lo que parecían unas sobras de extraño aspecto, y algunas botellas de cerveza. Olisqueó un yogur caducado y arrugó la nariz. De lo que sí había abundancia era de cenas congeladas.

No había nada de fruta ni verdura. ¿Y dónde estaba el café?

Aplazando el problema, volvió al dormitorio y se metió en la cama, deleitándose con el recuerdo de la noche anterior. En cambio, sintió una opresión en el estómago al recordar el comportamiento frío y distante de aquella mañana.

A punto de quedarse dormida, le sobresaltaron unos ruidos en la casa. Había alguien abajo. ¿Sería Sebastian?

Saltó de la cama y corrió escaleras abajo, parándose en seco al descubrir a una mujer de cabellos grises parada junto a un cubo y una fregona, apoyando la espalda contra la pared con un inhalador en la mano.

–¡Vaya! –exclamó la mujer con voz sibilante–. No sabía que hubiera nadie aquí.

–Hola –Ariadne sonrió–. ¿Agnes?

–Eso es, querida –Agnes paró para tomar aire–. Lo siento. Necesito recuperar el aliento –tras respirar pesadamente varios segundos, observó a Ariadne detenidamente–. Usted debe ser una amiga de Seb… del señor Nikosto.

–Ariadne –ella asintió mientras se fijaba en el color de piel tan enfermizo de la mujer–. ¿Te encuentras bien, Agnes? ¿Quieres sentarte y tomarte una taza de té?

–No, querida. Enseguida estaré bien. Solo es el asma. Es por culpa de esta humedad. Estaré bien si no hago nada muy pesado –de nuevo soltó un par de jadeos sibilantes–. ¿Se aloja aquí?

Ariadne asintió y los ojos de la otra mujer se iluminaron.

–¡Qué bien! Ya era hora. No me gusta ver cómo se desperdicia un buen hombre –sonrió.

–Gracias, Agnes –Ariadne sonrió nerviosa antes de volverse hacia las escaleras.

–Hoy no creo que consiga subir esas escaleras –Agnes recogió jadeante el cubo de fregar.

Ese cubo parecía muy pesado. La pobre Agnes necesitaba ayuda. Una villa de ese tamaño necesitaba más empleados para lucir en todo su esplendor.

De haber sido ella la responsable allí, le habría encantado convertir el caos en orden y hacer que todo brillara lustroso para que Sebastian viera lo hermosa que podía ser esa casa. ¡Cielos!, empezaba a pensar como una esposa. Su tía estaría muy orgullosa de ella.

Vestida con unos vaqueros y una camisa volvió a bajar las escaleras. Agnes estaba en el comedor, con ambas manos apoyadas en el respaldo de una silla mientras intentaba recuperar el aliento. Incapaz de hablar, saludó a Ariadne con la mano.

–¿Qué te parece, Agnes, si te echo una mano con la limpieza? –ante el gesto de estupefacción de la otra mujer, insistió–. ¿Dónde guardas los productos de limpieza?

Pasar el aspirador era de lo más agotador, descubrió Ariadne, al igual que fregar los suelos o quitar el polvo. Aun así, jamás se habría imaginado la satisfacción que sentiría al dejarlo todo limpio y brillante. Se moría de ganas de ver la expresión de sorpresa de Sebastian cuando regresara a casa aquella noche y viera lo limpia que estaba su villa.

En un momento de frenesí doméstico, acometió la limpieza de los baños armada de estropajos, cepillos y desinfectantes.

¿Debería limpiar los cristales?, se preguntó mientras contemplaba su obra. ¡Si la vieran en Naxos! Llevaba solo un día de casada y ya se había convertido en un ama de casa.

Finalizada la limpieza, se cambió de ropa y se preparó para solucionar el tema de la comida. Necesitaba habilitar una zona donde desayunar con Sebastian. ¿La terraza, quizás? ¿Junto a la piscina? ¿En la cama?

Sintió un cosquilleo en el estómago al pensar en la cama, y luego una punzada de pena. Aunque la cama se había convertido en un universo de excitación y placer, no iba a durar.

Dando un agradable paseo se acercó hasta la

zona de tiendas de Bronte. Las personas con las que se cruzaba le saludaban. Encontró un café en el que servían bollería danesa y un café bastante bueno.

Entró en una pequeña tienda, anexada a una frutería, y llenó el carrito, aunque, tras la experiencia del hotel, tuvo cuidado de ir sumando los precios. Eligió queso feta y lo que esa gente consideraba yogur griego, huevos, beicon y tomates. También se aprovisionó de cereales, aceitunas café, té, naranjas, miel y piñones, espinacas y verdura para ensaladas, y el mejor aceite de oliva disponible, aunque no fuera griego.

¿Y qué pasaba con las cenas?, pensó en un rapto de emoción. Un hombre necesitaba una dieta nutritiva. La sencilla cocina griega, como solía decir su tía, era la mejor del mundo.

Al final tuvo que pedirle al dueño de la tienda que llevara la compra a la villa.

Sebastian concluyó la reunión del jueves, consciente de los rostros de preocupación de sus colegas. En Atenas era de noche y, aunque había enviado el certificado de matrimonio por fax a primera hora de la mañana, aún quedaban unas horas antes de poder recibir respuesta por parte de Peri Giorgias. Su equipo se merecía alguna buena noticia.

Cuando hubieran firmado el contrato, iba a aumentarles el sueldo a todos, concederles vacaciones y una bonificación por el trabajo realizado en el proyecto Giorgias. Pero mientras tanto…

Mientras tanto, se alegró de que la agotadora reunión hubiera acabado para poder concentrarse en el tema que ocupaba su alma: se había casado con una mujer hermosa y sexy que lo esperaba en casa.

La sensual belleza de Ariadne había prometido una pasión que no le había defraudado. La había poseído hasta saciarse por completo. Pero deseaba aún más.

Cerró los puños con fuerza. ¿Qué estaba haciendo? Su esposa, su amor verdadero, llevaba enterrada solo tres años y ahí estaba él, deseando a otra, imaginando que sentía cosas, emociones, que su conciencia le aseguraba que no tenía derecho a sentir.

Había estado trabajando demasiado, muy preocupado por la crisis. Añadido a eso, hacía años que no había disfrutado de la compañía femenina. Era normal que sus sentidos hubieran despertado con tal fiereza.

La única solución, decidió, era mantenerse apartado de Ariadne. Empezaba a hacerse un hueco en su mente, enredándose en su centro emocional como si fuera una droga. Ni siquiera la había elegido. Cuanto menos trato tuviera con ella, mejor.

Recordó la última imagen de ella aquella mañana, vestida con una enorme bata y los cabellos revueltos. La sorpresa reflejada en su mirada le había producido una punzada en el estómago que aún perduraba. Pero debía dejarle claro que nada había cambiado. Practicar sexo no era más que eso: sexo.

Tendría que comprenderlo. Era una Esther temporal, pues Esther era el norte de su vida.

Sin embargo, no pudo evitar preguntarse qué estaría haciendo sola todo el día en Bronte. ¿Cómo mataba el tiempo una princesa en una casa vacía? Había estado a punto de llamarla en varias ocasiones, pero se había sobrepuesto al momento de debilidad. ¿Hasta qué punto podía confiar en sí mismo para no llevársela de nuevo a la cama?

La vida y la alegría le habían sido arrebatadas a Esther. Y que Dios le perdonara por el bastardo egoísta que había demostrado ser. Lo cierto era que se había sentido aliviado cuando la horrible batalla hubo terminado y ella al fin había podido descansar.

Ariadne se asomó al horno por enésima vez. Las patatas tenían un aspecto delicioso, y el aroma del cordero le recordó que había pasado mucho tiempo desde la comida. La ensalada ya estaba preparada y al fuego cocía una sencilla y aromática sopa *avgolemono*.

Puso la mesa con la cubertería de plata y los únicos vasos que encontró. A falta de flores, recogió algunas del jardín.

Ansiosa, consultó el reloj. Eran casi las nueve.

Recordó que su esposo le había contado que no siempre regresaba a casa para cenar, pero esa noche sí lo haría ¿verdad?, quizás debería telefonearle. Tras esperar veinte minutos, se dirigió al estudio de Sebastian.

El estudio estaba sorprendentemente ordenado, con los libros bien colocados en las estanterías y unos enormes mapas de constelaciones colgados de la pared junto a la ventana. Mientras marcaba el número del móvil de su esposo, algo llamó su atención.

Era una foto enmarcada de Sebastian en las escaleras de una iglesia junto a una novia. Ariadne sintió que le atravesaban el pecho con un hierro candente.

Estaba casado. O al menos lo había estado. ¿Qué sabía de él en realidad?

Cuando se hubo recuperado un poco, estudió la foto de cerca. Sebastian aparecía bastante más joven y su atractivo rostro estaba iluminado por una resplandeciente sonrisa. La novia también era muy guapa, de cabellos oscuros, aunque era evidente que no era griega. Tampoco tenía los ojos oscuros. Tenían la mirada de dos enamorados.

¿Dónde estaba su esposa? De estar divorciados ¿conservaría aún la foto de boda?

Aunque era ridículo, ya no pudo hacer la llamada, como si fuera a reclamar una intimidad a la que no tenía derecho. Era evidente que no iba a regresar a su casa aquella noche.

Regresó a la cocina y apagó el fuego. De repente se sintió agotada y no supo qué hacer con toda esa comida que había preparado.

Le llevó más tiempo del esperado guardarlo todo en la nevera antes de fregar la cocina y borrar toda huella de su estupidez. ¿Cómo era posible que alguien deseara ser una esposa? Era un trabajo agotador para hacer feliz a un hombre a quien no le importaba.

¡Qué imbécil había sido! aquello solo era un arreglo temporal. Un trato. Negocios.

Aun así, una hora después, mientras se arrastraba de nuevo al dormitorio, no pudo evitar pensar que Sebastian debería haber regresado a su casa. Después de cómo le había hecho el amor, de las palabras que había pronunciado, no estaba bien ignorarla de ese modo.

Sebastian entró sigilosamente en casa. Era casi medianoche y todo estaba a oscuras y en silencio. Enseguida percibió el olor a limpieza y a abrillantador de madera.

Sin encender la luz, se dirigió a las escaleras, no sin antes quitarse los zapatos.

En el dormitorio no había luz y tropezó con un mueble. Se quedó quieto. Con una punzada en el estómago comprendió que no había nadie durmiendo en la cama. Una sensación muy cercana al pánico lo invadió y encendió todas las luces. ¿Se había marchado? ¿Antes de que pudiera conocerla bien?

114

Por la puerta entreabierta del vestidor vio una maleta en un rincón. Abriendo la puerta del todo, suspiró aliviado. Toda su ropa seguía allí.

Ariadne no estaba en su cama, pero tampoco debía andar muy lejos. Las preguntas se agolpaban en su cerebro mientras avanzaba por el pasillo abriendo todas las puertas. Al fin la descubrió en el dormitorio frente al suyo. Parecía estar durmiendo.

–¿Ariadne?

–¿Sí? –contestó ella tras un prolongado silencio.

Algo en el tono de voz le hizo pensar que no había estado durmiendo.

–Esto… –entró en la habitación dominado por una repentina preocupación–. ¿Has cenado?

–No tenía hambre, gracias.

–De acuerdo. Escucha… siento haber llegado tan tarde. Me retuvieron en la oficina.

Al no recibir ninguna respuesta, lo intentó de nuevo.

–¿Te apetece una cerveza?

–No –Ariadne se cubrió con la sábana y se acomodó, claramente despidiéndolo.

Sebastian se encogió de hombros y bajó las escaleras. Se sentía aliviado, pues era mejor no dormir con ella. Acostarse de nuevo con ella solo conseguiría aumentar su adicción y entonces ¿qué iba a hacer cuando se marchara?

La cocina tenía un aspecto y un olor diferentes al habitual. Abrió la nevera y se quedó estupefacto.

Estaba llena de comida. Comida de verdad. Leche fresca, naranjas, verduras. En un recipiente de plástico descubrió cordero asado. Probó un trozo y, a pesar de estar frío, estaba delicioso.

En otro recipiente descubrió una ensalada, patatas con orégano y una salsa de hierbas. Comprendió que se moría de hambre ym sin perder ni un minuto más, se sirvió una generosa ración que engulló allí mismo, acompañada de cerveza.

¿Quién hubiera imaginado que sabía cocinar? La cocina estaba resplandeciente con una minuciosidad de la que jamás había hecho gala la pobre Agnes. Desde luego, tenía que darle las gracias, aunque no entendía por qué se había trasladado a otra cama.

Si estaba cansada y necesitaba dormir, podría haberlo hecho en su cama. Era un tipo civilizado, muy capaz de mantener las manos quietas, si era lo que deseaba de verdad.

Quizás el calor de la noche le había hecho pensar que dormiría mejor sola. El hombre desnudo que había visto en la penumbra le hacía pensar que no llevaba nada puesto.

Frunció el ceño. Sin duda debía haberse dado cuenta de que la casa disponía de la más moderna instalación de aire acondicionado y que bastaba con pulsar un interruptor. Quizás debería informarle sobre ello, animarla a regresar al lugar al que pertenecía.

Aunque le avergonzaba pensar de ese modo, convencer a la señorita Giorgias para que se arrojara en sus brazos sería delicioso. Empezaría por besarle el cuello…

Se frotó la rugosa barbilla. Si pretendía hacer algo así, primero debía afeitarse.

Terminó la cena y empujó el plato a un lado, pero algo en la limpieza de la cocina le hizo cambiar de idea. Se levantó y, en un gesto sin precedentes, fregó el plato. Si no tenía cuidado acabaría convertido en un metrosexual. Pero al pensar en Ariadne, seguramente desnuda, en la cama, supo que tal cosa jamás sucedería.

Rechazando los lascivos pensamientos, intentó recuperar el ánimo de resistencia que había mantenido en la oficina. Aprovecharía para dormir solo, sería una prueba. Lo mejor sería aprovisionarse de alguna lectura para conciliar el sueño.

Camino del estudio, se detuvo en seco al pasar frente al comedor.

¡Cielos, no! La mesa estaba puesta. Una bonita mesa para dos. Cerró los ojos. ¿Cuán estúpido podía llegar a ser?

¿Retenido en la oficina? ¿Quién podía necesitar quedarse en el trabajo hasta medianoche? Quizás algún presidente pero ¿un director ejecutivo? Agudizó el oído. Oyó ruido de vajilla y luego silencio. Y, de repente, las pisadas de Sebastian que subía las escaleras y se dirigía a su dormitorio.

–¿Ariadne? –susurró él–. ¿Estás despierta?

–Ahora sí.

–Escucha, siento no haber venido a cenar. No sabía que hubieras preparado nada.

–Está bien –contestó ella–. Soy consciente de que no lo sabías.

–Supongo que debería haberlo pensado –balbució Sebastian–. Yo no… yo debería…

–No importa, de verdad. ¿A fin de cuentas qué es un poco de comida?

–Cariño, escucha…

Sebastian se acercó a la cama. El aire estaba cargado de tensión sexual y, a pesar de que tenía los ojos cerrados, Ariadne sentía la mirada de ese hombre sobre su cuerpo.

–¿Te importaría? –preguntó él–. ¿Podría encender esta lámpara? –el colchón se hundió bajo el peso de su cuerpo al sentarse en el borde de la cama.

–¿Qué haces? –gritó ella, parpadeando para acomodar los ojos a la repentina luz.

Sebastian la miraba con una sonrisa resplandeciente. Se había desatado la corbata y estaba tan atractivo en mangas de camisa que ella sintió una peligrosa sensación en el estómago. El traicionero cuerpo de Ariadne se sintió repentinamente vivo y palpitante de deseo.

–Solo quería darte las gracias por preparar una comida tan deliciosa –murmuró él con voz melosa–. No creo que haya comido nada tan delicioso en esta casa antes.

–Hace cinco horas estaba mucho mejor.

–Ya imagino. Eres una cocinera fantástica.

118

–No soy más que una cocinera normal y co-rriente –ella se recostó sobre las almohadas.

–De eso nada. No eres ni sencilla ni ordinaria –la ardiente mirada le quemaba el escote del boni-to camisón de raso.

–Gracias, eres muy amable –contestó ella con frialdad–, pero espero que no pienses que he gui-sado toda esa comida por ti. Es que a mí me acos-tumbraron a la buena comida casera.

–Por supuesto, por supuesto –asintió Sebas-tian–. Y desde luego estaba buena. Gracias. Bue-no… –se puso en pie y se estiró marcando todos los músculos del torso a través de la camisa–. Voy a darme una ducha.

Ariadne se sintió extrañamente defraudada. ¿Ni siquiera iba a intentar doblegar su resistencia? Había preparado un estupendo discurso que in-cluía referencias sobre ser considerada una mujer objeto, una esclava sexual o una mula para el tra-bajo doméstico.

–Creo que al menos podrías haber menciona-do que estabas casado –las palabras surgieron de su boca sin pensar.

–Estuve casado –Sebastian se quedó paralizado ante la puerta y contestó con una frialdad que daba miedo–. Pero nada de lo que hay aquí tiene que ver con aquello.

Salió de la habitación y Ariadne comprendió que no debería haberlo mencionado.

Apagó la luz y se quedó tumbada en la oscuri-dad, oyendo los sonidos de la ducha al otro lado del pasillo. Aunque no tuviera cabida en la vida de Sebastian, también tenía sus derechos, aunque solo fuera como una esposa temporal. Todas las buenas vibraciones de la noche anterior parecían haber desaparecido. ¿Por qué? ¿Qué había hecho mal?

El sonido del agua cesó y al fin todo quedó en silencio. A Ariadne le hubiera gustado poderse dormir, pero se lo impedía un enorme y doloroso nudo en el pecho. Al parecer, su marido la había deseado para una única ocasión. Había fracasado, incluso como esposa temporal. No podía regresar a Naxos. Sus tíos estaban hartos de ella, y era una extraña en su propio país.

Tumbada en la oscuridad, consciente de que no tenía lugar adonde ir, el silencio fue roto por el estridente timbre del teléfono. Sebastian debía haber contestado, pues el sonido cesó casi de inmediato. Al poco rato, abrió la puerta del dormitorio y asomó la cabeza.

—Es tu tío. Quiere hablar contigo.

—No —la emoción casi le impedía hablar, y Ariadne se cubrió la cabeza con la sábana.

—Creo que deberías hablar con él. Parece muy preocupado. Dice que tu tía está histérica…

—Habla tú con él —suplicó ella—. Es amigo tuyo.

—No es amigo mío —contestó él secamente antes de marcharse y retomar la conversación telefónica—. Escucha, Giorgias, aquí es muy tarde. Ariadne no puede ponerse…

Minutos después, regresó al dormitorio.

–Me ha dado el nombre de los abogados australianos que se ocupan de tu herencia. Tienes que pedirles una cita y se encargarán de transferirte el dinero.

Ante la falta de respuesta, Sebastian frunció el ceño y se acercó a la cama.

–Escucha, fuera lo que fuera lo que pasó entre vosotros ¿no podrías…?

–No, no puedo –el estado emocional se traslucía en el tono de voz, y en la postura, acurrucada en posición fetal.

–Cariño… –Sebastian se inclinó sobre ella.

No debería haberle dicho eso. Ariadne estalló en un incontrolable torrente de lágrimas.

–¡No, no, no! –él la tomó en sus brazos y le murmuró dulces palabras de consuelo mientras le acariciaba los cabellos y la besaba en la cara, el cuello y los hombros.

–Lo siento –gimió ella al poco rato–. No quería llorar.

–No –susurró él–, soy yo quien lo siente. Siento haberme comportado como un egoísta todo el día, dejándote aquí sola.

–No podías evitarlo. Tenías que trabajar.

Sebastian la abrazó con más fuerza. Enseguida empezó a besarla, primero con ternura y luego apasionadamente, y ella se aferró a él como si el mundo se fuera a terminar. Y antes de que pudiera darse cuenta, la llevaba en brazos hacia su dormitorio.

Capítulo Ocho

El desayuno fue precioso. Tras una noche de pasión, al amanecer, Sebastian preparó zumo de naranja y tostadas y se lo llevó a la cama. Mientras él se duchaba, ella preparó unas deliciosas *bougatsas* y una nutritiva tortilla de espinacas y feta.

—Estar casado tiene sus compensaciones —observó él sonriente, mirándola con admiración.

Ariadne, vestida con pantalones cortos y un bonito top, se permitió una ligera esperanza. ¿Y si decidían ir en serio? ¿Y si le pedía que se quedara?

—Me encantaría quedarme hoy contigo —murmuró él tras besarla apasionadamente minutos después—, pero tengo que comunicarles la noticia a mis empleados.

—¿Sobre el contrato con mi tío?

—Es muy importante para Celestrial —Sebastian asintió—. Ya sé que no te sientes a gusto con las circunstancias, pero el resultado has sido muy bueno para nosotros.

Ariadne recogió los platos y llamó a los abogados para fijar una cita para el martes siguiente. Cruzó los dedos con la esperanza de que hubiera algo que heredar. Sentía curiosidad, pero también era consciente de que, en cuanto tomara posesión de su herencia, no tendría nada que la retuviera junto a Sebastian. Sería el momento de marcharse.

¿Adónde?

Sebastian silbaba una melodía camino de la oficina, feliz y relajado tras otra noche de pasión. Se recriminó ligeramente por haber profundizado un poco más en su relación con Ariadne Giorgias, pero tampoco le preocupaba demasiado. El truco consistía en no sentirse emocionalmente implicado.

Su mujer tenía problemas con sus tíos. En todas las familias había conflictos, así era la vida, y no servía de nada permitir que las inquietudes de una mujer le afectaran. Aquella mañana le había parecido ver algo en la mirada azul y se había preguntado si no habría dicho algo que no debiera arrastrado por la pasión la noche anterior. En cualquier caso, no debía hacer nada que intensificara esa mirada.

Él, desde luego, no tenía esa mirada. No era un tipo emotivo, en contra de la opinión de su familia.

En cualquier caso, era un día para la celebración, y apenas podía esperar para reunir a sus empleados y comunicarles la noticia.

Todos prorrumpieron en vítores. De haber sido otra clase de jefe, quizás habrían abierto algunas botellas de champán, pero todo quedó en sonrisas y palmadas en la espalda.

A media mañana era evidente que no iban a

trabajar demasiado ese día y no podía culpar a sus empleados. Podría haber dedicado la jornada laboral a observar la subida de las acciones de Celestrial, pero no dejaba de preguntarse qué estaría haciendo Ariadne. ¿Estaría guisando? Sonrió. No queriendo alimentarle falsas esperanzas, retrasó todo lo posible el momento de regresar, pero al fin agarró su chaqueta y salió del despacho.

–Me tomaré libre el resto del día –le comunicó a una sorprendida Jenny–. Y… ¿por qué no haces tú lo mismo?

A pesar de no ser un tipo romántico, decidió que unas flores se prestaban a la ocasión.

Camino de la villa, se detuvo en un par de lugares. Mientras buscaba la cartera para pagar a la florista, se encontró el pasaporte de Ariadne en el bolsillo de la chaqueta. Al menos podía estar seguro de que no abandonaría el país.

Agnes telefoneó para comunicar que no se encontraba bien para trabajar. Así pues, Ariadne tenía la villa para ella sola.

Sintiéndose perezosa después de la larga noche, se llevó el portátil de Sebastian a la cama y, recostada contra los almohadones, escribió a la universidad para que le volvieran a enviar sus títulos. Después, consultó algunos anuncios de trabajo en Sídney. Quizás podría encontrar algo allí, y un pequeño apartamento no demasiado lejos. Quizás Sebastian y ella podrían seguir en contacto, salir a cenar o al cine. Podrían reunirse para tomar café o…

Sintió una punzada en el corazón. La gente que había dejado de ser amantes nunca quedaba para tomar café.

Unos ruidos provenientes de la planta baja la sobresaltaron, pero enseguida reconoció las familiares pisadas subiendo las escaleras.

Sebastian apareció en la puerta cargado con flores y un paquete.

–¿Qué haces? –preguntó mientras dejaba las cosas en el suelo y se sentaba en la cama.

–Busco trabajo. ¿Y qué haces tú? –Ariadne inspeccionó las flores–. ¿Para mí?

–Para la casa –contestó él bajando la mirada–. Hoy era imposible trabajar, de modo que me he tomado el día libre –estudió el anuncio que aparecía en la pantalla–. ¿Has hecho esta clase de trabajo alguna vez?

–En Atenas –ella asintió–. También tengo algunos estudios y experiencia en antigüedades. Podría trabajar en un museo.

–Bueno, no deberías tener demasiados problemas para encontrar algo de tu gusto. Yo mismo te daría trabajo sin pensármelo dos veces.

–¿De qué? –ella sonrió.

–Ya se me ocurriría algo –Sebastian le besó el cuello–. Y eso me recuerda –miró a su alrededor–, quería decirte que todo está fantástico. Es más, anoche habría jurado que mi madre había estado aquí. Agnes debía estar inspirada.

Ella asintió sin decir palabra.

–Pero no fue Agnes ¿verdad?

–Solo en parte –Ariadne se encogió de hombros–. Yo no hice más que ayudarla. No se encuentra bien y esta villa es demasiado grande para una mujer de su edad.

–Sí –él frunció el ceño–. Ya me había dado cuenta de que dejaba mucho que desear.

–¿En serio? –ella lo miró boquiabierta.

–Sí –Sebastian soltó una carcajada–, pero no quiero despedirla. Necesita el dinero y, bueno, Esther le tenía mucho cariño.

–Esther. Tu mujer.

–Sí –él la miró a los ojos antes de bajar la mirada.

–¿Qué le sucedió a Esther? –preguntó Ariadne tras armarse de valor–. ¿Está… muerta?

–Cáncer –el rostro de Sebastian era inescrutable–. Hace tres años.

–¡Oh! –Ariadne estaba pisando un terreno muy delicado–. Debió de ser horrible para ti.

–Fue horrible para Esther.

–Por supuesto, claro –era evidente que le resultaba doloroso hablar del tema, y ella no sabía cómo terminar con elegancia la conversación–. Pero tú también debiste sufrir mucho.

–Yo estaba perfectamente bien –contestó él en tono brusco–. Esther era la que sufría. Yo, el bastardo egoísta que sobrevivió.

Ariadne sintió una opresión en el pecho y miró a Sebastian con desolación. Tenía que pensar en algo que decir, y rápido, para aliviar la situación. En su desesperación, se arriesgó a acariciarle el brazo y comprobó aliviada que él no lo retiraba.

–Alguien debe quedar para contar la historia –balbució para rellenar el silencio–. Me refiero a la historia de Esther. Quién y cómo era.

Contuvo el aliento preguntándose si habría acertado en sus palabras.

–Llevas más razón de la que crees –la expresión de Sebastian se relajó un poco–. Pero no nos preocupemos ahora de eso. Mira lo que te he traído.

Le entregó el ramo de rosas y luego una caja ancha y delgada.

–Gracias, qué bonitas son –Ariadne aspiró el aroma de las flores–. ¡Madre mía! ¡Qué caja de chocolates! Son mi debilidad. ¿Cómo lo supiste?

–Bueno, soy un genio –Sebastian sonrió de un modo muy sexy–. Lo dijiste tú misma.

Ella soltó una carcajada y Sebastian la abrazó antes de tumbarla de espaldas sobre la cama, sin importarle que los regalos quedaran aplastados en un abrazo que se volvía más ardiente por segundos. El deseo volvió a prender dentro de ella y estuvo dispuesta con una rapidez que casi daba miedo, mientras él le desabrochaba el top para tener un urgente acceso a sus pechos.

Cuanto más le daba ese hombre, más deseaba de él. Tras unos enloquecedores minutos, recuperó la consciencia de la realidad y se apartó de él.

–De eso nada –exclamó cuando recuperó el aliento–. Vamos a aplastar los chocolates.

Sebastian retiró el ramo de rosas y la caja de chocolates, ligeramente abollada.

–Creo que el interior está intacto –anunció ella.

Sus miradas se fundieron. Ambos jadeaban por el deseo aún no satisfecho.

–¿Tienes hambre? –Ariadne sonrió.

–Pero no de chocolate –los ojos marrones emitían tórridos destellos.

–Vaya… –ella abrió la caja y, suspirando, aspiró el embriagador aroma que surgía del interior–. Me alegra que te hayas tomado el día libre.

–En realidad me he tomado todo el fin de semana. La primera vez en años. ¿Te apetece hacer un poco de turismo mañana?

–¡Sería estupendo! –Ariadne sonrió mientras disfrutaba torturando a Sebastian fingiendo un desmesurado interés por los bombones.

–¿Qué te apetecería ver?

–La garganta Katherine –murmuró ella.

–¿Y qué tal la ópera? –él arqueó la cejas.

–Ya la he visto.

Los bombones tenían un aspecto suculento y ella estudió más atentamente las variedades.

–¿Almendra o licor de fresa? –Ariadne levantó la vista–. En realidad, lo que más me gustaría sería visitar la cabaña de mis padres, si hubiera tiempo.

–Desde luego. ¿Sabes la dirección?

–De memoria –ella se metió un bombón de licor de cereza en la boca y cerró los ojos–. La tengo escrita con letra infantil en todos mis viejos cuadernos.

–¿Nunca regresaste?

–No, pero he querido hacerlo muchas veces. Me muero de deseo.

–¿En serio? –Sebastian le deslizó una mano hasta la cremallera de los pantalones–. Pues yo también me muero de deseo.

Por el bulto que le asomaba entre las piernas, ella supo que no exageraba.

–¿Seguro que no quieres probar? –murmuró con voz ronca.

–Precisamente es mi intención.

Sebastian introdujo la lengua en la boca de su esposa mientras terminaba de desabrocharle el top y el sujetador.

Ariadne sintió que se le incendiaba la sangre. Un beso ardiente mezclado con chocolate era un placer casi insoportable. Mientras la hábil lengua de Sebastian le acariciaba el interior de la boca, ella le deslizó las manos por el atlético torso.

–Delicioso –observó él tras apartarse ligeramente.

Ariadne se inclinó para chupar una mancha de chocolate que le había quedado en uno de los pezones a Sebastian. De inmediato, la sensible protuberancia se tensó.

–¡Vaya! –exclamó ella–. A tu pezón le gusta el chocolate.

–Eres muy mala –gruñó él–. Ahora me toca a mí –alargó una mano hacia la caja de bombones–. ¿Qué mejor que frambuesa? –sostuvo el bombón entre sus manos durante un segundo y la miró con expresión traviesa–. Veamos qué sucede.

En un hábil movimiento, extendió el chocolate sobre los pechos de Ariadne y, soltando una carcajada, se inclinó para chupar ambos pezones. Ella se estremeció de placer.

Los pantalones cortos desaparecieron con una sensual sacudida. Cuando la lengua saqueadora y las despiadadas manos hubieron terminado de prenderle fuego al cuerpo y Ariadne gritaba y gemía de placer, llegó de nuevo su turno.

–Veamos qué más hay –en un rapto de osadía, empezó a desabrocharle el pantalón.

Con manos temblorosas ante la falta de costumbre, bajó la cremallera ante la atenta mirada de Sebastian, que levantó ligeramente las caderas para ayudarla a desnudarlo.

–¡Madre mía! –exclamó ella sin poderlo evitar.

La erección surgió gruesa, orgullosa y viril, palpitante ante sus ojos.

Casi inconscientemente, se humedeció los labios.

Con suma cortesía, y un travieso brillo en la mirada, Sebastian le ofreció la caja de bombones. Ella parpadeó y, durante un instante, estuvo a punto de acobardarse.

Con suma reverencia, eligió dos bombones rellenos de caramelo y, mirando a Sebastian, los fundió entre las manos.

Su compañero de juegos aguardaba, inmóvil, salvo por el casi imperceptible movimiento del pecho. Sus ojos ardían febriles y el aire de la habitación estaba cargado de electricidad.

Una diminuta gota de esencia masculina apareció en la punta del miembro viril y Ariadne sintió que se le hacía la boca agua y sus pliegues íntimos se humedecían. Y justo cuando la tensión empezaba a ser insostenible, se llenó la boca con el chocolate derretido antes de tomar la rosada masculinidad y deslizar las manos arriba y abajo.

Para mayor satisfacción de Ariadne, el miembro se hinchó y endureció aún más. Por simpatía, los pechos, pezones y el íntimo núcleo también se hincharon de deseo.

El robusto cuerpo de Sebastian fue víctima de varias sacudidas de placer y su rostro empezó a perlarse de sudor. Ariadne se arrodilló y deslizó la lengua por la dureza.

Se sentía increíblemente excitada, ardiente y osada, deleitándose en la valiente exploración de la situación. Y la situación se le escapó de las manos.

Como poseído por un ataque de locura, Sebastian la agarró y la tumbó de espaldas. Buscó un preservativo en la mesilla y se lo colocó con urgencia.

Durante un delicioso segundo, ese hombre le acarició los rizos que protegían la ya húmeda entrada al sensible núcleo mientras sus oscuros ojos la devoraban de pies a cabeza.

Y con un posesivo rugido, la cubrió con su cuerpo y se hundió en su interior.

***

Ariadne preparó la cena, con Sebastian como pinche. No le sorprendió la habilidad de su marido para pelar, cortar o picar. Ya sabía de lo que eran capaces sus manos.

–Hay algo muy sexy en ver cocinar a una mujer –Sebastian le besó el cuello.

–Lo que sí es sexy es ver a un hombre ayudar a una mujer a cocinar –contestó ella.

Se había decidido por un menú sencillo. Sebastian terminó de cortar y picar y se sentó en un taburete para ver cómo Ariadne freía unos calamares, mientras degustaba unas aceitunas.

Sentía la atenta mirada de su esposo sobre ella mientras se afanaba en prepararlo todo y comprobaba el estado de la *musaka* que tenía en el horno. Seguramente seguía sorprendido ante su capacidad para moverse en la cocina.

También se mostró muy receptivo a contratar más personal que ayudara a Agnes. Todo ello le producía una sensación de optimismo. Era evidente que le gustaba ver la casa limpia y resplandeciente. Quizás también se daría cuenta de lo agradable que sería tener a una mujer allí. Alguien que mantuviera vivas las brasas del amor.

El sábado la llevó a su vieja casa. Pero la cabaña que ella recordaba había sido reemplazada por un edificio de apartamentos. Aun así, hizo algunas fotos de la calle y de un árbol que recordaba haber visto siempre allí. Luego le pidió a Sebastian que la llevara al lugar en el que estaban enterrados sus padres.

Aunque al fin accedió, en la mirada de su esposo apareció un destello, como si no le gustara la idea. Tras consultar por Internet, condujeron hasta Waverley, cerca de Bronte.

Las modestas sepulturas que buscaban estaban en lo alto de una colina, frente al mar, y mostraban algunos signos de deterioro. Emocionada, Ariadne leyó las sencillas inscripciones y depositó algunas flores al pie de las tumbas. Allí estaban sus raíces, en esa tierra, en ese lugar consagrado.

¿Cuándo sentiría que pertenecía a ese lugar?

–Tu padre debía amar Australia para elegir ser enterrado aquí –Sebastian había interpretado la expresión en el rostro de Ariadne.

–Estaba muerto –espetó ella–. No tuvo elección.

Espantada ante su propio tono de voz, Ariadne se apartó con los ojos llenos de lágrimas. Qué patética resultaba penando por no tener un lugar al que llamar suyo cuando las vidas de sus padres habían sido truncadas a tan temprana edad.

–Eligió vivir aquí –insistió Sebastian mientras le rodeaba la cintura con un brazo–. Eligió una esposa australiana. Eligió esta tierra para traer al mundo a su hija. Tu tierra.

–¡Ya lo sé! –ella se soltó del abrazo.

–Eh, tranquila –él frunció el ceño–. ¿No hay nada de este lugar que te guste?

Ariadne sintió de inmediato el corazón henchido de amor al contemplar el gesto severo y perplejo de su esposo.

—Lo hay —contestó con dulzura—. Estás tú.

Poniéndose de puntillas, lo besó en los labios y se deleitó en la inmediata reacción del atlético cuerpo.

En escasos segundos había olvidado el motivo de su disgusto y sonrió hacia las tumbas.

—Me alegra haber venido. Me lo había imaginado muchas veces. ¿Sabes una cosa? Yo no creo que estén tristes. Creo que están ahí arriba sonriendo entre las nubes. ¿Y tú? —se volvió hacia él—. ¿Sientes algo parecido cuando visitas la tumba de Esther?

—Nunca voy —contestó él secamente.

Camino del coche, Sebastian le tomó la mano, pero se mantuvo en silencio, retraído. A pesar de la reacción positiva al confesarle ella que le gustaba, no había respondido lo mismo. ¿Se había acercado peligrosamente a esa otra palabra? ¿La que tanto deseaba oír?

Aquella noche visitaron Blue Mountains y contemplaron las estrellas a través del telescopio gigante de un amigo. Pasaron la noche en un chalé y al día siguiente visitaron algunos de los encantadores pueblos que salpicaban el paisaje. Pero, a medida que el fin de semana llegaba a su fin, Ariadne empezó a sentir ansiedad. Sentía que Sebastian solo estaba con ella en cuerpo, no en alma.

El lunes por la tarde, un día antes de la fecha fijada para recibir la herencia, Sebastian llegó a la villa antes de lo habitual.

–Hola, preciosa –saludó, abrazándola–. ¿Has tenido un buen día? –aunque en su rostro resplandecía una sonrisa, los ojos tenían una mirada cautelosa, como si algo le rondara la cabeza.

Mientras cenaban, charlaron de naderías, pero Ariadne notaba su preocupación.

¿Se lo estaba imaginando o su esposo se mostraba más frío que de costumbre? Aun así, no dejó de alabar la comida. Tras la cena, ella se levantó para preparar un té, pero él la retuvo.

–Deja eso. Siéntate conmigo. Necesito preguntarte una cosa.

Con gesto severo la condujo hasta el sofá, pero él se sentó en el sillón.

–He recogido esto esta mañana –anunció tras sacar una bolsita de plástico del bolsillo.

Sebastian la miraba con tal intensidad que ella apenas se atrevió a tomar la bolsa, mucho menos a abrirla. En el interior había un paquetito envuelto en papel de seda. Al desenvolverlo, algo frío y azul cayó en su mano. Con un estremecimiento, reconoció su pulsera de zafiros.

–¡Oh! –exclamó–. ¿Cómo la has conseguido?

–El otro día encontré esto en mi bolsillo –Sebastian volvió a hundir la mano en el bolsillo y sacó el pasaporte–. Había olvidado que lo tenía en este traje. Hoy, al hojear el pasaporte, cayó el resguardo de entre las hojas. Luego recordé algo que había dicho el joyero el día de nuestra boda –hizo una mueca–. Suerte que solo empeñaste esto. Yo diría que te timaron vergonzosamente.

–Ya lo sé –ella se sonrojó–, pero no tenías por qué preocuparte, Sebastian. Necesitaba dinero rápido. Siempre tuve la intención de desempeñar la pulsera. En cuanto…

–En cuanto recibieras la herencia.

–Sí –ella parpadeó.

–Ariadne… –Sebastian no dejaba de mirarla fijamente.

El corazón de Ariadne empezó a galopar con fuerza.

–No quiero inmiscuirme en tus asuntos –él se inclinó hacia delante–, pero hay algo que necesito comprender. ¿Cómo puede estar una Giorgias tan escasa de dinero como para tener que empeñar las joyas?

–Ser una Giorgias no significa ser rica –ella intentó eludir la respuesta–. Esta pulsera fue un regalo. Las galerías de arte no suelen pagar sueldos astronómicos a sus empleados.

–Aun así –Sebastian la miró fijamente a los ojos–. Volaste hasta aquí para conocerme. Al principio me rechazaste y luego estuviste dispuesta a casarte conmigo al día siguiente. ¿A qué vino la repentina urgencia?

–¿A qué te refieres? –ella se puso visiblemente tensa–. Jamás te he mentido.

–Bueno, debes admitir que no fuiste del todo sincera sobre tus motivos. Esto tiene algo que ver con tus tíos ¿verdad?

–Supongo que sí –ella se encogió de hombros.

–Si necesitabas dinero ¿por qué no se lo pediste?

–Ya te he contado casi todo –el rubor de las mejillas se hizo más intenso y se preparó para la humillación final–. Esto no me resulta fácil, Sebastian. ¿Seguro que quieres…?

La mirada de su esposo no dejaba lugar a dudas.

–De acuerdo –cedió ella al fin–. Es cierto que vine de vacaciones. Al menos era lo que yo creía –las manos le temblaban violentamente–. Me sentía tan avergonzada que no me atreví a contarte lo peor –la voz se le quebró, pero se obligó a sacarlo a la luz con toda la dignidad de que fue posible–. Fue mi tío el que reservó las vacaciones. Se suponía que era un regalo. No comprendí sus verdaderas intenciones hasta que estuve sentada en el avión.

–Sus verdaderas intenciones –Sebastian frunció el ceño–. ¿Te refieres a que venías en realidad a conocer a tu posible futuro esposo?

–Ni siquiera sabía que tuviera uno –Ariadne lo miró con amargura–. Mencionaron que iba a conocer a la familia Nikosto. No comprendí que mi tío había llegado a un acuerdo contigo hasta que recordé algo que me había dicho al despedirme en el aeropuerto. Le telefoneé desde el avión. Y lo descubrí todo.

–¡Dios mío! –exclamó él perplejo.

–Cuando llegué aquí –ella asintió– descubrí que no había nada pagado, no había tal regalo. Tenía un poco de dinero, para comer, taxis y esas cosas, pero no me llegaba para el hotel.

–Y entonces me conociste –Sebastian tomó el relevo–. Y yo no fui muy amable contigo.

–Quizás no. Debo admitir que me entró el pánico. En un país extranjero, sin apenas dinero, no tenía elección. Para mí era evidente –sus miradas se fundieron–. Tú no querías casarte conmigo, pero estuviste dispuesto a tragar con ello por el bien de tu empresa.

–Lo admito –asintió–. Tu tío me puso furioso.

–Cuando llamé a mi tía para saber por qué no había nada pagado ella me explico que… que necesitabas casarte conmigo.

–s¿Por qué no me lo contaste?

–Bueno –ella sintió un nudo en la garganta–. Intenta comprender. Son mi familia. No quería que pensaras mal de ellos. Mi tío no pretendía hacerme daño. Son mayores y me quieren. De verdad –concluyó con lágrimas en los ojos.

Sebastian la miró con severidad. La comprensión en su mirada dio paso a la ira.

–Ya sé lo que estás pensando, pero siguen aferrados a las antiguas tradiciones. Mi tío es tan poderoso que cree que puede hacer lo que quiera. Arrolla sin más a la gente, y mi tía se lo permite –se secó una lágrima–. Después del escándalo, pensó que debía rescatar mi honor. Creyó que obligarme a casarme con algún tipo decente, y lo más lejos posible de Naxos, era lo mejor para mí –al darse cuenta de sus propias palabras, tomó la mano de Sebastian–. Mi gran suerte fue que ese tipo resultaras ser tú. Al final no ha sido tan malo ¿verdad?

Con una punzada en el pecho, Sebastian percibió el tono en la voz de su esposa. Los ojos azules lo miraban, cálidos e inquisitivos, y su resistencia flaqueó peligrosamente. Qué mujer tan dulce. Era todo lo que un hombre podía soñar. Por un instante, estuvo seriamente tentado de bajar la guardia, tomarla en sus brazos y ceder a la lujuria. Sin embargo, su mente se vio repentinamente poblada de imágenes de Esther y la horrible pesadilla, recordándole cómo podía acabar todo.

Jamás volvería a arriesgarse. De ninguna manera. Por suerte, la adrenalina le proporcionó la fuerza suficiente para controlar la situación.

–No, no ha sido nada malo –contestó sin pestañear–. ¿Cuándo era la cita con el abogado?

–Mañana.

–Bien.

Ariadne palideció y su sonrisa era tan tensa que le hacía daño.

–Supongo que opinas que ya he abusado bastante de tu hospitalidad –balbució mientras se ponía en pie.

–No, no. En absoluto –él bajó la mirada y eligió las palabras con cuidado–. Ha sido estupendo tenerte aquí, pero necesitas disponer de tu dinero y de tu libertad. Así podrás decidir lo que quieres o no quieres hacer.

Ariadne tragó con dificultad, sintiendo que el suelo se movía bajo sus pies. La desesperación le impulsaba a decir cosas que su instinto le desaconsejaba que dijera.

–¿Y si te digo que me gustaría quedarme contigo? ¿Y si te digo que estoy enamorada de ti?

–No, por favor, no lo hagas –Sebastian cerró los ojos y dio un paso atrás–. Escucha, Ariadne, no compliquemos algo que ha sido estupendo. Los dos nos hemos visto empujados a esta situación y, supongo, que en cierto modo nos hemos unido.

»Debemos ser realistas. Soy muy consciente de haber sido tu primer amante. Todo es nuevo y resulta especial. Todo se llena de esperanza y te mueres por llegar a casa y ver de nuevo a esa persona. No dejas de pensar en ella, de preocuparte por ella…

–¿Entonces, no me quieres? –Ariadne se sentía aturdida.

Sebastian apartó la mirada.

–Pronto dispondrás de tu dinero y de tu libertad para elegir. Y cuando recuerdes estos momentos, pensarás en la suerte que has tenido de librarte del bastardo egoísta de Sebastian Nikosto –sonrió amargamente.

A Ariadne le dolía tanto el corazón que apenas podía respirar. Aun así, mantuvo la compostura.

–Te estoy profundamente agradecido por todo lo que has hecho aquí. Pero esto –agitó una mano en el aire–, nosotros, el modo en que empezamos… ha sido maravilloso y tú eres una chica estupenda, pero lo que sea que haya entre nosotros está construido sobre una base de arena. Tarde o temprano acabarías por abandonarme –su voz se volvió ronca–. Todo el mundo lo hace.

Capítulo Nueve

Sebastian contempló la lluvia caer y se preguntó si Ariadne habría llegado a la cita sin empaparse. Tras la discusión el ambiente se había vuelto tenso, y cuando se había ofrecido a llevarla en coche a la cita con el abogado, lo había rechazado amablemente, asegurando que iría por sus propios medios.

Desde la noche anterior no había dejado de tener la sensación de haber destrozado algo muy frágil, de haber cometido una estupidez.

Ariadne había dormido en la otra habitación y, aunque había pasado una noche de mil demonios, en el fondo se sentía aliviado. Al menos no se había aprovechado de ella.

En un rincón de su mente se estaba gestando una idea. Algo sencillo, brillante y elegante.

De repente, agarró las llaves del coche y salió corriendo del despacho.

Camino de la villa intentó pensar qué cosas podría decir para mitigar el dolor. El problema era que con las mujeres se convertía en un idiota balbuceante.

Sin saber por qué, tomó el desvío de Waverley y se dirigió a la pared del cementerio donde estaban enterradas las cenizas de Esther. Salió del coche y se quedó un rato, quizás una hora, preguntándose si no sufriría alguna especie de crisis de viudo. Después se acercó bajo la lluvia a la tumba que había visitado en una única ocasión.

En la pared había una pequeña placa con el nombre de Esther grabado. La contempló durante una eternidad, intentando sentir la presencia de Esther, recordando lo que Ariadne había dicho de sus padres.

Pero lo cierto era que Esther no estaba allí. De estar en algún lugar, estaría allí arriba, sonriendo entre las nubes. Era la pura y sorprendente verdad.

La que sí estaba era Ariadne. Asaltado por un repentino brote de energía, corrió al coche.

—Es usted una mujer muy rica —anunció el abogado—. ¿No le informó su tío de que su padre poseía acciones en la naviera Giorgias?

Ariadne negó con la cabeza.

—Su padre heredó las acciones de su abuela, mientras que su tío heredó una cantidad mayor de su padre —sonrió—. A partir de ahora, señora Nikosto, podrá hacer cuanto le plazca, comprar lo que desee, vivir donde quiera.

Excepto en Naxos.

—Gracias —Ariadne sonrió sin dejar traslucir el inmenso dolor que la invadía.

Salió a la calle, libre y rica bajo la lluvia de Sídney. Y comprendió que, de todos modos, no deseaba regresar a Naxos.

Ya no le quedaba nadie allí. Ni en ninguna otra parte. Y no obstante tenía un mundo de posibilidades ante ella. Pero ¿qué hacía una mujer cuando su esposo era incapaz de aceptar su amor? Sus pasos la condujeron hacia una agencia de viajes cercana.

Sebastian cerró la puerta y arrojó las llaves sobre la mesa del vestíbulo. Se paró y escuchó. La casa estaba extrañamente silenciosa. Se dirigió a la cocina. Todo estaba limpio y recogido, pero no surgía ningún delicioso aroma del fogón, el horno estaba vacío.

No había siquiera una ensalada preparada. Ni una esposa. ¿Estaría durmiendo?

—¡Ariadne! —con una repentina sensación de pánico, subió las escaleras de dos en dos.

En todas partes encontró el mismo vacío. No quedaba rastro de ella ni en los dormitorios, ni en el cuarto de baño. El vestidor estaba vacío.

El dolor en el pecho era casi insoportable mientras intentaba hacerse a la idea de que lo peor había sucedido. Ella lo había abandonado.

Llamó al abogado directamente a su casa. Pero tampoco tuvo suerte. El otro hombre no supo decirle dónde se había ido su preciosa esposa después de haber recibido la herencia.

La cama nunca le había parecido tan vacía y

aún seguía despierto cuando el alba al fin irrumpió. Poco después de las seis de la mañana corrió hacia la puerta al oír el timbre.

Abrió la puerta y se quedó inmóvil ante dos griegos de avanzada edad que daban órdenes sin parar a un chófer que descargaba maletas de una limusina.

–¡Cuidado con eso, imbécil! –rugió el hombre–. Ahí no, idiota. Aquí.

–Un momento, Peri, yo me ocupo. Trae primero la negra, querido. Después busca la marrón. Excelente. Gracias. Muchas gracias.

El hombre se volvió y, al ver a Sebastian, extendió las manos.

–¡Hijo mío! –lo abrazó con entusiasmo, besándolo en ambas mejillas–. Soy Peri, tu tío. Y esta es tu tía Eleni –resplandeciente, se frotó las manos–. ¿Dónde está mi niña?

Tras las explicaciones de Sebastian hubo un tenso silencio, roto al fin por la mujer.

–¿Cómo? ¿Estás diciendo que no está aquí? ¿Y dónde está? –su voz estaba cargada de pánico–. ¿Dónde puede haber ido? ¿Qué has hecho con mi *toula*?

Ariadne se apoyó en la bolsa de playa y observó a los tempraneros surfistas. A lo lejos, un nadador solitario cortaba el agua sin apenas salpicar, con un envidiable estilo.

Cómo le gustaría saber nadar así. Recordó una

mañana en la que había observado a Sebastian entre las olas en la playa de Bronte, aunque aquello ya era historia. Había hecho lo correcto al marcharse, estaba convencida de ello.

Mejor haber terminado antes de que el amor se hubiera vuelto demasiado intenso. Las lágrimas amenazaron con desbordarle los ojos al recordar el desastroso y breve matrimonio.

Quizás los recuerdos de niñez que le despertaba ese lugar le ayudarían a pasar página. Una playa era una playa, pero Noosa tenía su propio encanto. Eucaliptos y árboles de té fundían su aroma con el del mar, cuyas aguas eran de color esmeralda y turquesa.

Sabía por la prensa que la empresa de Sebastian iba viento en popa. Las acciones de Celestrial habían subido vertiginosamente. Su tío estaría impresionado.

Ella también se había movido bastante en los últimos meses, aunque aún le quedaba mucho por ver. Había atravesado las lejanas tierras del interior en un todoterreno y dormido junto a una hoguera bajo las estrellas. Había navegado en kayak por el río de una garganta y nadado en las aguas puras y cristalinas de un lago sin fondo.

Había dormido en sacos de dormir, autobuses, el suelo y hostales que no disponían más que de lo básico. Y todo le había resultado extraño, hermoso y emocionante. Se había lanzado con entusiasmo a cada aventura, aunque en ocasiones la belleza del entorno había quedado desdibujada por las lágrimas que asomaban a sus ojos cuando pensaba en el hombre que le había enseñado a amar antes de rechazarla.

Tras hacer algunas averiguaciones había descubierto que la tía abuela Maeve seguía viviendo en Noosa, aunque se había ido a visitar a unos parientes en Tasmania.

Parientes en Tasmania. Seguramente también serían parientes suyos.

El nadador seguía avanzando. Su cabeza desapareció bajo el agua, pero surgió de nuevo y esperó a la siguiente ola, que tomó sin esfuerzo, como un delfín. Los fuertes brazos indicaban que debía tener un porte atlético y el cuerpo bronceado.

Tras desaparecer un par de minutos bajo el agua, volvió a emerger más cerca de la costa.

Casi había llegado a la altura de los surfistas. Tenía los cabellos negros, como los de Sebastian.

Tomó la siguiente ola y se levantó, estabilizándose antes de caminar hacia la orilla. Ariadne se inclinó hacia delante.

Tuvo que quitarse las gafas de sol para poder ver mejor. El hombre era alto y atlético. De anchos hombros y cintura estrecha.

Debía estar volviéndose loca. Sin embargo, cuanto más avanzaba, más se parecía a él.

El pulso que le martilleaba dolorosamente en la cabeza le indicaba que tenía razón. Pero no podía ser. Sebastian estaba en Sídney, dirigiendo Celestrial, no saliendo del mar como si fuera Poseidón. A su alrededor el mundo se detuvo y lo único que veía era a su atlético, fuerte y hermoso marido avanzar hacia ella.

Aturdida, lo vio pasar ante ella y dirigirse a las duchas de la playa.

Aparentemente ignorante de su presencia, se aclaró el cuerpo bajo el agua. Un cuerpo que había sido suyo. Tras cerrar el grifo, se dirigió a un pequeño montón de ropa sobre la arena y tomó una toalla.

Tenía que haberla visto por fuerza. Pero ¿qué hacía en Noosa? Sebastian nunca se tomaba vacaciones. Un horrible pensamiento la asaltó. ¿Estaba allí con alguien? ¿Con otra mujer?

No esperaba que se mostrara amable con ella, pero si se marchaba sin saludarla, se moriría. Se sentó muy quieta, apenas atreviéndose a soñar, los nervios en tensión.

–Ariadne –una sombra se interpuso entre ella y el sol.

Ariadne alzó la mirada, ajustando los ojos a la luz, encontrándose con la oscura mirada de su esposo.

–Hola, Sebastian –su instinto la empujaba a lanzarse en sus brazos.

Él dudó un instante antes de dejarse caer a su lado e inclinarse para besarla en la mejilla.

–¿Qué estás haciendo aquí? –susurró ella con los ojos cerrados.

–Pasaba por aquí. ¿Y tú?

Iba vestido con unos pantalones cortos y una camiseta blanca que le acentuaba el bronceado.

147

Quizás no fuera más que su imaginación, pero lo notó más delgado.

–Yo también. Solo estaré aquí temporalmente.

–Entiendo.

–He estado viajando por Australia –ella bajó la mirada–. Recuperando la tierra donde nací. He pensado quedarme un tiempo aquí, en Queensland, dado que el invierno está a la vuelta de la esquina.

–Estupendo –tras un tenso silencio, Sebastian asintió–. Siempre quisiste visitar el país. Y cuéntame ¿está a la altura de tus expectativas?

–Mucho más –el corazón de Ariadne se inflamó de emoción–. No podría describirlo ni en un millón de años. Es impresionante. Espectacular. ¿Quién hubiera dicho que un desierto podría ser tan hermoso? Y la gente. La gente aquí es muy amable y cálida.

–¿Más cálida que los griegos?

–No –ella soltó una pequeña carcajada–. Nadie es más cálido que un griego.

–Pensé que, dado que ahora eres una mujer rica, regresarías a Naxos –observó él.

–No –sus miradas se fundieron–. Mis planes a largo plazo están aquí.

–¿Aquí?

–No, en Noosa no. En Sídney, creo.

–¿Sídney? –los ojos de Sebastian se iluminaron un instante–. Eso sería estupendo.

El aire estaba cargado de electricidad. Ariadne se moría de ganas de preguntarle qué hacía en Noosa, pero tenía demasiado miedo de la posible respuesta.

–Tengo entendido que a Celestrial le va muy bien –al fin se decidió por romper el silencio–. Lo he leído en la prensa. Felicidades. Debes estar celebrándolo.

–Gracias –él se encogió de hombros–, pero desde que te perdí, no tengo ganas de celebrar nada.

–Bueno, supongo que ambos perdimos –Ariadne tenía un nudo en la garganta.

–Escucha –Sebastian levantó la vista de la arena y la miró fijamente– ¿te apetece desayunar conmigo en el hotel? Hay algunas cosas que te quiero decir.

El corazón de Ariadne saltaba de alegría y una anticipación tan intensa que rozaba la angustia. Aun así, tenía que protegerse. A lo mejor quería hablarle del divorcio…

–Un desayuno estaría bien –asintió ella–. ¿Dónde te alojas?

–En el Sheraton.

–¿En serio? Yo también –Ariadne lo miró fijamente–. ¿Se trata de una coincidencia?

–No exactamente –admitió él.

Sebastian se puso en pie y le ofreció una mano. Temerosa de tocarlo y con los nervios a flor de piel, rechazó la ayuda y se levantó ella sola. El brusco movimiento le hizo tambalearse ligeramente.

–Cuidado –él se apresuró a agarrarla del brazo.

Como era de prever, los dedos dejaron un rastro del viejo fuego en la piel de Ariadne.

Camino del hotel, ella parloteó sin cesar sobre sus viajes mientras se preguntaba qué querría decirle él. ¿De verdad habían pasado meses desde que fueron amantes?

Sebastian apenas articuló palabra y se limitó a asentir y a mirarla como si no pudiera apartar la vista de ella. El brillo de sus ojos indicaba la gran emoción que sentía.

—Estás muy morena —observó en un momento dado con voz grave.

Ella asintió.

—Estás más bella que nunca —continuó él con las manos hundidas en los bolsillos—. Resplandeces. Y… ¿cuáles son esos planes a largo plazo?

Estaban parados ante los ascensores del Sheraton.

—Bueno, ya sé lo que quiero hacer en Australia —contestó ella tras un momento de duda—. Voy a construir refugios para personas sin hogar —ante la expresión perpleja de Sebastian, continuó apresuradamente—. Ya sé que Sídney tiene refugios, pero quiero hacer mi propia contribución. Me lo puedo permitir. Empezaré con uno. Aprenderé de los buenos profesionales —lo miró fugazmente a los ojos—. Es horrible no saber dónde vas a dormir. Jamás olvidaré esa sensación.

—Lo sé —asintió él con expresión cálida—, es normal que no lo olvides jamás —se apartó bruscamente de ella—. Es una idea estupenda. Creo que lo harás muy bien.

—Eso espero —murmuró ella con un nudo en la

garganta que le quebró la voz–. Tengo mucho que aprender.

–Como todos.

Ya en el ascensor, la estrechez resultó agónica. A Ariadne le hubiera gustado poder hablar sin trabas, abrirle el corazón y expresar lo que de verdad sentía. Pero no pudo.

–¿Sabías que la isla Fraser es toda de arena? Y hay un lago tan profundo que nadie ha alcanzado el fondo, pero las aguas son frescas y cristalinas como un arroyo de montaña. Sebastian la miró fijamente antes de atraerla hacia sí y abrazarla durante un largo y glorioso instante, acariciándole los cabellos, arañándole la frente con la barbilla. Lágrimas por el amor perdido le surgieron del corazón a Ariadne, que lloró con la cabeza apoyada en el pecho de su esposo cuyo corazón latía en su oído.

Al fin se dio cuenta de que las puertas del ascensor se habían abierto y la gente los miraba perpleja.

–Hemos llegado.

La suite de Sebastian se parecía mucho a la suya. Opulenta, con un enorme dormitorio, mullidos sofás, vistas al mar y un precioso balcón donde poder desayunar.

–¿Cómo supiste que me alojaba aquí? –casi recuperada de su estallido emocional en el ascensor, Ariadne se mostró más alegre.

–Recuerdo que me hablaste de haber venido aquí de vacaciones cuando eras pequeña y pensé que merecía la pena intentarlo. Ya había buscado en todos los demás lugares que se me han ocurrido.

—¿De verdad? —murmuró ella—. Debería haber dejado una nota. Fue algo impulsivo. Yo…

—Lo comprendo. Te hice daño.

Nada de lo que hubiera podido decir ella lo habría expresado mejor.

—Lo siento muchísimo —continuó Sebastian con voz ronca—. Cuando te conocí, me hice un lío. Mis emociones se mezclaron con los recuerdos de Esther. Supongo que me sentía culpable por enamorarme de nuevo.

¿Enamorarse de nuevo?

—Al conocerte me sentí desbordado —su voz se hizo aún más ronca—. Y cuando me pediste que me casara contigo, no podía creer que hubiera tenido tanta suerte. Me sentía eufórico. Habría hecho cualquier cosa por ti. Lo que fuera.

—Te estaba muy agradecida por aceptar —susurró ella con el estómago encogido.

—Supongo —la expresión de Sebastian se volvió tensa—. Claro que, de haberlo sabido… Era evidente que te preocupaba el dinero, pero no supe hasta qué punto estabas desesperada, hasta ese día. Habría encontrado el modo de… —se propinó un puñetazo en la palma de la mano—. Ese viejo diablo. Aún creo que le dejé ir de rositas, pero lo hice por Eleni.

—¿Eleni? —Ariadne lo miró perpleja—. ¿Te refieres a mi tía?

–Tu tía, sí –él asintió y de repente pareció recordar algo–. ¡Eso era lo que tenía que contarte! Están aquí.

–¿Aquí? –ella miró a su alrededor, esperando que aparecieran de la nada–. ¿En Noosa?

–No, aquí no, gracias a Dios –aclaró él–. Lo siento. Es tu familia –se disculpó, aunque sus ojos brillaron divertidos–. Están en Sídney. Se alojaron en nuestra casa unos días, hasta que Agnes se hartó de ellos y tuvieron que trasladarse a un hotel. Debieron tomar el primer avión desde Atenas en cuanto supieron que nos habíamos casado.

–¿Qué? –a Ariadne le temblaban las piernas–. ¿Quieres decir que llevan meses aquí?

–Ya lo creo –Sebastian se sentó a su lado y le rodeó la cintura con un brazo–. Casi se mueren de preocupación. Peri ha contratado a un montón de detectives y tu tía se echa la culpa por haberte empujado a comprometerte con Demitri.

–¿En serio? –ella se encogió de hombros–. Pues ya es un cambio. Después de todas sus quejas por lo conflictiva que les había salido. En una ocasión mi tío me acusó de comportarme como si fuera una princesa.

–¿Eso te dijo? –un destello brilló fugazmente en los ojos de Sebastian–. Tengo entendido que ese tipo ha protagonizado cierto escándalo desde lo de la boda –entornó los ojos fingiendo recordar–. ¡Ah, sí! Por fin salió del armario.

–¿Qué dices? –balbució ella sin podérselo creer–. ¿Demetri?

153

—Eso es —asintió él—. Según Peri, has quedado absuelta —sonrió—. En realidad, en Grecia te has convertido en una heroína nacional.

—¡Madre mía! No me lo puedo creer —estaba estupefacta—. ¿Demetri gay? Entonces ¿por qué quería casarse conmigo?

—Bueno —observó él en tono cariñoso—. Ya se acabó. Supongo que el hombre tenía sus razones. La prensa lamenta haberte tratado mal. Por cierto, tu tía no sabía nada de la jugarreta que te hizo tu tío no pagando las vacaciones. Se enteró por ti cuando le llamaste y se enfadó mucho con él —hizo una mueca—. Sobre todo porque, por culpa de eso, te casaste conmigo y yo te he arruinado la vida.

—¿Eso dijo? —Ariadne lo miró con desconfianza.

—Algo así —Sebastian parecía avergonzado—. Ha habido unas cuantas discusiones familiares bastante acaloradas. Tu tía puede ser una mujer impresionante. Por un momento casi sentí pena por Peri. No quiero ni pensar en lo que estará sucediendo en la suite del Hyatt.

Ariadne miró embelesada a su marido. Parte de la vieja camaradería parecía haber regresado y estaba feliz sentada a su lado, cultivando de nuevo la esperanza en su corazón.

—Espero que se lo esté haciendo pasar mal. Aun así, creo que pasará mucho tiempo antes de que soporte la idea de volver a verlos —ella se encogió de hombros—. Pensé que me habían enviado a Australia para deshacerse de mí. No creo que pueda perdonarles nunca.

–Y nadie te culparía si no lo hicieras –Sebastian la contempló con ternura y preocupación–, pero sinceramente no creo que tuvieran mala intención. Han estado sufriendo mucho por ti, casi tanto como yo.

–¡Oh! –Ariadne respiró hondo–. ¿En serio?

–Ha sido un infierno. Tan solo espero que puedas perdonarme –suplicó él con el rostro tenso–. Sé que has estado disfrutando de tu libertad. El mundo es tuyo y puedes hacer cuanto te plazca con tu vida –la miró con gesto severo, pero también cálido y sincero–. Intentaré decírtelo lo mejor que pueda –buscó algún gesto de ánimo y ella asintió a modo de respuesta–. Lo supe el día que te marchaste. Corrí a casa para decírtelo, pero llegué tarde –hizo una mueca–. Te amo, Ariadne. Y no puedo fingir que no quiero que vuelvas a casa como mi esposa.

–¡Oh, Sebastian! –Ariadne estaba conmovida, feliz y aliviada. Alargó ambas manos y acarició el adorable rostro.

–¿Crees que podrías llegar a amarme? –preguntó Sebastian–. ¿A pesar del daño que te he hecho?

–Sí –aseguró ella–. Te amo. Te amo con locura.

–Gracias a Dios –Sebastian cerró los ojos antes de besarla apasionadamente.

Ariadne se acomodó entre los brazos de su esposo y se rindió a las agradables sensaciones de un beso que la dejó sin aliento.

El beso no fue más que el pistoletazo de salida. Aquella mañana no iban a desayunar.

–¿Qué te parece si empezamos ahora mismo nuestra luna de miel? –Sebastian se tumbó sobre la cama y la atrajo hacia sí–. Podríamos ir a la isla Fraser si lo deseas.

–Me encantaría ir allí contigo.

Se tumbaron de lado, con las cabezas apoyadas sobre los codos, frente a frente.

–Y después, si tú quieres, podríamos casarnos como es debido en una iglesia. Pero solo si tú quieres, mi amor. Con música, flores, la familia y demás. Después podríamos visitar Naxos. Hacer una entrada triunfal –un travieso brillo asomó a su mirada–. Convencer a tus tíos para que regresen a su casa…

Aquello sonaba a música en los oídos de Ariadne.

–¿Qué te parece?

–Me parece que estoy de acuerdo, mi querido Sebastian. Sí, sí y mil veces sí –incapaz de contenerse, subrayó cada afirmación con un beso.

De repente se encontró tumbada de espaldas, besada por todo el cuerpo por los labios que más deseaba en el mundo.

A Sebastian se le acabaron las palabras enseguida, pero expresó sus sentimientos de otra forma, convenciéndola de su sinceridad con los métodos más ardientes y apasionados para su mayor deleite y placer.

DESEO

CAT SCHIELD

SABOR A
TENTACIÓN

HARLEQUIN™

Capítulo Uno

Tan pronto como Harper Fontaine salió de su animado casino y entró en su moderno y nuevo restaurante, miró al lado de la puerta para ver si había o no una bolsa de cuero negra con ruedas: la bolsa de supervivencia de Ashton Croft, como ella la llamaba. La odiaba, por representar lo que no soportaba del famoso chef: su tendencia a aparecer sin avisar y su gusto por la aventura.

Pero quería que la bolsa estuviera allí porque eso significaría que Ashton había venido a hacer la entrevista al candidato para el puesto de jefe de cocina. Faltaban solo dos semanas para la inauguración de Batouri, ya con retraso, y que había hecho que Harper se cuestionara la decisión de pedir a un chef famoso de la televisión que se encargara de la preparación del restaurante de su hotel.

Pero a pesar de que la gran inauguración estaba dando publicidad al hotel, Fontaine Ciel, los niveles de estrés a los que se estaban viendo todos sometidos eran casi insoportables. Carlo Perrault, el gerente del restaurante, llevaba dos meses sin dormir y cada vez se encontraba más irritado. Ella, por su parte, había empezado a padecer serios dolores de cabeza.

Con la prolongación del rodaje de El Cocinero Errante en Indonesia, las dificultades para trabajar con él habían aumentado. Habían tenido que retrasar la inauguración de Batouri dos veces debido a los viajes de Ashton para filmar episodios de la popular serie televisiva.

Pero Harper se negaba a posponer una vez más la inauguración de Batouri. Los suelos estaban acabados. Las arañas de cristal colgaban de los techos e iluminaban las blancas servilletas y las copas de cristal sobre las superficies negras de las mesas. Hacía diez días que los pintores habían acabado la pintura dorada metálica de las tres columnas en el centro del comedor.

Solo faltaban dos cosas para que Batouri pudiera abrir, dos piezas claves: el jefe de cocina y un menú. Y al comprobar que la bolsa de Ashton no estaba en el lugar que acostumbraba a dejarla, parecía que el menú iba a tener que esperar.

Harper se miró el reloj. Eran exactamente las cuatro de la tarde. Para asegurarse de que llegara a tiempo, le había dicho a Ashton que había citado al candidato a jefe de cocina a las tres. No estaba acostumbrada a recurrir a esa clase de trucos, pero ya no sabía qué hacer con el famoso chef.

Llamó a su secretaria y Mary contestó la llamada inmediatamente.

—¿Ha llamado Ashton Croft para decir que se iba a retrasar? —preguntó Harper sin preámbulos.

—No.

—Y su avión llegaba a Las Vegas a la una, ¿no?

–Sí.

Dos semanas antes Ashton le había prometido que, a partir de ese día, se centraría por completo en Batouri. No debería haberse fiado de él.

–Gracias, Mary. Avísame si sabes algo de él.

–Lo haré –Harper estaba a punto de colgar cuando Mary dijo algo que llamó su atención–: ... En tu despacho.

Carlo Perrault salió de la cocina bufando. El gerente del restaurante, de cuarenta y seis años de edad, daba señales de estrés.

–Tenemos un problema.

–Perdona, Mary, ¿quién has dicho que está en mi despacho?

–Tu madre.

–¿Mi madre? –consciente de la presencia de Carlo, Harper se volvió de espaldas a él–. ¿Te ha dicho qué está haciendo en Las Vegas?

–No, pero parece disgustada.

–¿Disgustada solo? –preguntó Harper irónica.

Penélope Fontaine no habría abandonado su elegante casa en Boca Ratón para ir a verla de no tratarse de algo serio. Y de ser así, ¿por qué había acudido a ella? Normalmente, cuando tenía algún problema, Penélope acudía a su suegro, Henry Fontaine.

–Te he oído decir que solo fuma cuando está nerviosa –dijo Mary–. Acaba de encender un segundo cigarrillo.

–¿Que está fumando en mi despacho? Estaré ahí en cinco minutos.

—No puedes marcharte –protestó Carlo–. Croft ha empezado a entrevistar al cocinero sin ti.

—Genial –murmuró ella–. ¿Cuánto tiempo lleva ahí?

—El suficiente para probar todo lo que Cole, el cocinero, ha preparado –la expresión de Carlo fue suficiente para indicarle que aquella entrevista llevaba el mismo camino que las siete anteriores.

—Mary, me parece que voy a tardar un rato en poder ir. Instala a mi madre en una habitación del hotel y dile que iré a verla cuando termine aquí.

Harper colgó el teléfono y se volvió hacia Carlo.

—Esta vez, si vuelve a estropearlo todo, te juro que le mato.

Carlo asintió comprensivo.

La discusión de los dos hombres le llegó a los oídos antes de llegar a la zona de cocina.

—Estas vieiras a la plancha están perfectamente cocinadas –protestó uno de los hombres–. Y a la salsa no le falta sal.

—Evidentemente, su paladar es aún peor que su habilidad para cocinar.

A Harper le dio un súbito dolor de cabeza en el momento en que oyó la segunda voz. Ashton Croft llevaba dos meses entrevistando a candidatos para ocupar el puesto de jefe de cocina y los había rechazado a todos.

Como de costumbre, clavó los ojos inmediatamente en Ashton, cuya presencia dominaba la estancia: alto y con los fuertes brazos cruzados, miraba furioso a Cole.

Ashton había comido cosas que a Harper le revolvían el estómago solo de pensarlo, sus aventuras la asustaban y la cautivaban a vez.

Con un esfuerzo, Harper apartó los ojos de él, los clavó en el otro cocinero y se dispuso a entrar en escena.

–Buenas tardes, caballeros –dijo Harper con tranquilidad y autoridad. Quería a Dilon Cole de jefe de cocina de Batouri. Era un excelente cocinero y, además, tenía dotes de mando y organización–. ¿Qué tal va todo?

–Prueba esto –le ordenó Ashton empujando un plato hacia ella sin quitarle el ojo de encima a Cole–. Dime si está a la altura de Batouri.

Harper se negó a obedecer.

–¿Puedo hablar contigo un momento en privado? –le preguntó a Ashton.

–¿No puedes dejarlo para más tarde? –inquirió Ashton sin dejar de mirar a Cole.

–No.

La negativa sonó alta y clara, y consiguió atraer la atención de Ashton, que le clavó los ojos azules, despertándole una oleada de deseo sexual.

Harper se maldijo a sí misma por permitir que el atractivo físico de ese hombre y su evidente virilidad le afectaran de esa manera.

Tuvo que recordarse que Ashton era una persona poco fiable y al que no le importaba la forma en que sus acciones repercutían en los que le rodeaban. Su papel de deslumbrante aventurero en televisión lo cumplía a la perfección, pero dejaba mucho que desear en lo tocante su trabajo en el lanzamiento del nuevo restaurante.

Con los labios apretados, Asthon asintió.

—Discúlpenos un momento —le dijo Ashton a Cole, y salió de la cocina con Harper para ir al comedor—. Bueno, ¿qué es eso tan importante que tienes que decirme?

—El restaurante abre dentro de dos semanas.

—Sí, ya lo sé.

—La inauguración no se va a volver a posponer.

—También lo sé.

—¡Necesitamos un jefe de cocina!

—Yo me encargaré de la cocina.

Pero Harper no le creyó.

—Necesito a alguien que se encargue del día a día de la cocina, alguien que esté aquí siempre.

Ashton asintió, percatándose de las intenciones de ella.

—Quieres que contrate a Cole. Es eso, ¿verdad?

—La última vez que estuve en Chicago fui a su restaurante y la comida era excelente. Estaba ilusionada con probar lo que ha hecho hoy.

—No te has perdido gran cosa.

Harper se lo quedó mirando. Ese día veía algo diferente en el comportamiento de Ashton. Era como si quisiera crear problemas donde realmente no los había.

—¿Te pasa algo? —preguntó Harper de repente.

Ashton pareció vacilar unos momentos.

—No, nada. ¿Por qué?

—Porque, para empezar, has llegado a tu hora.

–En realidad, he llegado con una hora de antelación.

Harper guardó silencio y luego suspiró.

–En fin, lo único que sé es que has rechazado a siete candidatos para el puesto de jefe de cocina.

Ashton arqueó las cejas.

–¿Y?

–Necesito contratar a un jefe de cocina. En mi opinión, Cole es la persona perfecta.

–No has probado sus entremeses –en lo relativo a la comida, Ashton era un genio, por lo que no le sorprendía que no encontrara a nadie apto para su exigente paladar–. Les faltaba algo.

–Tiene experiencia y sabría llevar la cocina de la forma como yo quiero…

Pero Asthon la interrumpió:

–Cuando acudiste a mí para que te ayudara a montar un restaurante, dejé muy claro que, en lo referente a lo creativo, yo tenía la última palabra.

–En lo referente a lo creativo, pero esto tiene que ver con la organización de la cocina –y por eso era por lo que estaba decidida a imponer su voluntad.

–La cocina es el lugar en el que se produce la magia.

–No creo que se vaya a producir ninguna magia sin un menú y sin un jefe de cocina para organizar al personal.

Harper sintió una punzada de dolor en la cabeza y parpadeó.

–Todo estará listo para el día de la inauguración

—declaró Ashton con absoluta confianza en sus palabras.

—Pero…

—Confía en mí —la profunda voz de Ashton, tomándola por sorpresa, acalló sus protestas.

—Confío en ti —respondió, pero no era eso lo que había querido decir.

Sin embargo, sabía que era verdad. Podían tener diferentes ideas de cómo conseguir algo, pero Ashton le había demostrado sobradamente que era tan capaz como ella de alcanzar los objetivos que se proponía. En el fondo, sabía que él lograría elaborar un menú que se ganara la admiración tanto de los clientes como de los críticos.

Lo que le sacaba de quicio era la idea de que dejara las cosas para el último momento.

Desde que se conocían, hacía ya nueve meses, Harper no había mostrado ningún interés en él más que como cocinero. Acosado por ataques de lujuria respecto a aquella mujer de negocios, pero sin querer que nada interfiriese en su relación profesional, había ignorado a sus hormonas y había mantenido el trato con ella estrictamente a nivel de trabajo.

Sin embargo, según se aproximaba el día de la inauguración del restaurante, más difícil le resultaba no verla como la atractiva, aunque demasiado seria, mujer que Harper era.

Le exasperaba no ser capaz de aceptar que Harper no estuviera interesada en él. Estaba en Las Vegas, un lugar plagado de mujeres dispuestas a pasar un buen rato, perfecto para un trotamundos como él.

Al principio del proyecto, le había atraído la idea de introducirse en el mercado de Las Vegas. Sin embargo, había comprendido demasiado tarde lo difícil que era comunicar sus ideas. Había exigido cambios que habían irritado a los diseñadores del restaurante y que, a la par, habían ralentizado el proyecto. Obligado a viajar por su trabajo en televisión, no había podido supervisar el proceso y había descubierto muchas deficiencias.

Para colmo de males, se había visto retenido en Indonesia debido a problemas de rodaje a causa del mal tiempo.

–¿Qué te parece si le digo a Cole que lo sentimos pero que no podemos contratarle y después te preparo algo exquisito? Podrías contarme lo que tanto te preocupa mientras comemos.

–Lo que me preocupa es no tener un jefe de cocina.

–Debe haber algo más. Estás de muy mal humor.

–No estoy de mal humor. Y no tengo tiempo de comer contigo.

–Hace cinco minutos estabas dispuesta a sentarte y a probar todo lo que Cole ha preparado –Ashton se cruzó de brazos y la miró con solemnidad–. Así que no me queda más remedio que preguntarte qué es lo que no te gusta de mi comida.

–No se trata de tu comida. Comí en Turinos cuando estabas allí de chef y tus creaciones me parecieron extraordinarias. No es posible que creas que te he contratado para la inauguración de mi restaurante sin que me guste tu forma de cocinar, ¿no?

–En ese caso, ¿es porque no te gusto yo? –Ashton alzó una mano previendo la negativa de ella–. Sé que a algunos les resulta difícil trabajar conmigo.

Harper respiró hondo y soltó despacio el aire.

–Es imposible trabajar contigo, pero creo que el resultado final valdrá la pena. A pesar de lo que te he insultado para mis adentros.

Ashton sonrió.

–¿Me has insultado?

–Pero nunca delante de nadie.

–Sí, claro.

–¿Qué quieres decir?

–Que eres demasiado señora como para perder los estribos.

–¿Qué tiene de malo ser una señora?

Ashton sabía que la estaba picando. Al principio de conocerla, la había provocado. Pero Harper era demasiado profesional para picar el anzuelo y él, al final, había parado. Pero esta conversación era diferente. Parecía como si Harper se hubiera despojado de su máscara y se estuviera mostrando tal como era en realidad.

–Nada, solo que no pareces divertirte mucho.

Ashton había averiguado algunas cosas sobre Harper. Estaba enterado de la pugna que tenía con sus hermanastras por el control del negocio de la familia. Harper tenía un gran éxito profesional, pero no se dormía en los laureles, al igual que él.

12

–Me divierto mucho con el éxito de mi hotel. Y, además, mira quién fue a hablar. Tú, que te pasas la vida entre rodajes o dirigiendo tus restaurantes.

–No voy a negar que estoy bastante ocupado, pero también disfruto con lo que hago –Ashton ladeó la cabeza–. ¿Y tú?

–Me gusta mi trabajo. No lo haría si no me divirtiera –pero detrás de la vehemencia de las palabras de Harper había duda.

–No es posible que centres toda tu vida en el trabajo –dijo él–. ¿No hay algo que quieras hacer y que todavía no has hecho?

–Hablas como si lo sacrificara todo por mi trabajo.

La verdad era que él no había dicho nada semejante, pero el hecho de que Harper diera esa interpretación a sus palabras era sumamente significativo.

–Todo el mundo sueña con hacer algo diferente, quizá alguna locura, en un momento de su vida.

–Estoy de acuerdo.

–En ese caso, dime qué te gustaría hacer.

–No te entiendo.

–Vamos, confiesa. Dime lo primero que te venga a la cabeza.

Con gesto de exasperación, Harper arrugó el ceño y contestó:

–Me gustaría ir en camello por el desierto y dormir en una tienda de campaña.

–¿En serio? –Ashton se echó a reír–. Admito que no esperaba una cosa así de ti. Creía que ibas a decir…

Pero se interrumpió. Llevaban nueve meses trabajando juntos y sabía muy poco de ella.

–¿Qué creías que iba a decir? –preguntó ella. Y a sus ojos castaños asomó una chispa de curiosidad.

–No lo sé, la verdad. No te imagino tomando un avión a París para ir de compras o tumbada al sol en un yate –Harper no era una mujer frívola–. Quizá… ¿una visita a un museo?

A Harper no pareció hacerle mucha gracia la sugerencia.

–Estoy algo cansada de que la gente me eche en cara que soy demasiado seria.

Evidentemente ese era un punto flaco de Harper.

–¿Quién es todo el mundo?

–Mi familia. Mis antiguas compañeras de colegio. No sé, pero a mí no me parece que la vida sea un juego.

–Tampoco es solo trabajo –respondió Ashton.

–¡Vaya, habló el que nunca trabaja! –exclamó Harper sin poder contener la irritación.

–¡Qué sorpresa, estás sacando las uñas!

Harper se lo quedó mirando consternada.

–Yo no he sacado las uñas.

–Eso es porque no has visto la cara que has puesto.

–Está bien, confieso que estoy algo estresada. Pero, para que lo sepas, no es fácil trabajar contigo.

–Quizá no sea fácil trabajar conmigo –concedió Ashton–. Pero cuando quieras divertirte un poco, llámame.

14

Harper se lo quedó mirando con las cejas arqueadas y la boca abierta. La invitación no había sido, en principio, una insinuación sexual; pero al ver la chispa de esperanza que había asomado a los ojos chocolate de ella, su percepción de la situación cambió radicalmente.

—No tengo tiempo...

—Para divertirte —concluyó él—. Sí, lo sé, lo has dicho.

En la adolescencia, Ashton se había juntado con delincuentes. Aprender a interpretar hasta la mínima expresión le había ayudado a sobrevivir. El hecho de que no hubiera notado antes que Harper era, en el fondo, una mujer sumamente apasionada, solo demostraba lo falto de práctica que estaba.

Había llegado el momento de despertar y prestar atención.

Harper se aclaró la garganta.

—Volviendo a Cole...

—Le contrataré a cambio de que aceptes salir una noche conmigo —ahora sí estaba coqueteando.

Harper se llevó las manos a las caderas e hizo una mueca.

—Hace cinco minutos no querías saber nada de él.

—Hace cinco minutos no sabía las ganas que tienes de correr una aventura.

—Estoy encantada de estar donde estoy.

—Teniendo en cuenta que uno de tus sueños es ir en camello por el desierto y dormir en una tienda de campaña, no puedes pedirme que me crea que estás satisfecha con la vida que llevas.

—No es uno de mis sueños, solo algo que se me ha ocurrido de repente. Me había acordado de uno de los episodios de tu programa de televisión.

—¿Ves mi programa con asiduidad?

—Antes de entrar en negocios con una persona, hago averiguaciones.

Cosa de sentido común, pero él esperaba que no se tratara solo de eso.

—¿Y tus averiguaciones incluían ver episodios de El Cocinero Errante? Me sorprende que no te interesara más averiguar el estado de mis finanzas o cómo me van los otros cuatro restaurantes que dirijo.

—He hecho ambas cosas. Y también hablé con algunos de tus empleados y con varios miembros del equipo de tu programa. Como ya he dicho, hago bien mi trabajo.

Era evidente que Harper sabía más de él que él de ella. Y eso le molestaba.

—En ese caso, deberías saber que cuando digo que contrataré a alguien que te guste a ti, lo haré.

—A cambio de una noche conmigo —le recordó ella en voz baja.

—Te he invitado a salir, nada más —Ashton no puedo evitar una carcajada—. Estás equivocada si piensas que me puedes comprar con el sexo.

Harper enrojeció al instante.

—No he querido decir eso —protestó ella.

—Yo creo que sí, que ha sido un desliz freudiano —insistió Ashton—. Me deseas, lo que pasa es que no te atreves a admitirlo.

—Lo único que quiero es que contrates a un jefe

de cocina y que le enseñes a cocinar como quieres que lo haga con el fin de no tener que preocuparme de nada cuando te vayas.

Harper había recurrido a la exasperación, pero no le engañaba.

–La oferta sigue en pie. Acepta salir conmigo una tarde y contrato a Cole.

–¿Por qué quieres pasar una tarde conmigo? –preguntó ella confusa.

–Porque creo que te interesará probar los platos que he pensado para el restaurante.

–¿Y eso es todo?

–Naturalmente.

Harper le miró en silencio unos segundos antes de responder:

–Contrata a Cole. Necesitas un jefe de cocina competente mientras te dedicas a representar tu papel de famoso –tras esas palabras, Harper giró sobre sus talones, se acercó a la bolsa de él y la agarró–. Me quedo con esto a modo de garantía.

Y Harper echó a andar, alejándose de él, llevándose sus ropas. Él la siguió con la mirada.

–Le contrataré –prometió Ashton–. Y vas a pasar una tarde conmigo.

–Probando los platos que prepares –respondió ella andando y sin volver la cabeza.

–Voy a hacer que te resulte una noche inolvidable.

Capítulo Dos

¿Cómo se le había ocurrido llevarse la bolsa de Ashton?, pensó Harper tras cruzar el restaurante camino de su despacho. Ashton debía creer que estaba loca.

Y lo estaba.

Había aceptado pasar una tarde con él. Sin duda, se trataba de algo más que de probar un menú. Lo que significaba que se había metido en un buen lío. Se le hacía la boca agua solo de pensar en ser la beneficiaria de los milagros culinarios de Ashton. Siempre y cuando fueran los únicos milagros a los que él la sometiera, sobreviviría a la velada sin hacer el ridículo. Pero si Ashton decidía poner a prueba sus niveles de resistencia, su profesionalidad correría un gran riesgo.

Harper había pasado los últimos nueve meses quejándose de que el verdadero Asthon Croft no era tan maravilloso como la imagen que proyectaba en televisión. Pero eso no era completamente cierto. En televisión, Ashton era carismático y divertido, en persona no era menos atractivo. Además, la serie no transmitía la viril energía de ese hombre, su sensualidad.

La mayor parte del tiempo Harper se quejaba de

lo frustrante que él le resultaba. Le aterrorizaba dejarse subyugar por los irresistibles hoyuelos de sus mejillas al sonreír. Si él se daba cuenta de la facilidad con la que podía conquistarla…

Harper sacudió la cabeza. No iba a acostarse con Ashton Croft.

El olor a tabaco la sacó de su ensimismamiento.

Harper entró en su despacho, dejó la bolsa de Ashton al lado de la puerta y miró alrededor. La bolsa de viaje de su madre estaba encima del sofá azul cielo, la mitad del contenido desparramado. Había un paquete de cigarrillos encima de la mesa y al lado un vaso de cristal con una marca de carmín en el borde. Una elegante gabardina colgaba del respaldo de su silla. Sí, su madre se había instalado.

Penélope Fontaine estaba de pie junto a la ventana que daba a La Franja de Las Vegas, tenía la mano reposando en la garganta, como protegiendo el collar de perlas que llevaba. Un hilo de humo se elevaba del cigarrillo que sujetaba entre los dedos de la otra mano. Llevaba un vestido Chanel blanco y negro, el cabello rubio recogido en un moño, su aspecto era elegante y distante.

De repente, Harper recordó el día que sus padres le explicaron que iban a separarse: su madre necesitaba vivir en Florida por motivos de salud; ella iba a quedarse en Nueva York con su padre. Lo que había significado quedarse sola con los empleados de la casa, ya que Ross Fontaine se había pasado la vida evitando la oficina principal de la empresa, en Nueva York, y también a su padre. Con tantos hoteles y complejos turísticos como tenía la familia, tanto en Estados Unidos como en el extranjero, Ross Fontaine podía hacer más o menos lo que quisiera sin que Henry Fontaine, su padre, se enterase.

—Mamá, te agradecería que no fumaras en mi despacho —dijo Harper acercándose a Penélope, dispuesta a arrebatarle el cigarrillo si no le hacía caso.

—Perdona, Harper —Penélope se acercó a la mesa y tiró el cigarrillo al vaso vacío—. Ya sabes que cuando estoy disgustada vuelvo a fumar.

—¿Qué te pasa?

—Necesito que me ayudes —declaró Penélope.

Harper, que no sabía si su madre se estaba poniendo trágica o si realmente tenía problemas, la miró fijamente y entonces le notó un claro enrojecimiento alrededor de los ojos.

—Has estado llorando. ¿Qué te ocurre?

—Ha pasado algo terrible —Harper notó gravedad en el tono de voz de su madre—. ¿Por qué si no iba yo a venir a una ciudad como esta? Y como sé que no ibas a venir a Florida…

—Estoy muy ocupada con el hotel en estos momentos. Dime, ¿por qué no has acudido al abuelo?

Penélope se tocó el brillante de diez quilates que lucía en la mano izquierda, a pesar de que su marido había fallecido hacía cinco años. ¿Por qué iba a quitárselo, cuando lo había llevado durante los dieciocho años que estuvo separada de Ross Fontaine?

—Henry no puede ayudarme en esto.

—¿Y yo sí? —preguntó Harper con incredulidad.

Su madre jamás había acudido a ella. Penélope tenía la idea de que solo los hombres podían solucionarle los problemas. Las mujeres eran un adorno para los hombres, su papel consistía en ser guapas y hacer gala de buenos modales, no en dirigir empresas de miles de millones de dólares.

–Eres la única persona que puede hacerlo.

Harper llevaba toda la vida esperando a que su madre reconociera que ella era una mujer con poder e inteligencia. El hecho de que Penélope hubiera acudido a ella era, en realidad, una victoria.

–¿Qué es lo que necesitas?

–Dinero.

Su madre recibía de la empresa familiar una considerable pensión mensual. ¿Qué necesitaba comprar como para que le resultaba imposible acudir a su abuelo?

–¿Para qué?

–Me están haciendo chantaje.

–¿Has ido a la policía?

Penélope miró a su hija como si acabara de sugerirle que se pusiera a trabajar.

–No. Es un asunto privado.

–El chantaje es ilegal.

–No estoy dispuesta a que mi vida acabe siendo de dominio público.

–Sé que para ti las apariencias son lo primordial, pero ¿quién te puede asegurar que el chantajista no va a divulgar la información que tiene de ti después de que le pagues?

–Me ha prometido que no lo hará –respondió

Penélope, aparentemente sorprendida de que su hija fuera tan tonta–. He venido aquí porque creía que ibas a ayudarme.

Harper contuvo un suspiro.

–¿Cuánto necesitas?

–Trescientos cincuenta mil dólares.

Harper se quedó sin habla.

–¿Qué es lo que has hecho?

Penélope se sintió ofendida.

–Eso no es asunto tuyo.

–Perdonad la interrupción –dijo Ashton entrando en el despacho.

Demasiado sorprendida por lo que su madre le había dicho como para reaccionar ante la intrusión, Harper se quedó inmóvil mientras le veía acercarse. Ashton miró a Penélope y Harper se preguntó si estaría comparando a la madre con la hija.

–¿Harper? –la voz de su madre la hizo ponerse en pie.

–Mamá, te presento a Ashton Croft, el cocinero. Es el genio creativo detrás de Batouri. Ashton, esta es mi madre, Penélope Fontaine.

–Encantada –murmuró Penélope ofreciéndole la mano.

Harper se contuvo al ver a Ashton regalarle una de sus famosas sonrisas a su madre mientras le estrechaba la mano.

–Es un placer trabajar con su hija.

Le hacía gracia el efecto que la deslumbrante personalidad de Ashton estaba teniendo en su madre. Aunque normalmente no se rendía a los encantos de nadie, Penélope parecía haberse olvidado de la cuestión del chantaje que la había llevado hasta allí para solicitar la ayuda de su hija.

–¿Querías algo? –le preguntó a Ashton.

–Mi ordenador portátil –respondió él–. Tengo una videoconferencia dentro de diez minutos.

–Está ahí –Harper señaló la bolsa negra.

Ashton se inclinó sobre la bolsa, abrió una cremallera lateral y sacó un delgado portátil plateado. Entre tanto, ella siguió con la mirada todos y cada uno de los movimientos de su atlético cuerpo. Ashton era todo lo contrario a ella: activo físicamente, desconcertante y excitante.

–No te lleves la bolsa –ordenó Harper con voz ronca–. Todavía tengo asuntos pendientes contigo.

Ashton esbozó una media sonrisa.

–De acuerdo.

Harper le sostuvo la mirada, negándose a echarse atrás ni a explicar lo que había querido decir. Quizá también le asustaba hacerse a sí misma esa pregunta.

–Pregúntale a Mary qué sala de conferencias está libre.

–De acuerdo.

–Y ven a verme cuando acabes. Quiero saber cómo han ido las cosas con Cole.

–Será un placer contártelo. ¿Vas a estar aquí?

Harper miró a su madre.

–No te lo puedo decir todavía. Pregúntale a Mary. Ella me localizará sin problemas.

Ashton asintió y salió del despacho.

–¿Has contratado a ese hombre tan desaliñado para que se encargue de tu restaurante?

A Harper le habría ofendido la crítica de su madre de no ser porque la había visto pestañear coquetamente mientras hablaba con él.

–Ashton acaba de volver de Indonesia, donde ha pasado cuatro meses.

–¿No has dicho que era cocinero? ¿Qué estaba haciendo en Indonesia?

–Filmar una serie de televisión: El Cocinero Errante –Harper esperó a ver si su madre reconocía el título de la serie–. Viaja por todo el mundo y habla de la cocina local, de la historia de lejanos países y de sus problemas socioeconómicos.

–No veo mucho la televisión, es deprimente.

Harper no se molestó en llevarle la contraria a su madre, Penélope vivía en una burbuja: jugaba al golf por las mañanas, almorzaba con amigas y se iba de compras; el resto del día lo empleaba en asistir a actos culturales o a la filantropía. Solo interrumpía esas actividades para ir a ver a su madre o para cambiar la decoración de su casa.

–La serie es muy famosa.

–Supongo que sabes lo que haces –respondió Penélope en tono desdeñoso, como si ese tema de conversación hubiera dejado de interesarle–. ¿Cuándo podrás darme el dinero que necesito?

–Llamaré al banco para que traspasen el dinero a tu cuenta tan pronto como me digas quién te está chantajeando y por qué.

–Soy tu madre, merezco un respeto.

Antes de que Harper pudiera contestar, Mary se presentó en el despacho.

–Tu abuelo está al teléfono, y Carlo ha llamado para avisarte de que Cole quiere hablar contigo lo antes posible –Mary enfatizó lo último.

–Dile que iré a verle tan pronto como hable con mi abuelo. No creo que tarde más de diez o quince minutos.

Penélope le agarró el brazo cuando Harper fue a levantarse del asiento.

–No le digas nada a Henry.

–¿Por qué no cenamos juntas esta noche y me lo cuentas todo? –sugirió Harper en un intento por apaciguar a su madre–. Necesito saber algo más del asunto antes de darte el dinero.

–Pero vas a ayudarme, ¿verdad? –preguntó Penélope mirando con ansiedad a su hija.

–Por supuesto –Harper apartó los ojos de su madre y los clavó en su secretaria.

Mary había esperado pacientemente. Al ver que Harper volvía a centrar la atención en ella, se conectó el auricular que llevaba en el oído y dijo vía telefónica:

–Ahora mismo contesta a su llamada. Está bien, se lo diré –entonces, se volvió a Harper y explicó–: Tu abuelo ha tenido que contestar a una llamada. Te telefoneará a las cuatro de la tarde.

–Gracias, Mary –Harper se volvió a su madre–. Tengo que encargarme de unos asuntos, no creo que me lleven más de veinte minutos.

Penélope se miró el reloj.

–Tengo cita para hacerme la manicura dentro de media hora.

A Harper no le extrañó que su madre recurriera a un tratamiento de belleza en mitad de una crisis. Por mal que le fueran las cosas, Penélope jamás descuidaba su aspecto físico.

–Mary te ayudará a instalarte en una suite del hotel. Pediré que nos sirvan allí la cena a las siete. Hablaremos entonces.

Ashton se encontraba en la sala de conferencias del hotel Fontaine Ciel de espaldas a la gran pantalla que colgaba de la pared opuesta a la de la puerta que daba al pasillo. Los ejecutivos de la cadena de Nueva York no se habían dado cuenta de que estaban conectados y de que él estaba enterándose de cosas muy útiles e interesantes.

Llevaba casi cinco meses de negociaciones con la cadena Lifestyle Network para producir una nueva serie. Dicha cadena quería realizar un programa de cocina con él de protagonista; al menos eso era lo que su representante, Vince, creía.

Ashton estaba de acuerdo en que era una buena decisión profesional, algo que llevaba en mente desde hacía ocho años. Le permitiría vivir en Nueva York y no tendría que volver a viajar en condiciones cuestionables a lugares en los que nadie en su sano juicio querría vivir.

Era una pena que le gustaran tanto esos lugares alejados que visitaba. Aunque, a decir verdad, Lifestyle Network no le había pedido que dejara El Cocinero Errante. Según él, no había motivo por el que no pudiera trabajar en ambos programas. Llevaba haciendo El Cocinero Errante seis años y el programa seguía siendo muy popular; por lo tanto, dejarlo no tenía sentido.

—Croft, ¿está listo? ¿Podemos empezar ya?

Ashton giró en la silla y sonrió al grupo en la pantalla.

—Cuando ustedes quieran, caballeros.

Su representante estaba asistiendo a la videoconferencia desde su oficina en Los Ángeles. La expresión de Vince no traicionaba las reservas que había expresado en su charla con él la noche anterior, pero tampoco se le veía tan relajado como de costumbre. Ese programa podía transformarle de un famoso chef a una marca. A partir de ese momento, las posibilidades eran infinitas.

—Señor Croft —dijo Steven Bell, un ejecutivo de nivel medio y portavoz del grupo en las negociaciones. Un hombre de mediana edad y aspecto conservador con una habilidad especial para inventarse problemas y poco más—. Tenemos pensado inaugurar el programa a finales de febrero, y nos gustaría empezar a filmar dentro de tres semanas. ¿Le parece bien?

—Sí, muy bien.

Ashton notó un intercambio de miradas entre los ejecutivos.

—Nos han informado de que su restaurante en el hotel Fontaine va con retraso —dijo uno de los eje-

27

cutivos, al que Ashton le había puesto el mote Naranja por la crema bronceadora que utilizaba.

–No es cierto. Va a abrir dentro de dos semanas.

–¿Y funcionará independientemente de usted desde el principio?

Ashton sabía lo que pasaba. Vince le había advertido de que, como él no estaba dispuesto a renunciar a El Cocinero Errante, los de la cadena estaban entrevistando a otros cocineros con el fin de presionarle.

–Voy a dejar el restaurante en buenas manos. He ofrecido a Dillon Cole el puesto de jefe de cocina –pero no dijo que Cole aún no había aceptado el trabajo.

–Es de Chicago, ¿no es cierto? –preguntó otro de los ejecutivos.

Ashton asintió.

–Sí, un cocinero de gran talento –respondió Ashton con honestidad, a pesar de haberle criticado hacía un rato.

Lo que ocurría era que Ashton no estaba seguro de que fuera el cocinero adecuado para Batouri, pero no tenía ya muchas alternativas. Si quería trabajar en el nuevo programa de televisión necesitaba tiempo libre para ello.

–Nos gustaría que viniera un par de días a Nueva York la semana próxima. Creemos conveniente que visite el plató en el que se va a trabajar y también querríamos hacer algunas pruebas.

–¿Qué días tienen pensado?

–El miércoles y el jueves. ¿A las dos de la tarde?

Harper iba a estrangularle si se enteraba.

—Ahí estaré.

—Se lo agradecemos.

Tras las despedidas, los ejecutivos se desconectaron, por lo que Vince y él pudieron intercambiar opiniones entre ellos dos.

—Esos sinvergüenzas no están facilitando las cosas, ¿verdad?

—¿Esperabas que lo hicieran? —dijo Ashton—. No son de una cadena cuyos programas se centran en viajes y cuya audiencia es de unos doscientos mil espectadores. Lifestyle Network tiene una audiencia de más de un millón de espectadores en los programas de menos éxito.

—Lo que esperaba era que estuvieran dispuestos a facilitarte las cosas. Al fin y al cabo, lo que quieren es un cocinero con atractivo, ya que sus programas de cocina están perdiendo audiencia, al contrario de lo que ocurre con los de decoración.

—¿Tienes idea de por qué?

—Según mi mujer y mi hija, es por los carpinteros macizos que contratan.

Ashton sonrió.

—¿Quieres decir que les interesan menos mis cualidades culinarias que mi impresionante físico?

—¿Tú qué crees?

—Que deberíamos pedir más dinero.

—Quizá debería sugerirles que hicieras el programa desnudo de cintura para arriba.

—Ni se te ocurra mencionarlo, que son capaces de todo —comentó Ashton.

29

—En fin, lo mejor será que abras el restaurante ese en Las Vegas lo antes posible; de lo contrario, lo que te pongas va a dar igual, porque no te van a dar el trabajo.

—Por cierto, ¿se han puesto en contacto contigo los de Phillips para hablarte de las propuestas que les hice respecto a los lugares de rodaje de la próxima temporada de la serie?

Además de estar de negociaciones con Lifestyle Network, también lo estaba con Phillips Consolidated Network respecto a la séptima temporada de El Cocinero Errante. Los de esta cadena querían que la siguiente temporada de la serie se rodara en África. Alegaban que, ya que él era de Sudáfrica, sería un placer para él filmar allí. Sin embargo, le ocurría todo lo contrario; pero como no les había dado una versión honesta y sincera de su vida allí, no se le ocurría una excusa creíble para disuadirles.

—Han rechazado Inglaterra de plano. Al parecer, el nivel de audiencia aumenta cuanto más alejado está el país donde se rueda. La temporada en Indonesia ha tenido un gran éxito.

—¿Y Sudamérica? Podría grabar en Brasil seis o siete episodios.

—Han dicho que eso quizá el año que viene. En mi opinión, si quieres seguir haciendo el programa vas a tener que irte a Sudáfrica. Por supuesto, todo depende de si Lifestyle Network cede a no retenerte en exclusiva.

Desacuerdos con los productores de El Cocinero Errante le habían obligado a entrar en negociaciones con Lifestyle Network. Él quería ampliar su horizonte profesional, y la nueva serie le abriría muchas puertas; pero, por otra parte, necesitaba aventuras y viajar a lugares lejanos y exóticos. Por eso quería hacer las dos cosas, no verse forzado a elegir entre pasión y ambición profesional.

–La verdad es que no quiero ir a África.

–Vamos, hombre, no será para tanto. Todavía tienes familia allí, ¿no?

–Sí –la verdad era que no sabía si sus padres aún vivían o no. Hacía que no hablaba con ellos desde los quince años, cuando se marchó de casa. En veinte años podían haber ocurrido muchas cosas, especialmente en un lugar como en el que sus padres trabajaban de misioneros.

Oyó abrirse la puerta a sus espaldas y notó el cambio en la actitud de Vince: el representante se se pasó una mano por los rubios cabellos. Volvió la cabeza y vio a Harper, que entraba en la sala con cara de pocos amigos.

–Bueno, tengo que dejarte, Vince. Hablamos.

Ashton cortó la conexión.

–Gracias por dejarme el equipo para la videoconferencia –le dijo a Harper.

–Cole me ha comunicado que no va a ser nuestro jefe de cocina.

–Le he ofrecido el trabajo, como tú me habías dicho que hiciera.

–Quería que le contrataras.

–Y, al parecer, se lo ha pensado mejor –contestó Ashton.

—¿Y ahora qué?

—Me tienes a mí.

—Necesito a alguien permanentemente. ¿Cuándo te vas a ir de viaje otra vez?

La semana siguiente, pero no iba a decirlo.

—No te preocupes. Cuento con alguien a quien he enseñado y va a venir mañana.

—¿Quién es?

—Se llama Dae Tan. Lo conocí hace unos meses y le ayudé a salir de un lío.

—¿Qué lío? —el escepticismo de Harper era más que evidente.

—Le arrestaron por algo que no hizo.

—¿Y estás seguro de que era inocente?

—Completamente seguro. Después del incidente, viajó conmigo y le he estado preparando como cocinero todo ese tiempo.

—¿Por qué no ha venido contigo hoy?

—Quería ver Los Ángeles. Está obsesionado con las estrellas de cine.

Harper le miró con expresión de no fiarse de él.

—¿Dónde ha trabajado? ¿Será capaz de soportar la tensión de un restaurante como Batouri?

—Sí. Es un chico con mucho talento.

—¿Un chico? ¿Qué edad tiene?

—Veinticinco o veintiséis.

—¿Estás de broma? —Harper se acercó a él—. ¿Has descartado a cocineros con veinticinco años de experiencia y ahora me dices que quieres contratar a alguien que solo lleva un par de años, a lo sumo, cocinando?

–Meses, no años –le corrigió Ashton–. Cuando le conocí solo sabía de cocina lo más rudimentario.

Harper cerró los ojos y respiró hondo. Cuando volvió a abrirlos, no parecía haberse calmado.

–Estás loco si crees que voy a aceptar.

–No tienes alternativa.

–Eso ya lo veremos –Harper se cruzó de brazos–. Se te ha olvidado que tenemos un contrato firmado por los dos.

–Yo también tengo interés en que este restaurante sea un éxito –le recordó Ashton.

–En ese caso, demuéstralo.

El problema era que tenía los ojos puestos en muchas cosas.

–Ve a hablar con Cole y convéncele de que acepte el puesto de jefe de cocina de Batouri –añadió ella– antes de que se monte en un avión mañana para regresar a Chicago. Os he reservado mesa en Fontaine Chic a las siete de la tarde para que cenéis juntos y habléis. Con un poco de suerte, no os gustará la comida y tendréis algo en común de lo que charlar.

–¿Y cuándo vamos a salir tú y yo?

Harper le dedicó una fría sonrisa.

–Cuando Cole acepte el trabajo, me dejaré dos horas libres para dedicártelas en exclusiva.

–Que sean tres.

33

Capítulo Tres

Después de haber solucionado el problema del jefe de cocina, al menos por el momento, y con su madre en el salón de belleza, Harper se miró el reloj y vio que, milagrosamente, disponía de tiempo libre.

Mientras trataba de imaginar qué había hecho su madre para ser víctima de un chantaje, empezó a pasearse por el hotel, cuyos techos representaban el firmamento, de ahí su nombre. El techo del vestíbulo era azul claro y tenía nubes pintadas; según la hora del día, la iluminación iba cambiando: del amanecer al anochecer. El techo del casino era azul oscuro y decorado con miles de lucecillas que evocaban las estrellas que podían verse en el firmamento de Las Vegas.

Era un concepto sencillo y magistralmente ejecutado. Estaba orgullosa de sus logros. Pero ese día no conseguía experimentar el placer que solía producirle la contemplación de sus dominios.

Se miró el reloj. Disponía de dos horas. Podía ir a su suite y hacer algo de ejercicio o podía ir a hablar con Scarlett.

Cinco años atrás, cuando su abuelo le dio la noticia de que tenía dos hermanastras, lo que sintió fue ira, tristeza y… excitación. Apenas contaba once años cuando se enteró de que su padre era un mujeriego, pero solo hacía cinco años que descubrió que las actividades extramaritales de su padre habían repercutido en otras vidas aparte de las de su madre y de ella.

Un corto paseo por los puentes que conectaban los tres hoteles Fontaine condujo a Harper a Fontaine Richesse, el hotel de Scarlett. Fue al casino a buscar a su hermana y la vio enseguida. Scarlett irradiaba carisma enfundada en un vestido de época verde esmeralda y con la larga melena castaña escondida en una peluca típica de los años veinte.

Todos los empleados del casino parecían salidos de una película de los años cuarenta o cincuenta: hombres vestidos con elegantes esmóquines, trajes o uniformes militares de la Segunda Guerra Mundial; las mujeres lucían trajes de noche.

A Harper, al principio, la idea de representar la edad dorada del cine de Hollywood no le había parecido buena, pero había subestimado la genialidad de su hermana. El casino estaba abarrotado. Muchos de los clientes también habían adoptado trajes de la época. Se daban premios a los mejor vestidos y también a los que adivinaban a qué película pertenecía la vestimenta de alguna camarera o crupier en particular.

Scarlett sonrió encantada cuando un hombre se le aproximó y adivinó a quién hacía referencia su atuendo:

—¿Cyd Charrise en *Cantando bajo la lluvia*?

–Exacto –Scarlett le dio una tarjeta al hombre para que la cambiara por dinero.

Cuando el hombre se alejó, Scarlett vio a su hermana.

–¡Vaya, qué sorpresa!

–Estás guapísima –dijo Harper contemplando con admiración el vestido y los zapatos de satín verdes–. ¿Vas de estreno?

–Sí, la primera vez que me lo pongo. Esta vez, Laurie merece una medalla –Scarlett era muy amiga de la famosa modista de Hollywood, que era quien le hacía la ropa para el casino.

–Estoy totalmente de acuerdo.

Al principio de conocer a Scarlett, Harper había subestimado a la antigua niña actriz. Le había sorprendido que su abuelo hubiera ideado ese concurso entre sus tres nietas. ¿Qué podía saber Scarlett de dirigir un hotel de lujo? Y, por supuesto, mucho menos un conglomerado empresarial del tamaño de Fontaine Hotels and Resorts. Pero ahora, cinco años después, admiraba la creatividad y el trabajo de Scarlett. Su hermana se conocía muy bien a sí misma y sabía para qué valía.

–¿Tienes tiempo para tomar una copa conmigo? –preguntó Harper, notando al instante la sorpresa de Scarlett.

Harper era la adicta al trabajo de la familia. Apenas se tomaba un segundo para relajarse, tomar una copa o salir a cenar.

–Para ti siempre.

Se sentaron en una mesa apartada en el bar.

Scarlett pidió dos copas de vino, y cuando les sirvieron, preguntó:

—¿Qué te pasa, Harper?

Harper bebió un sorbo antes de responder.

—¿Por qué crees que…? —pero instantáneamente vio que Scarlett no se iba a dejar engañar—. No quiero que pienses que solo he venido porque necesito ayuda.

—Me da igual el motivo por el que hayas venido —Scarlett esbozó una sonrisa—. Me alegro de que Violet esté fuera de la ciudad con J. T. De estar aquí, sé que habrías ido a verla a ella antes que a mí.

—Eso no es justo —pero probablemente cierto. Por mucho que quisiera a su hermanastra, no siempre se sentía a gusto con Scarlett.

Eran muy distintas. Scarlett era una mujer despampanante, deslumbrante y sumamente atrevida en sus relaciones con los hombres. ¿Acaso no había logrado manejar a Logan Wolfe hasta el punto de transformar al experto en seguridad de los sistemas informáticos en un osito de peluche? Y había hecho lo mismo con ella misma, se había ganado su confianza completamente, algo que ella no otorgaba sin reservas.

—De acuerdo, tengo un problema —concedió Harper—. Pero no tienes razón respecto a que habría acudido a Violet antes que a ti. Si Violet estuviera aquí, habría hablado con las dos.

—Debe tratarse de algo muy serio —Scarlett volvió a sonreír—. ¿Se trata de Ashton Croft? He oído que está aquí.

–No, no se trata de él.

–Te sugiero que te acuestes con él.

–¿Qué? –Harper maldijo el calor que le subió a las mejillas–. No voy a acostarme con Ashton. Nuestra relación es estrictamente profesional.

–Deberías pensarlo bien. Sé que te gusta. Tiene pinta de ser una fiera en la cama.

Harper vio que era necesario evitar que Scarlett siguiera con ese tema.

–Están chantajeando a mi madre.

De repente, Scarlett palideció.

–¿Que le están chantajeando? ¿Por qué?

–No lo sé. No quiere decírmelo.

–¿Sabe quién le está chantajeando?

Harper sacudió la cabeza.

–Es todo una locura. Mi madre, la perfecta Penélope Fontaine. No puedo imaginar qué ha podido hacer como para que la chantajeen.

–¿Cómo te has enterado?

–Ha venido a verme para pedirme dinero.

–¿Cuánto?

–Trescientos cincuenta mil dólares.

–Es mucho dinero –dijo Scarlett.

–Debe haber hecho algo terrible para que le pidan tanto dinero.

–Por lo que me has contado, tu madre no es muy consciente de lo que valen las cosas –comentó Scarlett–. ¿Está segura de que el objeto del chantaje vale tanto?

—Con mi madre nunca se sabe.

–¿Podría tratarse de una evasión de impuestos?

–No, imposible. El abuelo se encarga de sus finanzas.

–Supongo que no quiere acudir a la policía –dijo Scarlett, sin equivocarse.

–No, no quiere acudir a la policía porque el chantajista ha amenazado con descubrir lo que sea que ha hecho.

–Si necesitas dinero, no tienes más que decírmelo.

A Harper le enterneció el gesto de su hermanastra.

–Gracias, pero no necesito dinero. No he venido por eso.

–Entonces, ¿por qué?

–Necesitaba desahogarme, por eso he venido a hablar contigo. Quería tranquilizarme un poco antes de ir a cenar con mi madre.

Harper nunca hablaba de la relación entre ella y su madre, pero sus dos hermanas sabían que Penélope la había dejado en Nueva York al irse a vivir a Florida. No era difícil llegar a la conclusión de que la relación entre madre e hija era distante.

–Déjame que hable con Logan –sugirió Scarlett–. Quizá él o Lucas puedan ayudar.

–No creo que nadie pueda ayudar.

–¿Qué dices? Logan y su hermano son expertos en vigilancia y seguridad, estoy segura de que no les costará mucho descubrir quién está chantajeando a tu madre. Y si no lo consiguieran antes de que ella entregue el dinero, lograrán descubrir a manos de quién ha ido a parar.

De repente, Harper se sintió mucho mejor. Impulsivamente, abrazó a Scarlett.

–No sé qué haría sin ti y sin Violet.

–Me alegro de que digas eso. No siempre me ha parecido que estabas contenta con que apareciéramos en tu vida.

La declaración de Scarlett le despertó arrepentimiento a Harper.

–Siento mucho haber dado esa impresión. Al principio no me resultó fácil aceptaros como hermanas. Llevaba sola toda la vida y mis padres no eran precisamente cariñosos. No comprendía lo que significaba formar parte de una familia.

–Espero que ya no sea así.

–No lo es. Violet, tú y el abuelo sois las personas a las que más quiero en el mundo –al ver los preciosos ojos verdes de Scarlett llenarse de lágrimas, Harper se arrepintió de no haber hecho esa confesión mucho antes–. Si os he hecho sentir mal, lo siento de verdad. He estado tan ocupada con Fontaine Ciel que me he olvidado de mis hermanas.

Scarlett hizo ademán de no darle importancia y se secó los ojos con una servilleta.

–No es necesario que digas nada, sabemos que nos quieres.

Harper decidió en ese momento ser más abierta con sus hermanas. No iba a resultarle fácil, ya que estaba acostumbrada a contener sus sentimientos. Sus padres nunca habían sido cariñosos. En el colegio, había liderado a sus compañeras de clase, a veces utilizando sus poderes de persuasión y otras veces a la fuerza, lo que no le había ganado el cariño de sus compañeras. Pero eso no le había importado si se sometían a ella; al menos, eso era lo que se había dicho a sí misma.

–Deja que llame a Logan, a ver qué sugiere que hagamos.

–No creo que quiera intervenir en este asunto –comentó Harper con una débil sonrisa.

–Eso ya lo veremos.

Scarlett le había dado a su novio muchos quebraderos de cabeza con unos archivos que había heredado de Tiberius Stone, el padre sustituto de Violet. Al propietario del casino lo había asesinado un concejal que había malversado fondos de los contribuyentes a la campaña electoral. Tiberius había acumulado una gran cantidad de información sobre actividades ilícitas de mucha gente, incluido su cuñado, el hombre que había suplantado a Preston Rhodes, un rico huérfano de California. Violet había ido a Miami decidida a llevarle a los tribunales con el fin de ayudar a su marido a recuperar la empresa de su familia.

–Me ha saltado el buzón de voz –dijo Scarlett. Después de dejar un breve mensaje, cortó la comunicación–. No tardará en llamarme. ¿Quieres esperar a que lo haga?

Harper iba a decir que sí, pero de repente recordó la bolsa de Ashton.

–No puedo. Tengo que devolver una bolsa.

Scarlett asintió.

–Te llamaré tan pronto como hable con Logan.

Entre tanto, intenta convencer a tu madre de que espere un poco.

–Así lo haré.

Harper se despidió de Scarlett y regresó a su despacho. Mary se había ido ya y había cerrado con llave, por lo que abrió, agarró la bolsa y envió un breve mensaje a Ashton al móvil para decirle que iba a dejar su bolsa en Batouri. Al llegar al restaurante, se encontró a Ashton sentado a una mesa.

Cuando la puerta del restaurante se abrió, Ashton estaba tomando un whisky. El tercero. Mejor no continuar a ese ritmo o la cena con Cole no iba a ir como Harper esperaba.

Sonrió ante la rapidez con que Harper le vio. A ella le ocurría lo mismo que a él, se gustaban. Por supuesto, Harper disimulaba muy bien. Pero él estaba deseando despojarla de la máscara de profesionalidad con la que se protegía y revelar la apasionada mujer que ocultaba.

–¿Qué te trae por aquí? –Ashton bebió otro sorbo de whisky que le quemó el pecho.

–He venido a devolverte la bolsa.

–Todavía no he conseguido hacer que Cole cambie de opinión. ¿Seguro que no quieres quedarte con ella hasta que el asunto se solucione? Podría ir a recogerla a tu suite más tarde.

Harper dejó la bolsa al lado de la mesa.

–No estoy de humor –dijo Harper, clavando los ojos en el vaso de whisky y luego en sus labios.

A Ashton le dio un vuelco el corazón.

–¿Querías decirme algo?

–No.

–¿Estás segura?

De repente, Harper le quitó el vaso, se lo llevó a los labios y bebió un trago. Después, se relamió y sonrió con expresión pensativa y distante.

–A mi abuelo le encanta el whisky –declaró ella. Después, dejó el vaso encima de la mesa y se volvió para marcharse.

–Se me da muy bien escuchar a la gente –Ashton no hacía gala de sus virtudes, pero una de ellas era prestar atención a sus interlocutores. Sin embargo, ¿confiaba Harper en él lo suficiente como para hablarle de sus problemas?

Harper vaciló antes de volverse de nuevo a él.

–Mi madre me ha hecho una visita sorpresa, no la esperaba.

Ashton se relajó, después de darse cuenta de que había estado conteniendo el aliento.

–Me he dado cuenta de que la atmósfera entre las dos no era precisamente cálida.

–¿Tienes tú buenas relaciones con tus padres?

Ashton negó con la cabeza.

–Me marché de casa a los quince años y desde entonces no sé nada de ellos.

–He leído todo lo que se ha escrito sobre ti y me parece que no es eso lo que has dicho públicamente.

Ashton sabía que no debía sentirse halagado.

–No hablemos de mí, sino de ti.

Se sostuvieron la mirada unos segundos.

–Mi madre se fue a vivir a Florida cuando yo tenía once años y me dejó en Nueva York con mi padre, que casi no paraba en casa. Me sentó muy mal que se fuera; pero con el tiempo, me alegré de que no estuviera conmigo para criticarme y así poder aprender de mis propios errores.

–No creo que haya muchos a quienes no les hubiera importado que su madre les abandonara.

Harper esbozó una cínica sonrisa.

–No es que no me importara, pero soy realista. Mi madre no me abandonó, simplemente salió de una situación que le resultaba incómoda. Penélope prefiere huir e ir de compras a defender su posición y a luchar –Harper se encogió de hombros–. Está bien, quizá me importara más de lo que me atrevo a reconocer.

–Me alegro de que lo admitas.

–¿Por qué?

–Porque me gustas y todavía no sé por qué.

–¿Que te gusto? –la carcajada entrecortada de Harper no era lo que había esperado.

–Y mucho –admitió Ashton.

–¿Después de pasarme nueve meses quejándome de ti? –Harper sacudió la cabeza–. Creo que intentas camelarme para que me olvide de lo de Cole. Y no lo vas a conseguir.

–Eres muy malpensada –comentó él–. Y, para que lo sepas, creo que he cambiado de opinión respecto a Cole. En cuanto a lo de quejarte de mí, lo entiendo. Este hotel es muy importante para ti y, por lo tanto, también lo es que Batouri sea un éxito. Sería un hipócrita si te criticara por ello.

–Qué generoso.

–Dime, ¿viene tu madre a verte a Las Vegas con frecuencia? –preguntó Ashton cambiando de tema.

–No, nunca. Detesta Las Vegas.

–En ese caso, ha debido venir por algo importante.

–Necesita mi ayuda, sorprendentemente. Siempre que tiene problemas acude a mi abuelo porque es un hombre y, en opinión de mi madre, para eso están los hombres, para cuidar de las mujeres.

–Una opinión muy conservadora.

–Y contraria a la mía. Yo soy una profesional –declaró Harper en tono ligeramente burlón–. Pero según mi madre, debería haberme casado con un hombre rico como mi abuelo y dedicarme a deslumbrar a la alta sociedad neoyorquina del brazo de él.

–Un desperdicio de tu inteligencia.

–Sí, pero a ella la he decepcionado.

–Y te molesta, ¿verdad?

–Sí, me molesta.

Ashton alzó la botella de whisky.

–¿Te apetece otro trago?

–No, gracias, aún tengo que trabajar.

–En ese caso, hasta mañana por la noche.

–Envíame un mensaje por el móvil con lo que te diga Cole. Ah, y gracias por la charla.

Ashton sospechó que a Harper no le resultaba fácil dar las gracias.

–De nada. Y ya sabes donde estoy si me necesitas.

Harper se dio media vuelta y se marchó con paso

decidido, y Ashton la miró con admiración mientras se alejaba.

Harper empujó a un lado la lechuga del plato, el olor a tabaco le había quitado el apetito. Tendrían que ventilar la suite durante horas para dejarla lista para el siguiente huésped. Su madre se había negado a hablar del chantaje durante la cena, y ella apenas podía contener la impaciencia. Dejó el tenedor bruscamente en el plato y el ruido sobresaltó a su madre.

–Tenemos que hablar del asunto que te ha traído aquí.

–No quiero hablar.

–Si quieres que te dé trescientos cincuenta mil dólares vas a tener que decirme por qué te están chantajeando.

–No puedo decírtelo.

–¿Has matado a alguien?

–No seas imbécil.

–Menos mal –murmuró Harper al tiempo que se levantaba de la mesa. Se paseó por la estancia mientras decenas de ideas le asaltaban–. ¿Has robado algo?

–No soy una ladrona –Penélope apagó el cigarrillo que tenía en la mano y fue a agarrar otro, pero Harper, adelantándose, le quitó el paquete.

–Ya has fumado bastante.

Su madre le lanzó una mirada furiosa.

–Quieres provocarme para que te cuente algo para lo que no estás preparada.

¿Por qué no?, se preguntó Harper en silencio.

–Trato de adivinar qué puede valer trescientos cincuenta mil dólares.

–En realidad, es un millón.

–¿Un mi…? –Harper estrujó el paquete de cigarrillos.

Penélope hizo una mueca.

–Es poco comparado con las consecuencias.

–¿Qué consecuencias?

–Es cuestión de vida o muerte.

–Mamá, esto es muy serio. Tienes que hablar con el abuelo.

–No puedo. Exigiría que le contara por qué me están chantajeando y no puedo decírselo.

–O me das una pista o le llamo.

Penélope adoptó una expresión de sufrimiento.

–Se trata de unas fotos. Sería terrible si se publicaran.

–No es posible que sea tan terrible.

–Nos destruiría.

–¿A quiénes destruiría exactamente? –preguntó Harper con voz apenas audible.

–A ti y a mí.

Harper se arrodilló al lado de su madre. Entonces, le tomó las manos y le sorprendió lo frías que Penélope tenía las suyas.

–Si me afecta a mí también, tienes que contármelo todo.

–Tuve una aventura amorosa –susurró Penélope, pero sin mirar a su hija. Se veía miedo en su rostro–. Si se supiera…

Penélope se interrumpió y sacudió la cabeza.

–¿Con quién tuviste una aventura? –Harper se preguntó si había en juego algo más que la reputación de su madre.

–Le conocí en una exposición de fotografía de animales salvajes en Londres –Penélope suspiró–. Sus fotos habían ganado varios premios, eran extraordinarias.

–Y tuviste una aventura amorosa con un fotógrafo –a Harper no le costaba imaginar que su madre hubiera tenido una aventura con un duque o un príncipe italiano, pero… ¿un fotógrafo?

–Estaba lleno de vida, era guapo y yo no me cansaba de oírle hablar de África. Incluso había vivido diez meses en la selva para fotografiar a una manada de leones.

Harper no pudo evitar establecer paralelismos entre la aventura de su madre con ese fotógrafo y la fascinación que ella sentía por Ashton. Le provocó angustia pensar que se parecía más a su madre de lo que había imaginado.

–¿Cuándo ocurrió?

–Tu padre pasaba mucho tiempo fuera del país.

–O sea, antes de que os separaseis –¿era por eso por lo que su madre se había ido a Florida? ¿La había rechazado su marido por haberle sido infiel? No parecía justo, teniendo en cuenta las innumerables infidelidades de él–. ¿Se enteró papá?

–Al principio, no. Fui muy discreta. Pero, al final, lo dedujo.

–¿Por qué seguisteis casados papá y tu cuando,

evidentemente, ninguno de los dos queríais estar juntos?

–¿Qué te hace pensar que queríamos divorciarnos? Tu padre se casó conmigo para sellar un trato en virtud del cual Henry iba a comprar los hoteles de mi familia. Fue un matrimonio de conveniencia en el que el amor no tenía nada que ver. Yo tenía seguridad a cambio de ignorar sus amoríos. Además, tu padre no tenía interés en casarse con ninguna de las mujeres con las que se acostaba –Penélope bebió un sorbo de vino–. En cuanto a mi indiscreción… Yo estaba fuera del país, y sabía que no iba a volver a ver al fotógrafo.

Y treinta años después, evitar que aquella aventura amorosa saliera a la luz costaba un millón de dólares. ¿Se trataba solo del rígido código social por el que se regía su madre o había algo más?

–¿Cuánto duró vuestra relación? –preguntó Harper picada por la curiosidad mientras trataba de imaginar a su madre joven, impulsiva y feliz.

Penélope la miró con el ceño fruncido.

–¿Qué importa eso?

¿Cómo era posible que su madre no se diera cuenta de lo fascinante que ella encontraba todo eso? Toda la vida había imaginado a su madre víctima de las aventuras adúlteras de Ross Fontaine, sufriendo porque el orgullo no le permitía divorciarse del hombre que la despreciaba.

–Me cuesta imaginarte… –a Harper no se le ocurrió una forma suave de expresar lo que pensaba, sin que sonara a insulto.

—¿En medio de una sórdida aventura amorosa? —concluyó Penélope.

—Iba a decir feliz.

El brillante que Penélope lucía en la mano izquierda lanzó destellos al restar importancia a lo que su hija había dicho con un ademán.

—Se sobrestima la felicidad.

¿Sí? Harper pensó en sí misma. ¿Era feliz? Quizá se sintiera satisfecha de sí misma; pero, si se comparaba con Violet o Scarlett, no, no era feliz en absoluto. El amor había obrado milagros en sus hermanas.

Tanto Violet como Scarlett habían encontrado el amor de sus vidas, algo en lo que ella no pensaba. Para ella, la vida ideal consistía en tener un gran despacho en las oficinas centrales de las empresas Fontaine en Nueva York, en obtener beneficios para la empresa y en salir en la revista Forbes de vez en cuando. No pensaba nunca en su vida privada, no se imaginaba empleando energía para navegar sobre las turbulentas aguas de una relación seria.

De nuevo, pensó en Ashton Croft y en lo que sentía cuando estaba con él. Le atraía, no podía evitarlo.

—Bueno, ¿cuándo vas a poder entregarme el dinero? —preguntó su madre sacándola de su ensimismamiento.

Harper apartó a Ashton de su mente.

—Mañana a primera hora. ¿Qué vas a hacer? ¿Vas a meter el dinero en una cartera y la vas a dejar en una estación de autobuses?

La idea era tan ridícula que la hizo sonreír.

–No digas tonterías –respondió su madre–. Tengo que depositar el dinero en una cuenta bancaria que me han dado.

–Bueno, al menos no correrás peligro.

Y lo mejor era que el novio de Scarlett contaba con un equipo de informáticos que podrían seguir la pista del dinero y descubrir su destino final.

–Dame el número de la cuenta y yo me encargaré de todo –añadió Harper mirando fijamente a su madre.

Capítulo Cuatro

—¡Vaya, jefe, qué sitio tan bonito! —la blanca sonrisa de Dae iluminaba su moreno rostro mientras se paseaba por la cocina de Batouri.

El antiguo profesor de surf de Bali parecía encantado con lo que veía: modernos electrodomésticos y mostradores inmaculados.

Hacía una hora que Ashton había ido al aeropuerto a recoger a Dae. En vez de llevarle al apartamento que había alquilado, como había sido su intención, Dae había insistido en pasar primero por Batouri. Era comprensible. Llevaba hablándole cuatro meses del proyecto y, naturalmente, el joven de Bali estaba muerto de curiosidad.

—Me alegro de que te guste. ¿En serio te apetece trabajar aquí? Ten en cuenta que no sabes cómo va a ser trabajar bajo las órdenes de Cole.

Ashton se había congraciado con el cocinero de Chicago y le había convencido para que aceptara el puesto de jefe de cocina de Batouri.

—No creo que sea peor que tú.

Ashton ignoró la broma.

—Supongo que, al principio, te encargará tareas nimias. Así que… no sé, no estoy seguro de que sea lo mejor para ti, tienes mucho talento. Yo te podría dar trabajo en uno de mis restaurantes de Londres o Nueva York.

Dae sacudió la cabeza.

–Me gusta Las Vegas.

Después de pasar sus veinticinco años en una isla, Dae quería algo más animado. Y también eso era comprensible. ¿No se había marchado él de Sudáfrica por la misma razón?

–Pero no te dejes hasta la camisa en el casino, ¿de acuerdo?

–Eso es imposible, no me darían ni un céntimo por esto –Dae se tiró del faldón de la colorida camisa tropical.

–Hablaba figurativamente –dijo Ashton, hasta darse cuenta de que su protegido le estaba tomando el pelo–. Si sigues representando el papel de chico tonto de la isla no vas a llegar muy lejos.

–He llegado hasta aquí, ¿no? –respondió Dae guiñando un ojo–. Para mí es bastante lejos.

Con una sonrisa, Ashton dejó de hacerse el abuelo sabio. No era la persona adecuada para ese papel; a quien daban consejos era a él, no a la inversa. Pero con Dae, tenía la sensación de que en vez de llevarle diez años, que eran los años que le llevaba, le llevaba viente. Ashton se sentía responsable de él. Como propietario de cuatro restaurantes con más de cien empleados, mucha gente dependía de él. Pero eso formaba parte del negocio; su relación con Dae, por el contrario, era algo personal.

–Te he alquilado un apartamento no lejos de aquí. Puedes venir en el autobús.

–Te agradezco todo lo que estás haciendo por mí.

–A mí también me ayudaron una vez y eso cambió mi vida –más bien le salvó la vida. Y Dae se merecía la ayuda mucho más que él–. Me daré por satisfecho con que salgas adelante.

–Sabes que lo conseguiré.

Eso era lo bueno de Dae, su optimismo no tenía límites. Incluso en una situación terrible en Bali, Dae había sonreído y declarado que ya mejorarían las cosas. Y así había sido. Habían intercambiado clases de cocina por clases de surf y había resultado que el chico tenía una habilidad natural para la cocina y un paladar fantástico.

–Bueno, ¿vamos a tu apartamento? –Ashton indicó la salida.

–Vamos.

Una vez en el vehículo que Asthon había alquilado, Dae preguntó:

–¿Qué tal van las negociaciones del programa nuevo de televisión?

–Regular. Quieren que deje El Cocinero Errante.

–¿Vas a hacerlo?

–Los productores están empeñados en que la siguiente serie se ruede en África, y ya sabes que no me hace ninguna gracia.

–Déjalo entonces. Haz el programa de Nueva York.

Buen consejo. Vince le había dicho lo mismo. Incluso él mismo lo pensaba.

–Supongo que, al final, será lo que haga –respondió Ashton–. Sabré algo más la semana que viene, después de reunirme con ellos. Quieren rodar un programa piloto y enseñárselo a alguna gente.

–¿Qué vas a hacer?

–Se me han ocurrido algunas ideas.

Pero ninguna le gustaba demasiado. Al principio de que se pusieran en contacto con él, sabía exactamente lo que quería hacer. Pero según se iban alargando las negociaciones e iba enterándose de lo que querían que fuera el programa, menos convencido estaba de que fuera lo que quería hacer. Sin embargo, era una oportunidad para avanzar en su profesión, algo que no podía rechazar de antemano.

Después de dejar a Dae en el apartamento, Ashton regresó al hotel y se puso a trabajar en el problema más inmediato: el menú de Batouri.

Desgraciadamente, llevaba una hora sentado examinando su grueso cuaderno con recetas de cocina que había recogido a lo largo de los años y la inspiración no le llegaba.

Estaba a punto de elegir diez recetas al azar cuando oyó un ruido. Al levantar la cabeza, vio a Harper sentarse enfrente de él.

Después de las bromas de Scarlett, ¿tan extraño era que estuviera pensando en la posibilidad de tener relaciones con Ashton?

Había dado por supuesto que lo único que Ashton podía ofrecerle era sexo sin ataduras. Pero ahora, después de que él le confiara que había abandonado el hogar paterno a los quince años, no estaba tan segura. De lo que sí estaba segura era de que Ashton no le había contado eso a mucha gente. ¿Por qué Ashton había confiado en ella? Ese hombre era más complicado de lo que había imaginado, y su fascinación por él iba en aumento. También hacía que la idea de acostarse con él entrañara más riesgos.

La razón la instaba a darse la vuelta y marcharse, su vida ya era demasiado complicada sin Ashton. Pero le pudo la curiosidad. Tenía que averiguar qué era lo le tenía tan ocupado.

Después de agarrar una taza, se acercó a la mesa de Asthon y se sentó, fue entonces cuando él alzó la cabeza y la vio. Sin preguntarle por el motivo de su visita, Ashton agarró la cafetera y le llenó la taza.

—¿Has venido a ver si trabajo todo lo que debiera?

—¿Necesito vigilarte?

—Es posible —Ashton pasó las hojas del cuaderno, cuyas páginas estaban escritas a mano—. Estoy hecho un lío.

—Jamás habría imaginado que fueras una persona insegura —Harper tiró del cuaderno de él hacia sí—. Creía que eras la clase de persona que se tira por un precipicio sin comprobar qué hay abajo.

—Puede que me estés contagiando tu forma de ser —comentó él con una sonrisa.

—En ese caso, ya no tengo nada que hacer aquí.

—Te equivocas. Tienes que ayudarme a elaborar el menú.

–¿Yo?

–A pesar de que no comes, tienes un paladar excepcional.

–Sí que como –protestó ella–. Lo que pasa es que prefiero la comida sana. Y también hago mucho ejercicio. Correr me ayuda a pensar.

–Si me permites que te dé un consejo, te diré que lo que necesitas es pensar menos.

–No te he pedido ningún consejo –le espetó ella–. Pero eso no significa nada; hasta ahora, no te ha impedido hacerlo.

–Deja de provocarme y elije un plato.

Conteniendo una sonrisa, Harper ojeó el cuaderno de Ashton. Nunca había tenido una relación en la que se sintiera cómoda y relajada. En Nueva York, los hombres con los que había salido eran serios y con la clase de pedigrí que su madre aprobaba. Ashton era todo lo contrario. Y lo que a ella le importaba era la opinión que su abuelo tenía de él. Henry Fontaine admiraba que Ashton hubiera llegado donde estaba a fuerza de trabajo desde sus humildes orígenes. Su abuelo también había conseguido el imperio hotelero que tenía a base de esfuerzo.

Al cabo de un rato, Harper fue incapaz de elegir un solo plato entre las recetas que él tenía anotadas en el cuaderno, lo que la llenó de admiración. Todas las recetas eran magníficas. Ese hombre era un genio. Ahora comprendía por qué a Ashton le resultaba un problema decidir el menú. En ese cuaderno había recetas para diez restaurantes como mínimo.

–Cualquiera de las recetas que tienes aquí sería perfecta. Es una pena no poder ofrecerlas todas –Harper le devolvió el cuaderno–. Deberías escribir un libro de cocina. El programa de televisión que haces no se resalta tu talento.

Ashton se la quedó mirando.

–Echo de menos cocinar. Ese es uno de los motivos por los que estoy pensando en firmar un contrato de trabajo con la cadena de televisión Lifestyle Network.

Harper suspiró. Dado que los otros restaurantes de Ashton tenían muy buena crítica y gran éxito comercial, no comprendía por qué Ashton no se había implicado más con Batouri. Ahora empezaba a comprender que debía ser una cuestión de disponibilidad de tiempo: Ashton estaba dando preferencia a su carrera en televisión. Y ahora, además, tenía un nuevo proyecto televisivo. No le extrañaba que no pareciera poder concentrarse en Batouri.

–Ya sé que es un poco tarde, pero me gustaría preguntarte si estás decidido a hacer lo que sea necesario para conseguir que Batouri sea un éxito.

–Por supuesto.

Al principio de ponerse en contacto con él, Harper había albergado la esperanza de que Ashton y ella se hicieran socios. Cegada de admiración por el talento de él, no se había dado cuenta de que Ashton iba por libre.

–Me da la impresión de que no estás centrado en este proyecto.

–Estoy en medio de unas negociaciones respecto

a la nueva serie de mi programa de televisión, pero de eso, en su mayor parte, se encarga mi representante. Te aseguro que dedicaré el tiempo necesario para organizar y lanzar tu restaurante.

Harper esperaba que las palabras de Ashton fueran sinceras, pero ¿qué iba a pasar cuando Ashton empezara un nuevo programa de televisión? Ya tenía cuatro restaurantes y el programa de El Cocinero Errante. Y ahora… ¿un nuevo programa?

–No sé si voy a seguir mucho más tiempo con El Cocinero Errante.

–No puedes dejarlo –dijo ella, desilusionada–. Ese programa es maravilloso.

–No quiero dejarlo, pero se ha presentado un problema con los de Lifestyle Network, los del programa nuevo, que parece insuperable, quieren la exclusiva conmigo. Me exigen que deje El Cocinero Errante.

–¿Por qué quieren tenerte en exclusiva?

–Tienen promocionar por todo lo alto el nuevo programa de cocina. Eso me abriría muchas puertas.

–¿Y tan importante es eso para ti? –Harper se daba cuenta de que eso no era asunto suyo, pero le encantaba el programa de viajes de Ashton. Había visto todos los episodios al menos tres veces–. Creía que te encantaba viajar a lugares remotos y conocer a sus gentes.

–Y así es –Ashton se masajeó las sienes–. Lo que pasa es que quiero hacer algo distinto, y este programa que me han ofrecido es perfecto.

–¿Seguro que no puedes hacer los dos?

–Hace un momento dudabas de que tuviera tiempo para todo lo que estoy haciendo.

–Pero era porque no sabía que pensabas dejar El Cocinero Errante.

–Siento desilusionarte.

Harper se arrepintió de haber dado su opinión. Ashton no era un hombre al que se pudiera controlar. Había aprendido esa lección los nueve meses que llevaba trabajando con él.

–Ya sé que no es asunto mío. Lo que pasa es que me encanta tu programa.

–Gracias –Ashton puso la mano sobre la de ella y se la apretó–. Y ahora, te diré qué vamos a hacer: voy a preparar los platos que pienso que son más adecuados, tú los probarás y me dirás tu opinión, y esta misma noche decidiremos el menú.

Harper sabía que se trataba de un ejercicio innecesario. Fuera lo que fuese lo que ella sugiriera, Ashton iba a seleccionar el menú según sus preferencias. Pero le agradeció el gesto.

–De acuerdo.

–¿Puedes venir a las ocho?

Ella se levantó de la silla.

–Sí. Hasta las ocho entonces.

De camino a su oficina, miró a ver si tenía mensajes en el móvil. Tenía seis llamadas perdidas y diez correos electrónicos. Apresuró el paso.

***

Ashton, enfundado en su chaqueta de cocinero, cruzó los brazos a la altura del pecho. Se había superado a sí mismo. Después de que Harper se marchara, le había atacado la vena creativa, y el resultado eran ocho nuevos platos principales.

Estaba convencido de que a Harper le gustarían todos ellos, y también estaba decidido a que fuera ella quien eligiera los platos para el menú. Batouri no existiría sin Harper.

Harper entró en la cocina a las ocho en punto. Al verla, el pulso se le aceleró. Llevaba un vestido sin mangas estilo túnica de un tejido fino azul grisáceo.

–El vestido que llevas me recuerda un banco de niebla que atravesé en moto el año pasado en Vietnam –confesó Ashton.

Harper ladeó la cabeza.

–¿Sí? Cuéntame.

–Durante el rodaje del programa, nos dieron un par de días libres. Decidí alquilar una moto y me fui a las montañas. Como puedes imaginar, la carretera era muy estrecha y estaba en condiciones lamentables. Además, las curvas eran muy cerradas y a un lado de la carretera había precipicios. Por raro que parezca, no estaba asustado. Pasé por muchos pueblos, con niños cruzando la carretera. Ah, y me persiguieron algunos perros –a pesar de todo, Ashton se había sentido fascinado y feliz–. En un punto del trayecto, volví la cabeza para echar un vistazo al valle, un valle verde y frondoso. La niebla flotaba por encima del valle.

Había sido un viaje sin meta, lo importante había sido el viaje en sí. Lo mismo le ocurría con el tiempo que compartía con Harper. Él quería vivir el presente, pero ella era una mujer que necesitaba un destino. ¿Hasta qué punto podrían tener una relación? ¿Cuándo se cansaría ella de su tendencia a actuar primero y pensar después?

–¿Y mi vestido te ha sugerido todo eso? –Harper frunció el ceño–. Deberías escribir sobre tus experiencias.

–¿Para qué? –una cosa era hacer un programa de televisión y otra muy distinta reflexionar sobre sus experiencias personales–. Fue solo un viaje en moto.

–Un viaje en moto que no mucha gente ha hecho. Tienes la habilidad de atraer la atención de la gente. Haría más interesante tu libro de cocina.

–No voy a escribir un libro de cocina.

–¿Por qué no?

–Sabes perfectamente por qué.

–Porque para eso tendrías que sentarte a escribir. ¿Por qué no lo escribes en colaboración con alguien?

–¿Contigo, por ejemplo?

–¿Conmigo?

–¿Por qué no? Ha sido idea tuya.

–Yo no sabría escribir un libro de cocina.

–Pero podrías averiguar lo que se necesita para escribirlo.

–Estoy demasiado ocupada –después de una breve pausa, Harper añadió–: Está bien, hablemos de ello más adelante, después de que abramos el restaurante.

El motivo por el que le había hecho esa proposición era evidente: Harper poseía una capacidad de organización y dedicación de las que él carecía. Además, valoraba su opinión.

–Me parece bien –Ashton entrelazó los dedos con los de ella y la hizo adentrarse en la cocina–. Y ahora, pongámonos en marcha. Creo que podemos empezar con la lubina.

A continuación, le habló de los otros siete platos que le había preparado.

–Suena maravilloso. Me alegro de tener hambre.

Ashton había preparado las salsas y también otros ingredientes de los platos, ahora solo faltaba cocinar las proteínas y servir las combinaciones.

Trabajó en silencio, concentrado; pero, ocasionalmente, sintió la total atención de ella.

–¿Quieres llevar esto al comedor? –Ashton le indicó dos platos–. Yo llevaré el resto. Estaré ahí dentro de un momento.

Cuando acabó de preparar el último plato, Harper se presentó en la cocina y se llevó otros tres, dejándole el resto.

Ashton salió de la cocina. En el comedor, se dirigió a la misma mesa que habían ocupado al mediodía. Era su mesa preferida: apartada y desde la que se podía ver el resto del comedor.

Un candelabro de cristal iluminaba el vino *chenin blanc* cosecha dos mil seis que había elegido para acompañar la lubina y el risotto de trufas. Los ojos de Harper mostraban admiración mientras se paseaban por la mesa y las distintas botellas de vino que él había descorchado.

—No creo que podamos comer y beber todo esto —declaró Harper entre sobrecogida y encantada.

—Es un bufé. Prueba un poco de cada plato. Prueba los vinos. Los vinos que he elegido esta noche son africanos. Ofreceremos estos vinos en el restaurante, al igual que vinos del país y otros extranjeros.

—Me encanta que África sea la columna vertebral de Batouri. Cuando me hablaste del nombre del restaurante por primera vez, me contaste que Batouri es el nombre de un pueblo de África, pero no me acuerdo del país en el que está.

—En Camerún.

—¿A qué se debe que eligieras ese lugar de África?

Ashton no creía que a ella le gustara oír la cruda verdad, pero la respetaba lo suficiente como para ofrecerle una versión suavizada.

—En la adolescencia, viví allí tres años.

—En ese caso, fue tu hogar.

Ashton le sirvió una copa de *pinotage*.

—Prueba el cordero. Está aliñado con yogur, ajo, semillas de cilantro, comino y cebolla.

—Delicioso —murmuró ella con los ojos medio cerrados mientras saboreaba esa carne. Después, probó el vino—. Mmm. Este vino le va muy bien al cordero.

Ashton sonrió.

–Ahora prueba el confit de pato y el *chardonnay*.

Cuando Harper acabó de probar todos los platos, una sonrisa de satisfacción acompañaba la expresión de ensoñación que tenía. Él había comido poco, el placer se lo había proporcionado verla a ella comer.

–Estaba todo fantástico –declaró Harper–. Pon todos estos platos en el menú. Batouri va a ser el restaurante de más éxito de Las Vegas.

Ashton esperaba que así fuera.

–Solo he preparado un postre –dijo Ashton mientras la veía clavar el tenedor en las vieiras con salsa de naranja, berros e hinojo–. Espero que te quede un hueco en el estómago.

–No te preocupes, me queda.

Ashton fue a por el postre y volvió con un plato solo, ya que dudaba que Harper pudiera comer mucho más.

–Es tarta de castañas con confit de naranja.

Harper se lanzó al postre inmediatamente.

–¡Esto es maravilloso! ¿Te cansas de que te diga que eres maravilloso?

–No, imposible.

Harper apoyó el rostro en ambas manos y le miró fijamente. La luz de las velas se reflejaba en sus ojos marrones, intensificando su profundidad. Lenta y deliberadamente, Harper se inclinó hacia delante, hasta que sus labios se rozaron en un beso susurrado.

–Tienes un gran talento. Gracias por ofrecerme todo esto.

Ashton ya no podía aguantar más. Enterró los dedos en los cabellos de Harper y le atrapó la boca con fervor. La besó concienzudamente, acariciándole la lengua con la suya.

Harper sabía a *chenin blanc* y a tarta de castañas. Y él no se dio cuenta de lo mucho que la deseaba hasta que Harper le rodeó el cuello con los brazos y apretó los senos contra el duro pecho de él. Sus respiraciones se mezclaron y, con cada segundo que transcurría, él quería más.

Vagamente, Ashton pensó en lo incómodo que era besarse donde estaban. No conseguiría desnudarla ahí. Porque eso era lo que iba a hacer, y hacerle el amor. Llevaba demasiadas noches de insomnio imaginando la perfecta piel de ella.

Le mordisqueó la garganta y, al cambiar de postura, le dio con el codo a una copa de vino y la tiró.

—Maldita sea —murmuró Ashton.

—No te preocupes, está vacía —respondió ella tras echar un vistazo a la mesa—. Me parece que este no es el lugar más apropiado para…

—No.

—Venga, vamos a recoger todo esto.

—No, no es necesario, van a venir a limpiarlo a medianoche.

—Vamos a ayudarles, así tendrán menos que hacer —dijo Harper mientras ponía unos platos encima de otros y se disponía a levantarse.

Ashton la contempló durante unos segundos. Era una mujer excepcional.

—Venga, vamos —insistió ella.

–Está bien. Supongo que cuanto antes acabemos con esto, antes podremos dedicarnos a conocernos mejor.

Hárper le dedicó una sonrisa de «ya veremos» antes de encaminarse a la cocina. Él, tras recoger más platos y copas, la siguió; no le preocupaba demasiado que Harper estuviera en retirada. Si no era aquella noche, sería otra. Habría más ocasiones.

Después de terminar de recoger la mesa y dejarlo todo en la cocina, apagaron las luces y salieron del restaurante.

–Ha sido una velada muy agradable –dijo Ashton entrelazando los dedos con los de ella–. No quiero que acabe.

–Si lo que quieres es que tomemos una copa en tu habitación… –dijo Harper, negando con la cabeza.

Ashton no pudo evitar una sonrisa traviesa.

–Así que nada de sexo, ¿eh? –la atrajo hacia sí y le acarició el cabello. A juzgar por la dificultad de su respiración, Harper parecía esperar a que él insistiera–. ¿Qué te parece si vamos a dar un paseo?

Capítulo Cinco

A la mañana siguiente, cuando Harper se despertó, eran casi las nueve. Demasiado tarde, no tenía tiempo para hacer el ejercicio rutinario, pensó con una punzada de culpa. El paseo con Ashton la noche anterior había durado dos horas. Se habían paseado por los hoteles Fontaine, habían dado una vuelta por los jardines de Richesse y se habían tomado una copa en el bar de Chic.

Ashton había resultado ser una extraordinaria compañía. Era divertido, intuitivo e inteligente. Mucho más interesante de lo que ella había supuesto. Y eso era decir mucho.

Con decisión, dejó de pensar en el célebre cocinero y se levantó, se dio una ducha, se vistió y agarró el teléfono. Parpadeó al ver los mensajes que tenía. Debía resolver un montón de cosas antes de la reunión que iba a tener con sus hermanas para almorzar.

Rápidamente, salió de su suite en el hotel y se dirigió a las oficinas para despachar los asuntos urgentes que tenía.

El camino al despacho de Scarlett en Fontaine Richesse le llevó algo más que los diez minutos que solía tardar. En la ruta del segundo piso se alinea-

ban una serie de boutiques. Ese día, excepcional-
mente, prestó mucha atención a los escaparates.

Un vestido negro especialmente sexy la hizo detenerse delante de una de las boutiques. No necesi-
tó mirar el reloj de pulsera para saber que iba con
retraso, pero tenía que probarse el vestido. No era
la clase de ropa que llevaba, pero imaginó a Ashton
con los ojos iluminados al verla con ese vestido el
día de la inauguración de Batouri. Pidió al dependiente que se lo enviaran a su despacho en Fontaine
Ciel y lo pagó. Tenía que comprarse un par de tacones negros para completar el atuendo, pero en otro
momento, era tarde.

Al entrar en el ordenado despacho de Scarlett,
notó que sus hermanas parecían preocupadas.

–Perdonad el retraso.

–No te preocupes –dijo Violet–. Me encanta
cómo te queda el pelo suelto, deberías llevarlo así
más a menudo.

Harper, con timidez, se apartó una hebras de cabello del rostro.

–Tenía prisa esta mañana.

–O sea, que no tiene nada que ver con que estuvieras tan acaramelada anoche con Ashton, ¿eh?
–preguntó Scarlett con expresión burlona.

Violet agrandó los ojos.

–¿Acaramelada con Ashton?

–No exageremos –contestó Harper–. Solo estábamos dando un paseo.

–Querida, cuando el gerente me contó que te
vio con un hombre anoche, vi el vídeo del paseo

–dijo Scarlett–. Puede que ni siquiera os tocarais, pero tratándose de ti eso es estar acaramelada.

Harper sintió un cosquilleo en el estómago que se le subió a la cabeza. Trató de censurar a su hermana con una mirada, pero no pudo evitar sonreír.

–Estuvimos hablando hasta casi las cuatro de la madrugada.

–¿Hablando?

–Hablando –respondió con firmeza.

–¿Vas a decirme que Ashton Croft no quiso llevarte a la cama?

–Lo intentó –reconoció Harper, aliviada y desilusionada simultáneamente de que Ashton no hubiera insistido en tomar la copa en su habitación–. Pero no estoy dispuesta a acostarme con él a la primera de cambio.

Scarlett hizo una mueca.

–¿A la primera de cambio? Querida, lleváis coqueteando nueve meses.

–¿Coqueteando? No. Llevamos nueve meses discutiendo civilizadamente.

–Eso para ti es coquetear.

Harper alzó una mano para acallar a sus hermanas.

–¿Celebramos algo? Porque estoy viendo una botella de champán ahí.

–Tenemos que celebrar muchas cosas, empezando por Violet –contestó Scarlett antes de servir champán en tres copas.

–Has conseguido que J. T. recupere su empresa, ¿a que sí? –preguntó Harper, encantada.

La sonrisa de Violet no tenía precio.

–Y han arrestado a Preston. Le sacaron de Cobalt esposado.

–Me habría encantado verle salir del hotel escoltado por unos agentes del FBI –comentó Harper.

–Reconozco que me produjo una gran satisfacción –dijo Violet asintiendo.

–¿Y cómo van las cosas entre tú y J. T.? –preguntó Scarlett.

–Perfectamente.

–Entonces, ¿ya no os vais a separar? –Harper se alegraba mucho por su hermana.

–No, de ninguna manera –respondió Violet con vehemencia–. Me quiere.

–No sabes cuánto me alegro –dijo Harper–. Pero ¿qué va a pasar cuando J. T. se ponga al mando de Stone Properties?

–No lo va a hacer –el único motivo por el que Violet se había casado con J. T. había sido para ayudarle a recuperar la empresa de la familia–. Ha vendido todas sus acciones a sus primos para así comprar Titanium.

Titanium era el hotel y casino que Stone Properties tenía en Las Vegas y que llevaba J. T. Era la mayor y la que daba más beneficios de todas las propiedades de la empresa, gracias a la excelente dirección de J. T.

–Me sorprende que haya tomado esa decisión cuando podía dirigir todas las empresas de Stone Properties.

–Quería quedarse en Las Vegas –a Violet se le

notaba en la cara que estaba enamorada–. Sabe que yo quiero estar aquí.

–Por cierto, ¿qué hay de la competición impuesta por el abuelo? –preguntó Harper.

Las oficinas centrales de Fontaine Hotels estaban en Nueva York.

–La semana pasada le comuniqué al abuelo que yo no estaba interesada en ser la directora ejecutiva –Violet miró a Scarlett.

Antes de que Harper pudiera asimilar el significado de la decisión de Violet, Scarlett alzó su copa y declaró:

–Por la futura directora ejecutiva de Fontaine Hotels y Resorts.

A Harper se le encogió el corazón. ¿Había tomado una decisión su abuelo? ¿Había elegido a Scarlett como sucesora?

–Felicidades –le dijo Harper a Scarlett en tono animado, como buena perdedora.

Llevaba toda la vida soñando con esa meta y le habría gustado que su abuelo la hubiese elegido a ella. Sobre todo, buscaba la aprobación de su abuelo. Era un duro golpe para ella que su abuelo no la hubiera considerado lo suficientemente preparada para el cargo.

Scarlett alzó los ojos al techo.

–No soy yo, tonta. Eres tú.

–¿Yo? –Harper miró a sus hermanas–. No lo entiendo. El abuelo no me ha dicho nada.

–Esta mañana he llamado al abuelo y le he dicho que a los de la cadena televisiva les ha encantado el programa piloto de mi nueva serie y lo van a producir –Scarlett esbozó una radiante sonrisa–. Eso significa que vas a ser tú la nueva directora ejecutiva.

Harper estaba encantada con la noticia. Toda la vida llevaba haciendo lo imposible por demostrar a su abuelo que ella no era como su padre. Se entregaría a Fontaine Hotels y Resorts en cuerpo y alma.

Sin embargo, una sombra enturbiaba el éxito: ella había ganado porque sus hermanas habían abandonado.

–De todos modos, no olvidéis que el abuelo es quien tiene la última palabra –les recordó a Violet y a Scarlett–. Puede que yo no sea la persona a la que habría elegido.

–No digas tonterías –protestó Scarlett chocando su copa con la de ella–. Tú siempre has ido por delante de nosotras.

A instancias de Scarlett, Harper bebió un sorbo del espumoso líquido. Pero no sintió alegría, ni siquiera alivio. Tan pronto como Asthon abriera el restaurante, ella se iría a Nueva York a hablar cara a cara con su abuelo. Hasta no saber lo que él pensaba acerca del futuro de la empresa, no se iba a permitir soñar.

Tras charlar un rato sobre la retrasada luna de miel de Violet, Scarlett le clavó la mirada y anunció:

–Por cierto, he hablado con Logan un poco antes de que vinieras. Me ha dicho que sus empleados han conseguido seguir el rastro al dinero que tu madre le ha enviado al chantajista. Ha pasado por varios bancos antes de acabar en la cuenta de un tipo llamado Saul Eddings. Lo raro es que parece que ese tipo no existe.

Eso significaba que el chantajista era listo.

—¿De qué estáis hablando? —preguntó Violet.

—Mi madre ha sido víctima de un chantaje.

—¿Tu madre? —Violet lanzó a Scarlett una mirada de preocupación—. ¿Por qué?

—Por algo que ocurrió hace mucho tiempo —respondió Harper, preguntándose por qué parecía Violet tan tensa de repente—. Se trata de una aventura amorosa que tuvo hace treinta años.

Violet se volvió hacia Scarlett.

—No se lo has dicho, ¿verdad?

—No —respondió Scarlett mirando a Violet con dureza.

—Tiene que enterarse.

—¿De qué tengo que enterarme? —preguntó Harper alarmada al ver el enfado entre sus hermanas.

—No va a ayudar en nada —dijo Scarlett—. Logan va a descubrir al chantajista y Lucas se encargará de solucionarlo. Así que... deja las cosas como están.

—¿Has pensado en Harper?

—Constantemente —respondió Scarlett—. Deja ya el tema.

—Eh, parad un momento —interpuso Harper—. Tenéis que explicarme qué pasa. ¿Quién está chantajeando a mi madre?

—No lo sé —admitió Scarlett con una seriedad poco habitual en ella.

—Pero sabes algo que no me quieres decir —insistió Harper.

—Es posible. Al menos, eso creo.

—¿Y no vas a decírmelo? —la atmósfera se tornó gélida—. ¿Por qué?

—Porque nada bueno saldrá de ello —contestó Scarlett.

—¿Se trata de mi madre y de la aventura que tuvo?

—Sí —Violet le agarró las manos a Harper y se las frotó—. Tiberius tenía documentación sobre todas nosotras.

—Eso ya lo sabía.

—Incluida tu madre.

—Cuando me atacaron y robaron los documentos, se llevaron el de tu madre —explicó Scarlett con desgana.

—Eso explica de dónde proceden las fotos y por qué le han hecho chantaje —observó Harper—. ¿Hay algo más?

—Si no se lo dices tú lo haré yo —declaró Violet.

—La cuestión es cuándo tuvo lugar esa aventura amorosa —dijo Scarlett—. Ocurrió nueve meses antes de que tú nacieras.

—Eso no significa… La relación de mi madre con el fotógrafo solo duró dos semanas.

—Y tu padre, por lo que se deduce de sus viajes, pasó seis semanas fuera durante ese tiempo.

A Harper le dio un vuelco el corazón. No podía ser…

No era una Fontaine.

Esas dos mujeres maravillosas no eran hermanas suyas.

De repente, le faltó la respiración. Se llevó una mano al pecho.

—Tengo que marcharme.

Se levantó de la silla con tal brusquedad que la tiró al suelo. La habitación le dio vueltas.

—Harper, ¿qué te pasa?

—Nada, nada. Acabo de acordarme que tenía que ir… —no acabó la frase. Vio la puerta y se dirigió a ella.

—¿Seguro que estás bien? —Violet había salido del despacho de Scarlett y la seguía por el pasillo—. Tranquilízate. Además, no importa. Lo sabes.

—Claro que importa —todos sus esfuerzos, todos sus sacrificios… ¿por nada?—. Os llamaré luego. Ahora necesito un poco de aire fresco.

Scarlett apareció a su lado y le agarró el brazo.

—Eres nuestra hermana. Vas a ser la directora ejecutiva de Fontaine.

—Está bien —Harper le dio una palmada a Scarlett en el brazo—. Entendido, es nuestro secreto.

—Exacto —dijo Violet algo más tranquila.

—Os quiero a las dos, pero tengo que volver al trabajo. Hablamos luego.

Y antes de que sus hermanas pudieran protestar, Harper se alejó.

En vez de volver a su despacho, Harper salió a la calle. El calor, el ruido y la gente le aturdieron. Se dio la vuelta rápidamente y se dirigió a Fontaine Ciel. Entró por la puerta más cercana, la del casino. El ruido de las máquinas y las luces la desorientaron aún más. No sabía cómo llegar a su despacho.

–Harper, ¿te pasa algo?

No se acordaba del nombre del hombre que se había dirigido a ella, aunque hablaba con él todos los días. ¿Tom? ¿Tim?

–Estoy un poco mareada –Harper sacudió la cabeza–. Necesito sentarme un momento.

Dio un paso adelante y se tambaleó.

–Deja que te ayude.

Cuando él fue a agarrarla, ella se apartó. La piel le ardía.

–No –llegó hasta un sillón y se dejó caer en él–. Estaré bien en un momento. ¿Te importaría traerme un vaso de agua?

–Ahora mismo.

Mientras él iba en busca de una camarera, Harper cerró los ojos y se masajeó las sienes. ¿Qué le había pasado? Un ataque de pánico. Normal, teniendo en cuenta que el mundo se le había venido abajo.

Cuando Tim Hoffman, por fin se acordaba de su nombre, volvió con el vaso de agua, Harper estaba en pie y se sentía mejor. No obstante, no se le habían quitado las ganas de salir corriendo, de huir.

–Debe haber sido el calor lo que ha hecho que me marease –comentó ella.

El hombre de cabello oscuro pareció aliviado.

–Sí, hace más calor que de costumbre.

–Gracias por el vaso de agua.

Y sin más palabras, Harper se dirigió a los ascensores. Quizá un poco de ejercicio le ayudara a despejarse.

Capítulo Seis

Ashton se estiró en el sofá de la suite mirando al techo. Estaba anocheciendo.

Vince le había llamado aquella mañana con malas noticias: los productores de El Cocinero Errante le daban tres días de plazo para decidir si hacía el programa en África; de no aceptar, cancelaban el contrato y suspendían el programa.

De repente, oyó unos golpes en la puerta. Se sentó, se pasó la mano por el cabello y se puso en pie. Dae iba a llamarle más tarde para ver si quería dar una vuelta por el Strip, no esperaba que se presentara.

No, no era Dae.

—Hola —dijo Harper desde el pasillo. Llevaba unos pantalones grises ajustados que enfatizaban sus largas y delgadas piernas y combinaban bien con un suéter color rosa—. Espero que no te moleste que no te haya llamado antes de venir.

—No, en absoluto. Me viene bien un poco de compañía —dijo Ashton, indicándole que pasara.

—A mí también.

—¿Te apetece una copa de vino?

—Sí, gracias.

Ashton sirvió dos copas y ambos se sentaron en

el sofá. Harper no llevaba maquillaje y, quizá por eso, se la veía vulnerable.

–¿Siempre quisiste ser cocinero? –le preguntó ella recogiendo las piernas en el sofá, bajo su cuerpo.

–No, pasó al azar.

De repente, sintió ganas de hablar de sí mismo. La noche anterior Harper le había hablado de su infancia y de los años en el colegio. Él también quería hablarle de su pasado. El problema era que la mayoría de la gente de su vida en África había acabado perdida en la jungla o enterrada en una fosa común. A una persona como a Harper le horrorizaría oír lo que a él le había costado sobrevivir.

–Cuando tenía quince años, me marché de casa y me junté con unos tipos poco recomendables –confesó él, abandonando la versión dulcificada que ofrecía sobre su persona a los medios de comunicación.

Describir la banda de traficantes de Chapman como tipos poco recomendables era inadecuado. Habían sido unos criminales liderados por el tipo más despreciable que él había visto en su vida.

–¿Hasta qué punto poco recomendables?

–Les gustaba jugar con cuchillos –contestó Ashton antes de remangarse la camisa y enseñarle un par de cicatrices que tenía en el brazo.

–¿Te hicieron eso? ¿Por qué estabas con ellos?

–Porque era un engreído y un cabezota. Pensaba que podía cuidar de mí mismo –se bajó la manga de la camisa–. Uno de los de la banda cocinaba para todos. Se hizo amigo mío y me protegió de los peores. Resultó que tenía habilidad para mezclar sabores.

–¿Tenías idea de hacer otra cosa?

Ashton se encogió de hombros. Había sido un adolescente tonto y rebelde que nunca pensaba más allá del momento presente.

–Lo único que sabía era que no quería seguir los pasos de mi padre.

–¿A qué se dedicaba tu padre?

–Era misionero –confesó Ashton. Normalmente, decía que su padre era vendedor, lo que no se alejaba mucho de la verdad. Sus padres se habían pasado la vida vendiendo la idea del paraíso a gente que no tenía idea que estaba condenada.

Por primera vez desde que había llegado, a Harper se le iluminaron los ojos.

–¿Misionero? Perdona si te ofende, pero no pareces muy religioso.

–No, no lo soy. A pesar de que mis padres pasaron una gran parte de mi infancia de aldea en aldea predicando los valores cristianos.

–Vaya, no creo que lo pasaras muy bien.

–No –respondió él–. ¿Y tú? ¿Siempre quisiste dirigir un hotel?

–Desde los cinco años –Harper sonrió–. Mi padre me llevó al hotel Waldorf Astoria y yo me quedé prendada. Fuimos en Navidad y en el vestíbulo había un árbol de navidad decorado con bolas rojas y doradas, y lucecillas blancas. Me pareció mágico. Fue entonces cuando decidí que algún día tendría un hotel.

–Supongo que, al ser una Fontaine, lo de los hoteles lo llevas en la sangre.

La expresión de Harper cambió inesperadamente, el brillo de sus ojos disminuyó y una sombra le cruzó la expresión.

–Dime, ¿qué se siente viajando por todo el mundo como haces tú?

–No sé, es excitante y agotador.

–Es muy distinto de lo que yo hago –comentó Harper antes de llevarse la copa de vino a los labios–. Yo nunca he viajado de verdad.

–Me cuesta creerlo. Hay hoteles Fontaine por todo el mundo.

–Sí, pero cuando voy a visitar los hoteles de la empresa, no tengo tiempo para hacer turismo. Por ejemplo, he estado en París en tres ocasiones, y ni una sola vez he ido a dar un paseo por la ciudad.

–Es una pena. Es una ciudad maravillosa. Pasé allí dos años estudiando cocina y trabajé en varios restaurantes –había sido el primer lugar al que había ido tras marcharse de África.

–Yo pasé los primeros dieciocho años de mi vida en Nueva York; después, cuatro en Ithaca, en la universidad Cornell.

–¿Y ni siquiera entonces te apetecía viajar?

–Mis padres se separaron cuando tenía once años. Mi madre se fue a Florida y yo iba a visitarla en vacaciones. Mi padre… En fin, mi padre pasaba mucho tiempo de viaje supervisando los hoteles. La empresa creció mucho en los noventa.

Una infancia tan solitaria como la suya.

—¿Con quién te quedabas cuando tu padre estaba de viaje?

—Con los criados. Alguna vez que otra me quedé con mi abuelo —a Harper se le había resbalado por el hombro el suéter y era visible el fino tirante de la camisola—. ¿Hay algún sitio al que quieras ir y en el que todavía no has estado?

El hombro de Harper le tenía fascinado. ¿Era su piel tan suave como parecía?

—Las cataratas del Niágara.

Harper se lo quedó mirando en silencio unos momentos y luego se echó a reír.

—¿Las cataratas del Niágara? Incluso yo he estado ahí.

La profunda carcajada de ella le hizo desear besarla.

—En ese caso, podías llevarme y hacer de guía.

—No sé, no sé…. Tenía siete años cuando fui —el buen humor de Harper se desvaneció—. Me llevó mi padre.

De repente, Harper se levantó del sofá.

—Maldita sea. Había jurado que no iba a llorar.

La curiosidad le indujo a seguirla. Al menos, eso fue lo que se dijo a sí mismo hasta que Harper le abrazó y apoyó el rostro en su pecho. Temblaba mientras sollozaba. Por fin, soltó el aire y suspiró.

—¿Qué te pasa? —preguntó Ashton preocupado.

—¿Por qué quieres ir a las cataratas del Niágara? —preguntó ella, sin contestar a su pregunta.

—Me gustan las cascadas. Y a ti, ¿qué es lo que te gusta?

–Tú. Es decir, tu programa.

–Ya.

–Está bien, admito que soy admiradora tuya.

Ashton se echó hacia atrás para mirarla a los ojos.

–Ahora entiendo por qué te portas tan bien conmigo.

–Siempre me he portado de forma profesional contigo.

–Por mucho que lo niegues, lo que querrías es encerrarme en una nevera gigante –bromeó él.

–¿Crees que es fácil trabajar contigo? Sé sincero.

–No, no lo es. Pero soy un genio y todo el mundo sabe que los genios son gente difícil de tratar.

Harper ladeó la cabeza y le miró fijamente.

–Incluso tu arrogancia es encantadora.

–No te comprendo.

Harper desvió la mirada.

–No hay nada que comprender.

–Tienes dinero y estás bien relacionada. Y, además, puedes tener lo que se te antoje.

–¿Es así como me ves? –preguntó Harper con calma, pero él sintió su tensión.

–Así eres.

–Y si no tuviera dinero y no estuviera relacionada, ¿qué?

Ashton notó la ansiedad con que esperaba su respuesta.

–Eres una mujer hermosa, inteligente y trabajadora, podrías conseguir lo que te propusieras.

–¿Y si no supiera qué quiero hacer?

–No lo entiendo. Creía que querías ser directora ejecutiva de Fontaine Hotels y Resorts.

–Ya no estoy segura de ello –Harper se apartó de él y se acercó a la puerta de la suite–. Gracias por el vino y la charla. Creo que me voy a ir a acostar. Mañana tengo mucho que hacer.

Ashton la siguió hasta la puerta. Allí, le agarró el brazo, deteniéndola. Algo le había ocurrido a Harper, estaba seguro de ello.

Entonces, rindiéndose a un impulso, la besó. La besó profunda, apasionadamente.

–Quédate –le susurró él acariciándole la mejilla con los labios.

La notó ponerse tensa.

–No me parece buena idea.

–Te equivocas –le aseguró él–. Es una idea magnífica.

–Nunca me he acostado con un hombre al que apenas conozco.

–Considéralo una aventura, un paso hacia lo desconocido.

–Me temo no estar preparada para abandonar lo que conozco.

Una frase enigmática. Ashton empezó a pensar que Harper no podía enfrentarse a todas las preocupaciones que tenía.

–¿Por qué ibas a tener que abandonarlo?

–A mí no se me ocurre preguntarte qué harías si no pudieras seguir siendo cocinero. Tú ya te has hecho famoso en el mundo de la televisión.

Aquel era el momento perfecto para confesarle

que debía ir a Nueva York unos días, pero se negaba a romper la intimidad de la que disfrutaban en ese momento.

–¿Has pensado alguna vez en cambiar de profesión?

Una débil sonrisa asomó al rostro de Harper.

–Se me ha ocurrido una serie de televisión sobre hoteles exóticos por todo el mundo.

–¿Quieres que le exponga tu idea a mi agente, a ver qué le parece?

Harper agrandó los ojos.

–¿Lo dices en serio?

–Sí, totalmente. Tengo la impresión de que necesitas explorar nuevos horizontes, nuevos desafíos. Haz algo que te dé miedo hacer.

–Eso ya lo he hecho. He venido aquí, ¿no?

–¿Te doy miedo yo?

–Tú no, solo lo que representas.

–¿Y qué es lo que represento?

–Lo que yo llevo evitando toda la vida.

Ashton no respondió. Mejor dejar que Harper ordenara sus pensamientos, mejor dejar que el silencio se hiciera tan incómodo que, al final, para romperlo, ella se traicionara a sí misma y hablara más de la cuenta. Era una técnica que se utilizaba en las entrevistas y que daba muy buenos resultados.

–No lo he dicho para insultarte –acabó diciendo Harper–. Es solo que me gusta todo organizado y controlado, nada de sorpresas. A ti te gusta enfrentarte a lo inesperado.

–Es lo que hace que la vida sea interesante. Algunas de mis mejores recetas de cocina han surgido mezclando sabores que jamás había mezclado. Y otra cosa, jamás me habría hecho cocinero si no me hubiera escapado de casa a los quince años y hubiera tenido que luchar para sobrevivir.

A Harper no pareció sorprenderle lo que había dicho.

–Yo siempre he evitado las situaciones desesperadas, las desconozco –admitió Harper.

–Y ahora… ¿no te preguntas qué te has perdido?

–Sé perfectamente lo que me he perdido. Me he sacrificado mucho para alcanzar mi meta.

–Ser directora general de las empresas Fontaine.

–Sí. Pero ahora… Hoy he descubierto algo, pero no quiero hablar de ello. Por eso he venido aquí, en busca de consuelo.

–Has hecho bien.

–Y te doy las gracias por ello.

–No es necesario. Debes saber ya que soy un egoísta. Si una mujer hermosa acude a mí en busca de apoyo, voy a disfrutar cada segundo que la tenga en mis brazos.

–¿Y si quiere que la consueles durante toda la noche?

–Mejor que mejor.

–No debe haber muchas mujeres que se te resistan, ¿verdad?

–Así es.

Harper puso la mano en el pomo de la puerta y, esta vez, Ashton no la detuvo. Forzar la situación solo conducía a un peor resultado. Cuando hiciera el amor con Harper, quería que fuera un momento inolvidable para ella.

Harper no podía abrir la puerta. Anhelaba las caricias de Ashton. Él debió de notar su vacilación porque, con suavidad, le apartó la mano del pomo y le besó la palma. Se derritió bajo el ardor de la mirada de Ashton y no protestó cuando él le tocó la espalda. Tampoco se resistió cuando Ashton la rodeó con los brazos y la estrechó contra su cuerpo.

–Pídeme que me quede –susurró ella.

Se aferró a sus brazos mientras él posaba la boca en el cuello. Gimió al sentir las caricias de la lengua de Ashton. Le pesaban los pechos cuando él la apretó aún más contra su cuerpo. El calor hacía que la ropa le resultara insoportable. Tenía que desnudarse. Tenía que sentir la piel de él con la suya.

–Quédate –murmuró Ashton.

–Bien.

Ashton la tomó en brazos y la llevó a la habitación. Con una ternura que le sorprendió, la dejó encima del colchón y le sujetó ambas manos a los dos lados de la cabeza. La intensidad de la mirada de él aumentó el deseo de ser devorada por ese hombre.

Harper alzó una mano y le acarició el hoyuelo de la mejilla. Él sonrió antes de bajar la cabeza y acariciarle los labios con los suyos. Ella le puso la mano en la cabeza y le atrajo hacia sí para profundizar el beso.

Sus bocas se unieron y sus lenguas bailaron. Pero necesitaba más. Ciegamente, le desabrochó la camisa. Lanzó un gemido de satisfacción al pasar las manos por el cinturón de Ashton.

Ashton se puso en pie, se quitó la camisa, los pantalones y los zapatos. Ella se arrodilló en la cama y se deshizo del suéter. Al instante, sintió los labios de Ashton, una vez más en la cama.

Rodaron por el colchón, Harper acabó encima. Respirando trabajosamente y riendo, besó a Ashton en la garganta. Él posó las manos en sus nalgas y luego le acarició los muslos, apretándola contra su erección.

Harper lanzó un gemido cuando Ashton le deslizó las manos por debajo de los pantalones y las bragas y las bajó hasta tocarla el sexo. Aunque el roce fue leve, un temblor le recorrió el cuerpo. Protestó con un gemido cuando él subió las manos, acariciándola hacia arriba hasta quitarle la camisola.

Muerta de ganas de que Ashton le acariciara los pechos, Harper plantó las manos en el colchón y alzó el torso. Como había esperado, Ashton le agarró los pechos y un intenso placer le recorrió el cuerpo.

Ashton la hizo tumbarse en el colchón, se colocó encima y le agarró un pezón con la boca. Primero se lo chupó y después se lo lamió. Ella le peinó con los dedos, estrechándole a sus pechos mientras gemía de placer.

¿Por qué se había negado a sí misma ese placer durante tanto tiempo? Debería haberse acostado con Ashton el día que le conoció y, a partir de ahí, todos los días que le había visto.

Ashton fijó la atención en el otro pecho y dedicó un tiempo considerable a incrementarle el deseo. Por fin, le agarró la cinturilla de los pantalones y de las bragas y se los bajó.

Al sentir la lengua de Ashton en el ombligo, pateó con frenesí. Entonces, Ashton colocó los hombros entre sus piernas y, con los pulgares, le abrió los labios del sexo.

Harper se aferró a las sábanas en el momento en que Ashton se apoderó de ella con la boca. El cuerpo casi le dolía del placer que la lengua de él le procuraba.

Harper plantó los pies en la cama y temió estar a punto de perder la consciencia. Y cuando los dedos de él le se cerraron sobre el clítoris, acabó perdiendo el control. Gritó el nombre de Ashton mientras el cuerpo le estallaba.

Notó que Ashton se apartaba de ella, pero no podía moverse, no podía protestar. Le oyó abrir el envoltorio de un condón y se alegró de que Ashton hubiera pensado por los dos. Abrió los ojos cuando le acarició los labios con la boca y le rodeó los hombros con los brazos y se colocó entre sus muslos.

La penetró y ella lanzó un gemido. Ashton comenzó a moverse despacio dentro de ella. Casi al instante, sus ritmos se acoplaron, como si hubieran hecho el amor cientos de veces. Pronto, el ritmo se aceleró y ella se sintió al borde del orgasmo.

No llegaron al orgasmo simultáneamente, pero

casi. Harper le hundió las uñas en la espalda mientras los espasmos la sacudían. Él la besó con pasión y tras un par de empellones se vació dentro de ella con un fuerte temblor.

Harper hundió la nariz en la garganta de Ashton, sobrecogida por lo que había sentido. Pero ahora… ¿qué?

Como si le hubiera leído el pensamiento, Ashton se separó de ella y se tumbó a su lado, haciéndola dudar entre si levantarse y vestirse o acurrucarse junto a él en la cama. Antes de tomar una decisión, Ashton le agarró la mano.

–No te vayas todavía.

Harper volvió la cabeza y le sorprendió observándola.

–No sabes lo que estaba pensando.

–¿No? ¿Seguro que no ibas a poner la disculpa de que tienes trabajo? –preguntó Ashton y, al momento, la besó.

Harper se rindió al placer de estar en los brazos de él. Por sorprendente que fuera, quería que la volviera a poseer.

–Seguro.

–Pues no parece propio de la Harper que conozco. ¿Qué te ha pasado?

–Es que no soy la Harper que conoce la gente.

–No te entiendo.

–Hoy he descubierto algo que ha cambiado mi vida.

Ashton le acarició la mejilla.

–¿Qué vas a hacer al respecto?

La mayoría de la gente le habría preguntado qué era lo que había descubierto. Pero Ashton no, Ashton no se entrometía en los asuntos de nadie. Y ella comprendía por qué: Ashton prefería que no se supiera mucho de su pasado, de cosas de las que no estaba orgulloso.

–No lo sé, me cuesta pensar con claridad –contestó ella–. La prueba de ello es que estoy aquí, ¿no? ¿Hace veinticuatro horas crees que me habría acostado contigo?

–¿Por qué buscas excusas?

–No me tomo el sexo a la ligera. Para mí es algo que se da en una relación con perspectivas de futuro.

–¿Y crees que entre tú y yo no hay perspectivas de futuro?

–Creo que las hay, pero en lo profesional.

Ashton le dio un breve beso en los labios.

–Eso espero. Pero también creo que nos llevamos bien. Veamos qué pasa.

Como promesa no era gran cosa, pero viniendo de Ashton, ya era bastante. Harper se acurrucó junto a él y, poco a poco, fue relajándose. Sus problemas tendrían que esperar al día siguiente.

Capítulo Siete

Ashton iba por la segunda taza de café y sonrió al oír unos golpes en la puerta de su suite. Al parecer, después de escapar durante la madrugada mientras él dormía, Harper había decidido volver a por el cuarto asalto.

Pero no vio a Harper al abrir la puerta, sino a Vince.

–¿Qué pasa? –le preguntó a su agente al ver su expresión sombría–. ¿Cómo es que estás aquí?

–Los de Lifestyle han adelantado la fecha para hacer el programa piloto. Quieren que vayas a Nueva York mañana.

Ashton lanzó una maldición.

–¿Por qué?

–No lo sé. Puede que hayamos exigido demasiado. Al parecer, están entrevistando a otros cocineros.

Si no reaccionaba inmediatamente iba a perder una fantástica oportunidad.

–¿Qué crees que debemos hacer?

–En mi opinión, deberíamos demostrarles que estamos decididos a comprometernos completamente con Lifestyle Network.

–¿Quieres que deje El Cocinero Errante?

–Sí. Creo que deberías romper con ellos. Al fin y al cabo, no estás de acuerdo con el camino que lleva la nueva serie.

–Está bien. Llama a los de Phillips y diles que no voy a continuar con El Cocinero Errante –sabía que Harper se iba a llevar una desilusión y eso le preocupaba. Pero el negocio era el negocio–. Tengo que hacer algunas cosas antes de ir a Nueva York.

Cole aún no había ido a Las Vegas a ocupar su cargo, por lo que tendría que darle instrucciones a Dae para que se encargara de todo durante unos días. El chico era listo.

–¿Cómo has llegado hasta aquí?

–En avión. Los de Network van a enviar un avión particular para que venga a recogernos esta noche.

Al menos no tenía que encargarse de comprar billetes de avión. Lo peor iba a ser decirle a Harper que se marchaba, teniendo en cuenta que Batouri iba a abrir en diez días. Lo mejor era decírselo cuanto antes.

Después de marcharse de la suite de Ashton, Harper pasó el resto de la noche tumbada en el sofá viendo un episodio tras otro de El Cocinero Errante, incapaz de creer que había realizado su sueño sexual mientras veía la imagen de Ashton en la pantalla.

Se pasó una mano por los secos y cansados ojos antes de levantarse del sofá para ir a preparar café.

Por primera vez en la vida, no tenía ganas de hacer nada. Pero debía llamar a Mary para que su secretaria no se preocupara.

Con un suspiro, agarró el teléfono. El hotel marchaba bien y no había motivo para que el gerente no pudiera encargarse de él durante un rato.

—Voy a tomarme un descanso —le dijo a Mary cuando esta contestó la llamada—. Si hay algún imprevisto, que Bob se encargue de ello.

Después de arreglarse, Harper fue al garaje a por el coche y se fue de compras al centro comercial a modo de terapia.

Fue de tienda en tienda sin comprar nada mientras meditaba acerca del dramático cambio en su vida. Tenía que hablar con su abuelo y contarle lo que había descubierto, a pesar de que ni a Scarlett ni a Violet les parecía buena idea, no podía basar su vida en una mentira.

Entró en una librería, hacía mucho tiempo que no leía. Agarró un libro de su escritor preferido y se dirigió a la caja para pagar.

Mientras esperaba detrás de una madre con dos niños menores de cinco años, paseó la mirada por una mesa con libros. Uno de ellos le llamó la atención, en la cubierta había un leopardo. De pequeña había pasado horas hojeando libros con fotos de animales africanos en la casa de su abuela, en Hamptons.

De repente, se le erizó la piel. Penélope había tenido una aventura amorosa con un hombre que se dedicaba a fotografiar la vida de los animales salvajes. ¿Era mera coincidencia que le hubiera regalado a su abuela un libro con fotos de animales salvajes? No, no lo era.

Salió de la cola y se acercó a la mesa de los libros. Casi con desesperación, agarró el móvil y marcó el teléfono de la casa de su abuela. Como era de esperar, Tilly, el ama de llaves, contestó la llamada.

–Hola, Tilly, soy Harper.

–Hola, Harper. Lo siento, pero tu abuela no está en casa en este momento.

–¿Podrías hacerme un favor?

–Claro.

–En la biblioteca hay un libro con fotos de animales salvajes de África, mi madre le regaló a la abuela ese libro hace muchos años. A mí me encantaba, pero no he vuelto a echarle un vistazo desde que tenía trece o catorce años. ¿Podrías ir a ver si está?

–Sí, ahora mismo voy, espera un momento –Tilly tardó unos minutos en regresar–. Sí, aquí lo tengo.

Harper sintió un gran alivio.

–¿Te importaría decirme quién es el fotógrafo?

–Greg LeDay.

–Perfecto. Muchas gracias, Tilly. Y, por favor, no digas a nadie que he llamado. Como de costumbre, llamaré a la abuela el domingo.

Harper cortó la comunicación, nerviosa. ¿Era Greg LeDay su padre? Con dedos temblorosos, accedió a Internet con el móvil, tecleó el nombre del fotógrafo y esperó a ver los resultados. El fotógrafo tenía su propia página web. Pronto apareció una foto de él en blanco y negro: guapo, de unos cincuenta y tantos años, al lado de un todoterreno y con una cámara en la mano; a sus espaldas había varias jirafas.

La postura relajada de ese hombre y la sonrisa traviesa le recordaron tanto a Ashton que casi se quedó sin respiración. Ambos estaban cortados por el mismo patrón. No era de extrañar que le atrajera tanto la estrella de El Cocinero Errante; por sus propias venas corría la sangre de un aventurero.

Después de contemplar la foto varios segundos, echó un vistazo a la página web. Además de ser fotógrafo, Grez LeDay organizaba viajes para gente interesada en fotografiar animales salvajes. De hecho, tenía organizados varios viajes en los próximos meses. Uno de ellos era dentro de dos días.

De repente, decidió enviar un mensaje electrónico a LeDay para apuntarse al viaje. Cambió el libro que había tenido intención de comprar por una guía de Sudáfrica y, después de pagar, se dirigió a la tienda de deportes más cercana.

Compró una bolsa parecida a la de Ashton y todo lo necesario para el viaje. Pero cuando se encontró en el coche con las compras en el maletero, se preguntó si no habría perdido la cabeza. ¿Qué le había hecho pensar que a su padre le iba a encantar verla aparecer sin más?

Presa de un sorprendente entusiasmo, regresó a la suite del hotel y colocó todo lo que había comprado encima de la cama. Una cantidad ingente de objetos.

Salió del dormitorio y se puso a buscar vuelos en

Internet a Johannesburgo, Sudáfrica. Había varios vuelos, todos ellos salían aquella misma tarde. ¿Para qué iba a esperar? Ahora que había decidido marcharse, lo mejor era hacerlo cuanto antes.

Hizo la bolsa de viaje rápidamente. Era muy pequeña, apenas pesaba quince kilos, con todo lo que iba a necesitar. Se puso unos vaqueros, una camiseta blanca y una chaqueta de cuero marrón.

Cuando apagó las luces y cruzó el umbral de la puerta de la suite, Harper tuvo la sensación de haber iniciado un viaje a un mundo nuevo, sin saber qué iba a ocurrir y sin poder controlarlo.

Había recorrido la mitad del pasillo cuando se abrieron las puertas de uno de los ascensores y Ashton apareció a la vista, también con la bolsa de viaje en la mano. Al verla, se quedó en medio de las puertas, evitando que se cerraran.

–¿Adónde vas? –preguntó Ashton mientras ella entraba en el ascensor.

–Podría preguntarte lo mismo –respondió Harper decepcionada. Necesitaba que Ashton estuviera en Las Vegas para encargarse de la apertura del restaurante.

–Iba a verte –anunció él.

Harper señaló la bolsa de viaje de Ashton.

–¿Y después de verme?

–Tengo que ir unos días a Nueva York. Las negociaciones con la cadena de televisión están pasando por un momento crítico. Estoy a punto de que no me contraten.

A Harper le renació la esperanza. Si Ashton no

hacía el nuevo programa, se quedaría con El Cocinero Errante.

—Quizá no sea tan terrible.

—Si hiciera el programa nuevo viviría en Nueva York la mayor parte del año.

Donde estaría ella si se olvidara de su padre natural y aceptara ponerse al frente de Fontaine Hotels y Resorts. ¿Podrían entonces profundizar en su relación?

—En cualquier caso, lo importante ahora es que te vas una semana y media antes de inaugurar Batouri.

Ashton apretó los labios.

—Está todo controlado. Le he dado a Dae las recetas y sabe lo que tiene que hacer. Se encargará de todo hasta que llegue Cole. Además, yo volveré dentro de unos días.

—Es tu restaurante. Es tu reputación lo que está en juego. Tú sabrás lo que haces.

—¿Y tú, qué es lo que estás haciendo? Si te diriges a Nueva York, puedes venir conmigo en el avión particular que nos ha enviado la empresa.

—No, gracias. Tengo un vuelo reservado y no es para Nueva York.

Ashton se fijó en el atuendo que llevaba y en la bolsa de viaje.

—¿Adónde vas?

—A Sudáfrica.

***

Las puertas del ascensor se abrieron y Harper salió con paso decidido y enérgico. Ashton la siguió. Ya que los dos se dirigían al aeropuerto, disponía de unos veinte minutos para llegar al fondo del asunto.

–¿Cuánto tiempo vas a estar fuera?

–No lo sé. Una semana o dos. Depende.

–No sabía que Fontaine tuviera hoteles en África.

–No los tiene.

Una vez que ambos se hubieron acoplado en el coche y con las maletas en el maletero, Ashton continuó el interrogatorio:

–¿Es un viaje de placer o de negocios?

–¿A qué viene tanta curiosidad?

–Teniendo en cuenta que Batouri va a inaugurarse en menos de dos semanas, podrías haber mencionado que tenías pensado salir del país.

–Ha surgido un asunto imprevisto.

–¿Cuándo?

–Este mediodía.

El tráfico era fluido y el trayecto al aeropuerto, que normalmente llevaba unos veinte minutos, iba a llevar solo diez. No disponía de mucho tiempo.

–¿Qué demonios pasa, Harper? Tu comportamiento es de lo más extraño.

–No es verdad –respondió.

–No te entiendo.

–A los once años me propuse un plan de vida que he seguido a rajatabla. Me puse metas a alcanzar y lo conseguí, todo ello para llegar a un objetivo final.

–Dirigir la cadena hotelera de tu familia.

Harper asintió.

–Pero aunque nadie lo sabe, muchas veces me he preguntado a mí misma por qué no dejarlo todo y marcharme, agarrar una bolsa de viaje y ver el mundo montada en moto, en todoterreno o incluso en camello.

El coche había llegado al aeropuerto y, tan pronto como se detuvo, Harper abrió la portezuela y salió. El conductor sacó las maletas y Harper se dispuso a entrar en la terminal.

–Mi vuelo sale dentro de una hora y media. Tengo que facturar, pasar los controles y demás.

–No te sobra tiempo. Dime, ¿por qué vas a Sudáfrica?

–Se trata de un asunto privado. Un asunto de familia –respondió ella tras lanzar un suspiro.

–¿No vas a decirme de qué se trata?

–Quizá cuando vuelva.

–Harper, por favor –a Ashton le preocupaba verla así, le molestaba su distanciamiento–. Te he contado cosas que no le he contado a nadie.

Harper, con la mirada, le suplicó que la dejara marchar. Pero Ashton se mantuvo firme.

–De acuerdo, te lo diré. Voy a Sudáfrica a ver a un hombre que puede que sea mi padre.

–Creía que tu padre había muerto.

–El hombre que creía que era mi padre ha muerto, sospecho que mi verdadero padre es un fotógrafo de animales salvajes, aunque también organiza safaris por toda África.

Ashton, a pesar de que Harper no había perdido la compostura, notó lo afectada que estaba.

–¿Así que no eres una Fontaine?

–Eso parece. Y como no soy una Fontaine, no tengo derecho a dirigir la empresa de la familia.

–Llevas toda la vida preparándote para ello.

–Mi abuelo quiere que sea una de sus nietas quien ocupe el cargo de director ejecutivo.

–¿Y crees que te va a rechazar por no tener lazos de sangre?

–Tú no sabes lo importante que la familia es para mi abuelo.

Ashton resumió en unas palabras lo que sentía por ella:

–¿Cómo puedo ayudarte?

–No puedes –respondió ella sacudiendo la cabeza vehemente.

A pesar del rechazo de Harper, Ashton insistió:

–¿Adónde vas exactamente?

–A Pretoria.

–¿Dónde vas a hospedarte?

–Todavía no lo sé.

–Tengo un amigo en el hotel Pretoria Capital. Ve allí y pregunta por Giles Dumas, es el jefe de cocina del restaurante del hotel.

–Gracias –Harper sonrió con gratitud–. Lo siento, Ashton, pero tengo que irme ya; si no, voy a perder el vuelo.

Capítulo Ocho

Desde el aeropuerto de Johannesburgo, Harper tomó un tren que iba directo del aeropuerto a Pretoria. En menos de media hora alcanzó su destino, reservó una habitación en el hotel que Ashton le había sugerido por dos noches.

Cuando el tren llegó a la estación de Marlboro, Harper se levantó de su asiento y esperó a que disminuyera el flujo de gente en el pasillo para agarrar la bolsa y salir.

De repente, sintió un golpe en la sien que la hizo perder el equilibrio. Atontada por el golpe y a punto de perder el conocimiento, no tuvo fuerzas para resistirse cuando alguien la tiró otra vez encima del asiento y le quitó el bolso en el que llevaba el dinero y el pasaporte.

Cuando logró recuperar el sentido, la persona que le había asaltado se había marchado, y todos los pasajeros se habían bajado del tren.

Logró ponerse en pie; pero antes de que pudiera agarrar la bolsa con su equipaje, las puertas del vagón se cerraron y el tren se puso en marcha. El dolor de cabeza la hizo caer en el asiento y cerrar los ojos.

Y ahora… ¿qué?

***

Ashton salió del taxi en la esquina de la Novena Avenida y la Calle Veintiocho, en Chelsea. Al momento, vio a su amigo Craig Turner, que le esperaba en la acera; había avisado a su amigo de que su entrevista con los de Lifestyle era a las dos de la tarde, por lo que disponía de bastante tiempo. Craig Turner seguía haciendo trabajo voluntario en La Cocina de los Santos Apóstoles.

–Ashton, qué alegría verte –el cocinero de sesenta y cinco años le abrazó–. Tienes un aspecto estupendo. La televisión te sienta bien.

Antes de la serie, Ashton había pasado dos años en Nueva York trabajando bajo las órdenes de Craig y de él aprendió todo lo que sabía respecto a llevar un restaurante.

–No sabes cuánto me alegro de que hayas venido a verme –comentó Craig sonriente.

–Es un placer.

–Vengo aquí una vez a la semana a trabajar de voluntario en la cocina. Esta gente sirve a más de mil personas todos los días durante dos horas. Me da mucha satisfacción ayudarles.

–Es natural –Ashton sonrió. Pero tan pronto como entró en la concurrida iglesia, el recuerdo de las cenas que habían organizado sus padres para los pobres le hizo ponerse muy tenso. Comenzó a servir comidas y a relajarse poco a poco. Y al ver gratitud en las miradas de los que pasaban por delante de él, pensó en la cantidad de gente a la que sus padres habían ayudado.

Quizá se había excedido, quizá había sido demasiado duro con sus padres. No obstante, no podía disculpar a su padre por imponer que todo el mundo debía creer lo que él. Nunca había aceptado una opinión contraria a la suya. Si su padre le hubiera escuchado alguna vez, él habría entendido que valoraba su opinión y no se habría marchado de casa.

Unas horas después, Ashton se despidió de los voluntarios y salió a la calle acompañado de Craig.

—Gracias por la ayuda. Tengo el coche aquí, ¿quieres que te deje en alguna parte?

Ashton sacudió la cabeza.

—No, gracias. Voy a andar un poco.

—Me alegro mucho de verte. A ver si, una vez que ya estés instalado aquí, cenamos juntos una noche.

—Sí, me encantaría.

Los dos amigos se separaron y Ashton caminó calle abajo como si tuviera algún sitio adonde ir, cuando la verdad era trataba de huir de la presión que sentía en el pecho.

Giles aún no se había puesto en contacto con él. Dado que el vuelo de Harper era de veintiséis horas y teniendo en cuenta que la diferencia horaria entre Nueva York y Johannesburgo era de siete horas, imaginaba que debía haber llegado ya. Le preocupaba no saber nada de ella.

***

¿Cuántos kilómetros se había alejado de Pretoria?, se preguntó Harper. Justo en el momento en que se había formulado la pregunta, el tren comenzó a disminuir la velocidad. Cuando las puertas del vagón se abrieron, ella ya estaba en pie y con el asa de la bolsa de viaje en la mano.

Se sentó en un banco del andén. No tenía dinero ni el pasaporte, pero tenía el billete de tren y la tarjeta de crédito en el bolsillo trasero del pantalón, se la había metido ahí al comprar el billete de tren en el aeropuerto. Como llevaba el móvil en la mano cuando la atacaron, aún lo tenía. Igual que la bolsa con el equipaje.

No había sido un desastre total. Tomaría el tren de vuelta a Pretoria y, una vez allí, haría que un taxi la llevara a la embajada americana.

Todo lo que necesitaba era el certificado de nacimiento y una foto. De repente, la angustia volvió a asaltarla. Sin papeles que la identificaran, ¿cómo iba a demostrar quién era?

Harper se miró las manos. Estaba muy lejos de su casa y sola. Le dolía la cabeza y el miedo le nublaba el entendimiento. Pero, a base de fuerza de voluntad, el cerebro comenzó a funcionarle de nuevo. Lo primero que tenía que hacer era averiguar cuál era el próximo tren a Pretoria.

Quince minutos después, se dejó caer en el asiento del tren con destino Pretoria. Ya se sentía mucho mejor. Con el móvil, localizó la dirección de la embajada americana y también el hotel de Ashton. Una vez hospedada, haría que Mary le enviara allí los documentos y, con ellos en la mano, iría a la embajada. En el hotel, como iba recomendada por Ashton, quizá la dejaran hospedarse allí sin necesidad de entregar el pasaporte.

Una hora más tarde, en la recepción del hotel, Harper repitió por tercera vez que le habían robado. El hambre y la frustración la estaban mermando la energía.

—No, no he ido a una comisaría a poner una denuncia. No sabía dónde había una comisaría. Lo único que quería era venir aquí y reservar una habitación.

—No podemos darle una habitación sin documentación —le explicó el gerente—. ¿No tiene una copia de su pasaporte?

—Como le he dicho a la otra persona con la que he hablado, he venido a Pretoria de súbito y no me ha dado tiempo a hacer copias de mis documentos. Mi secretaria va a enviarme documentos esta noche, pero necesito un lugar en el que estar y donde ella pueda enviármelos.

—No podría enviárselos aquí si no tiene reservada una habitación.

Harper cerró los ojos y respiró hondo.

—Giles —se le había olvidado—. Me recomendaron este hotel y me dijeron que preguntara por Giles… —no recordaba el apellido—. Creo que es el jefe de cocina del restaurante.

—Sí, lo es —respondió el gerente.

—¿Está por aquí? Ashton Croft me dijo que preguntara por él.

–Llamaremos a la cocina. Siéntese mientras vemos si tiene tiempo de venir a hablar con usted.

No era muy esperanzador, pero en ese momento no estaba para exigir nada.

–Tengo bastante hambre, así que le esperaré en el restaurante.

Una empleada la guio hasta un patio y, con un suspiro de alivio, se sentó. Una sonriente camarera acudió con el menú. Parecía todo tan bueno que le costó elegir; al final, se decantó por *picatta* de faisán.

Se lo llevó a la mesa un hombre alto, guapo, con cabello negro salpicado de canas, una elegante perilla y con chaqueta y gorro de cocinero.

–¿Es usted Harper Fontaine?

Al darse cuenta de quién era, Harper no pudo contener las lágrimas y se limitó a asentir.

–Soy Giles Dumas. Según tengo entendido, ha sufrido un desagradable percance –el hombre sonrió y ella volvió a asentir–. Nuestro común amigo se va a alegrar mucho de saber que ha llegado. Y ahora, dígame, ¿en qué puedo ayudarla?

Capítulo Nueve

De espaldas a la mesa en la sala de conferencias, Ashton contemplaba la vista de la ciudad de Nueva York. A sus espaldas, Vince estaba hablando con dos tipos de la cadena de televisión. La grabación del programa piloto no había ido tan bien como a él le habría gustado; pero después de dejar a Harper en el aeropuerto, no había conseguido concentrarse, estaba nervioso y distraído. Y no se tranquilizaría hasta que Giles le llamara y supiera que Harper había llegado al hotel.

Vince se le acercó con expresión seria.

—No les ha gustado la grabación, ¿verdad? —dijo Ashton.

—No era lo que esperaban —respondió Vince—. Algunas cosas les han gustado, pero quieren cambiar otras, como tu imagen.

—¿En qué sentido quieren que cambie de imagen?

—Quieren que te olvides de los vaqueros y la chaqueta de cuero y te vistas de blanco, de cocinero. Y también quieren que te cortes el pelo. En definitiva, quieren una imagen más sofisticada.

No era demasiado exigir, pero Ashton no quería aparentar lo que no era.

–¿Algo más?

–Les gustaría que te quedaras unos días más en Nueva York.

Ashton necesitaba volver a Las Vegas, a Batouri. Aunque Dae estaba en contacto con él constantemente y le había asegurado que todo iba bien, solo faltaba una semana y media para la inauguración del restaurante. Y, como Harper había observado en repetidas ocasiones, Batouri era su responsabilidad.

–Ash, ¿qué quieres que les diga? –preguntó Vince.

–Diles que no.

–¿Has perdido la cabeza? No puedes decirles que no después de haber dejado El Cocinero Errante. ¿Y si contratan a otro? ¿Qué vas a hacer?

Vince parecía haber olvidado que él tenía varios restaurantes en distintos países, no necesitaba trabajar en televisión para ganarse la vida.

–Escribir un libro de cocina.

–¿Un libro de cocina? ¿Te has vuelto loco? Lifestyle Network puede hacerte famoso.

–Llevan mareándome durante cuatro meses y ahora, de repente, quieren que lo deje todo sin más. No, van a tener que esperar –declaró Ashton.

–Eso no les va a gustar –Vince desvió la mirada a los ejecutivos de la cadena–. Es posible que busquen a otro.

–Bien, que se busquen a otro –espetó Ashton.

–De acuerdo, tú mandas –contestó el agente con seriedad–. Además, una vez que se sepa que no has firmado con ellos todavía, te van a llover ofertas.

Ashton no estaba seguro de que su agente tuviera razón, pero sí lo estaba de su decisión. Entretanto, se encargaría de preparar Batouri para el día de la inauguración y pasaría más tiempo con Harper.

Al pensar en ella, su optimismo se desmoronó. ¿Por qué no conseguía quitarse de la cabeza que debería haberla acompañado a África?

–Tengo que ir al aeropuerto –anunció Ashton de repente–. Ya me contarás cómo ha acabado todo.

–¿Te vas a Las Vegas ahora?

–No, todavía no.

–Entonces, ¿adónde vas?

–A Pretoria.

Vince no pudo evitar mostrar su sorpresa.

–¿Adónde?

–A Sudáfrica.

El segundo día de Harper en Sudáfrica fue mucho mejor que el primero. Antes de acostarse, llamó a Mary y su secretaria le iba a enviar la documentación al hotel.

Harper tomaba una copa de vino a mediodía en un rincón del patio. Una sombra se cernió en la hoja de la guía turística de Sudáfrica que estaba leyendo. Levantó la cabeza y se encontró con Ashton, vestido con unos vaqueros y una camisa azul claro remangada, la chaqueta de cuero al hombro y su bolsa de viaje al lado.

Harper estaba demasiado sorprendida para responder a la sonrisa de él.

–¿Qué haces aquí?

–Se me ha ocurrido que vas a necesitar que alguien escriba tu primera aventura, así que aquí estoy –Ashton se sentó en la silla contigua a la de ella.

–¿No tenías una reunión en Nueva York?

–Ha terminado antes de lo esperado. Así que me he montado en un avión y… ya ves.

–A mí me ha llevado veintiséis horas llegar. ¿Cómo has podido venir tan rápido?

–Los vuelos directos desde el aeropuerto JFK de Nueva York son de quince horas. ¿Qué estás bebiendo?

–Un vino de la zona. Está bastante bien –Harper, aún perpleja, le miraba fijamente. Y feliz–. ¿No deberías estar en Las Vegas encargándote de la inauguración de Batouri?

–Hace una hora he hablado con Cole, que ya está en Las Vegas, y me ha dicho que todo marcha bien. Dime, ¿qué tal tu viaje hasta ahora?

Harper no tuvo más remedio que fiarse de Ashton; al fin y al cabo, ella también se había marchado de Las Vegas en un momento crítico.

–Llamaste a Giles para decirle que iba a venir. ¿Cómo sabías que lo haría?

–Ya que no habías hecho reserva en ningún hotel, era de esperar que siguieras mi recomendación.

El brillo en los ojos de él la irritó. Agarró la copa de vino y bebió un sorbo.

–Ya que te has permitido venir aquí sin más, la reunión en Nueva York ha debido ir muy bien, ¿no?

–No. Ha ido bastante mal –Ashton hizo una señal a la camarera–. Querían que me cortara el pelo, así que les he mandado a pasero.

La camarera se acercó y Ashton pidió una copa de vino y un aperitivo.

–¿Y en vez de regresar a Las Vegas has venido aquí? ¿Por qué? –¿acaso creía Ashton que se iba a alegrar de verle? Aunque sí se alegraba, y mucho.

–Me parecía que no estabas preparada para viajar sola.

–¿Crees que necesito una niñera?

–¿He dicho yo eso? –preguntó Ashton con fingida inocencia.

–Has hablado con Giles, ¿verdad?

–Me llamó antes de que saliera mi vuelo.

–Te lo ha contado todo, ¿no?

–¿Qué es lo que se supone que me ha contado?

–Que me robaron en el tren –al ver que Ashton no reaccionaba con sorpresa, se dio cuenta de que sus sospechas eran fundadas–. Supongo que te parece una estupidez que haya venido aquí sola.

–No, en absoluto. Este país es seguro para los turistas. Lo que te ha pasado podría haberte ocurrido en Nueva York o en Las Vegas. Pero siento mucho que te hayan atacado y no puedo perdonarme no haber venido contigo.

Las palabras de Ashton la emocionaron.

–Tenías cosas que hacer.

–Ninguna de ellas es más importante que tú.

Era toda una confesión, y Harper se preguntó cómo reaccionaría si le dijera que se estaba enamorando de él. Mejor no. Si le confesaba sus sentimientos, Ashton podía darse media vuelta y agarrar el primer avión de regreso a Estados Unidos. Y ella le necesitaba desesperadamente; sin embargo, debía hacerle creer que no era así.

En ese momento llegó la camarera con el queso y el vino, y ambos empezaron a comer.

–¿Cuándo vas a ir a la embajada a por el nuevo pasaporte?

–Mi secretaria ha enviado ya los documentos. Iré cuando los reciba.

–¿Y mientras tanto? ¿Has localizado a ese hombre que crees que es tu padre?

–Se llama Grez LeDay. Esta mañana se ha marchado al parque nacional de Kruger, a un safari organizado. No volverá hasta dentro de diez días y yo no puedo esperar tanto –Harper sonrió–. Me parece que mi primera aventura está resultando ser un completo desastre.

Después de la segunda copa de vino, Ashton se miró el reloj y Harper se dio cuenta de que el tiempo volaba cuando estaba con él.

–Voy a darme una ducha y luego te voy a llevar a cenar –declaró Ashton.

–¿Tienes habitación reservada?

–No, todavía no –Ashton se puso en pie y agarró la bolsa de viaje.

–En ese caso, ¿por qué no vas a mi habitación a ducharte?

Ashton se la quedó mirando.

–Los dos sabemos qué va a pasar esta noche. ¿Para qué pagar dos habitaciones?

—¿No te parece que estás adelantando aconteci-
mientos?

A pesar de aparentar calma, Harper enrojeció.
Pero, poniéndose en pie, fingió una confianza en sí
misma que no sentía.

—Soy realista, eso es todo.

Ashton la rodeó con los brazos y la besó.

—¿Te he dicho alguna vez lo mucho que me gusta lo práctica que eres?

Relajándose en los sólidos brazos de Ashton,
Harper esbozó una sonrisa de satisfacción.

—Ya me lo dirás después de la cena.

—¿Qué te parece un poco antes y mucho después?

—Aceptable.

El sol se filtró por la rendija de las cortinas y Ashton se despertó. A juzgar por la luz, debía de ser alrededor del mediodía. No le extrañaba haber dormido tanto, entre el viaje y la insaciable Harper
Fontaine lo que le sorprendía era no haber dormido hasta por la tarde.

Se tumbó de espaldas, estiró los brazos y fue entonces cuando se dio cuenta de que estaba solo en
la cama. Al volver la cabeza vio una nota encima de la
almohada. La leyó e hizo una mueca. Harper había
ido a la embajada a encargarse del pasaporte, lo que
significaba que aún tardaría en volver.

Ashton se sentó en la cama y se peinó el cabello
con los dedos. Emplearía productivamente el tiem-

po que iba a estar solo. La noche anterior, mientras charlaban durante la cena, se le había ocurrido que, por corto que fuera el viaje de Ashton, no debía marcharse de Sudáfrica sin conocer algo de la belleza natural del país.

Le llevó una hora de llamadas telefónicas prepararlo todo. Cuando Harper regresó, media hora después, se la veía contenta y orgullosa de sí misma. Él, al momento, la abrazó.

–¿Cómo te ha ido en la embajada?

–Me han regañado por no ir a la comisaría a poner una denuncia, pero me van a dar un pasaporte provisional, lo tendrán listo mañana al mediodía.

–Muy bien. Yo también tengo noticias –Ashton la empujó hacia la puerta de la habitación–. Vamos a comer algo y te lo contaré.

La llevó a un restaurante de aspecto modesto en el que servían un bufé exquisito. Mientras comían, Ashton anunció:

–He encontrado a tu padre.

–Eso ya lo había hecho yo.

–Sí, pero sé dónde está exactamente en estos momentos por mis contactos –Ashton alzó su copa, felicitándose a sí mismo–. Un conocido mío conocía a otro tipo que ha contratado a tu padre en ciertas ocasiones para hacer fotos y que tiene su teléfono. Al parecer no se encuentra muy lejos de aquí. No he conseguido que nos dejen quedarnos en el campamento en el que él está, pero un amigo mío tiene una cabaña a una hora en coche del campamento de tu padre.

Harper había dejado de comer y le miraba con asombro.

—¿Cuándo?

—Nos iremos mañana, después de que recojas el pasaporte. He contratado una avioneta para que nos lleve a Nelspruit, allí recogeremos el coche que he alquilado e iremos al parque nacional Kruger. Nos llevará un par de horas aproximadamente. Podremos verle antes de que salga del campamento pasado mañana.

—No sé qué decir —dijo ella con voz temblorosa—. Ya estaba pensando en marcharme sin conocerle. Gracias.

Ashton le tomó la mano y ella sonrió mientras entrelazaba los dedos con suyos.

A las dos de la tarde del día siguiente recogieron el pasaporte provisional de Harper. De la embajada se dirigieron directamente al aeropuerto. Allí se reunieron con el piloto de un avión de ocho pasajeros.

Tres horas más tarde, con el sol aproximándose al horizonte, Ashton detuvo el coche de alquiler al lado de un viejo Range Rover. Siguiendo el curso del río había seis lujosas tiendas de campaña con cama de matrimonio, cuarto de baño y terraza. Las tiendas de campaña estaban rodeadas de árboles grandes, lo que les confería gran privacidad, y se accedía a ellas por pasarelas de madera.

—¿Por qué no vas a echar un vistazo mientras yo voy a firmar en recepción?

Con cara de asombro, Harper abrió la portezuela del coche y salió.

–Cuando me dijiste que íbamos a pasar dos días en una tienda de campaña no me imaginé que fuera así.

–Ya sé que no hay camellos y no estamos en un desierto pero, al menos, son tiendas de campaña. Espero que te guste.

–¡Cómo no me va a gustar! –exclamó Harper con visible placer.

Harper le acompañó hasta una tienda abierta, que era un salón, y se acercó a una pequeña piscina junto a la terraza de tarima de la tienda con vistas al río. Mientras Ashton se encargaba de registrar sus nombres en la recepción, ella se paseó hasta encontrar un pequeño comedor, también en una tienda de campaña abierta, con mesas cubiertas con manteles blancos, vajillas y copas, sillas de madera de caoba y candelabros.

Era un lugar lujoso en medio de una selva. ¿Había sabido Ashton de antemano lo romántico que era ese lugar? Estaba deseando ver dónde iban a dormir.

Harper se dio media vuelta y fue a buscar a Ashton, sintiéndose tranquila y relajada.

–¿Lista? –le preguntó una voz a sus espaldas.

Harper giró sobre sus talones y aceptó la mano que le tendía.

–Me encanta este sitio.

–Me alegro de que te guste.

Recorrieron un camino iluminado por lámparas colgadas que iba por detrás de las tiendas. Cuando llegaron a la última, Ashton abrió la puerta.

Harper lanzó un quedo grito de placer. El techo de la tienda, sujeto en el medio por un poste de madera, tenía una altura de unos cinco metros y de él colgaba una araña de cristal. Había una cama de matrimonio, un armario de madera de castaño con puertas de cristal y una zona de estar con un sofá y dos sillones junto a una chimenea. Lámparas de pared proyectaban una luz dorada en la estancia. Encima de una mesa de centro estilo colonial había una cubeta de hielo con una botella de champán.

Harper se quitó las sandalias y hundió los dedos de los pies en la espesa alfombra. Después de girar sobre sí misma, se acercó a Ashton y le dio un beso sensual.

—He estado en muchos hoteles de cinco estrellas, pero ninguno tan bonito como este —murmuró ella apoyando el rostro en el pecho de Ashton—. Es el sitio más bonito que he visto en mi vida.

—Me alegro mucho de que te guste.

Llamaron a la puerta y Ashton se acercó a ver quién era. Era el botones, que dejó el equipaje al lado de la puerta y les indicó cómo bajar las solapas de la tienda sobre las ventanas de rejillas por si tenían frío durante la noche. Cuando se marchó, Harper sonrió a Ashton sensualmente y le empujó hacia el sofá.

Ashton se quitó la camisa mientras ella le desabrochaba el cinturón. Después, Harper le bajó la cremallera de los pantalones y le tiró al sofá. A continuación, se sentó a caballo encima de él.

Harper hundió los dedos en el cabello de Ashton y se apoderó de su boca con un beso que no dejaba lugar a dudas respecto a sus intenciones. Él le respondió con la pasión que ella exigía, gimió mientras Harper se frotaba contra su erección. Pero los dos querían más.

Ashton la despojó de la camisa y del sujetador. Entonces le cubrió los pechos con las manos y los pezones se le irguieron provocativamente.

Harper le chupó los labios y respiró el aliento de Ashton. Al bajar la mano y liberarle el miembro, le oyó gruñir de placer. Sonriendo, le mordisqueó la garganta al mismo tiempo que le acariciaba el pene, y entonces volvió a apoderarse de su boca. El cuerpo de Ashton sufrió una sacudida.

Ashton, sorprendido, lanzó una maldición y ella rio. Dejó caer la cabeza sobre el respaldo del sofá y ella continuó acariciándole lentamente. Cuando notó que lo tenía sometido a su magia de nuevo, le quitó los pantalones y los calzoncillos.

Harper contempló ese maravilloso cuerpo de hombre. Con rapidez, se quitó las bragas y volvió a ocupar la misma posición de antes en el sofá. Sin abrir los ojos, Ashton le acarició las caderas, las nalgas y los muslos. Ella jadeó cuando los dedos de él la penetraron. Temblando, se agarró a los hombros de Ashton y se rindió al placer.

Ashton se llenó la boca con sus pechos y ella gritó quedamente mientras se los chupaba.

—Ashton, no puedo aguantar más —dijo Harper consumida por el deseo.

Ashton la colocó y, al momento, se hundió en

ella. Casi al instante, Harper comenzó a mover las caderas con un ritmo seductor y él se acopló a su ritmo con toda naturalidad.

Se quedó hipnotizado con el movimiento de los pechos de Harper cuando ella arqueó la espalda y se rindió al placer, liberando la tensión que su cuerpo había acumulado.

Ashton aminoró el ritmo de sus empellones al tiempo que los profundizaba mientras la veía estallar y alcanzar el clímax. En aquel lugar mágico, le enterneció la vulnerabilidad de Harper y también su fuerza. Se había entregado a él por completo, no se había guardado nada.

—Ha sido increíble —dijo Harper mirándole fijamente a los ojos—. Ahora tú.

Sometiéndose a las órdenes de ella, Ashton se lanzó a alcanzar su propio orgasmo. Tardó menos de lo que le habría gustado, pero su orgasmo duró lo que se le antojó una eternidad, y fue de una intensidad casi dolorosa.

Mientras dejaba que los espasmos se disiparan, Ashton se abrazó a ella y ocultó el rostro en su garganta.

—Eres increíble —dijo él.

—Tú tampoco estás mal —Harper le dio un beso en el hombro—. ¿Cuánto tiempo falta para la cena?

—Un par de horas, creo. Pero me da igual no cenar.

—¿No le extrañará a Franco que no vayamos a cenar?

—No, en absoluto. Te vio cuando te acercaste a la

piscina y estoy seguro de que comprenderá que no me apetezca.

Harper le dio un golpe en las costillas y él protestó.

–¿Hay baño en esta tienda o tenemos que lavarnos en el río?

–A menos que quieras encontrarte con un cocodrilo cara a cara, mejor no vayas al río –Ashton le apartó unas hebras de pelo del rostro y le besó la mejilla–. Hay una ducha fuera y también hay un cuarto de baño ahí detrás –Ashton señaló la pared detrás del armario.

Ashton aceptó el beso que ella le dio en los labios y la vio acercarse desnuda a las bolsas con el equipaje para después dirigirse al cuarto de baño. Harper tenía un cuerpo atlético, era inteligente, era romántica y era idealista. Lo tenía todo.

Pero Ashton estaba preocupado con el encuentro al día siguiente entre Harper y su padre. Lo que más quería en el mundo era ahorrarle a Harper una desilusión; sin embargo, al menos él estaría con ella si el encuentro no resultaba ser lo que Harper había esperado.

Capítulo Diez

El sol se cernía en el horizonte cuando se acercaron al campamento de Grez LeDay. Se habían levantado tarde y no habían llegado al campamento a tiempo de ver a LeDay antes de que este saliera con sus clientes.

Habían pasado las últimas seis horas de paseo en coche por el parque nacional Kruger y con cada hora transcurrida Harper estaba cada vez más nerviosa.

–Tranquila, ya estamos llegando –le dijo Ashton notando su intranquilidad.

–No sé cómo va a reaccionar.

–Mira, ahí están las camionetas, así que pronto lo sabrás. Ya han vuelto.

Antes de que a Ashton le diera tiempo a parar el Range Rover, Harper divisó a Grez LeDay. Llevaba pantalones caqui, una camisa de manga corta color crema y un chaleco con seis bolsillos. Un sombrero de ala ancha le coronaba la cabeza. Parecía mayor de lo que representaba en las fotos de la página web. Tenía la piel cuarteada y arrugas en los ojos.

Harper se acercó al grupo que rodeaba a LeDay, el corazón le palpitaba con fuerza. Le había pedido a Ashton que la dejara ir primero y presentarse.

LeDay la vio en las proximidades del grupo, la miró un momento y volvió a dirigir la atención a sus clientes.

–Hemos tenido un buen día. Mañana probaremos suerte con los felinos.

Los clientes se dispersaron y Harper se encontró a solas con LeDay.

–¿En qué puedo ayudarla?

–Me llamo Harper Fontaine –declaró ella, y esperó a ver si LeDay reconocía el apellido.

–Encantado de conocerla –respondió LeDay en tono neutral, como si el nombre no significara nada para él.

–Tengo entendido que hace años conoció a mi madre, Penélope Fontaine.

–¿Vino a alguno de mis safaris?

–No, la conoció en Londres, en una exposición de sus fotos.

–Lo siento, pero ese nombre no me dice nada.

–Déjeme que le enseñe una foto de ella.

Harper agarró el móvil y le enseñó una instantánea de su madre.

Pero LeDay, en vez de mirar la foto, se la quedó mirando a ella.

–Por qué no me dice a qué viene todo esto.

–Usted tuvo relaciones con mi madre.?

–¿Y qué si tuve relaciones con ella?

–De ser así, yo soy su hija.

LeDay apretó los labios, pero esa fue toda la reacción que la noticia le provocó. Se la quedó mirando en silencio.

Por fin, LeDay se cruzó de brazos.

–¿Qué es lo que quiere de mí?

–Nada –mintió Harper–. Lo que ocurre es que hace muy poco que me enteré de esto y, simplemente, quería conocerle.

La expresión de LeDay no había cambiado. Su frialdad era patente.

–¿De dónde es usted?

–En estos momentos vivo en Las Vegas.

–Eso está muy lejos de aquí.

–Esperaba que conocerle me ayudara a comprender algunas cosas.

–¿Se va a quedar aquí, en el campamento?

–No, venimos de Grant.

LeDay arqueó las cejas.

–¿Venimos?

Harper se volvió en dirección a Ashton y este, al verla, se apartó del coche y se encaminó hacia ellos.

–Este es Ashton Croft –declaró Harper al tiempo que le tomaba la mano a Ashton.

Los dos hombres se saludaron.

–He visto su programa de televisión –declaró LeDay–. Ha viajado usted mucho.

–Me apasiona la variedad de la cocina según las culturas.

LeDay indicó con la mano unas cuantas edificaciones.

–El restaurante está abierto y ya sirven cenas. ¿Quieren cenar aquí antes de volver a Grant?

–¿Cenaría usted con nosotros? –preguntó Harper esperanzada.

Tras una breve vacilación, LeDay asintió.

Una vez sentados a la mesa, Harper respiró hondo, sorprendida por lo nerviosa que estaba, y dijo:

–Siento mucho haberme presentado así, de improviso. Espero no haberle molestado.

–No estoy seguro de ser la persona que cree que soy.

–Si quiere que le sea franca, yo tampoco lo sé. Pero mi madre me ha contado que conoció a un fotógrafo de animales salvajes en una exposición de su trabajo en Londres y después compró un libro con fotos de él que le regaló a mi abuela –Harper se interrumpió, insegura. Pero al ver la mirada de aliento de Ashton, continuó–: Ya sé que así dicho suena…

–Déjeme ver la foto de su madre.

Harper agarró el móvil y se lo dio.

LeDay contempló la foto largo rato y, por fin, dijo:

–Penny.

¿Penny? Su madre odiaba los diminutivos.

–Una mujer preciosa. Pasamos juntos dos semanas. Esa mujer era todo un misterio. Hasta entonces, jamás había probado la cerveza ni había ido en metro. Sin embargo, hablaba de arte, historia y política.

–Sí, así es mi madre.

–Dígame, ¿qué hace usted en Las Vegas? ¿A qué se dedica?

–Mi familia… Dirijo un hotel. El hotel Fontaine Ciel.

–Fontaine. ¿Es ese el apellido de su madre?

Harper asintió.

–Es el apellido de mi madre de casada. Cuando estuvieron juntos, ¿sabía que ella estaba casada?

–No me dijo que estuviera casada y no llevaba anillo de bodas, pero me dio la impresión de que lo estaba –LeDay se interrumpió momentáneamente y su mirada se perdió en la distancia–. ¿Qué le hace pensar que yo soy su padre?

–Mi padre… Quiero decir el hombre que creía que era mi madre estaba en Macao cuando yo fui concebida. Mi madre no es la clase de mujer dada a las aventuras amorosas –Harper notó una expresión de duda en el rostro de LeDay y continuó apresuradamente–. Mi madre estaba casada con un hombre que la engañaba constantemente, pero sé que ella solo lo hizo una vez, con usted.

–Antes dijo que necesitaba entender algunas cosas. No sé cómo voy a poder ayudarla.

Por debajo de la mesa, Ashton acercó la mano a la suya, ofreciéndole apoyo y fuerza para continuar.

–La verdad es que no sé qué preguntarle. Creía que todo se aclararía al conocerle.

Tras esas palabras, Harper guardó silencio. Seguía confusa, incluso más que antes de conocer a LeDay. Mientras Ashton trataba de congraciarse con ese hombre haciéndole preguntas sobre su vida en África y su carrera como fotógrafo, ella se quedó escuchándoles con fascinación y creciente consternación. ¿Por qué había pensado que ese hombre se iba a alegrar de conocerla? Su pasión era aquel país, su vida salvaje, el ecosistema. Estaba por completo dedicado a ello, no había cabida para nada más.

Harper se dedicó a empujar la comida que tenía en el plato con el tenedor hasta que algo que LeDay dijo la sacó de su ensimismamiento.

–Tengo dos hermanas.

De repente, Harper se quedó perpleja al darse cuenta de que tenía dos tías a las que no conocía.

–Y media docena de sobrinos.

Se contuvo para no hacer más preguntas sobre esa familia a la que no conocía.

–Ashton –dijo ella por fin, tras decidir que había llegado el momento de dejar de esperar que LeDay diera señales de querer conectar con ella. Ese hombre había tenido relaciones breves con una mujer, punto. Ella era el resultado de esa aventura, pero no iba a afectar a la vida de LeDay en nada–, creo que deberíamos volver a nuestro campamento.

Entonces, tras dedicarle una amplia sonrisa a Le-Day, añadió:

–Gracias por cenar con nosotros. Me alegro de haberle conocido.

–Ha sido un placer –respondió él.

–¿Lista? ¿Nos vamos ya? –le preguntó Ashton.

–Sí, vámonos.

LeDay no propuso mantener el contacto. Se despidió de ellos amablemente y Harper no pudo evitar pensar que quizá debería haberse quedado en casa.

–Vaya, no ha salido como esperabas, ¿verdad? –le comentó Ashton de camino al coche–. No es de extrañar, a un hombre como él la familia le da igual, lo único que le interesa son los safaris y las fotos, su verdadera pasión. No parece necesitar a nadie.

Sobrecogida por una profunda desilusión, Harper se dejó llevar por el mal humor.

—Sí, como otro que yo me sé.

—Critícame todo lo que quieras, pero aquí estoy, contigo.

Entraron en el vehículo y comenzaron el trayecto de regreso, con Harper reflexionando.

—¿Sabes una cosa? No tiene importancia que Le-Day me haya desilusionado —declaró ella con decisión en la voz—. Es más, me alegro. Ahora ya puedo dejar de preguntarme quién soy. Ahora puedo volver a mi vida y a mi trabajo sin mirar atrás. Es mejor así, para todos.

—¿No vas a confesarle a tu abuelo quién es tu padre?

—¿Por qué iba a hacerlo?

—Porque quizá, si no pudieras ser directora ejecutiva de las empresas Fontaine, te darías cuenta de que puedes hacer muchas otras cosas, y que es posible que te gustaran más.

—Lo que quiero es ser directora ejecutiva de las empresas Fontaine.

—En ese caso, ¿por qué te montaste en el primer avión que encontraste y viniste aquí para conocer a tu padre? Podrías haberte quedado en casa y ahorrarte tiempo y energía.

Ashton tenía razón.

—Soy una mujer de negocios porque mi padre y

mi abuelo lo eran también. Ahora descubro que, en realidad, soy la hija de un fotógrafo extraordinario. ¿Y qué?

—Lo que tus padres sean da igual, lo importante es lo que hagas tú.

—Es una tontería creer que los padres no te condicionan. Tú, por ejemplo, te has pasado la vida criticando su falta de egoísmo y alardeando de que solo te necesitas a ti mismo.

—Al menos admito mi egoísmo. Los hipócritas son mis padres. Tanto les preocupaban los demás que a mí no me hacían el mínimo caso.

Ashton lanzó la acusación sin pasión ni amargura, sino como si hubiera aceptado a sus padres tal y como eran hacía ya mucho tiempo.

—Así que te escapaste de casa y te juntaste con una panda de delincuentes.

—Tenía quince años y mis padres no se molestaron en buscarme.

—¿Cómo sabes eso? Es posible que te buscaran y que no pudieran encontrarte.

—Mis padres jamás acudieron a la policía para que les ayudara a encontrarme. Nadie me buscó. El único que me ayudó fue Franco. Él me dijo que volviera a casa y se ofreció para ayudarme.

—¿Por qué no volviste?

—¿A casa? ¿Para qué? Me marché de casa porque a mis padres yo les daba igual. Cuando me marché, continuaron con su trabajo como si nada hubiera pasado.

—¿No te gustaría saber qué ha pasado con ellos?

–No.

–Envidio la capacidad que tienes para dejar atrás el pasado y olvidarte de él.

Guardaron silencio durante el resto del trayecto al campamento, se había creado un distanciamiento entre ellos nacido de la obstinación de él y de la desilusión de ella.

Cuando llegaron, Ashton le tomó la mano a Harper y se dirigieron a la tienda. Tan pronto como entraron en ella, le sorprendió ver a Harper desnudarse. Dado que el día había sido difícil para ella, había imaginado que querría estar sola un rato. Sin embargo, Harper se plantó delante de él, desnuda, y comenzó a desabrocharle los botones con decisión. Él prefirió no cuestionar los motivos de tan sorprendente comportamiento.

Se dejaron caer en la cama, se besaron y entrelazaron piernas y brazos. Ashton le hizo el amor con exigente pasión, sin ternura. Harper no parecía necesitarla, se movía bajo con él como enfebrecida, clavándole las uñas y mordiéndole.

Por fin, Ashton se colocó entre las piernas de Harper y se hundió en ella completamente.

Casi al momento, Harper se sacudió, alcanzando el orgasmo. Él continuó moviéndose dentro de ella y Harper gritó. Salió y volvió a introducirse en ella, y alcanzó el clímax en cuestión de segundos.

Jadeantes, permanecieron quietos un rato. Cuando ambos consiguieron respirar por fin con normalidad, Ashton cobró consciencia de la música de la selva, del canto de las cigarras y las ranas.

—¿Has oído eso? –susurró Ashton.

Harper contuvo la respiración y, casi al momento, oyó un rugido distante.

—Sí.

—Es un leopardo.

—Parece que está muy cerca, ¿no?

—Debe de estar a medio kilómetro.

Harper se acurrucó junto a él y, sintiéndose segura en los brazos de Ashton, sonrió. Sin pensar en nada, le acarició la cicatriz que le cruzaba el vientre. A pesar de la curiosidad, aún no le había preguntado todo lo que quería saber sobre la vida de Ashton con la banda de delincuentes. Pero quizá ese fuera el momento.

—¿Una cuchillada?

—Sí –respondió tras varios segundos.

Harper volvió a guardar silencio. Se trataba de viejas heridas, de otra vida. Pero… ¿habían cicatrizado del todo?

—Chapman no contrataba a gente débil –declaró Ashton con voz grave–. Todo el mundo tenía que demostrar que sabía pelear. Era un sádico. Una vez por semana hacía que dos de la banda se pelearan, ganaba el primero que hacía sangrar al otro; el que perdía tres veces, adiós, se le cortaba la garganta y se le dejaba tirado en la selva para que se lo comieran los animales.

Harper no podía imaginar a un adolescente viviendo semejantes horrores.

—¿Por qué seguíais trabajando para él? ¿Por qué no os ibais?

—Porque se ganaba dinero con él. ¿Cómo crees que Franco consiguió montar este campamento de lujo?

—¿Por qué te quedaste tú con él?

—Porque quería vengarme de mis padres.

—¿A costa de arriesgar la vida?

—¿Quién no se cree invencible a los quince años? Yo era alto y fuerte para mi edad, y solía pelearme con los chicos de la vecindad, pero no sabía pelear con cuchillos. Desde el primer momento de entrar en la banda, Franco se convirtió en mi protector. Pero no aprendí con la suficiente rapidez y perdí dos peleas seguidas.

—¿Y Chapman quería matarte?

Ashton sacudió la cabeza.

—No, no lo creo. En la segunda pelea, fue cuando el tipo con el que luchaba me dio un navajazo en el vientre. Tuvieron que darme veinte puntos.

—Tuviste suerte de no morir de una infección.

—La suerte fue que Chapman no volviera a sacarme para luchar en cuatro meses. Durante ese tiempo Franco me enseñó a manejar el cuchillo y no volví a perder desde entonces.

La voz de Ashton reveló el daño que aquellos años le habían causado. Aunque no hubiera matado directamente a nadie, debía saber que salvarse a sí mismo significaba firmar la sentencia de muerte de otro.

—Tengo la impresión de que no te has perdonado a ti mismo.

—¿Por qué iba a hacerlo?

–Lo que pasó no fue culpa tuya. Daba igual que tú estuvieras o no para que Chapman siguiera con su juego. Y tú te marchaste.

–Pero nunca le denuncié. Me escapé.

Y llevaba escapando de sí mismo toda la vida, pensó Harper.

–¿En serio quieres trabajar en ese programa de televisión de Nueva York? –preguntó Harper–. Tengo la impresión de que vas a volverle la espalda a todo lo que suponga un éxito para ti.

–¿Por qué dices eso?

–Te gusta verte en situaciones que aterrorizarían a la mayoría de la gente. Te veo más en El Cocinero Errante.

–Aunque lo he pasado muy bien con ese programa, quiero cambiar mi imagen. Mi popularidad va a aumentar enormemente con la cadena de televisión de Nueva York. Es lo que quería desde hace tiempo.

–Y yo que creía que lo que más te gustaba era cocinar –comentó Harper con cierta ironía.

–Cuanta más audiencia, a más gente llegará mi punto de vista sobre la cocina.

Se quedaron un rato en silencio. Por fin, Harper lo rompió.

–Lo que has pasado ha debido de tener un gran efecto en ti. De haberte quedado con tus padres, quizá no hubieras tenido la oportunidad de poner a prueba tu fuerza y darte cuenta del valor que tienes –Harper hizo una pausa–. Pero creo que de ellos heredaste su generosidad y el deseo de ayudar a los más necesitados. ¿A cuánta gente ayudan las obras de beneficencia que tú promocionas?

—Yo solo les doy publicidad, nada más. No ayudo a nadie personalmente.

—¿Qué hay de Dae? Evitaste que fuera a la cárcel y le enseñaste a cocinar. Algún día tendrá su propio restaurante.

—Harper, si no me equivoco, este viaje era para que descubrieras algo de ti misma, no de mi pasado.

De repente, Harper sintió como si le hubieran quitado un peso de encima.

—¿Sabes una cosa? Ya no me importa ese hombre que dejó a mi madre embarazada. Ese hombre no quiere ser el padre de nadie. Lo que necesito es pensar en mí.

—Así que… ¿has decidido ya qué vas a hacer cuando vuelvas a casa?

—Voy a hacer lo que todo el mundo espera que haga y voy a guardar el secreto de mi madre. He venido a Sudáfrica en busca de mí misma y ya sé quién soy. Soy Harper Fontaine, futura directora ejecutiva de Fontaine Hotels y Resorts. Llevo toda la vida preparándome para dirigir la empresa y esa soy yo.

—¿Y es todo lo que necesitas para ser feliz?

—Desde los cinco años ese ha sido mi objetivo, lograrlo me dará una gran satisfacción.

—Espero que tengas razón.

Capítulo Once

Harper se despertó pocas horas después del amanecer, sola y deprimida. Se incorporó y miró a su alrededor, pero no vio a Ashton. Se dejó caer de nuevo en la cama, cerró los ojos y deseó no sentirse tan vulnerable.

Una hora después, se había duchado, vestido, hecho el equipaje y se fue a desayunar, sintiéndose algo mejor. Ashton debía estar con su viejo amigo Franco, hacía mucho tiempo que no se veían.

Con pesar, se dio cuenta de que debía acostumbrarse a estar sin él, mejor no hacerse ilusiones respecto a su relación. Había sido algo pasajero, como lo de su madre y LeDay, una hermosa aventura.

Ashton la encontró cuando estaba terminando de desayunar. Ella no le preguntó adónde había ido y él no le dio explicaciones. Se sentó frente a ella y se sirvió una taza de café con expresión seria.

–¿Te pasa algo? –preguntó Harper con el presentimiento de que aquel viaje mágico había llegado a su fin.

–No, estoy bien.

–¿Has desayunado?

–Sí, hace un rato –Ashton bebió un sorbo de café–. He visto que has hecho el equipaje.

–Como no sé a qué hora es el vuelo para Johannesburgo, he pensado que mejor estar preparada.

–Les he dicho que al mediodía.

Harper se miró el reloj. Si se marchaban como mucho en quince minutos llegarían a tiempo. Extendió el brazo y puso la mano sobre la de él.

–Gracias por venir a África a ayudarme. Te lo agradezco de verdad.

–No es necesario que me des las gracias.

La brevedad de las respuestas de Ashton empezó a irritarla. Tenía que averiguar qué le ocurría antes de emprender el viaje de vuelta.

–¿Es este el final del camino para nosotros?

–¿Quieres que sea así?

–No –respondió ella con un nudo en la garganta, pero decidida a que el miedo no la dominara–. Quiero que estemos juntos y me gustaría que a ti te pasara lo mismo.

–¿Estás segura de que sabes lo que quieres? Hace solo unos días lo más importante para ti era conocer a tu padre. Si él hubiera querido tener una relación contigo, ¿te habrías quedado en África? ¿Habrías empezado una nueva vida?

–No lo sé.

–Y luego, anoche, decidiste que no ibas a permitir que nada te impidiera hacerte directora ejecutiva de las empresas Fontaine. Dices que quieres encontrarte a ti misma; pero en vez de seguir adelante y hacer lo que realmente quieres hacer, retrocedes y vuelves a lo de siempre.

¿Estaba Ashton pidiéndole que abandonara el

negocio hotelero y se pasara la vida haciendo…? ¿Haciendo qué?

Era verdad que aún no había descubierto algo que realmente le apasionara. Sí, Ashton tenía razón y necesitaba que él la empujara a una nueva aventura. Lo que necesitaba era dar un salto a lo desconocido, correr riesgos hasta sentirse totalmente libre.

–Te amo –declaró Harper con profundo sentimiento–. No puedo imaginar la vida sin ti. Estoy dispuesta a dejarlo todo por ti. Lo único que tienes que hacer es decirme que me quieres.

Ashton cerró los ojos.

–No quiero que dejes nada. No me utilices como excusa para enfrentarte a quién eres realmente y lo que quieres de verdad.

–Ya te lo he dicho, te quiero a ti.

–Me quieres a mí porque te resulta más fácil decirle a tu abuelo que lo dejas todo por estar conmigo a confesarle que, en realidad, no eres su nieta. ¿No es eso?

–Eso es injusto.

–¿En serio lo es?

Harper no podía contestarle honestamente, así que decidió contestarle con otra pregunta.

–¿Y tú, dejarías el nuevo programa de Nueva York y volverías a El Cocinero Errante? –pero Harper sabía que no era justo pedirle que dejara a un lado las metas que se había propuesto. Además, ¿quién era ella para decidir qué era lo mejor para Ashton?

–Lo he dejado ya y no voy a retractarme.

—O sea, que vas a hacer lo cualquier cosa por conseguir el nuevo programa.

—Ese es el plan.

—En ese caso, supongo que vamos a decepcionarnos el uno al otro, ¿verdad?

—No sé por qué piensas eso.

En ese momento, le sonó el móvil. Era un mensaje de Violet:

El abuelo ha sufrido un pequeño derrame cerebral. No es nada grave, pero quiere verte.

Casi se mareó. Ashton le agarró la mano y le dijo algo que no entendió, pero supuso que le preguntaba qué pasaba.

Incapaz de pronunciar palabra, le mostró el mensaje.

—Deberías llamar para decirles que vamos inmediatamente.

—¿Vamos? ¿Vas a venir conmigo?

—Siempre que me necesites estaré a tu lado.

Ashton no había esperado volver a Las Vegas a las pocas horas de aterrizar en el aeropuerto JFK. Harper había insistido en que regresara debido a que solo faltaban unos días para la apertura del restaurante, por lo que la había dejado en Nueva York y él ahora estaba sobrevolando el país.

El móvil le sonó y vio que era un mensaje de Vince: «Llámame».

La brevedad del mensaje solo podía significar una cosa: que los de la cadena de Nueva York habían decidido prescindir de él.

—Hola, Vince, ¿qué hay? —dijo Ashton tras llamar inmediatamente a su agente.

—Lifestyle Network quiere contratarte.

Ashton no sintió la satisfacción que había imaginado que sentiría.

—No me dio esa impresión en la reunión.

—Han vuelto a ver el vídeo y se han dado cuenta de lo que yo ya sabía, que eres una estrella de la pantalla. Te vas a hacer famoso en toda América. Me han enviado el contrato, le he echado un vistazo y me parece perfecto.

—Necesito unos días para pensármelo.

Vince respondió a sus palabras con un silencio. Ashton imaginó que su agente debía de estar bastante disgustado con él.

—He trabajado muchas horas para conseguir este contrato —dijo Vince.

—Vince, la verdad es que cuando el lunes me marché de la reunión tenía la impresión de que ya no les interesaba.

—Les interesas.

Como no había nada que le impidiera firmar el contrato ya, Ashton tuvo que enfrentarse a las dudas que le habían asaltado desde la conversación mantenida con Harper.

—Lo que pasa es que no sé si me acostumbraría a vivir en Nueva York y a dejar de viajar.

—Ojalá me hubieras dicho esto hace tres días.

–Dame un tiempo para pensármelo. En estos momentos estoy muy ocupado con la inauguración de Batouri. Envíame el contrato y dame unos días para tomar una decisión.

–Te lo estoy enviando en estos momentos. No les hagas esperar demasiado.

–No, no lo haré.

Un minuto después, cuando recibió el mensaje electrónico de Vince, Ashton ojeó el contrato superficialmente. Le habría venido bien la opinión de Harper al respecto, pero lo último que quería hacer era molestarla, ya tenía demasiados problemas.

Harper entró en la casa de su abuelo en Nueva York y, al instante, Violet se echó a sus brazos. El cálido recibimiento de su hermana era todo lo contrario a la indiferencia que había mostrado LeDay con ella. La biología no hacía una familia, sino el cariño.

–¿Cómo está el abuelo?

–Mucho mejor –respondió Violet al tiempo que buscaba la mano de su esposo en busca de apoyo–. Ya está protestando porque el médico le ha ordenado que descanse.

–¿Le ha causado el derrame un daño permanente?

–El doctor Amhull ha dicho que ha sido un derrame cerebral muy leve y que, por lo tanto, no cree que eso ocurra. Le está medicando y quiere que el abuelo se tome las cosas con calma.

–¿Puedo verle?

–Claro. Y después creo que deberíamos hablar.

Scarlett y Logan han ido a dar un paseo, pero no creo que tarden en volver. Los seis deberíamos sentarnos a hablar antes de la cena, hay algunas cosas que deberías saber.

–¿Los seis?

–¿No está Ashton en Nueva York contigo?

–No, ha vuelto a Las Vegas directamente. El restaurante va a abrir dentro de unos días –respondió Harper, recordando con angustia la expresión de disgusto de Ashton al decirle que se marchara sin ella– ¿Está el abuelo en su habitación?

–No, está en el estudio. No hemos conseguido convencerle de que se quede en la cama.

Harper se dirigió al cuarto preferido de su abuelo. Lo encontró sentado en uno de los dos sillones de cuero a ambos lados de la chimenea. Tenía una pila de revistas en una mesa auxiliar. Tenía mejor color de lo que esperaba y protestaba por el artículo que estaba leyendo.

–Hola, abuelo.

Su abuelo levantó la vista y le hizo un gesto para que se acercara.

–¿Cómo te encuentras?

–Bien. Tus hermanas no me dejan salir de casa. Violet me ha dicho que estabas en África. ¿Te importaría decirme qué estabas haciendo allí?

–Necesitaba un descanso.

Su abuelo lanzó un gruñido.

–Bob ha tratado de disimular, pero no ha podido engañarme, estaba preocupado por ti. Tenía miedo de que estuvieras al borde de un ataque.

—¿Yo? ¿Por qué pensaba eso?

—Porque lo dejaste todo, le pusiste a él al frente del hotel y desapareciste.

—Me he tomado unas vacaciones.

—Te las merecías, y mucho más que eso. Pero lo que yo quiero saber es qué es lo que te pasa. ¿Te está causando problemas ese tal Croft?

—¿Ashton? No, hemos conseguido llegar a trabajar bien juntos.

—¿Y en lo personal? ¿Todo bien también?

—Sí, ya te he dicho que trabajamos bien juntos.

Su abuelo lanzó un soplido de impaciencia.

—No soy tonto, sé que has ido a África con él.

—En realidad, yo fui a África y él me siguió.

—¿Por qué te siguió? ¿Y por qué fuiste a África?

—Quería correr una aventura y a Ashton le pareció una imprudencia que fuera sola. Al final, resultó que él tenía razón. Me robaron en un tren y me quitaron el pasaporte.

¿Cómo iba a mantener el secreto de su padre teniendo en cuenta que su abuelo parecía estar enterado de todo?

—Por cierto, ¿quién te dijo que había ido a África? —preguntó Harper.

—Cuando me enteré de que ibas a Sudáfrica, llamé a un amigo mío del Departamento de Estado para que te echara un ojo.

—¿Es por eso por lo que me dieron un pasaporte nuevo con tanta rapidez?

—En parte. ¿Algo más que quieras contarme de tu viaje a Sudáfrica?

–Ashton me llevó a un safari y he visto elefantes, búfalos y leones. Y una noche oímos un leopardo.

–¿Eso es todo?

–Es un país precioso. Deberíamos pensar en la posibilidad de montar un hotel allí.

–Podrás hacerlo si quieres cuando te conviertas en la directora ejecutiva de Fontaine.

La angustia se apoderó de ella. No podía seguir callada. Ashton tenía razón, convertirse en directora ejecutiva sin tener derecho a ello nunca la haría feliz.

–Cuando llegue el momento, lo tendré en cuenta.

Continuaron charlando sobre África hasta que Scarlett se presentó en el estudio.

–¿Puedes venir? –le preguntó Scarlett al tiempo que sonreía a su abuelo.

–Sí, claro –respondió Harper. Y besó a su abuelo en la mejilla antes de marcharse con Scarlett.

Scarlett y ella se dirigieron al cuarto de estar, donde les esperaban Violet, J. T. y Logan. Se sentó en un sillón y esperó a que todos se hubieran acomodado para romper el silencio.

–Os veo muy serios. ¿Qué pasa?

–¿Has visto a tu padre? –le preguntó Scarlett sin preámbulos.

–Sí.

–¿Y qué tal?

–No muy bien. Le sorprendió mucho conocer a una hija de veintinueve años cuya existencia le era desconocida.

–¿Fue amable? –preguntó Violet.

–Nos invitó a cenar a Ashton y a mí.

–¿Dónde está Ashton? –preguntó Scarlett.

–De camino a Las Vegas. El restaurante se va a inaugurar dentro de dos días.

–Logan ha descubierto quién ha chantajeado a tu madre –dijo Violet.

–¿Quién es? –preguntó Harper, que se había olvidado del asunto del chantaje.

–Mi padre –respondió J. T.–. Necesitaba dinero para un buen abogado.

–¿Cómo consiguió los documentos?

–Eso fue culpa mía –dijo Scarlett–. Si no los hubiera llevado a mi casa no los habría perdido.

–No los perdiste –le recordó Logan–. Entraron en tu suite, te dieron un golpe, te dejaron inconsciente y robaron los documentos.

–La culpa la tiene Tiberius –interpuso Violet–. Si no hubiera metido las narices donde no debía, no habría habido documentos.

–Fue mi padre quien se puso a buscar la información que mi tío había recogido sobre él y fue mi padre quien contrató al tipo que le dio el golpe a Scarlett. Mi padre es quien ha chantajeado a la madre de Harper –declaró J. T.

Harper cerró los ojos y dejó de escuchar. Se sumergió en una extraña oscuridad hasta que alguien le tocó el brazo y la hizo volver a la realidad.

Logan, arrodillado delante de ella, la miraba con intensidad.

–Hemos conseguido recuperar los documentos y el dinero.

144

Harper se inclinó y le besó la mejilla.

–Gracias.

–No hay de qué.

Harper miró a sus hermanas, a Logan y a J. T. Esa era su familia, no un desconocido en Sudáfrica que no quería saber nada de ella.

–Tengo mucha suerte de teneros a mi lado –dijo.

–Bueno, y ahora que todo está arreglado, ¿vas a ocupar el puesto de directora ejecutiva? –quiso saber Violet.

Harper se dio cuenta de que, para todos ellos, era importante que aceptara el cargo. Si lo hacía, Scarlett podría continuar con su carrera de actriz y Violet podría quedarse en Las Vegas con J. T. Todos esperaban que aceptara.

–Cuando el abuelo quiera que ocupe el cargo, lo haré.

Capítulo Doce

A las dos horas de que Batouri abriera sus puertas por primera vez, la cocina del restaurante iba mejor de lo que Ashton había imaginado. Gracias a Cole.

Aunque intentaba centrarse en el trabajo, no podía evitar pensar en Harper. Le preocupaba su reacción cuando ella le dijo que le amaba.

—Harper está aquí —le dijo Carlo, tras aproximarse a él—. Ha preguntado por ti.

Ashton salió de la cocina con Carlo, que le llevó adonde le esperaba Harper. La encontró en el mostrador de recepción del restaurante, parecía nerviosa e insegura. Llevaba un vestido blanco de encaje, el pelo recogido con hebras sueltas estilo romántico. Su hermosura lo dejó sin respiración.

Ashton le dio un beso en la mejilla.

—¿Cómo está tu abuelo?

—El derrame cerebral ha sido leve. Lo más difícil es hacer que descanse y se quede en casa, quiere volver al trabajo.

—Me alegro de que no haya sido grave. ¿Qué les has contado del viaje a Sudáfrica?

—Que es un país muy bonito.

—No me refería a eso —dijo Ashton, decepcionado con la respuesta de ella–. ¿Le has contado lo de LeDay y tu madre?

–No. Todavía no se ha recuperado del todo, no me ha parecido buena idea hacerlo en estos momentos –Harper se miró las manos–. La buena noticia es que Logan ha descubierto al chantajista de mi madre y todo se ha solucionado.

–No vas a decírselo. Crees que si se enterase de la verdad no te querría.

–Hace cinco años fue en busca de Violet y Scarlett por el hecho de que eran sus nietas. Las quiere. ¿Y si dejara de quererme al enterarse de que no nos unen lazos de sangre?

–No es posible que creas eso en serio.

–No, no lo creo, pero no puedo correr ese riesgo. Y todos cuentan conmigo.

–¿Quiénes?

–Mis hermanas, J. T. y Logan. Si yo no me pusiera al frente de las empresas, tendrían que hacerlo Scarlett o Violet, y ninguna de las dos quiere.

Ashton conjuró una fugaz visión del futuro. Los dos en Nueva York, Harper de directora ejecutiva y él en el programa de la cadena de televisión. Y podrían estar juntos.

–Tenemos que hablar –dijo Ashton–. ¿Te parece que nos veamos después de cerrar el restaurante esta noche?

–No creo que pueda. Mañana al mediodía vuelvo a Nueva York y antes tengo muchas cosas que hacer. Le he prometido al abuelo sustituirle hasta que se encuentre mejor.

147

—¿Cuándo vas a volver?

—No lo sé —Harper sacudió la cabeza—. Puede que me quede allí indefinidamente.

A Ashton se le encogió el corazón. Sabía que Harper se arrepentiría de esa decisión durante el resto de la vida.

—En eses caso, supongo que nada impedirá que nos veamos. Lifestyle Network ha aceptado prácticamente todas mis propuestas.

Un poco después de las seis de la tarde del día siguiente a la exitosa inauguración de Batouri, Harper entró en la casa de su abuelo y lo encontró en el cuarto de estar con el teléfono móvil en una mano y un vaso de whisky en la otra. Trabajar era tan natural para él como respirar. ¿Era eso en lo que ella quería que se convirtiera su vida?

—Sam, tengo que dejarte —dijo su abuelo por el teléfono al verla—. Mi nieta acaba de llegar.

Tan pronto como su abuelo colgó, Harper se le acercó y le dio un abrazo. Lo que iba a decirle aquella noche no le iba a resultar fácil.

—Me han dicho que la inauguración de tu restaurante ha sido todo un éxito —dijo su abuelo cuando se sentaron a la mesa para cenar.

—Sí, ha ido muy bien. La crítica ha sido magnífica. Estuviste muy acertado al sugerir a Ashston.

—Tenía la sensación de que os iba a ir bien juntos.

Harper recordó las dos noches en la tienda de campaña y enrojeció.

–¿Por qué?

–Ashton es un cocinero de gran talento y un hombre aventurero. Tú siempre te has preocupado demasiado por el futuro y te has olvidado de disfrutar del presente. Pensé que a él le beneficiaría tu habilidad para centrarte en el trabajo y que a ti no te iría mal permitirle sorprenderte.

–¿Cómo lo sabías?

–No creerás que mi éxito en los negocios se debe a la suerte, ¿verdad? –su abuelo le sonrió irónicamente–. ¿Nunca te has preguntado por qué os propuse esa clase de competición a tus hermanas y a ti, teniendo en cuenta los esfuerzos que tú ya habías hecho por aprender el negocio?

Ya que su abuelo estaba poniendo las cartas sobre la mesa, le pareció que lo mejor era hacer lo mismo.

–¿Por qué no estabas seguro de que yo fuera la más indicada?

–Eras la más indicada. De lo que no estaba seguro era de que tú lo supieras.

A Harper le costó seguir la lógica de su abuelo.

–La verdad es que nunca llegué a creer que fuera a ser la directora ejecutiva de la empresa. Lo quería con toda mi alma y me esforcé mucho para conseguir tu aprobación.

–Harper, tienes mucho más que mi aprobación. Quiero que ocupes mi puesto. Pero ¿qué es lo que tú quieres hacer?

La pregunta de su abuelo la sorprendió.

–Ser la directora ejecutiva –pero no lo dijo con

la convicción con la que lo habría dicho un mes atrás.

–¿En serio?

No encontraría mejor oportunidad que aquella para hacer la confesión.

–Hace muy poco me preguntaste por qué fui a África –Harper respiró hondo con el fin de tranquilizarse–. La verdad es que fui a conocer a mi padre. A mi padre biológico.

Harper se preparó para enfrentarse a la ira de su abuelo. Al ver que continuaba masticando un filete como sin nada, frunció el ceño.

–¿No me vas a preguntar nada?

–¿Le encontraste?

–Sí.

–¿Y?

–Abuelo…

–¿Se alegró de conocerte?

–No. No mucho, la verdad –Harper dejó el tenedor en el plato y agarró la copa de vino–. No sabía ni que yo existía.

–Tu madre nunca se puso en contacto con él.

–¿Es que no te sorprende todo esto? Vaya, lo sabías. Sabías que mi madre había tenido una aventura y que yo no era tu nieta.

–Sí.

–Nunca me lo dijiste.

–¿Por qué iba a hacerlo? Eres mi nieta.

–Pero no nos une la sangre.

–Harper, te quiero. En tus veintinueve años de vida lo único que has hecho es darme felicidad y alegría. Eres mi nieta y quiero que seas directora ejecutiva de la empresa, a menos que hayas decidido que no quieres el puesto.

—La verdad es que no estoy segura. Al enterarme de que no era una Fontaine… no sé, sentí alivio.

—Es comprensible. Te has exigido demasiado.

—Pero cuando conocí a Greg LeDay en África, tampoco me sentí unida a él. A ese hombre no le alegró conocerme en absoluto.

—Dale un poco de tiempo, puede que acabe reaccionando de otra manera.

—Lo dudo.

Conocer a su padre no le había ayudado a conocerse a sí misma. Lo que sí la había cambiado había sido el tiempo en compañía de Ashton, ver África como la veía él. Y esos días la habían hecho comprender mejor lo que quería de la vida, lo que la hacía feliz.

—Siempre había querido que estuvieras orgulloso de mí —dijo ella—. Por eso fue por lo que me esforcé tanto.

—Estoy orgulloso de ti.

—Por comentarios que le oí a mi padre, sabía que querías que un Fontaine estuviera al frente de la empresa.

—¿Y crees que si tú ocupas la dirección no va a haber una Fontaine al frente de la empresa?

—La verdad es que no sé si estoy tan preparada para ello como pensaba.

—¿Quieres quedarte en Las Vegas?

—No. Creo que Violet debería quedarse con Fontaine Ciel. Me gustaría pasar unos años de consultora en el área de desarrollo.

—Deja que lo adivine. Quieres viajar por todo el mundo en busca de lugares para expandir el negocio, ¿eh?

—Algo así.

—¿Y crees que debería seguir yo de director ejecutivo entre tanto?

Harper sonrió.

—Sabes tan bien como yo que no éstas preparado aún para dejar de trabajar. Aunque quizá debieras tomártelo con más calma y delegar ciertas responsabilidades en otros.

—Le pides demasiado a un viejo —dijo su abuelo sonriendo.

La cocina de Batouri era un lugar tranquilo a las ocho de la mañana, y Ashton, a solas con sus pensamientos, cocinaba.

Los cinco días siguientes a la inauguración de Batouri habían sido muy ajetreados. No había visto a Harper desde la noche de la inauguración, aún no había regresado de Nueva York. Con el paso de los días se sentía menos seguro de haber tomado la decisión adecuada. Había rechazado el trabajo con Lifestyle Network con el fin de demostrarle a Harper que estaba dispuesto a hacer lo que fuera para que ella fuera feliz. Pero estaba perdiendo la esperanza de que Harper, por fin, se diera cuenta de que su felicidad estaría asegurada viajando con él.

Casi como si hubiera sido por la fuerza de su pensamiento, Harper apareció en la cocina.

–Me imaginaba que te encontraría aquí.

–¿Dónde si no?

Harper presentaba el mismo aspecto que cuando la conoció: sofisticada, profesional, perfecta. El corazón se le encogió. Era evidente que Harper ya había elegido su futuro.

–He hablado con mi abuelo.

–Y no le has dicho la verdad, ¿me equivoco?

–Sí, te equivocas –respondió Harper–. Resulta que mi abuelo ya lo sabía.

–Tu abuelo es un tipo listo.

–Y tú, ¿vas a aceptar el trabajo en Lifestyle Network? –preguntó ella con expresión de desilusión.

–No, no voy a hacer el programa.

Harper sonrió abiertamente.

–¿Vas a volver a El Cocinero Errante? Es maravilloso.

–No, tampoco. Como parecías decidida a ser directora ejecutiva de la empresa de tu familia, si seguía con ese programa tendría que viajar y no íbamos a poder estar juntos, así que no. Pero tenías razón en que no debía aceptar el trabajo con Lifestyle Network, querían que me convirtiera en algo que no soy.

–Entonces, ¿qué vas a hacer?

–¿Escribir un libro de cocina como tú misma me sugeriste? Además, después del éxito de Batouri, quizá no sea mala idea abrir un restaurante en Nueva York.

–¿Estás diciendo que has dejado tu carrera en televisión por mí? Pero ¿por qué?

–Durante estos días me he dado cuenta de algo muy importante. Ya no me siento invencible. Antes de conocerte no tenía nada que perder, pero eso ha cambiado.

Harper se quedó muy quieta.

–No lo entiendo. Tenías mucho. Tenías El Cocinero Errante, la otra cadena de televisión con un nuevo programa de cocina, y Batouri.

–Los programas y los restaurantes tienen un principio y un fin. Lo único irremplazable en mi vida eres tú. La mujer a la que amo.

–¿Que me amas?

–¿Es que no te habías dado cuenta?

–En las cuestiones amorosas, no tengo mucha experiencia.

–Yo tampoco –confesó Ashton–. Así que tendrás que perdonarme si meto la pata de vez en cuando.

–Supongo que será una tarea en común.

–Me alegro de que digas eso –Ashton se metió la mano en el bolsillo–, porque quiero pasar el resto de la vida empeñado en esa tarea, contigo. ¿Te quieres casar conmigo?

–Sí –respondió Harper, con el mismo amor que se reflejaba en los ojos de Ashton–. ¡Sí, sí!

Ashton le deslizó un anillo por el dedo de la mano izquierda. Dos círculos de brillantes, uno blanco y otro rosa, rodeaban un brillante rosa en el centro.

–Es precioso –murmuró Harper.

–No tan precioso como la mujer que lo va a llegar –Ashton la besó profunda y prolongadamente–. Te amo.

–Espero que no cambies de parecer por lo que te voy a decir. No voy a ser directora ejecutiva de Fontaine.

–¿Por qué no?

–Porque voy a viajar por todo el mundo en busca de lugares en los que montar nuestros hoteles. Por lo tanto, es una suerte que estés libre para poder viajar conmigo, porque no me apetece la idea de que te quedes solo en casa.

–¡Vaya oportunidad! ¿Te acuerdas cuando me hablaste de por qué no hacer una serie sobre viajes a lugares románticos?

–¿Sugerí yo eso? Bueno, si lo hice, supongo que es una buena idea.

–Los de Phillips Consolidated Network comparten tu idea y quieren que les preparemos una lista de hoteles. Cuanto más exóticos mejor.

–Creía que ya no tenías trato con ellos.

–No exactamente.

–¿Estabas pensando en marcharte a hacer otra serie de televisión sin mí?

–No, claro que no. ¿Cómo se te puede ocurrir que los productores vayan a enviarme a todos esos sitios tan románticos solo?

Harper frunció el ceño.

–Si crees que voy a dejarte viajar por todo el mundo con una compañera tan encantadora como tú que…

Ashton la hizo callar con un beso. Le llevó varios minutos dejarla rendida en sus brazos. Separó los labios de los de ella cuando creyó que ya podía hablar.

—Cielo, te conozco muy bien. No hay ninguna mujer tan encantadora como yo, solo hay una muchísimo más encantadora que yo, y esa eres tú.

—¿Yo? ¿En televisión?

—¿Qué te parece?

—Aterrador —respondió Harper, sin poder evitar una enorme sonrisa—. Y estupendo.

—Va a ser un proyecto fantástico —alzándola en brazos, la llevó al comedor del restaurante—. Tú, yo, lugares exóticos… Imagina los sitios en los que vamos a hacer el amor.

Harper se echó a reír.

—Suena fantástico.

Y perfecto. Porque, con la ayuda de Ashton, había descubierto una oculta pasión y se había descubierto a sí misma. Juntos podrían lograr lo que se propusieran.

—Pero ahora, de momento, al único lugar al que vamos a ir es a tu suite.

Y, también de momento, era el lugar perfecto. La mayor aventura que podía vivir era estar con el hombre al que amaba.

DESEO

OLIVIA GATES
SITIO
PARA DOS

Capítulo Uno

El diablo había acudido al funeral de su padre.

Aunque Selene Louvardis siempre había oído que era un insulto para el diablo llamar así a Aristedes Sarantos.

Aristedes Sarantos. El don nadie que había salido de los muelles de Creta para convertirse en un armador conocido en el mundo entero, alguien de quien se hablaba con admiración, una presencia deseada y temida por todos.

Todos salvo su padre.

Durante una década, desde que ella tenía diecisiete años, no había pasado ni una sola semana sin que hubiera alguna guerra entre su padre y Aristedes Sarantos, el hombre del que Hektor Louvardis había dicho una vez que debería haber sido su mayor aliado, pero que se había convertido en su peor enemigo.

La guerra, sin embargo, había terminado porque su padre había muerto. Y si sus hermanos no olvidaban sus diferencias, Aristedes Sarantos pronto se haría cargo de la empresa que Hektor había levantado y ellos habían ampliado antes de tirar cada uno en una dirección diferente. Si sus hermanos no se ponían de acuerdo, Aristedes se quedaría con todo.

Por eso era una sorpresa para ella verlo en el funeral. Estaba a cierta distancia, dominando aquella mañana de septiembre en Nueva York, los faldones del abrigo negro que se movía con el viento dándole aspecto de cuervo gigante... o de alma condenada. Y no le había parecido extraño cuando alguien comentó que había ido al funeral para llevarse el alma de su padre.

Selene había pensado que se iría después del funeral, pero había seguido al cortejo fúnebre hasta la mansión familiar y durante unos minutos se quedó en la puerta, mirándolo todo como un general estudiando la situación antes de un ataque.

Selene contuvo el aliento al verlo abriéndose paso entre la gente. Aparte de sus hermanos, que eran de su misma estatura, todos los demás palidecían en comparación con aquel hombre.

Sus hermanos eran hombres muy apuestos y Selene había escuchado a una interminable lista de mujeres decir que eran irresistibles, pero no tenían la influencia de Sarantos, ni su carisma ni ese aura de poder.

Y lo sentía en aquel momento, envolviéndola en seductoras y abrumadoras olas.

Sus hermanos, sin embargo, se quedaron inmóviles, mirándolo con una década de enemistad. Y Selene temía que el más joven, Damon, intentase echarlo de allí. O algo peor. En realidad, estaba harta de todos ellos.

Daba igual que odiasen a Sarantos, por respeto a su padre deberían haber hecho lo que había hecho él. Además, Hektor Louvardis no hubiera tratado a nadie, ni siquiera a Sarantos, su peor enemigo, con esa descortesía.

Cuando iba a decirle a su hermano mayor, Nikolas, que actuase como el nuevo patriarca de la familia y aceptase el pésame educadamente, se dio cuenta de que Aristedes Sarantos estaba mirándola a ella, su mirada de acero haciéndola prisionera.

No podía respirar mientras se acercaba con paso seguro, apartando a todo aquél que se interponía entre los dos, mientras los miembros del cortejo observaban la escena llenos de curiosidad.

Entonces Sarantos se detuvo delante de ella, haciéndola sentir pequeña y frágil cuando no era ninguna de las dos cosas.

Medía un metro ochenta con tacones, pero aun así se sentía diminuta a su lado. No sabía que fuese tan imponente, tan increíble. Y ni siquiera era guapo. No, llamarlo guapo sería un insulto. Era… único. Un ejemplo de virilidad. Y ella sabía que ese aspecto exterior tan formidable escondía un cerebro fabuloso.

Aristedes Sarantos no era sólo un hombre increíblemente atractivo sino alguien que incitaba en ella una respuesta que no podía controlar.

Qué mal momento para recordar el enamoramiento juvenil que había sentido desde la primera vez que lo vio. Pero pronto se dio cuenta de que era imposible, no sólo porque era el enemigo jurado de su familia sino porque él no tenía el menor interés en los demás.

Aunque había alimentado su fascinación espiándolo siempre que le era posible.

Pero nunca la había mirado con tal concentración y, de cerca, podía ver que sus ojos eran como el acero, tan grises y fríos…

«Deja de pensar como si fueras una colegiala que se ha encontrado con una estrella de cine. Di algo».

Selene se aclaró la garganta.

–Gracias por venir, señor Sarantos –lo saludó, ofreciéndole su mano.

Él no contestó ni tomó su mano. Sencillamente, la miró hasta que Selene se dio cuenta de que en realidad no estaba viéndola.

–Siento mucho que Hektor ya no esté con nosotros.

Su voz, ronca, oscura, parecía vibrar en el interior de Selene. Pero fueron sus palabras lo que más la sorprendió. No había dicho «siento mucho la muerte de su padre», la frase más repetida durante las últimas horas. No estaba allí para ofrecerle sus condolencias a la familia.

Aristedes Sarantos estaba allí por él mismo. Lamentaba que su padre se hubiera ido y Selene entendía por qué.

–Echará de menos pelearse con él, ¿verdad?

–Hektor hacía mi vida… interesante. Echaré eso de menos.

De nuevo, hablaba de lo que la muerte de su padre significaba para él. Su sinceridad, su negativa a doblegarse a las leyes del decoro y las buenas maneras, la dejaron sin aliento. Y, en cierto modo, eso la liberó para admitir su propio egoísmo.

Algún día, probablemente pensaría en la muerte de su padre lamentando que se hubiera ido a los sesenta y seis años, siendo un hombre tan fuerte. Pero por el momento sólo podía pensar en sí misma, en el vacío que dejaría su ausencia.

–Él me enseñó muchas cosas –le dijo en voz baja–. Y echaré de menos todas ellas.

–No estaba enfermo.

No era una pregunta sino una afirmación y Selene asintió con la cabeza. No parecía enfermo, pero su padre jamás admitiría una debilidad, un problema, de modo que se lo había escondido a todo el mundo.

–Y murió ayer, después de las once.

Lo habían encontrado muerto en su oficina a las 12:30., pero Selene no sabía cómo lo había averiguado Sarantos.

–A las nueve –siguió él– el director de mi gabinete jurídico estaba hablando con el de su padre sobre el contrato británico.

–Lo sé.

Selene lo sabía porque ella era la directora del gabinete jurídico de la naviera Louvardis. Era ella con quien habían hablado y, después, por teléfono, le había contado a su padre los términos del contrato: blindado, restringido, implacable y, en su opinión, justo y práctico.

–A las once, Hektor me llamó por teléfono –dijo Sarantos. Y a Selene le sorprendió cómo pronunciaba el nombre de su padre, como si fuera un amigo–. Me echó una bronca y, una hora después, estaba muerto.

Antes de que ella pudiera decir nada, Aristedes Sarantos se dio la vuelta para salir de la casa.

¿Había ido al funeral para decir que había sido él quien propició la muerte de su padre? ¿Por qué?

¿Pero cuándo entendía nadie por qué hacía las cosas aquel hombre?

En lugar de correr tras él para exigir una explicación, Selene tuvo que sufrir un infierno de frustración y especulaciones hasta que, por fin, horas después, todos se apiadaron de la familia y los dejaron solos.

Tenía que marcharse de allí, pensó. Probablemente para siempre. Tal vez entonces llegarían las lágrimas, aliviando la presión que se había ido acumulando en su interior.

Estaba atravesando la verja de la casa cuando lo vio.

Se había hecho de noche y no había mucha luz, pero lo reconoció de inmediato.

Aristedes Sarantos, al otro lado de la calle, mirando la casa como un centinela. Y el corazón de Selene se aceleró de curiosidad, de emoción.

¿Por qué seguía allí?

Decidida a preguntar, frenó a su lado.

—¿Quiere que le lleve a algún sitio?

Él se encogió de hombros.

—Pensaba ir andando hasta el hotel.

Selene abrió la puerta del pasajero.

—Suba.

Él la miró en silencio durante unos segundos y después subió al coche, doblando su atlético cuerpo como un leopardo para sentarse a su lado.

Y ella se quedó sin aire. Sabía que debería preguntarle en qué hotel se hospedaba, arrancar el coche, hacer algo. Pero no podía. Tenerlo tan cerca la impedía pensar.

«Concéntrate, eres una prestigiosa abogada y empresaria de veintiocho años, no una adolescente atolondrada».

Él le dio el nombre del hotel y después volvió a quedar en silencio.

Antes de aquel día había pensado que Aristedes Sarantos no tenía sentimientos, pero tal vez no era así.

Veinte minutos después, detuvo el coche frente al hotel en el que todo el mundo sabía que se alojaba cuando estaba en Nueva York. Aquel hombre podría comprarse un país entero, pero no tenía casa.

Aristedes abrió la puerta del coche y cuando pensaba que iba a marcharse sin decirle adiós, se volvió hacia ella. En sus ojos había un brillo de algo que la conmocionó, algo oscuro y terrible.

–Nos veremos en el campo de batalla.

No volvería a verlo salvo como enemigo, pero antes de volver a la batalla tenía que saber…

–¿Se encuentra bien? –le preguntó.

–¿Y usted?

Selene intentó llevar aire a sus pulmones.

–¿Usted qué cree?

–Interrogarme no hará que se sienta mejor.

–¿Tan transparente soy?

–Ahora mismo, sí. ¿Qué quiere saber?

–¿Aquí?

–Si quiere… o podría subir a mi habitación.

A su habitación.

Selene se mordió los labios para disimular, pero estaba temblando de arriba abajo.

9

–¿Cuándo comiste por última vez? –le preguntó Sarantos, tuteándola por primera vez.

Ah, claro, pensó Selene. Su nerviosismo era debido a la falta de comida, tenía que ser eso.

–Ayer por la mañana.

–Pues entonces ya somos dos. Vamos a comer algo.

Aristedes la llevó a su suite, pidió un *cordon bleu*, y la animó a comer. Era irreal tener a Aristedes Sarantos a su lado, preocupándose de ella. Y más raro aún estar en su suite, pero no sentirse amenazada. No sabía si alegrarse de que fuera un caballero o sentirse decepcionada.

Después de cenar, la llevó al salón de la suite, donde sirvió un té de hierbas. No habían hablado mucho durante la cena, ella nerviosa, él pensativo.

Aristedes se quedó frente a ella, con las manos en los bolsillos del pantalón.

–Habíamos tenido demasiados enfrentamientos –empezó a decir–, pero el último fue diferente. No parecía él.

Estaba hablando de su padre, pensó Selene. ¿Por qué había ido al funeral? ¿Se sentiría culpable? Su padre siempre decía que Aristedes Sarantos era inhumano...

–¿Crees que lo presionaste demasiado? ¿Te sientes responsable de su muerte?

Aristedes negó con la cabeza.

–Creo que *él* se presionaba demasiado en su deseo de no dejarme ganar; o, al menos, no dejar que ganase sin castigarme por ello.

–Y te sientes responsable.

Él no refutó esa afirmación.

–Nunca entendí nuestra enemistad. No éramos rivales, trabajábamos en campos complementarios y deberíamos haber sido aliados.

–Eso dijo mi padre una vez.

Aquello era totalmente nuevo para él. Y muy turbador.

–Pero despreciaba mis orígenes tanto como para no estrechar mi mano.

–No, eso no es verdad. Mi padre no era arrogante –replicó ella.

Aristedes se encogió de hombros.

–Seguramente no lo habría considerado arrogancia. Ciertas cosas están firmemente grabadas en la personalidad griega, pero tú no puedes saber eso porque no naciste allí.

–Puede que yo sea más estadounidense que griega, pero mi padre era griego de los pies a la cabeza. Yo lo conocía bien.

–¿Ah, sí?

–Yo era su única hija, su protegida y luego su socia.

–Y una digna guerrera para sus tropas. Me costó mucho trabajo escapar de las trampas que me tendiste en la última negociación.

Selene había estado convencida de que lo tenía agarrado por el cuello, pero no sabía que a él lo hubiese preocupado. Aristedes Sarantos no era un hombre que se preocupase por muchas cosas.

–Pero al final lograste escapar –le dijo, recordando lo emocionante que había sido, cómo se había esforzado para seguir poniéndole obstáculos.

11

Él esbozó una sonrisa.

–Aunque no me resultó fácil.

Había sido muy emocionante batirse con él, aunque fuera sólo un duelo legal. Había ganado tantas veces como había perdido… hasta la última vez, cuando pensó que Aristedes le tenía tomada la medida y le resultaría imposible ganarle de nuevo.

Él dejó su taza sobre la mesa y se acercó, con ese caminar suyo tan varonil, para detenerse casi cuando sus rodillas se rozaban.

Y la mirada que lanzó sobre ella casi hizo que cayera en el sofá, una mirada de ardiente admiración, de reto.

–Eres una gran abogada, la que más dificultades me ha puesto. Y me has costado mucho dinero, pero yo siempre ganaré al final.

–¿Ah, sí?

–Tengo diez años más que tú y un siglo más de experiencia. Al contrario que tú, yo estudié Derecho por una sola razón: aprender a jugar sucio y parecer limpio.

Ella lo miró, sorprendida.

–Y no entiendes la enemistad de mi padre.

–Deberíamos haber sido socios y amigos, yo lo complementaba.

–Tu visión de los negocios era diametralmente opuesta a la suya.

–¿Y por lo tanto yo estaba equivocado y él no?

–No, no he dicho eso. Tú buscas el éxito a cualquier precio…

–Así son los negocios.

–Ya, pero tú haces que la frase «el negocio es el

negocio» sea un modus operandi. Mi padre no era así.

–No.

Después del resignado monosílabo, Aristedes se quedó callado durante largo rato. Y cuando el silencio se volvió demasiado pesado, demasiado abrumador, Selene decidió romperlo.

–Me enteré de lo de tu hermano.

El hermano de Aristedes había muerto en un accidente de coche cinco días antes, pero no le había parecido aceptable que la hija de su enemigo acudiera al funeral.

Él se sentó a su lado, su pierna rozándola.

–¿Vas a decir que también lamentas que se haya ido?

–Lamento la muerte de alguien tan joven, pero no tenía ningún contacto con él. No el que tú tenías con mi padre –dijo Selene–. Sólo intento ser tan sincera como tú.

Aristedes la miró a los ojos durante unos tempestuosos segundos y, de repente, la tomó por la cintura. Selene dejó escapar un gemido de sorpresa cuando se apoderó de su boca, sus labios exigentes, húmedos, su lengua dándole placer y robándole la razón al mismo tiempo.

Fue como si se hubiera roto una compuerta. Las manos de Aristedes se unieron al ataque, deslizándose por su cuerpo, sin detenerse y sin dejarla tomar aliento hasta que se apretó contra él, sin saber qué ofrecerle más que su rendición.

Sentía una presión en el pecho, en las piernas, detrás de los ojos mientras lo agarraba por los brazos. Pero él tiró de su blusa para sacarla del pantalón y empezó a acariciarla, sus manos como lava contra su ardiente piel.

—Por favor…

Aristedes abrió los ojos y en ellos había un infierno. Todo en ella la empujaba a acercarse más. Necesitaba algo… no sabía qué.

¿Qué estaba haciendo? Aquel hombre era Aristedes Sarantos, el enemigo de su familia, su enemigo.

—Di que no —murmuró él, mientras la besaba en el cuello—. Dime que pare. Si no me dices que pare seguiré adelante.

—No puedo…

—Entonces dime que no pare. Dime… —de repente, Aristedes se apartó—. *Theos*, tengo que parar, debes irte. No tengo preservativos.

Ella tuvo que disimular su decepción. Pero no podía dejar que parase, no podría soportarlo.

—Yo estoy sana y es el mejor momento del mes para mí… —empezó a decir. Sólo se había acostado con un hombre, Steve, pero cualquiera que la oyese pensaría que estaba acostumbrada a ese tipo de encuentros casuales.

Aunque daba igual. Quería aquello, lo deseaba, sentía que iba a desintegrarse si no…

—También yo estoy sano —Aristedes se colocó sobre ella, dándole lo que necesitaba, con la fuerza y urgencia que necesitaba.

Tiró de su ropa, rugiendo como un depredador cada vez que dejaba al descubierto un centímetro de piel; unos rugidos que se volvieron impacientes cuando la cremallera del pantalón se quedó atascada.

–Faldas, *kala mou*, debes llevar faldas…

Selene no había llevado falda desde el instituto, pero llevaría lo que él quisiera si así conseguía verlo loco de deseo.

Cuando por fin pudo quitarle el pantalón y capturar sus piernas con sus poderosas manos, las abrió y se apretó contra su centro húmedo.

Selene gritó de anticipación, de ansiedad.

Si en aquel momento sentía que el corazón escapaba de su pecho, ¿qué sentiría cuando siguiera adelante, cuando la hiciera suya?

Luego, Aristedes se puso de rodillas entre sus piernas, clavando los dientes en su trémula carne y dejando marcas que se evaporaban un segundo después. Y, sin embargo, Selene sentía como si la hubiera marcado para siempre.

–Preciosa, perfecta… –murmuró mientras tiraba de sus braguitas. Sin darle oportunidad de decir una palabra, Aristedes abrió sus pliegues con los dedos y ella gritó. Y volvió a hacerlo ante el primer contacto de sus ardientes labios. Y luego, una y otra vez, mientras lamía y chupaba su húmeda cueva, rugiendo de placer.

Pero aún deseaba más, deseaba llegar hasta el final con él.

–Contigo, por favor… contigo llenándome…

Él murmuró algo incoherente, como si su cordura estuviera derrumbándose, y se liberó del pantalón a toda prisa para colocar sus piernas alrededor de su cintura, bañándose en el río de lava mientras la acariciaba de arriba abajo con su aterciopelado acero.

Y después, con una fuerte embestida, se perdió dentro de ella.

Selene dejó de ver, de escuchar; sólo quedaba en ella la necesidad de tenerlo todo, de dejar que la invadiese en cuerpo y alma.

Y él lo hizo, empujando una y otra vez, llevándola más allá del límite, más allá de sí misma.

Cuando por fin abrió los ojos, en los de Aristedes vio la misma locura que se había apoderado de ella. Y le suplicó más, y más, que no parase nunca.

Las súplicas se convirtieron en gritos cuando el placer la abrumó por completo. Aristedes, temblando como ella, cayó sobre su pecho, jadeando.

No sintió nada más durante lo que le pareció una eternidad.

Nada más que estar con él en aquel momento de total intimidad, sintiendo sus espasmos mientras derramaba su esencia en su interior.

Entonces, de repente, Selene sintió que le ardía la cara.

¿Qué había hecho?

Aquello debía ser una fantasía, un sueño. Había querido encontrar alivio en los brazos del único hombre que podía hacerla olvidar la muerte de su padre…

Pero era real.

Había hecho el amor con Aristedes Sarantos.

Y quería más.

Aún temblando, su erección ocupándola todavía, su cuerpo pedía más.

Y, como si oyera ese clamor, él respondió empujando de nuevo mientras se apoyaba con las manos en el sofá.

Selene temía mirarlo a los ojos.

¿Vería allí de nuevo esa distancia? ¿O peor, disgusto, desdén?

–Tú no eres una abogada normal… eres un arma de destrucción masiva, *kala mou*. Podrías matar a cualquier hombre –bromeó Aristedes.

Al contrario de lo que había temido, en sus ojos podía ver una ardiente sensualidad y, sonriendo, tiró de su cabeza para buscar sus labios.

Él no se movió, dejando que saborease el momento de ternura. Pero un segundo después se quedó sin aliento al notar que volvía a excitarse en su interior.

–No parece que tú estés muerto.

–Todo lo contrario. Pero espero que sepas a qué me estás invitando.

–¿A qué?

–Me estás dando licencia para hacerte mía, para hacerte lo que quiera.

Selene lo apretó con sus músculos internos.

–Sí, todo… dámelo todo.

Él rasgó su blusa en su prisa por quitársela, el roce de su torso inflamándola mientras la atormentaba tirando de sus pezones con los labios, embistiéndola al mismo tiempo.

Esta vez, el placer no fue una explosión sino una presión que iba en aumento, prometiendo una destrucción total.

–Es demasiado…

Pero Aristedes seguía moviéndose adelante y atrás una y otra vez hasta llegar a un crescendo diabólico que la hizo restregarse contra él, ordeñando cada gota de su esencia…

En esta ocasión, se desmayó durante unos segundos. Lo sabía porque volvió en sí de repente y encontró a Aristedes a su lado en el suelo, donde debían haber caído durante el apasionado encuentro, acariciándola con manos posesivas.

En cuanto sus ojos se encontraron la tomó en brazos sin aparente esfuerzo y, mientras la llevaba al cuarto de baño, rozó su oreja con los labios, excitándola de nuevo.

–Ahora que nos hemos quitado el hambre de encima, es hora de devorarte apropiadamente.

Selene se movía en silencio por la habitación, reuniendo su ropa tirada en el suelo.

Cada vez que pensaba que aquel explosivo encuentro estaba a punto de terminar, Aristedes volvía a hacerle el amor… y había terminado quedándose todo el fin de semana.

Y aquélla era la única vez que estaba despierta mientras él dormía. Estaba tumbado en la cama, el magnífico cuerpo que la había poseído y dado placer durante dos largos días y noches, relajado por primera vez.

Quería volver con él, tumbarse a su lado y disfrutar de su virilidad, de su sensualidad.

Pero no podía hacerlo. La experiencia había cambiado su vida pero, de repente, se sentía perdida.

No sabía qué hacer, de modo que debía irse.

Tenía que pensar qué iba a hacer después de lo que había habido entre ellos y, sobre todo, averiguar cuáles eran las intenciones de Aristedes Sarantos.

Selene lo descubrió enseguida.

No porque Aristedes se hubiera molestado en llamarla sino por el titular de un periódico de tirada nacional.

Aristedes Sarantos vuelve a Grecia después de una breve visita de trabajo a Estados Unidos.

Eso era lo que quería: alejarse de ella sin mirar atrás.

Qué tonta había sido, pensó. ¿Por qué había pensado que aquello iba a terminar de otra manera? Incluso había querido que así fuera. ¿Por qué? ¿Por el sexo?

Pero si sólo había sido sexo, ¿cómo podía haber sido tan sublime?

«Cállate ya».

Sencillamente, Aristedes había hecho honor a su fama de conquistador obsesivo. Y ella había sido una tonta al pensar que podría haber algo más, que aquellos dos días podían convertirse en una relación.

Aristedes ni siquiera había pronunciado su nombre una sola vez.

No había sido más que una válvula de escape y

también ella debería verlo de ese modo. Era su deseo de olvidar la muerte de su padre, de encontrar algún consuelo, lo que había desatado tan extraño abandono. Y, aunque Aristedes fuese el último hombre en la tierra con el que debería haberse acostado, también era lo más seguro dejarse ir con el único hombre que haría lo que él había hecho: desaparecer cuando todo terminó.

Y ahora eran de nuevo los mismos de siempre... con una diferencia, que ella había heredado el papel de su padre como adversaria de Aristedes Sarantos.

Aquella locura había terminado.

Como si no hubiera ocurrido nunca.

Capítulo Dos

Dieciocho meses después

Aris experimentó una sensación de *déjà vu*.

Estar frente a la mansión de los Louvardis hizo que recordase aquel otro día, más de un año y medio antes.

No podía creer que hubiera pasado tanto tiempo. Era como si hubiese ocurrido el día anterior y, al mismo tiempo, en otra vida.

Aunque no había sido sólo un día sino todo un fin de semana con Selene Louvardis.

Se excitó al pensar en ella, como siempre que recordaba aquel fin de semana. Cada vez que lo recordaba revivía la fiebre que lo había poseído, terminando en aquella sensación irreal de paz, y casi de total amnesia. Había despertado sin recordar nada más que aquel tempestuoso encuentro...

Hasta que descubrió de que se había marchado. Y estando frente a su casa experimentaba la misma sensación de vacío que experimentó entonces.

Le había parecido rabia, incluso furia. Pero al final se dio cuenta de lo que era: alivio.

Selene le había ahorrado el problema de encontrar una salida a su interludio de locura temporal, a esa intimidad inédita, por no decir llena de consecuencias. Se habían lanzado de cabeza como uno se lanzaba al peligro para escapar del dolor.

Pero, evidentemente, Selene había decidido que lo mejor sería no despedirse, romper sin decirse adiós, seguir con las hostilidades y olvidar que durante dos días habían sido amantes.

Había luchado contra el deseo de protestar por esa decisión durante horas, pero terminó pensando que era lo mejor.

Para respetar esa mutua decisión de evitarse, no había vuelto a Estados Unidos desde entonces. Ella era quien había impedido que volviese y era ella ahora, y sus hermanos, los que habían hecho que estuviera allí.

Estaba a punto de entrar en otra reunión familiar de los Louvardis. Esta vez, una fiesta en lugar de un funeral.

Ni los negociadores, ni los emisarios, ni los correveidiles habían podido resolver la situación, potencialmente más catastrófica que ninguna otra.

Los Louvardis ya no intentaban contenerlo con interminables negociaciones. No, ahora estaban intentando destrozar con un hacha su trono en el mundo naviero y no tenía la menor duda de que se volverían kamikazes si de ese modo lo hacían caer con ellos.

De modo que estaba allí como última instancia, para descubrir qué había instigado aquello. Se lo debía a su padre, y a Selene, darles una oportunidad de llegar a un compromiso, de dar marcha atrás, antes de emplear toda su artillería pesada para hundirlos.

La ferocidad del último ataque hacía que se preguntara si Selene estaría detrás, aunque no le parecía posible porque no era una mujer despechada; en realidad, había sido ella quien le dio la espalda.

Pero, fuera lo que fuera, tenía que terminar de inmediato, de una manera o de otra.

Por fin, atravesó la verja de entrada. Afortunadamente, el hombre que le pidió la invitación debió reconocerlo porque no le puso ninguna pega. No sabía cómo habría reaccionado si alguien se hubiera interpuesto entre él y su objetivo, que pensaba conseguir en el menor tiempo posible antes de marcharse de allí, esta vez para no volver.

Aristedes atravesó la enorme puerta de roble de la mansión, la curiosidad de la gente con la que se cruzaba enfureciéndolo aún más. Debía estar en peores condiciones de lo que había creído si esa violación de su privacidad, que hasta entonces no le había importado nunca, lograba sacarlo de quicio.

Tenía que encontrar al clan Louvardis y lo antes posible…

–Esta vez puedo echarte a patadas, Sarantos.

Nikolas Louvardis. El que llevaba el timón de la empresa familiar, por así decir, desde la muerte de Hektor. Y probablemente el responsable de la escalada en las hostilidades. Mejor. Él siempre lidiaba con la fuente de los problemas.

Aristedes se volvió hacia el hombre que los medios llamaban «el otro» dios griego del negocio naviero.

—Hola, Louvardis —le dijo, mirando sus ojos azules y sin molestarse en ofrecerle su mano porque sabía que no la estrecharía. Pero terminaría aquella conversación obligándolo a que la estrechara—. Yo también me alegro de verte.

—Date la vuelta mientras puedas hacerlo por tu propio pie, Sarantos. Si no lo haces, los reporteros grabarán en vídeo lo que pase y lo venderán al mejor postor.

Aris contuvo una risa amarga.

—No me vendría mal un poco de propaganda, pero me han dicho que tocas el piano y no creo que quieras arriesgar tus preciosas manos.

—Sólo contra tu mandíbula, Sarantos —replicó Nikolas—. O tal vez no. Que estés aquí lo dice todo: tienes miedo.

—¿Ah, sí? Explícame esa fascinante teoría.

—¿Quién soy yo para decepcionar al gran Aristedes Sarantos? —Nikolas le mostró los dientes en una sonrisa que, seguramente, haría que muchos hombres se asustasen—. En este momento te ves en la obligación de convertirte en el mayor magnate naviero del mundo, no sólo uno de ellos, o te arriesgas a perderlo todo. Y sólo una empresa impide que lo hagas, la naviera Louvardis.

—Vosotros no sois el único imperio.

—Pero somos los mejores —replicó Nikolas—. Si no lo fuéramos, si tuvieses alguna alternativa, no estarías aquí.

—A vosotros os ocurre lo mismo. Ahora más que

nunca es vital que formemos equipo. Puede que seáis los mejores ingenieros navales, pero yo soy el mejor constructor.

Nikolas se encogió de hombros.

–Estamos dispuestos a darle ese puesto a otro. Y sea quien sea el que elijamos, pronto será el mejor.

–Yo podría decir lo mismo –replicó Aris–. Pero preferiría no buscar nuevos colaboradores.

–¿Por qué no?

–No he llegado donde estoy arreglando lo que no está roto. ¿Por qué intentas romperlo tú? Incluso tu padre, que argüía diferencias irreconciliables con mi modo de hacer negocios como razón para ser mi enemigo, jamás fue tan lejos como para vetarme antes de firmar un contrato. Siempre logramos llegar a un acuerdo beneficioso para los dos. ¿Por qué ese cambio de táctica?

–Mi padre siempre intentó apartarte del negocio. Que acabara doblegándose no fue por tus fabulosas dotes para negociar sino que tus tácticas terroristas asustaron a los accionistas y al consejo de administración. Y eso es algo que pensamos rectificar. No volverás a retorcernos el brazo, Sarantos.

Aris dio un paso adelante.

–Hablas como si Hektor no me hubiera retorcido el brazo en muchas ocasiones. Estábamos empatados, yo perdí tantas veces como vosotros y gané otras tantas. Especialmente desde que tus hermanos y tú aparecisteis en escena.

–Mi padre nos reclutó cuando pensó que necesitaba sangre joven y la creatividad de las nuevas generaciones. Aunque lo hizo a su pesar.

De modo que no todo había sido armonía en el hogar de los Louvardis, pensó Aris. Nikolas estaba resentido contra su padre por no apreciar su talento.

¿Quién habría pensado que Nikolas Louvardis y él pudieran tener algo en común? Y algo tan esencial, además.

–Pero al final os reclutó y acabasteis siendo más problemáticos para mí que vuestro padre. Llevasteis el juego a un nivel más alto y me obligasteis a ser mejor jugador. Pero tú sabes, como él, que no os interesa dejarme fuera.

–¿Dejarte fuera? –repitió Nikolas, irónico–. Destruirte querrás decir.

–No digas tonterías –murmuró Aris, que quería llevar la discusión a un terreno personal–. ¿Crees que perder un contrato, por grande que sea, puede destruirme?

Nikolas se encogió de hombros.

–Tal vez no, pero sería el principio del fin para ti.

Aris apretó los labios, molesto. Aquel hombre parecía más intratable que su padre y había pensado que eso era imposible.

–¿Ya has encontrado a alguien que me reemplace? ¿Alguien con mis recursos y mi experiencia, por no hablar de visión y flexibilidad? Terminarías en el limbo sin mí y los dos lo sabemos.

–Nos preocuparemos de eso cuando tú hayas desaparecido.

–No te engañes a ti mismo pensando que tu padre colaboró conmigo sólo porque se vio obligado a hacerlo. Él sabía que yo era el único que podía hacerle justicia a sus barcos.

–Tal vez, pero yo siempre te he despreciado y nunca he creído en ese adagio de «mejor lo malo conocido».

–Deja los ataques personales para más adelante, Nikolas. Tenemos miles de millones de dólares pendientes de esta decisión. Ya has dejado claro lo que piensas, lo he entendido. Pero tú sabes que acabarás dándome la mano.

–No mientras pueda evitarlo.

–¿Tus hermanos piensan lo mismo?

–¿Sabes una cosa, Sarantos? Tú eres lo único en lo que mis hermanos y yo estamos de acuerdo.

Debería haberlo imaginado.

Aris suspiró.

–Si me obligas a hacerlo, iré contra ti. Y te aseguro que no te gustará.

El rostro de Nikolas irradiaba puro placer.

–Ah, por fin, las amenazas. Era lo que esperaba.

–No he venido para amenazarte, he venido a pedirte que no me obligues a hacerlo. Porque aunque destruirte me hundiese, volvería a la cima agarrándome con uñas y dientes a lo que fuera. Después de todo, lo hice la primera vez.

La sonrisa de Nikolas murió mientras sostenía la mirada fría de Aris. Pero acababa de decirle cuánto valoraba la asociación con los Louvardis, dando por sentado su intención de ofrecerles el cincuenta por ciento en los futuros contratos. Nikolas no había estrechado su mano, pero podía notar las primeras señales de un cambio de opinión.

–Deja que hable con vuestra directora jurídica sobre este contrato. Estoy seguro de que podremos llegar a un acuerdo.

Después de decirlo, Aris estuvo a punto de retirarlo.

No debería haber mencionado a Selene porque, de repente, su imperturbable adversario se convirtió en un tipo irracional, el típico griego que preferiría que su hermana pequeña no conociese varón, aunque fuese una mujer adulta y una de las mejores estrategas de la empresa.

–Hablarás conmigo –anunció Nikolas– o con los abogados que yo designe. Ella no está disponible.

–Ella está aquí.

Esa voz…

Esa melodiosa y aterciopelada voz, ese canto de sirena que se había repetido en la mente de Aris durante dieciocho meses. Esa voz, formal en los negocios, abandonada en el placer, frenética durante el clímax y adormilada de satisfacción después reverberaba en sus huesos con la fuerza de una explosión.

Estaba allí.

Aris se dio la vuelta, olvidándose de Nikolas y del resto del mundo. Y la esperanza de que su recuerdo de ella fuera exagerado murió de repente. Porque allí estaba, mucho más guapa de lo que recordaba.

Aunque era de día, seguía pareciendo la diosa de la luna, como su nombre. Alta, segura de sí misma, serena, voluptuosa e hipnótica con un traje blanco que escondía las curvas que él recordaba tan bien. Su cascada de pelo negro ondulaba como la noche con el lánguido ritmo de sus pasos y esos ojos azules, rodeados por el velo de sus pestañas, estaban clavados en él.

Y fue el desafío de su frialdad lo que consiguió lo que no conseguía ni su más feroz enemigo: romper las cadenas de la bestia que llevaba dentro, inflamándolo.

Y en ese momento lo supo.

No sólo seguía deseando a Selene Louvardis. La deseaba con un ansia feroz.

Era ese ansia lo que lo había impedido descansar, relajarse. Había esperado olvidarse de ella, encontrar una cura, por eso se había alejado. No para no verla sino por miedo a descubrir que lo que había despertado en él era indispensable.

Ella se lo confirmó con una sola mirada y esa mirada fue suficiente para que tomase una determinación.

Daba igual el precio que tuviese que pagar, empezando por sí mismo, tendría a Selene Louvardis de nuevo.

Ella se detuvo a unos pasos, inclinando a un lado la cabeza y dejando que la melena cayera en cascada sobre su hombro, esa rica melena que brillaba como el ónice en contraste con el traje blanco.

Le temblaban las manos con el deseo de tocarla, de acariciar los sedosos mechones, sujetar la orgullosa cabeza y doblar su elegante cuello para besarla.

Y lo haría, lo había decidido. Sería suya de nuevo.

Pero, por el momento, saboreaba la distancia porque eso aumentaría el placer de su capitulación.

Ignorando su presencia, Selene se concentró en su hermano.

–Tú no puedes decidir cuándo estoy disponible y cuándo no lo estoy, Nikolas –le advirtió–. Pero cualquier conversación que mantengamos con el señor Sarantos se hará a través del equipo legal de la empresa.

En ese momento sonó el teléfono de Nikolas y Aris apenas se fijó en él mientras contestaba, sus sentidos cautivos de Selene hasta que un gruñido lo devolvió a la realidad.

Nikolas pasó al lado de su hermana para salir de la habitación.

–Tengo que irme. Despídete de él y vuelve a la fiesta. Hay mucha gente importante con la que debemos mezclarnos… o, al menos, gente soportable.

Aris no dejó de mirar a Selene mientras Nikolas desaparecía, intentando adivinar sus pensamientos.

Estaba actuando como una Louvardis, como la abogada cuya familia había decidido llevarlo a la guerra.

Tenía que ser una fachada. Era imposible que el deseo que sentía no fuera en parte en respuesta al de ella.

Pero Selene se dio la vuelta.

–¿Estás siendo una hermana obediente, haciendo lo que te pide tu hermano?

Sus palabras hicieron que se detuviera y cuando lo miró a los ojos, Aris sintió que algo se movía dentro de su pecho.

–¿Me estás desafiando para que me quede?

Él se encogió de hombros.

–Si eso funciona…

–Ah, claro.

–Dame una razón por la que no puedas hablar conmigo.

–Podría darte un índice alfabético de razones –replicó ella. Y Aris tuvo que sonreír ante el delicioso sarcasmo–. Pero una razón será suficiente: lo primero que aconsejo a mis clientes es que no entren en contacto directo con su adversario.

–Pero nosotros no somos adversarios.

–¿Ah, no? Una semana después de la muerte de mi padre, maniobraste para que el mercado naviero optase por otra empresa de ingeniería naval. Sin duda, como primer paso para quitarnos de en medio de una vez por todas.

–Yo no quería otra empresa –dijo Aris, tomándola del brazo–. Sigo sin quererla. Pero no me disteis otra opción. Dame una ahora, no quiero que seamos enemigos.

Y como había hecho esa noche, cuando le dio pasión y consuelo, Selene volvió a hacer algo inesperado.

En lugar de apartarse, asintió como para sí misma antes de mirarlo solemnemente.

–Esto hay que solucionarlo de una vez por todas.

Luego se apartó y empezó a caminar en dirección al interior de la casa.

Unos minutos después, entraban juntos en el despacho de su padre, que parecía haber sido conservado como un santuario. La presencia de Hektor permeaba la habitación y Aris podía imaginar al viejo león entrando en cualquier momento, acusándolo de algo…

—Mi padre dejó en su testamento instrucciones sobre cómo tratar contigo.

—¿Y tú sigues esas instrucciones al pie de la letra, sin reflexionar?

Selene puso la mano sobre el escritorio, como si necesitara apoyarse en algo.

—Mi padre no quería que crecieras demasiado. Pensaba que si te hacías demasiado fuerte, el negocio naviero mundial sufriría y todos estamos de acuerdo.

Aris dio un paso adelante.

—Al menos, deberías decirme cuáles son los cargos contra mí antes de pronunciar la sentencia. Además, aunque fuese el monstruo que tu padre creía que era, tú eres experta en controlar a los posibles enemigos y en convertir un peligro en un beneficio potencial.

Esos ojos mágicos de Selene se volvieron opacos mientras sacudía la cabeza.

—La decisión ha sido tomada.

—Pues cámbiala. Te juro que lo que pasó hace año y medio no significa que quisiera librarme de ti. No tienes que luchar a muerte conmigo.

Selene dejó escapar un suspiro.

—Muy bien. Entonces redactaré una nueva lista de reglas para futuras negociaciones. Serán justas pero estrictas y nos protegerán contra futuras traiciones. Si hablas en serio, estarás de acuerdo con ellas.

Aris no vaciló ni un segundo.

–Lo haré –afirmó.

–Si lo haces, recomendaré a mis hermanos que sigan haciendo negocios contigo.

Aris sintió la emoción de la pelea, de su interacción, ese toma y daca que también habían vivido en el dormitorio.

–Entonces, está decidido. Y ahora que nos hemos quitado eso de encima, hablemos de cosas más importantes. Hablemos de nosotros.

Los ojos de Selene se volvieron tan oscuros como una noche sin luna.

–Mira, Sarantos…

–Aris –la corrigió él.

Lo había llamado Sarantos durante aquel fin de semana y, aunque eso era excitante y quería que lo llamase así en determinados momentos, también quería llevar la relación a otro nivel. Quería que lo llamase por el apelativo que siempre le había gustado, aunque nunca se había sentido tan cerca de alguien como para dejar que lo usara.

Selene frunció los labios, intentando mostrarse severa, pero sólo consiguió que pareciesen más generosos y jugosos que nunca.

–Prefiero llamarte Sarantos. Y éste es el final de la conversación.

Aristedes levantó una ceja.

–Dame una buena razón para eso.

–Sencillamente, porque yo deseo que sea así.

–Pero yo deseo otra cosa: a ti.

Eso pareció dejarla sin palabras por un momento. Y tuvo que aclararse la garganta antes de contestar:

–¿Por qué? ¿Tienes el fin de semana libre?

El tono en que lo había dicho, lo dejaba perplejo. Parecía… ¿enfadada, dolida? ¿Por qué?

–Nuestro fin de semana fue increíble, incendiario. Y quiero más.

–Hemos vivido perfectamente sin tener «más» durante un año y medio.

–No, yo no –le confesó él entonces, con todo el ansia que había intentado contener durante ese tiempo–. Pensé que era mejor que no volviéramos a vernos, pero no he dejado de desearte.

Selene apartó la mirada durante un segundo, pero enseguida volvió a mirarlo con una sonrisa irónica.

–Bienvenido al mundo real, Sarantos. Uno no debería tener todo lo que desea.

–De nuevo, dame una buena razón.

–¿Qué quieres, que pasemos otro fin de semana juntos? Ya he dicho que paso –Selene apartó la mirada de nuevo, sintiéndose acorralada por la suya–. Y no tengo por qué darte razones.

–Pero yo no quiero otro fin de semana, quiero todo lo que podamos tener… cuando resulte conveniente para los dos.

Ella lo miró, boquiabierta.

–¿Me estás proponiendo… por falta de un término más moderno, que tengamos una aventura?

Aris se acercó un poco más, tanto que sus muslos se rozaban.

–Si eso es lo que los dos necesitamos…

–Pero no estás proponiendo sólo una aventura. Quieres una relación intermitente, puramente sexual y, sin duda, secreta.

Él la tomó por los brazos y Selene se quedó inmóvil, las emociones en sus ojos cambiando a tal velocidad que era incapaz de descifrarlas.

–Es lo único que podemos hacer –le dijo, intentando transmitirle su deseo, su convicción–. Separar este acuerdo nuestro del negocio, del mundo, empezando por tu familia, para evitar que ensucien lo que sentimos el uno por el otro. Nuestras carreras son demasiado exigentes y nuestras agendas de trabajo nos mantienen en países diferentes. Pero haré todo lo posible para estar contigo a la menor oportunidad. Debería habértelo propuesto hace año y medio… no debería haberte dejado marchar.

Selene bajó la mirada para ocultar su expresión.

–Supones que yo quiero lo mismo.

–Porque así es. Pero, evidentemente, crees que debes sacrificar el placer a cambio de tu carrera y tu familia. Por eso has llegado tan lejos siendo tan joven, eres como yo.

Ella lo miró entonces y el antagonismo que vio en sus ojos lo sorprendió. Y, sin embargo, lo enloquecía con el deseo de domarlo.

–Yo no soy como tú –le espetó, su voz tan dura como su mirada–. Y no me gusta que me digan lo que quiero o lo que necesito.

Selene quería pelea, estaba claro. Y a él no le

importaba. Estaba dispuesto a cualquier cosa para volver a tenerla entre sus brazos.

–Me deseas –le dijo, tomándola por la cintura–. Y si quieres pruebas, te las daré.

Aris apartó de un manotazo todo lo que había sobre el escritorio y ella lo miró, alarmada y consternada… y excitada a la vez.

–Son las cosas de mi padre, idiota…

Él la empujó contra el escritorio hasta que estuvo tumbada de espaldas sobre él y, sin decir nada, empezó a desabrochar los botones de su chaqueta.

–No se ha roto nada y volveré a colocarlo todo en su sitio… después. Ahora, en cuanto a esa prueba…

Los ojos de Selene eran como océanos tormentosos mientras deslizaba una mano por sus muslos.

–¿Qué haces?

–Dime que no te gusta esto –murmuró Aristedes, sujetando su pelo y despertando un gemido de esos labios rojos como pétalos de rosa–. Y esto… –dijo luego, inclinando la cabeza para enterrar la cara entre sus pechos, inhalando el aroma que había estado persiguiéndolo durante dieciocho meses.

Cuando Selene abrió los labios para respirar, él aprovechó para invadir su boca, devorando sus gemidos de placer.

–Y esto… –Aristedes empujó sus caderas hacia ella–. Dime que no es esto lo que veías cuando cerrabas los ojos, despierta o dormida.

Selene lo miró con fiero desafío y algo que le pareció ¿decepción?

–Tengo un apetito sexual normal y tú eres la fantasía de cualquier mujer. Demasiado obvio como para necesitar pruebas.

–Soy tu fantasía, pero tú no vas por ahí satisfaciendo tu apetito sexual con cualquiera. Seguro que a otro hombre le habrías sacado los ojos.

Selene intentó colocarse la ropa con manos temblorosas.

–Yo estaba pensando en la catástrofe legal que sería dejarnos llevar por la tentación.

–La única tentación a la que tú te has resistido es la de arrancarme la ropa y clavar las uñas en mi espalda mientras me suplicas que te haga mía.

–Tal vez –concedió ella–. Y tal vez si me hubieras hecho esa proposición aquel fin de semana habría dicho que sí. Pero ahora es demasiado tarde, hay otra persona en mi vida.

Aristedes se quedó inmóvil mientras ella bajaba del escritorio para dirigirse a la puerta, vibrando como un edificio después de un terremoto.

Pero cuando puso la mano en el picaporte, le ordenó:

–Rompe con él.

Selene lo miró, incrédula.

–¿Perdona?

–Si aún me devuelves los besos, si deseas devorarme como yo a ti, es absurdo que sigas con él. Terminarás haciéndole daño.

–Crees que lo controlas todo, ¿verdad?

–No, pero por fin me he dado cuenta de lo que hay entre nosotros. Si puedes decirme que estar conmigo no fue el placer más intenso de tu vida, que otra persona puede darte lo que yo te doy… estarás mintiendo. Un deseo como éste, una compatibilidad como ésta ocurre una vez en la vida… si tienes suerte. Y nosotros la tuvimos ese fin de semana.

Ella negó con la cabeza, volviéndose para abrir la puerta.

—Di que sí, como hiciste ese fin de semana —insistió Aristedes, llegando a su lado en dos zancadas para tomarla del brazo—. Rompe con ese otro hombre. Yo esperaré.

Pero esta vez, ella se apartó como si su roce la quemara.

—No. Y es una respuesta final. Tuvimos nuestra aventura y no hay ninguna razón para resucitarla —Selene abrió la puerta y lo miró por encima del hombro—. Ya conoces el camino, Sarantos. Puedes salir solo.

Aristedes salió de la casa, pero no antes de reunir toda la información que necesitaba para empezar su campaña.

No iba a aceptar una negativa y tampoco esperaría que Selene recuperase el sentido común. No estaba comprometida o él lo sabría, de modo que su plan era muy sencillo: averiguaría quién era el otro hombre y rompería la relación.

Había descubierto que ya no vivía en la mansión familiar, de modo que esperaría en el coche hasta que saliera de la fiesta.

Quince minutos después, la seguía hasta un exclusivo club de campo cercano a la mansión Louvardis. Selene se detuvo frente a una mujer que tenía un niño en brazos y se inclinó para besarlo antes de alejarse.

Aristedes fue tras ella, temiendo perderse el encuentro con el hombre al que ya consideraba su rival, y pasó al lado de la mujer, mirando distraídamente al bebé que tenía en brazos.

Pero algo que no podría definir hizo que lo mirase por segunda vez. Y por tercera vez. Y entonces el mundo se puso patas arriba.

El niño.

Ese niño.

Ese niño era hijo suyo.

Capítulo Tres

Aris estaba totalmente convencido. El robusto cuerpecillo del niño, los rizos de color caoba que adornaban su perfecta cabecita, las cejas y el frunce de los labios que le daba una expresión decidida… era la misma expresión que había visto en otra cara, en una foto que casi tenía cuarenta años.

Pero hubo algo más, esa punzada en el corazón.

Era imposible, incomprensible. Pero también era irrefutable, la única certeza de su vida.

Aquél era su hijo.

Entonces el niño se fijó en él. Lo miró con unos ojos grises llenos de curiosidad, unos ojos como misiles que se clavaron en su corazón.

Antes de que pudiese reaccionar, el niño le regaló una sonrisa y Aris tuvo que hacer un esfuerzo para llenar sus pulmones de aire. Atónito, observó como ese paquete de pura energía alargaba los bracitos en su dirección, moviéndose y protestando hasta que su niñera tuvo que dejarlo en el suelo.

Y se quedó donde estaba, por primera vez en muchos años incapaz de reaccionar, de pensar, esperando que otro ser decidiera su destino.

Aristedes vio, incapaz de hacer nada, como el niño intentaba agarrarse a sus piernas.

Y sintió… sintió…

No había palabras para definir lo que sentía.

–Alex, ven aquí, cariño.

La voz femenina era desconocida. De pelo y ojos oscuros, entrada en años pero elegantemente vestida y peinada, la mujer no estaba mirándolo a él sino al niño.

–Lo siento mucho, señor –se disculpó–. Voy a buscar algo para limpiarlo.

Aris la miraba sin verla mientras corría hacia una mesa y volvía poco después con un paño. Luego se inclinó para tomar en brazos al niño, que seguía mordisqueando la pernera de su pantalón, a pesar de las ruidosas protestas del crío.

–Lo siento mucho… espero que se quite la mancha. Pero no se preocupe, la señorita Louvardis le compensará por los daños.

Aris miró el paño y luego a la mujer, perplejo. Evidentemente, trabajaba para Selene. Debía ser la niñera.

Del hijo de Selene.

El hijo de Selene… y suyo.

–No sé qué le ha pasado –siguió la mujer–. Normalmente no se acerca a los extraños.

Aris apenas la escuchaba. Estaba concentrado en el niño, que seguía alargando los bracitos hacia él, sus ojos grises llenos de lágrimas, sus labios temblorosos, como si estuviera suplicándole que lo salvase de algún monstruo.

Sin pensar, Aris levantó los brazos para tomarlo…

–¡Eleni!

Los tres se volvieron y el niño lanzó un grito de alegría.

Selene.

Aris la vio acercarse, como una leona defendiendo a su cachorro, la melena oscura volando alrededor de su cara como furiosas llamas negras.

–Eleni, recógelo todo, nos vamos ahora mismo.

La mujer miró a Selene, aparentemente sorprendida por el tono. Pero, asintiendo con la cabeza, recogió la bolsa del niño y desapareció sin decir nada.

Entonces se concentró en Selene. Selene, que lo miraba como si fuera a lanzarse a su cuello.

–¿Qué haces aquí? ¿Cómo te atreves a seguirme?

No tenía sentido negar la acusación, aunque en realidad no quería una respuesta. Y lo dejó claro dándose la vuelta para seguir a la niñera y el niño.

Sin pensarlo dos veces, Aris fue tras ella y la tomó del brazo.

–¡Te he dicho que me dejes en paz!

–No me lo habías contado. No me dijiste que teníamos un hijo –le espetó él.

La verdad estaba en sus ojos. La veía luchando contra mil reacciones distintas, desde la sorpresa al miedo y la resignación al verse descubierta. Y, de nuevo, la furia en menos de un segundo.

Pero Selene Louvardis era una fabulosa abogada que podía lidiar con cualquier situación, por difícil que fuese.

De modo que irguió los hombros y le enseñó el rostro que mostraba en los tribunales: serio, inescrutable, compuesto.

–¿Por qué iba a contártelo? ¿Qué tiene que ver contigo?

–Tú has hecho que no tuviera nada que ver conmigo.

Su propia voz sonaba extraña a sus oídos, absolutamente furiosa.

A Selene le temblaban los labios, pero contuvo el temblor apretándolos en un gesto desafiante. No estaba tan serena como quería aparentar, pero un segundo después su expresión volvió a ser impenetrable.

–Mira, Sarantos, si te preocupa que esto tenga repercusiones para ti, puedes estar tranquilo. Lo nuestro fue un encuentro fortuito y yo pensé que estaba segura… no se me ocurrió pensar en el caos hormonal que sufría tras la muerte de mi padre. A ti no se te ocurrió comprobarlo y yo no tenía intención de llamarte para ver si te parecía bien que tuviese a Alex. Pero sé que, de haberlo sabido, me habrías dicho que no lo querías. Soy yo quien decidió tenerlo, así que es mío y mío sólo. Fin de la historia.

En ese momento, la niñera apareció de nuevo empujando el cochecito de Alex.

–Siento mucho que lo hayas visto y más que lo hayas reconocido de inmediato. Pero, de verdad, no ha cambiado nada. Siempre pensé que acabaría teniendo un hijo sola gracias a un donante de esperma… la realidad ha sido diferente, pero no te veas a ti mismo como algo más que eso.

–¿Qué quieres decir?

–Que puedes volver a tu vida como si no hubiera pasado nada. Y también puedes borrarme de tu lista de mujeres disponibles. Querer una aventura conmigo sólo ha sido un incidente, un impulso que mi reticencia aumentó. Has venido para hablar de un contrato y estoy de acuerdo en aceptar tu oferta, nada más. Así que adiós, Sarantos. De verdad espero que nuestros caminos no vuelvan a cruzarse.

Esta vez, Aris no movió un músculo para detenerla.

La vio empujar el cochecito, con la niñera a su lado, y alejarse a toda prisa. Y se quedó donde estaba, atónito.

Tenía razón.

En todos los sentidos.

Si hubiera llamado para preguntarle, le habría dicho que un hijo era lo último que deseaba. Hasta que vio al niño, Alex, la idea de tener un hijo lo había llenado de terror.

Pero había visto a Alex.

Y había vuelto a ver a Selene.

Y a partir de ese momento, todo lo que sabía sobre sí mismo, todos sus planes de futuro, todo había dado un vuelco.

Selene se contuvo hasta que metió a Alex en la cuna y se despidió de Eleni, pidiéndole disculpas por haberle hablado en ese tono por la tarde.

Y luego se dejó caer sobre la cama, vestida, temblando.

Aristedes había descubierto la existencia de

Alex y se había dado cuenta, ignoraba cómo, de que era hijo suyo.

Aún no podía creer que lo hubiese averiguado sólo con mirarlo.

Alex no se parecía tanto a él… ¿o sí? Si tanto se parecía, ¿por qué nadie más se había dado cuenta? Sus hermanos no conocían la identidad del padre del niño y no porque no lo hubiesen intentado. La habían interrogado de todas las maneras posibles e incluso contrataron a un detective para que lo averiguase, pero sin resultados. Luego hicieron una lista de todos los hombres que se habían cruzado en su camino, eliminándolos sistemáticamente.

Aristedes Sarantos era probablemente el único hombre al que ni siquiera habían tenido en cuenta.

¿Por qué? ¿Sería debido a su odio por él o a su convicción de que no sería tan tonta como para acostarse con el enemigo?

Sin embargo, Alex tenía el pelo de Aristedes, sus ojos grises y el mismo hoyito en la barbilla…

Verlos juntos había sido devastador.

Desde que descubrió que estaba embarazada no había podido dejar de preguntarse cómo habría sido su vida si su relación con Aristedes hubiera sido diferente.

Pero las cosas eran como eran y no había manera de cambiarlas. Como ella había sabido siempre.

Siempre se había dicho a sí misma que su fascinación por Aristedes no podría llegar a nada debido al odio que su familia sentía por él. Pero últimamente había tenido que aceptar la verdad: que no había nada que hacer porque Aristedes jamás había mostrado el menor interés por ella cuando, según las revistas, se mostraba interesado en cualquier mujer guapa. Por eso le dolía tanto estar encandilada con él.

Y después de aquel fin de semana, cuando le demostró que la realidad era mucho más increíble que sus fantasías, su condición había pasado de severa a preocupante.

Por eso no había sido capaz de hablar con él por la mañana, de esperar su veredicto sobre qué iba a pasar con ellos.

Tras la fachada de abogada segura de sí misma que presentaba ante el mundo, estaba la hija única de una familia patriarcal. Su madre había muerto cuando ella tenía sólo dos años y todos los hombres de su familia habían intentado compensar siendo súper protectores. Pero habían terminado siendo restrictivos y controladores, aunque no fuese intencionado.

Y, por eso, había crecido luchando por su independencia, por ser ella misma.

En lo que se refería a los hombres, con la excepción de su breve compromiso con Steve, sus relaciones siempre habían sido superficiales. Se había resignado para entonces a creer que ningún hombre se acercaría a ella sólo por su encanto sino más bien por el dinero y el poder de su familia.

Pero todo se complicaba con la existencia de Aristedes. Cualquier otro hombre palidecía en comparación y, después de pasar un fin de semana con él, necesitaba saber que podría quererla para algo más que para un par de revolcones.

Pero ni siquiera la había llamado por teléfono.

Aun así, después de la humillación inicial, había inventado excusas para él. Incluso después de que eliminase a la empresa Louvardis del contrato, una semana después de la muerte de su padre, había sido tan tonta como para pensar que no tenía nada que ver con ese fin de semana, que Aristedes tenía que hacer lo que era mejor para su negocio. Se decía a sí misma que no podía haber imaginado la pasión que había entre ellos, que él podría querer retomar la relación.

Había esperado que se pusiera en contacto durante meses, hasta que por fin tuvo que admitir que no lo haría. Aristedes Sarantos era exactamente lo que todo el mundo decía que era: un adicto al poder, una máquina de ganar dinero. Y lo que ella había creído un encuentro apasionado no había sido más que otro revolcón para él, algo que olvidó de inmediato.

Claro que Aristedes no le había dado a entender que pudiese haber nada más, de modo que había sido una boba por hacerse ilusiones.

Ella había crecido sabiendo cómo eran los hombres en posiciones de poder gracias al ejemplo de su padre y sus hermanos. Sabía que había una subespecie de hombres a quienes les gustaban las aventuras efímeras e intensas, pero consideraban cualquier tipo de compromiso como una enfermedad. Y Aristedes era peor que esos hombres.

Su aventura no había sido efímera, había sido devastadora. Y había terminado. Fin de la historia.

Al menos, para él. Para ella, la historia sólo había empezado y duraría para siempre.

Cuando por fin se acostumbró a la idea de que estaba esperando un hijo se lo contó a sus hermanos y ellos, sorprendidos de que su cerebral hermana hubiera quedado embarazada por accidente, se volvieron los típicos hermanos griegos, exigiendo conocer la identidad del padre. Pero ella les había dicho que el niño era suyo e iba a tenerlo. Punto.

Y, a pesar de todos los problemas de ser madre soltera, Alex era lo mejor que le había pasado en toda su vida.

A veces había deseado que el niño tuviera un padre y no sólo a sus tíos como figuras paternas. Pero luchaba contra ese deseo absurdo. Y cuando pasaron los primeros meses, los peores, entendió que Aristedes jamás formaría parte de sus vidas. Había desaparecido para siempre y así tenía que ser.

Pero había aparecido en la mansión Louvardis horas antes y allí estaba.

Su corazón se aceleró al recordar lo que sintió al verlo después de tanto tiempo.

Incluso de espaldas a ella, sólo escuchar su voz mientras discutía con Nikolas había despertado una tempestad de anhelos e inseguridades.

Necesitaba alejarse antes de que su presencia destrozase su bien ordenada vida… pero había resultado ser la peor de las decisiones.

Aunque no parecía ser capaz de tomar una decisión acertada, dar un paso o tener un pensamiento que no terminase en catástrofe cuando se trataba de Aristedes Sarantos.

En lugar de darle razón para que se marchase, se había enfrentado con él. En lugar de sacarle los ojos, casi había sucumbido al deseo que sentía por él y sólo por él.

Y su actitud retadora había despertado el interés de Aristedes. Incluso le había ofrecido que fuera su amante en Estados Unidos… otra más, estaba segura, en una larga lista.

¿Y la peor parte? Se había sentido indignada, decepcionada, insultada. Pero también tentada.

Ya ni siquiera intentaba negarlo.

Seguía deseándolo con todas sus fuerzas.

Bueno, ¿y qué importaba?, se dijo. Ella era una mujer y cualquier mujer con sangre en las venas desearía a un hombre como Aristedes Sarantos.

Pero igual que no devoraba un pastel de chocolate sencillamente porque le apetecía, tampoco lo tendría a él. No se acercaría a Aristedes y no dejaría que se acercase a ella. Ni a Alex.

Aunque tampoco él querría saber nada.

Seguramente saldría corriendo y no volvería nunca.

Selene tenía una nueva convicción: quien hubiera inventado los dioses griegos no tenía ni idea de que alguien como Aristedes Sarantos existiría algún día, haciendo que esos dioses pareciesen comunes mortales.

Porque, contrariamente a lo que había esperado, Aristedes no había desaparecido.

No, había vuelto.

Dina, su secretaria, una mujer inteligente y madura, entró delante de él, con la expresión de una quinceañera que hubiera visto por primera vez a una estrella del rock, y Selene tuvo que contenerse para no poner los ojos en blanco mientras le hacía un gesto para que los dejase solos.

Aunque ella no estaba en mejores condiciones, sencillamente tenía más práctica disimulando el caos que aquel hombre la hacía sentir. Aunque la palabra «caos» era demasiado inofensiva para describir lo que despertaba su presencia.

Pero debía racionalizar esa presencia. Al fin y al cabo, iban a hablar de negocios.

No se levantó del sillón porque dudaba que las piernas la sostuvieran y, además, tenía que evitar que la atrajese a su campo de influencia.

–Deberías haber llamado antes de venir –le dijo–. Te enviaré un mensajero cuando tenga redactado el contrato, pero tardaré al menos una semana.

Aris dio la vuelta al escritorio para quedar frente a ella. Estaba de pie a su lado, como una torre de fuerza y virilidad apenas contenida por la engañosa sofisticación del traje de chaqueta.

Ni siquiera podía darse la vuelta, atrapada entre el sillón y el escritorio, y esa mirada fría era capaz de cortar acero.

–No he venido a hablar de negocios.

Debería rendirse, pensó. Sólo una vez más. Debería capitular, negar el desafío.

Las palabras de rendición temblaron en sus labios, pero Aristedes las interrumpió diciendo:

–He venido a hacerte una proposición: cásate conmigo.

Capítulo Cuatro

«Cásate conmigo».

Aris había creído que se moriría sin pronunciar esas palabras.

Pero, aunque en una fantasía loca hubiera imaginado ese momento, jamás se le habría ocurrido imaginar la reacción de Selene.

Después de mirarlo en silencio durante varios segundos, estupefacta, parecía estar ahogándose.

Pero no estaba ahogándose.

Selene estaba riendo a carcajadas, tanto que apenas podía respirar. Y esa risa era como una bofetada para él.

Aunque la entendía.

Si alguien le hubiera dicho el día anterior que iba a pedir a alguien en matrimonio, también él se habría reído. Y a Selene le parecía absurdo, estaba claro.

Resignado, Aristedes se apoyó en el escritorio, con las manos en los bolsillos del pantalón, observando una escena que no había creído ver nunca: a Selene Louvardis con un ataque de risa.

Irritado y sorprendido a la vez, apretó los dientes, esperando que dejase de reír.

Y, por fin, Selene alargó una mano para tomar un pañuelo de papel con el que secarse las lágrimas, sacudiendo la cabeza como si no diera crédito a sus palabras.

Y luego lo miró, incrédula.

–Seguro que no te habrías reído tanto si hubiera propuesto que me adoptaras.

De nuevo, ella soltó una carcajada.

–Bueno, tal vez esa proposición me habría parecido más sensata –contestó por fin, sacudiendo la cabeza–. Pero hay algo que debo reconocer, Sarantos: eres totalmente impredecible. La gente apuesta su futuro pensando que vas a hacer una cosa… y luego haces la contraria, dejando a todo el mundo atónito. Casarme contigo, ¿eh? Vaya, eso sí que no lo había esperado. Seguro que ni tú mismo lo esperabas.

Aris miró esos ojos burlones, que le recordaban a los cielos iluminados por la luna de su infancia, cuando las estrellas parecían hacerle guiños secretos que eran un consuelo para él. Sentía su mirada penetrar hasta su alma, como si viera lo que había detrás de su aparente seguridad.

Podía actuar como si lo hubiera pensado bien, como si supiera lo que le estaba pidiendo. Pero no era así.

¿Lo hacía alguien que propusiera algo que te cambiaba la vida para siempre?

Había temido una reacción parecida y no sabía cuál de las posibilidades temía más, la sorpresa, la sospecha, la furia, la duda, la emoción, el rechazo, la aceptación o la combinación de todo eso. Cada una abría una puerta a un infierno del que hubiera dado cualquier cosa por apartarse.

Pero no debería haberse preocupado porque Selene las desafiaba todas.

—Mira quién habla de ser impredecible.

—¿Estás diciendo que no esperabas esta reacción? Si no es así, o no eres tan arrogante como yo pensaba o estás perdiendo tu infalible buen ojo y tus poderes de predicción.

La burla, la única reacción con la que no había contado, era en realidad lo único que debería haber esperado de Selene Louvardis. Y debería sentirse aliviado, además.

Pero no lo estaba.

No sabía por qué. Ya no sabía qué esperar de aquella mujer que lo sorprendía a cada paso o cómo lidiar con los descubrimientos que estaban diezmando el concepto que tenía de sí mismo.

De modo que allí estaba, haciendo lo que no había hecho desde los doce años, quedarse sin salida, improvisar. Porque, por primera vez, no tenía otra opción.

Por fin, dejó escapar un suspiro.

—Seguramente es una mezcla de las dos cosas.

Selene levantó una ceja, sorprendida porque había pensado que no lo admitiría. Pero antes de que pudiese añadir nada, volvió a mirarlo con fría determinación.

—¿Qué crees que estás haciendo, Sarantos?

Aristedes frunció los labios mientras algo se encogía en su pecho. ¿De furia, de dolor?

No, acababa de admitir que su percepción de Selene era equivocada. Tal vez lo había sido siempre y no debería intentar entenderla. Debería dejar que aquello lo llevase donde tuviera que ir.

–Estoy haciendo lo que creo que debo hacer. Te estoy pidiendo que te cases conmigo.

–Otra vez –murmuró Selene–. A ver si lo entiendo, Sarantos. ¿Estás siendo predecible por una vez en tu vida?

–No te entiendo.

–Me ofreces que me case contigo porque he tenido un hijo tuyo, como haría un hombre a la vieja usanza. Qué curioso, ¿no?

Aquella confrontación no iba como él había planeado, pero no sabía qué hacer.

–Lo dices como si perteneciéramos a especies diferentes.

Selene lo miró y Aristedes tragó saliva. Era increíble que, con una sola mirada, Selene Louvardis pudiera hacerse dueña de su voluntad.

–Tú sabes que pertenecemos a especies diferentes, Sarantos. Y fingirte un miembro más de la manada no te pega.

–Llevo veinticinco años intentando no serlo, pero en estas circunstancias no puedo permitirme el lujo.

–¿Tú te oyes a ti mismo? –replicó Selene entonces–. Ayer querías que fuera tu amante pero luego, al descubrir la existencia de Alex, decides dar un giro de ciento ochenta grados y me ofreces matrimonio. Y el matrimonio es un compromiso, es eso de «hasta que la muerte nos separe», el tipo de error que podría tener enormes consecuencias en nuestras vidas.

Aristedes la miró, sorprendido. ¿Significaba eso que tampoco ella era partidaria del matrimonio?

Pero lo que ambos pensaran sobre eso no era el asunto porque debían tener en cuenta a otra persona, Alex.

—La situación ha cambiado por completo desde ayer.

Selene dejó escapar un suspiro de impaciencia.

—Parece que voy a tener que repetir lo que dije anoche, de manera más clara. Tú no tienes nada que ver con Alex o conmigo. Y no tienes ninguna obligación de ponerme un anillo en el dedo.

—Si no creyera que tengo una obligación no estaría aquí.

—Pues entonces te lo dejaré más claro: una oferta de matrimonio por el niño significa que quieres ser padre y marido. ¿En qué universo paralelo te ves tú como padre y marido de nadie, Sarantos?

Los dos se quedaron en silencio. Eso era algo que no estaba dispuesto a discutir. Aunque Selene no le daba oportunidad de hacerlo porque parecía haber tomado una decisión definitiva sobre él.

—No estás hecho para las relaciones humanas. Ni siquiera la relación con tus hermanos es un ejemplo para nadie.

Tampoco iba a contestar a eso, pensó Aris.

—Puede que sea la última persona en la tierra que esté preparada para hacer ese papel, pero eso no cambia nada. Tienes un hijo mío, un niño al que yo le debo mi nombre y mi apoyo. Y también te lo debo a ti.

—Ah, bueno, al menos nadie puede acusarte de ponerte sentimental. Mira, no nos debes nada ni al niño ni a mí. Al menos en esta vida, dejémoslo para otra. Tanto Alex como yo estamos perfectamente, muchas gracias.

—Estar bien no es razón para no aceptar mi apoyo y mi protección, para no beneficiarte de mi posición social y mi dinero.

—Yo diría que es una razón perfecta para no hacerlo. No necesito tu apoyo ni tu protección, Sarantos, tú lo sabes igual que yo. ¿Qué más tienes que ofrecer?

Selene Louvardis siempre conseguía ir directa al grano. Y él debía hacer lo mismo.

—No tengo ni idea —respondió, con brutal franqueza—. Probablemente nada.

De nuevo, los dos se quedaron en silencio.

—Bueno, gracias por ser tan sincero Eso nos ahorra falsos sentimentalismos y promesas que no tienen sitio entre nosotros.

Aquella opresión en el pecho, que siempre le indicaba cuándo estaba perdiendo el control, se volvió insoportable.

—Yo pienso lo mismo, pero por una razón diferente. Son las promesas incumplidas las que destrozan cualquier situación, personal o profesional.

—Pero tú ni siquiera estás seguro de lo que ofreces.

—Aparte de todo lo que tú dices no necesitar, no. No estoy seguro. Pero la sinceridad es mejor que la falsa seguridad.

—Y, como tu oferta, sigue siendo deficiente e innecesaria. Y la razón que hay detrás de esa sinceridad tuya es aún peor.

Aristedes había creído que, al menos, podrían negociar. Pero, aparentemente, Selene no estaba dispuesta a ceder un milímetro.

–¿Y cuál crees que es el terrible motivo que me impulsa a pedirte en matrimonio?

Ella suspiró, cruzando los brazos sobre el pecho.

–Parece que ni siquiera tú escapas al condicionante social según el cual los hombres deben hacerse responsables de su progenie o perderán su masculinidad, su orgullo y sus privilegios. Creo que tus motivos son un cóctel de orgullo, honor y responsabilidad.

¿Y eso le parecía mal?

–Lo dices como si fueran motivos oscuros.

Ella inclinó a un lado la cabeza, la melena cayendo por encima de su hombro.

–En mi opinión, son los peores motivos.

–¿Por qué?

–Uno no se casa o se convierte en el padre de un niño por orgullo masculino o porque se sienta responsable.

Si hubieran tenido esa conversación el día anterior, él habría dicho las mismas cosas. Siempre había creído que si algo estaba mal, estaba mal… fueran cuales fueran las circunstancias. Pero tal vez estaba equivocado.

Aristedes suspiró, incómodo y poco acostumbrado a tanta inseguridad.

–Tal vez muchos hombres no se casan sólo por esos motivos, pero la mayoría siguen casados precisamente por esa mezcla de orgullo, honor y sentido del deber.

Selene apartó la mirada, ocupándose en colocar unos papeles sobre su escritorio.

–Tal vez tengas razón –asintió después–. Y tal vez

las mujeres tienen que aceptar eso porque las alternativas son peores. Pero no es cierto en mi caso. Tu sentido del deber y tu orgullo masculino no son suficientes ni para mí ni para Alex. Tu apellido, tu dinero y tu estatus social son todo lo que puedes ofrecer… porque es lo único que puedes ofrecer, Sarantos. Y como ésas no son razones para que me case, no cuentan para mí. Y si lo que temes es esta situación te robe algo más que el precio que dices estar dispuesto a pagar, de nuevo te aseguro que ni Alex ni yo te pediremos nunca nada. Puedo garantizarte eso por escrito, si quieres.

Con cada palabra hacía que aquella carrera de obstáculos fuese aún más difícil. Y él no había ido preparado para tal duelo. Estaba demasiado ocupado luchando contra sus propias dudas y el tanque estaba en reserva, vaciándose rápidamente.

Entonces sonó un móvil y Selene se lanzó hacia él como si fuera un salvavidas.

Aristedes vio la metamorfosis en su expresión mientras hablaba de trabajo con alguien, un cliente tal vez. De modo que era así cuando se mostraba desapasionada, formal. Pero eso lo hizo ver que cuando hablaba con él lo hacía con emociones. La mayoría negativas, lamentablemente, pero emociones fieras y dirigidas a él, el instigador y el objetivo.

¿Cómo podía no haber incluido ese factor personal en la negociación?

Esperó a que terminase la llamada y luego, dando un paso adelante, la sujetó por las muñecas. Selene lo miró, sorprendida, mientras la levantaba del sillón y la aplastaba contra su pecho, saborean-

do su instintiva rendición durante un segundo…
antes de que ella volviese a mirarlo con un brillo de
antagonismo en los ojos.

–Hay algo más –le dijo–. Una cosa que sólo yo
puedo ofrecerte. Esto…

Aristedes detuvo el temblor de sus labios con
un beso que la hizo gemir y arquearse hacia él. Su
sabor, su olor invadían sus sentidos, haciendo que
la devorase entera. Y sólo había querido besarla,
dejar claro que la deseaba. Debería haber imaginado que perdería la cabeza si Selene le devolvía el
beso.

Enloquecido, la apretó contra la pared detrás
del escritorio mientras ella se agarraba con brazos y piernas para recibir el calor de su erección a
través de la barrera de la ropa.

Sólo una cosa impediría que la tomase allí mismo, ella. De otro modo, no podría parar… aunque debería hacerlo.

De repente, como si hubiera leído sus enfebre-
cidos pensamientos, Selene intentó apartarse y Aristedes se quedó inmóvil, intentando llevar aire a sus
pulmones mientras apoyaba la frente en la de ella.

Y cuando por fin pudo moverse, la soltó.

Pero no podía apartarse del todo. Fue ella
quien lo hizo. Aristedes vio sus pechos saliéndose
del sujetador, pero antes de que pudiera lanzarse
sobre ella de nuevo para aliviar su agonía, Selene
se colocó detrás del escritorio.

–Si querías demostrar que te deseo, enhora-
buena, lo has conseguido –empezó a decir, con la
respiración agitada mientras se abrochaba la blu-

sa–. Pero eso ya lo sabíamos. Y ahora, si no te importa, tengo que irme a una reunión.

–Sólo estaba dejando claro algo que los dos parecíamos haber olvidado.

Selene apartó el pelo de su cara, mirándolo con una frialdad nueva.

–De modo que combinas la oferta de hoy con la de ayer… ¿sexo sin ataduras, mezclado con una unión legal para controlar los daños?

Aristedes no sabía qué decir. En realidad, eso era lo que le ofrecía, sí, pero en los términos a los que sólo un abogado podía reducirlo.

–Es mucho más de lo que tienen muchas parejas.

Selene pareció a punto de decir algo, pero después se dirigió a la puerta.

–Como empresaria, sólo me meto en un negocio cuando hay más pros que contras. En tu caso, Sarantos, todos los pros del mundo no podrían contrarrestar los contras. De modo que mi repuesta es no. Y esta negativa no es negociable.

Aris vio que la puerta se cerraba tras ella y se preguntó qué demonios había hecho.

–¿Has hecho qué?

Selene hizo una mueca mientras Kassandra Stavros, su mejor amiga, la miraba como si se hubiera vuelto loca. Kassandra era la única que conocía su secreto, pero no era por eso por lo que le había contado su encuentro con Aristedes Sarantos.

Se lo había contado porque había entrado en el

despacho una hora después de ese encuentro, cuando estaba más angustiada.

Pero no se lo había contado todo. Desde luego, no había mencionado la locura que la asaltaba cada vez que Aristedes la tocaba.

Ahora desearía tener la función de rebobinar para borrar lo que le había contado, lo que había pasado con Aristedes y al propio Aristedes de su memoria.

—Sólo una loca rechazaría su propuesta y como sé que tú no estás loca... ah, ya lo entiendo, quieres hacerle sufrir, ¿es eso? Lo merece por marcharse y no volver a ponerse en contacto contigo.

—No olvides que ha vuelto por una cuestión de trabajo y así, como por casualidad, me ha propuesto que fuera su aventura en Estados Unidos.

—Sí, por eso también. Qué cara tiene ese hombre... pero qué hombre —exclamó Kassandra—. Debes admitir que si alguien puede salirse con la suya es Aristedes Sarantos.

Selene frunció el ceño. Todas las mujeres parecían pensar lo mismo. Y, aunque ella no era celosa, no le gustaría terminar con un hombre al que deseaban todas las mujeres, un hombre que nunca sería suyo.

Se encontró imaginando cómo reaccionaría Aristedes ante su amiga de la infancia. Kassandra, la rebelde que se había enfrentado con su anticuada familia para convertirse en modelo y diseñadora de moda, era una diosa. A Aristedes, como a todos los hombres, se le caería la baba ante su esbelta figura, su gracia, su feminidad, su melena dorada y esos ojos verdes del color del Mediterráneo.

–¿Cuánto tiempo piensas hacerle sufrir? Yo diría que al menos un día por cada mes. Y tal vez una semana más por su última trasgresión...

–Kass, no voy a hacerlo sufrir, sudar o salivar. Le he dicho que no.

Kassandra sacudió la cabeza.

–Es comprensible, pero no es la reacción adecuada.

–¿Cómo que no?

–Ya sé que nunca has querido casarte después del fiasco con Steve, por mucho que tu familia insistiera. Creo que ellos han contribuido a tu eterna independencia con esa larga lista de aburridos pretendientes. Pero tienes casi treinta años y no te estás reservando para ningún hombre porque quien te gusta es Aristedes Sarantos... tanto que has tenido un hijo con él, por el amor de Dios. Y como te ha ofrecido matrimonio, ¿qué mejor pretendiente que él?

–O el peor –dijo Selene–. Ese hombre es enemigo de mi familia. Mi enemigo.

–Eso es en los negocios.

–Y personalmente no le importo nada –insistió ella–. Ni Alex tampoco. No sé por qué dice querer casarse conmigo, pero no tiene nada que ver con el afecto o con el amor. Una de las objeciones de mi padre hacia él era cómo trataba a su familia. Tiene seis hermanos a los que paga en lugar de dar afecto. Su hermano menor murió en un accidente y él no se quedó para consolar a su familia ni una sola noche.

–Pero tal vez contigo sería diferente –objetó Kassandra.

–No, mejor que Alex no conozca a su padre que tener un padre que no lo quiera.

–No sabía que fuese tan malo. Pero, oye, también debe tener cosas buenas.

–¿Por ejemplo?

–Un hombre que ha levantado un imperio por sí solo, desde abajo, sin estudios superiores, que empezó con un barco de pesca a los catorce años, tiene que ser alguien especial. Tal vez tenga virtudes que compensen su falta de afecto.

La insistencia de Kassandra por hacer que viese la parte buena de Aristedes sólo consiguió que Selene lo viese todo negro.

–Según sus hermanos, no lo tiene. Además, está el problema que hay entre mi familia y él. Aristedes dice que intentará que nos llevemos bien, pero en cuanto vea las nuevas condiciones del contrato seguramente me mandará al infierno.

–¿Y por qué no cambias las condiciones?

–Porque no puedo hacerlo. Además, mis hermanos están que trinan desde que me quedé embarazada. Si descubren que Alex es hijo de Aristedes lo matarán o intentarán obligarnos a contraer matrimonio.

–Pero si nadie tiene que forzarlo a casarse, ha sido él quien lo ha propuesto.

–Sí, ya. Y cuando le dije que no, debió respirar tranquilo.

–Por lo menos piénsalo, ¿de acuerdo? Hazlo por mí –le pidió Kassandra–. Me encantaría diseñar tu vestido de novia.

Selene abrazó a su amiga, que intentaba evitar

lo que para ella era un error. Pero el mayor error sería dejar que un hombre frío como Aristedes Sarantos entrase en su vida.

Selene despertó después de una noche luchando contra unos tentáculos que parecían querer llevarla a un abismo sin fondo.

Y la peor parte era que ella había querido sucumbir.

Suspirando, se dirigió a la habitación de su hijo. Siempre tenía que ver a Alex antes de hacer nada por las mañanas, pero aquel día el deseo era una necesidad.

Mientras iba hacia su habitación sonó el timbre y Selene se detuvo en el pasillo. Eleni solía llegar a las ocho de la mañana, pero era sábado y la niñera tenía libres los fines de semana porque quería estar sola con su hijo para compensar las horas que pasaba fuera durante la semana.

¿Quién podría ser?

Selene corrió a la puerta, asustada y cuando abrió…

Aristedes estaba al otro lado, vestido por primera vez de manera informal con un pantalón vaquero. Sus ojos parecían de hielo bajo la lámpara que iluminaba el lujoso corredor que llevaba a su apartamento.

Nada había cambiado, nada cambiaría nunca.

Y, sin embargo, lo único que deseaba era echarse en sus brazos, besarlo y decirle que aceptaba su oferta.

Todo lo que había intentado olvidar durante esos meses parecía envolverla en aquel momento; el anhelo que había suprimido, la tristeza durante el embarazo y varios meses después del parto, la resignación de ser madre, empresaria, hermana, amiga, pero nunca una mujer, nunca como lo había sido con él.

Y supo entonces que tenía que hacerlo. Debía aceptar la oferta para terminar con esa angustia, para experimentar de nuevo esa intimidad, esa sensación de estar viva que sólo él podía darle.

—Si has venido para ver si he cambiado de opinión…

—He venido a decirte que *yo* he cambiado de opinión —la interrumpió él—. Quiero que olvides todo lo que dije ayer.

Capítulo Cinco

Selene miró a los ojos de Aristedes y, por fin, lo entendió.

Entendió por qué todo el mundo decía que era el propio diablo.

Aristedes Sarantos era un canalla sin corazón. Se lanzaba sobre aquéllos a los que quería conquistar como un demonio, persistente, incansable, persuasivo y abrumadoramente seductor. Y entonces, cuando tenía bien agarradas a sus víctimas, implacable como un indiferente océano, las obligaba a doblegarse.

Según Aristedes, su padre había muerto después de discutir con él por teléfono y Selene no había podido imaginar qué hubo de especial en esa conversación. La última negociación había sido tan exasperante como todas las demás, pero ahora lo entendía. Entendía que Aristedes había ido poco a poco minando el aguante de su padre, su paciencia, hasta que se rompió.

Le había hecho lo mismo a ella; la había hechizado, la había convertido en adicta al éxtasis que sólo él podía darle y había vuelto a cruzarse en su camino sólo para repetir ese sádico juego.

En los últimos dos días, Aristedes había encendido las brasas de un fuego aún encendido en su corazón, la había visto luchar contra él, fingiendo dejarla escapar para volver a perseguirla hasta que cayó en su trampa.

No, no dejaría que la destrozase como había destrozado a su padre y a tantos otros. Ya le había hecho suficiente daño, pero sólo porque ella le había dejado. Y se protegería a toda costa porque ya no dependía sólo de sí misma, tenía un hijo que defender.

Casi esperaba verlo soltar una carcajada diabólica, como en una antigua película de terror.

—Hiciste bien en rechazarme —dijo él, sin embargo—. Y tenías razón al decir que no sabía lo que estaba haciendo.

No fue esa frase lo que la enfureció, sino su expresión, esa mezcla de ironía y determinación.

Por fin, Selene encontró su voz y buscó unas palabras que no traicionasen el golpe que acababa de recibir.

—Gracias por decírmelo, pero no tenías que venir hasta aquí en persona. Creo que ayer ya dejé bien claro que no estaba interesada.

Sentía que le ardían los ojos y, antes de ponerse a llorar, empezó a cerrar la puerta. Pero, de repente, la puerta se convirtió en un objeto inamovible.

—No puedo aceptar eso —dijo Aristedes.

¿Qué quería decir? ¿Había terminado un juego para empezar otro?

—No te entiendo.

—Nunca me rindo hasta estar seguro de que no se puede solucionar el problema. Ahora me doy cuenta de que te he hecho dos ofertas inaceptables y por eso las retiro. Pero estoy aquí para ofrecerte algo más.

–Alex y yo no somos un contrato ni una empresa que puedas comprar.

–No, es lo contrario –dijo él–. Es a mí a quien debes poner a prueba.

–¿Para qué voy a molestarme? Los dos sabemos que no hay nada que hacer.

–Tal vez tengas razón. Tal vez lo mejor para Alex y para ti sea no volver a saber nada de mí, olvidar que existo. Y tal vez no lo sea. Sólo te pido que me des una oportunidad para que los dos descubramos si es así o no. Tú crees que tener una relación conmigo es imposible y yo he vivido toda mi vida creyendo lo mismo, que no podía mantener una relación personal con nadie. Nunca lo había cuestionado hasta ahora, pero ahora tengo una razón… tengo dos razones para hacerlo.

Selene lo miró, desconcertada por aquellas contradicciones.

–Pero admites haberte equivocado cuando pediste el puesto de amante y padre a tiempo parcial.

Él asintió con la cabeza.

–Estoy de acuerdo en que ser el padre biológico de Alex no significa que tenga derecho a ser su padre de verdad. Y haber sido tu amante durante dos noches tampoco significa nada. Sin embargo, quiero descubrir lo que puedo ser para vosotros dos.

Selene abrió la boca y volvió a cerrarla, atónita.

–¿Por qué querrías ser nada para nosotros?

–Me parece que está claro.

–No, no lo está. Tú no tienes relaciones con nadie…

–No estoy hablando del pasado, estoy hablando del presente y del futuro. Los dos nos encontramos en una situación en la que no nos hemos encontrado antes y creo que nos lo debemos a nosotros mismos, y a Alex, descubrir lo que podemos o no podemos ser el uno para el otro.

–¿Y cómo vamos a averiguarlo? –preguntó ella.

–Dame un día.

–¿Qué?

–Ponme a prueba durante un día. Si nos llevamos bien, empezaremos por ahí.

Selene dio un involuntario paso hacia atrás.

–No, no me parece buena idea. Y no me pidas que te dé razones.

A pesar de todo, Aristedes entró en el apartamento y lo único que Selene podía pensar era que estaba allí, en su casa. Se había resignado a no volver a verlo, pero allí estaba, en el refugio que había creado para ella y para Alex.

Donde lo había imaginado, a su pesar, tantas veces.

Pero la realidad no tenía nada que ver con sus fantasías. Era más vívida, más abrumadora y se sentía expuesta, invadida. Y sólo había dado un paso adelante, ni siquiera estaba tocándola.

–No creo que sea mucho pedir –siguió él–. Si quisiera, legalmente podría tener mucho más.

–¿Estás amenazándome?

–No –respondió Aristedes, mirándola a los ojos–.

Sólo digo que tengo ciertos derechos con respecto al niño.

A Selene se le encogió el corazón, esas palabras abriendo un abismo a sus pies.

—Pero no con respecto a mí.

—No voy a exigir nada, sólo te pido… un regalo. Un día, dame un día, Selene.

«Selene».

Fue como si el edificio hubiera recibido un impacto, la tierra temblando bajo sus pies.

Era la primera vez que decía su nombre y en sus labios no era sólo un nombre sino una invocación, un hechizo.

Antes de que pudiera sucumbir, Aristedes miró hacia el pasillo, tenso como un gran felino dispuesto al ataque.

—Se ha despertado.

Selene lo miró sin entender durante un segundo, antes de escucharlo también… los balbuceos de Alex desde su habitación. Y cuando volvió a mirar a Aristedes se quedó sorprendida al ver el gesto de asombro que suavizaba sus duras facciones.

Por absurdo que pudiese parecer, pensó que estaba experimentando lo mismo que experimentaba ella cada vez que escuchaba a su hijo, como si su corazón se derritiese.

Pero, de repente, Alex empezó a llorar y, olvidándose de Aristedes, Selene corrió hacia la habitación. Apenas oyó que la puerta se cerraba o los masculinos pasos sobre el barnizado suelo de madera.

Entró en el dormitorio de Alex, sin molestarse en encender la luz porque sabía que el camino hasta él estaba libre de obstáculos, y lo sacó de la cuna.

—Estoy aquí, cariño —murmuró, mientras alguien apartaba las cortinas para dejar entrar la luz de aquella mañana de abril.

Y ese alguien era Aristedes, claro.

Pero Selene volvió a concentrarse en su hijo. Aparentemente, el pobrecito había intentado ponerse de pie en la cuna y, al no conseguirlo, lloraba de frustración.

Alex dejó de llorar y sonrió al ver a su madre, mostrando ese precioso hoyito en la mejilla, y ella lo besó, con el corazón lleno de amor. El niño enterró la cara en su pecho como un gatito, balbuceando de contento. Pero enseguida levantó la cabeza y frunció los labios, tan parecidos a los de Aristedes, en una mueca de asombro.

Y cuando alargó los bracitos hacia él, Aristedes la miró sin saber qué hacer.

Pero tampoco Selene sabía qué hacer. Alex nunca había alargado los bracitos hacia nadie, ni siquiera hacia sus tíos, a los que conocía desde que nació, y sólo había dejado que lo tomasen en brazos cuando ella lo animó, haciéndole saber que era seguro.

La primera vez que lo hizo con Aristedes pensó que había sido una casualidad, que estaba disgustado con Eleni y quería escapar de su niñera y buscar la presencia de otro adulto.

Pero no había forma de negar lo que estaba viendo: Alex quería que Aristedes lo tomase en brazos.

¿Era posible que lo reconociese como padre, que fuera la llamada de la sangre?

¿Y Aristedes?

La primera vez que Alex alargó los bracitos hacia él notó que se sentía inquieto y en aquel momento parecía preocupado, pero era una preocupación diferente, una expresión que nunca creyó ver en el rostro de Aristedes Sarantos. Parecía casi... emocionado.

—Nunca he tenido un niño en brazos —le confesó él, después de aclararse la garganta.

—¿Ni siquiera a tus hermanos?

—No. Y tampoco he tenido mascotas.

—No te preocupes, no es tan difícil —Selene le ofreció al niño y Aristedes lo recibió con manos temblorosas. Pero en cuanto sujetó el diminuto cuerpo, Alex dejó escapar un grito de protesta—. No aprietes tanto, no se va a caer. Póntelo sobre el hombro... así, muy bien.

Aristedes tragó saliva mientras lo sujetaba con las dos manos, como si temiera dejarlo caer al suelo. Pero Alex se puso cómodo y empezó a explorarlo poniendo las manitas sobre su cara.

—Hola, Alex. ¿Me presento yo o quieres hacer tú los honores?

Mientras observaba la escena, Selene no podría articular palabra. Aquel hombre era un desconocido para ella.

Aristedes respiró profundamente, tal vez para disimular su nerviosismo. Pero el niño pareció encontrarlo muy divertido y, poniendo las manitas sobre su torso, empezó a balbucear, como pidiendo que volviese a hacerlo.

73

Él volvió a hacerlo un par de veces, pero el niño no se cansaba y pedía más.

–Oye, no voy a marearme sólo porque a ti te parezca divertido. No es un buen principio para nuestra relación.

Alex se quedó muy quieto, mirándolo como hipnotizado. Y Selene estaba segura de que si su hijo supiera decir, «sí, señor», lo habría hecho.

–Ahora que me estás escuchando –siguió Aristedes– deja que me presente: soy tu padre.

El corazón de Selene se volvió loco. Jamás hubiera imaginado que diría esas palabras y Alex… era como si lo entendiese. ¿Por qué si no habría dejado escapar ese grito de alegría?

–Tu madre me llama Aristedes o Sarantos… o las dos cosas cuando está muy enfadada conmigo. Pero yo quiero ser Aris para ella y papá para ti. ¿Qué te parece?

–Aún no sabe hablar –dijo Selene.

–¿Demasiado pronto?

Ella lo miró, perpleja.

–No sabes nada de niños, ¿verdad?

Aristedes se encogió de hombros.

–La verdad es que no… aparte de que son pequeños, frágiles y ruidosos y que se hacen cargo de la vida de sus padres.

Ella tuvo que sonreír.

–Todo eso es verdad. Pero también son maravillosos y merecen todos los sacrificios.

–No todo el mundo piensa igual.

Selene vio que su rostro se oscurecía. ¿Estaría hablando de sí mismo?

Pero antes de que pudiera preguntarle, Alex se volvió hacia ella, implorándole con los ojos.

–Ah, quiere su desayuno. Siempre despierta con apetito.

–Yo también.

Selene recordaba cómo despertaba Aristedes, hambriento de ella, de comida, de ella otra vez…

Y tuvo que contener el deseo de apretarse contra él para sentir ese ansia de nuevo, la conflagración que sólo Aristedes era capaz de provocar.

Pero no era por eso por lo que estaba allí.

Para controlar esa oleada de tristeza, intentó tomar a Alex en brazos, pero Alex apoyó la cabecita en el hombro de Aristedes, dejando claro que prefería estar con él.

–Traidor –murmuró mientras se daba la vuelta, con una mezcla de decepción y alegría.

Él la siguió hasta la cocina y, una vez allí, señaló la trona del niño, donde Aristedes lo sentó con el mismo cuidado que pondría para desmantelar una bomba. Y después de sujetarlo con el cinturón, se echó hacia atrás con un gesto de triunfo ante tamaña gesta.

Selene tuvo que sonreír.

–Como parece que a Alex le gusta que lo tengas en brazos, lo mejor será que le des el desayuno.

–¿Yo? –exclamó él, con expresión horrorizada.

–Una experiencia aterradora, ¿eh? Así es la vida con un niño pequeño.

Aristedes miró sus pechos, con una mezcla de deseo y burla en sus ojos plateados.

–¿No le das el pecho?

En la mente de Selene se formaron imágenes del fin de semana que habían pasado juntos, de las caricias de Aristedes, pero intentó apartarlas mientras sacaba el puré de frutas que había preparado la noche anterior.

—No, ya no, dejó de tomarlo a los seis meses. A Alex le gusta comer de verdad.

Los balbuceos impacientes del niño hicieron que Aristedes se concentrase en la tarea que tenía entre manos. Metió la cucharilla en el puré y se la ofreció a Alex, que se la metió en la boca de inmediato.

Riendo, Aristedes volvió a meter la cucharilla en el puré y se la ofreció de nuevo y, de nuevo, Alex prácticamente se la quitó de la mano.

—Le gusta mucho comer.

—¿Te recuerda a alguien?

Aristedes se volvió para mirarla con una sonrisa en los labios.

—Los Sarantos necesitamos comida.

—Alex no es un Sarantos.

Al ver que su expresión se oscurecía, Selene lamentó de inmediato tan vehemente réplica.

—Biológicamente, ha de tener genes de los Sarantos —le recordó él—. Aunque en todos los sentidos es tuyo, un Louvardis.

Selene se preguntó entonces si sería su deseo de convertir a Alex en un Sarantos lo que lo había llevado allí. Era demasiado griego, demasiado hombre, y no poder tener lo que era biológicamente suyo debía dolerle mucho.

No dijeron nada más mientras Alex se tomaba

el resto de la papilla. Contento porque Aristedes le daba la comida, el niño no parecía haber notado la tensión entre los dos adultos.

En silencio, Selene le hizo un gesto para que lo sacara de la trona y la siguiera al soleado cuarto de estar. Una vez allí, metió a Alex en el parque y el niño empezó a jugar con sus juguetes, olvidándose de ellos. Alex se tomaba la hora del juego con la misma determinación con la que su padre atacaba los negocios.

Su gato, Apollo, despertó en ese momento. Pero en lugar de salir huyendo al ver a un extraño, se estiró perezosamente antes de acercarse a Aris con evidente curiosidad.

Él lo acarició y, unos segundos después, su gato, que no se acercaba a nadie más que a ella y a Alex, se había convertido en su amigo.

Cuando Apollo decidió darse una vueltecita por la casa, Aristedes se irguió y el vasto espacio que Selene había decorado en tonos azules y verdes pareció encogerse.

–¿Alex es el diminutivo de Alejandro?

–Alexandros –dijo ella.

Alexandros, en griego.

Aristedes asintió con la cabeza.

–Y tiene nueve meses.

–Diez –lo corrigió ella–. Nació con ocho meses.

–¿Pero no debería tener nueve meses…?

–¿Crees que no es hijo tuyo? –le espetó ella, airada.

–No, en absoluto. *Sé* que es hijo mío. No sólo porque lo sentí en mi corazón cuanto lo vi sino porque si no lo fuera tú me lo habrías dicho. Encantada además.

Selene se estiró todo lo que pudo.

—Yo no soy vengativa. Además, no se me ocurrió pensar que tú quisieras saber nada de él.

Aristedes asintió con la cabeza.

—De modo que nació a los ocho meses. ¿Por qué?

Ella intentó calmarse, aunque teniéndolo tan cerca no era fácil.

—¿Por qué tienen las mujeres hijos prematuros?

—Imagino que habrá alguna razón. ¿Cuál fue la tuya?

—Tenía un problema llamado placenta previa. La placenta estaba muy abajo y empecé a sangrar. Una semana después, me puse de parto.

—¿Y fue doloroso?

—No, sangraba pero no me dolía. Y el parto fue malo sólo las dos últimas horas.

—Me habría gustado estar contigo —dijo Aristedes, en su mirada demasiadas emociones como para poder descifrarlas—. Pero estoy aquí ahora.

—Sí, aquí estás.

Haciendo un esfuerzo para controlar su nerviosismo, Selene le ofreció el desayuno y él le demostró que era tan habilidoso en la cocina como en una sala de juntas.

—¿Cómo sueles pasar los fines de semana? —le preguntó, mientras llevaban las bandejas al salón.

—¿Y tú?

Aristedes se encogió de hombros.

—Yo no tengo fines de semana.

–Ya me lo imaginaba –dijo Selene–. Pero tampoco los tenía yo antes de que Alex naciera.

–¿Trabajaste durante el embarazo?

–Sí, claro.

Aristedes la miró en silencio durante unos segundos.

–No comes suficiente. Estas más delgada que antes.

–¿Y te parece mal?

Él deslizó los ojos por su cuerpo, sin dejar la menor duda de que no había ninguna pega.

–Creo que no te cuidas tan bien como deberías.

Selene apartó la mirada, intentando no atragantarse con el cóctel de explosivas emociones que incitaba en ella.

–Tengo muchas cosas que hacer. Aparte de mi trabajo, tengo que cuidar de Alex… y te aseguro que no es fácil.

–¿Qué te preocupa?

–Todo. En eso consiste ser madre.

–Cuéntamelo.

La petición había sido hecha en voz baja, pero en tono imperativo. Selene se dio cuenta de que quería compartir esos detalles con alguien y el interés de Aristedes pareció abrir unas compuertas que había mantenido cerradas hasta ese momento.

–Me preocupo constantemente por cosas que no me habían preocupado antes –empezó a decir–. Yo creo que hasta me invento preocupaciones y cada una se convierte en una obsesión. Cuando dejo a Alex con Eleni para irme a trabajar, me imagino que ocurre de todo. Y si llamo por teléfono y no contesta de inmediato, me vuelvo loca. La primera vez que no me contestó, volví a casa a toda velocidad, dejé el coche tirado en la puerta y subí corriendo.

Aristedes se sentó al borde del sofá.

—¿Por qué no contestaba?

—Porque estaba bañando a Alex y hace mucho ruido. Chapotea en el agua, balbucea… no se le ocurrió llevarse el inalámbrico al baño y desde entonces lo lleva con ella aunque esté en la ducha.

Aristedes frunció los labios.

—Yo habría hecho lo mismo.

A partir de ese momento, siguieron charlando sobre las cosas que hacía Alex, sobre su embarazo…

Él parecía insaciable, quería saberlo todo. Y cuando se quedaban en silencio, no estaban tensos o incómodos, al contrario, parecían viejos amigos.

Selene no podía creerlo. Y eso era entre Aristedes y ella. La relación entre Alex y su padre la dejó boquiabierta. El niño parecía encantado y él mostraba una paciencia, una ilusión que jamás hubiera esperado.

Aristedes le daba una nueva dimensión a todas sus actividades, fuese jugando con Alex, bañándolo, vistiéndolo, dándole de comer o metiéndolo en la cuna a la hora de la siesta.

Selene dejó que hiciese el almuerzo, como había hecho el desayuno, y cuando Alex despertó de su siesta muerto de hambre le dieron la merienda entre los dos.

Dos horas después, Aristedes se levantó y dijo que tenía que ir a buscar algo. Alex protestó ruidosamente cuando lo vio abrir la puerta, pero él lo calmó, prometiéndole que volvería. Y el niño, que parecía entenderlo, volvió a jugar con sus juguetes tranquilamente.

Una hora más tarde, Selene empezó a pensar que no volvería. Tal vez se había hartado de hacer de papá y llamaría para decir que tenía una reunión urgente o algo parecido.

Dos horas después, estaba segura de que no volvería.

Y entonces sonó el timbre.

Selene corrió a la puerta, enfadada consigo misma por sentirse tan emocionada... y casi se le doblaron las piernas al ver que era Aristedes.

Y esta vez iba con un ramo de flores y dos cajas envueltas de papel de regalo.

Selene tomó el ramo de flores, sorprendida, y lo vio acercarse a Alex, que lo recibió con entusiasmo.

Aristedes se puso en cuclillas y empezó a abrir las cajas, explicándole lo que había comprado. Una de ellas contenía un libro de actividades con personajes animados, la segunda un juguete hecho con anillos de plástico blando al que se podía dar diferentes formas.

Mientras Alex miraba el libro, fascinado, Aristedes la miró a ella, señalando el otro juguete.

–Estos anillos se pueden congelar. Me han dicho que sirven como mordedores.

Se había dado cuenta de que Alex se llevaba

todo a la boca… y era algo nuevo ya que los primeros dientes le habían salido sin dolor. Ella acababa de darse cuenta y ese mismo día había anotado que debía comprarle mordedores.

Además, le había comprado un ramo de lirios blancos, sus flores favoritas. Debía haberse fijado en las bandejas y tazas decoradas de la cocina…

Los regalos no eran caros y, sin embargo, eran perfectos.

Alex, como era su costumbre cuando se cansaba de jugar, se tumbó en el suelo y se quedó dormido.

–Es un nuevo truco –dijo Selene cuando Aristedes la miró con cara de sorpresa–. Después de ocho meses teniéndome levantada toda la noche.

–Debe ser agotador.

Ella asintió con la cabeza y Aristedes se levantó para llevar al niño a la cuna. Volvían al salón, pasando frente a la puerta de su dormitorio, cuando él se detuvo de golpe.

–Gracias por los regalos… Aris –dijo Selene, nerviosa–. No tenías que comprar nada.

–Me alegro de que os hayan gustado.

–Han sido muy… astutos.

–Y yo soy un hombre astuto, ¿verdad?

–No era un sarcasmo –dijo ella.

Aristedes sonrió.

–No, ya sé que tú dices las cosas claras.

Antes de que pudiese decir nada más, tiró de su muñeca para tomarla entre sus brazos y Selene se derritió, como una vela en el infierno.

Él la levantó del suelo y buscó sus labios para

besarla; unos besos que le robaban la voluntad y la dejaban temblando.

—Gracias a ti por el regalo que me has hecho hoy.

A Selene le daba vueltas la cabeza y apenas podía concentrar la mirada. Pero cuando pensó que iba a llevarla al dormitorio para terminar con su sufrimiento, Aristedes la dejó en el suelo.

—Y creo que eso significa que me he ganado otro día —le dijo, apartándose. Y antes de salir, la miró por encima del hombro—. Hasta mañana, *kala mou.*

Capítulo Seis

Selene pasó la noche dando vueltas en la cama, recordando cada segundo de aquel día con Aris. Podría haberse quedado toda la noche y él sabía que podía hacerlo, pero no lo había hecho. ¿Por qué?

Había querido acostarse con ella, de eso estaba segura porque había sentido la dureza de su erección cuando la abrazaba. Y, sin embargo, se había ido.

Y sólo se le ocurría una razón.

El «experimento» no incluía el sexo como uno de los parámetros. Como ella había dicho más de una vez, no había nada que demostrar en ese campo. Sexualmente eran compatibles, incluso explosivos.

O tal vez Aris respondía de ese modo ante cualquier mujer razonablemente guapa.

En cuanto a su propia reacción, debía ser la que Aris encontraba con todas las mujeres. Le había dado a entender que lo que había entre ellos era especial, pero los hombres decían cosas como ésa para llevarse a una mujer a la cama. Ahora, como también había dejado claro, las cosas ya no eran tan sencillas porque Alex lo complicaba todo. Ahora, un revolcón no era lo que interesaba a Aris para su «experimento».

Cuando los primeros rayos del sol empezaron a colarse por la ventana, su angustia había llegado a un punto álgido.

Y tomó una decisión: lo llamaría por teléfono para decirle que podían seguir adelante con su experimento. Si quería seguir viendo a Alex, no había ningún problema por su parte. Llegarían a un acuerdo y, si todo iba bien y demostraba ser una influencia positiva para su hijo, discutirían que Alex fuera hijo suyo legalmente.

Pero no quería estar incluida en el experimento. No tenía la menor duda de que la parte que los concernía a ellos sería un fracaso o expiraría gradualmente. Y ella no se metía en asuntos que sabía iban a fracasar, por grande que fuese la tentación.

A las ocho de la mañana lo llamó por teléfono y su corazón se lanzó al galope al escuchar el familiar tono... al otro lado de la puerta.

Aris. En la puerta de su apartamento. Había vuelto.

–*Kalimera*, Selene –lo oyó decir, a través del teléfono y a unos metros de ella–. Espero que hayas dormido mejor que yo.

–Si no has pegado ojo en toda la noche, estamos en paz.

Él rió, una risa ronca y masculina que pareció vibrar por todo su cuerpo.

–¿Y vas a castigarme dejándome en la puerta?

De modo que sabía que ella había descubierto que estaba al otro lado. No le preguntaría por qué, no se molestaría en fingir.

–Si crees que mereces un castigo, evidentemente crees que tú eres la razón por la que he pasado tan mala noche.

–No, pero sé que tú eres la razón por la que yo he pasado tan mala noche –contestó él, con una voz tan ronca y tan varonil como para que cualquier mujer sufriese un cortocircuito mental–. Y no me importaría nada que me castigases. De hecho, la idea me parece muy apetecible, pero sólo si lo haces en persona. Abre la puerta y échame una bronca, *kala mou*.

Aparte de todo, tenía que llamarla «belleza mía» en griego y de esa manera tan sensual. ¿Cómo iba a hablarle de su decisión en esas circunstancias?

Pero tenía que hacerlo. Debía abrir la puerta y terminar con aquello lo antes posible.

Y lo hizo, con las piernas temblorosas. Aris estaba al otro lado, tan abrumador como siempre con su traje de seda del mismo color que sus ojos.

Y esta vez iba con una mujer.

Selene lo miró, desconcertada, pero él se limitó a sonreír.

–Te presento a Caliope.

La hermosa mujer, que debía tener un par de años menos que ella, se agarraba a su brazo como si temiera que se la llevase el viento.

Era más o menos de su estatura, pero de curvas más pronunciadas, con una preciosa piel morena que destacaba en contraste con la blusa blanca y el cardigan del mismo color. Su pelo era de color caramelo con reflejos dorados y tenía los ojos más azules que había visto nunca.

Selene no sabía qué pensar, qué decir. La mujer soltó a Aris para estrechar su mano.

–¿Es cierto? ¿Tienes un hijo con Aristedes?

Ella lo miró, sorprendida. ¿Se lo había contado? ¿Quién era aquella mujer?

No podía acusarlo de romper una confidencia porque no le había pedido que lo hiciese, pero había pensado que sería discreto.

–Si quieres guardar un secreto, no hay mejor persona que Caliope –dijo él, como si hubiera leído sus pensamientos–. Mi hermana pequeña es una tumba.

¿Hermana?

–Como Eleni no viene hoy –siguió Aristedes– le he pedido a Caliope que hiciese de niñera mientras nosotros salimos a dar una vuelta.

–¿Dónde vamos?

–No lo sabías, ¿verdad? –Caliope sonrió–. Debería haberme imaginado que también a ti te tendería una emboscada.

–Una emboscada con la que tú parecías estar muy contenta –bromeó Aris–. He tenido que correr para seguirte el paso.

–¿Y cómo no iba a hacerlo cuando mi hermano mayor me dice de repente que tiene un hijo? Y yo que siempre había pensado que no eras humano del todo.

–Ah, qué agradable saber lo que la familia piensa de uno.

–Tú sabes que te queremos, a pesar de todo.

–Bueno, ahora que te has metido conmigo delante de Selene, la madre de mi milagroso hijo, esperemos que nos invite a entrar.

–¿Tiene que invitarte, como a los vampiros? –bromeó Caliope.

–Ah, muy bien, primero no soy humano, luego soy un vampiro… Selene, ¿te importaría decirle a esta listilla que se equivoca?

–La verdad es que podría tener razón –dijo ella, haciéndoles un gesto para que entrasen–. Le chupas la sangre a los rivales.

–¿Tú también? –exclamó Caliope, entre risas–. Pero veo que no pudiste resistirte y eso apoya mi teoría.

Selene se dio cuenta entonces de que era mucho más joven de lo que había pensado. Debía tener poco más de veinte años, quince menos que su hermano. No sabía que Aris tuviese hermanos tan jóvenes o que los tratase con tanta paciencia y simpatía.

¿Qué más cosas no sabría de él?, se preguntó.

–Teniéndoos a vosotras dos, ¿quién necesita enemigos? –Aristedes suspiró dramáticamente–. Creo que es hora de traer a Alex a esta bonita reunión. Al menos, él no cree que yo sea un monstruo.

–Seguramente ya estará despierto.

–Genial –exclamó Caliope–. No puedo creer que mi hermano tenga un hijo. Lo vamos a pasar en grande.

–Pero no puedo dejar a Alex… –empezó a decir Selene.

Caliope puso una mano en su brazo.

–No te preocupes, yo puedo cuidar de él. Solía cuidar de los hijos de mis hermanas y se me da muy bien. Aunque estamos hablando de Aristedes, claro. Tal vez su hijo sea demasiado para mí.

Pero Selene no quería que nadie más que Eleni cuidase de su hijo, especialmente para salir con su padre.

—Te aseguro que Alex no es tan malo como tu hermano.

Caliope soltó una carcajada.

—Pobrecito, nos estamos metiendo demasiado con él. En fin, te aseguro que sé cuidar niños y estoy deseando conocer al tuyo.

—¿Puedo ir a buscarlo? —le preguntó Aris.

El instinto de Selene era decir que no, que lo haría ella. Pero se contuvo. Al fin y al cabo, él era el padre de Alex y aunque no estuviese preparada para contarle eso al mundo entero, había demostrado que podía confiarle a Alex. Por el momento. A largo plazo… eso aún había que verlo.

De modo que asintió con la cabeza y su corazón dio un vuelco al ver la expresión de alegría en el rostro de Aris.

—¿Ése es mi hermano mayor? —exclamó Caliope al verlo tan emocionado—. Y si lo es, ¿durante cuánto tiempo?

Precisamente lo mismo que Selene estaba preguntándose.

Un minuto después, Aristedes volvió con el niño en brazos, medio dormido pero contento.

—Ay, Dios mío, por fin han logrado la clonación humana.

—Alex, esta chica tan guapa y tan bocazas es tu tía Caliope —los presentó Aristedes, riendo—. Eso significa que es mi hermana pequeña.

Y, de nuevo, para sorpresa de Selene, Alex parecía entender sus palabras. Si supiera cómo hacerlo, su hijo asentiría con la cabeza. En lugar de asentir, lanzó un grito de alegría, enterrando la carita en el pecho de su padre.

–¿Puedo tomarlo en brazos? –preguntó Caliope.

Aris besó la cabecita del niño.

–No te preocupes, hijo, no es tan mala como parece. Es buena chica, pero te lo advierto: no deja que los niños adorables se salgan siempre con la suya.

–Por supuesto que no, soy una niñera muy seria.

–Voy a salir con tu mamá a dar un paseo y no quiero que esté preocupada por ti –siguió él–. De modo que sé un buen chico y no se lo hagas pasar mal a Caliope. Pero prometo que volveremos antes de la cena, ¿de acuerdo?

Alex, que parecía encantado escuchando la voz de su padre, volvió a lanzar un grito y Aris besó su frente de nuevo antes de pasárselo a su hermana.

–Sé bueno con tu tía y deja que te abrace antes de desmayarse.

Caliope empezó a charlar con él, paseando de un lado a otro del salón, y a Alex no parecía importarle en absoluto, ocupado como estaba examinando atentamente su pelo y sus accesorios.

–¿Por qué no te vistes mientras ellos se conocen, Selene? –sugirió Aris.

–¿Por qué quieres que salgamos? Podemos quedarnos aquí los tres.

–Pero tú y yo necesitamos estar a solas.

–¿Qué tal si nos vamos cuando Alex se duerma? Caliope podría ver una película mientras nosotros vamos al cine o a cenar fuera…

–¿Tienes *Perdidos*? –le preguntó ella–. ¿Y *House*?

–Tengo todas las temporadas de *House*. Y las de *Sexo en Nueva York*.

–¡Entonces puedo quedarme a dormir! Si me dejas, claro.

–No, no te dejará –dijo Aris.

Caliope miró de uno a otro.

–Bueno, Alex y yo vamos a ver los juguetes que tiene en la habitación –murmuró, antes de desaparecer discretamente.

–Yo tomo mis propias decisiones, si no te importa –protestó Selene cuando se quedaron solos–. Y no quiero salir contigo.

Él le regaló una de esas sonrisas medio indulgentes medio devoradoras que la sacudían entera.

–Te recuerdo que me diste tu palabra y me he ganado un día más.

–Nunca te di mi palabra y fuiste tú quien dijo que te habías ganado un día más, no yo.

–Di por sentado que tenía tu palabra. Pero no te pelees conmigo, Selene, no hay necesidad.

–Claro que hay necesidad –replicó ella–. Es lo que hay que hacer cuando alguien intenta aprovecharse y tú eres un maestro en eso.

Su acusación no pareció afectarlo porque se encogió de hombros.

–Sólo quiero una prueba justa. Ya me conoces como empresario y como amante… ésta es la mejor manera de descubrir si entre nosotros hay algo más que un deseo insatisfecho y un niño maravilloso.

–Mira, sobre lo primero…

Selene no pudo terminar la frase porque Aris la abrazó, impidiendo con sus labios que siguiera poniendo objeciones.

Sabía que debería sentirse mortificada, pero sólo sentía el calor de sus labios, eso era lo único que le importaba.

Aris se apartó luego para mirarla a los ojos y pasó un dedo por su cara.

–¿Quieres que salgamos?

Y ella supo que no podía decirle que no. No sabía dónde los llevaría aquello, pero no servía de nada negárselo a sí misma. Lo que sentía por él era brumador y tenía que capitular. Por el momento.

–Muy bien –dijo por fin–. Saldremos a dar un paseo. Pero para cualquier otra cosa, tendrás que consultarme. No me gusta que tomen decisiones por mí.

–Sí, señora –Aris sonrió–. Y ponte una falda.

A Selene le temblaron las rodillas.

–Me la pondré cuando te la pongas tú –replicó mientras salía del salón, seguida por las carcajadas de Aris.

Selene se puso una falda.

Bueno, en realidad la falda era parte del vestido. Y no, no había sucumbido a las demandas de Aris. Sencillamente, había elegido el vestido porque le quedaba muy bien. No pensaba salir con aquel hombre tan guapo sin estarlo ella también.

Aris miró el vestido, del mismo color que sus ojos, las medias y los modernos zapatos de plataforma. Pero no se mostró triunfador. Muy astuto, pensó Selene, seguramente sabía que la réplica sería de temer.

Pero durante el día no dejó de decirle, de todas las maneras posibles, lo guapa que la encontraba. Y ella descubrió que no se cansaba de sus halagos.

Pensando que tendría planeado un itinerario, se quedó sorprendida cuando le dijo que se ponía en sus manos. Quería que le enseñase sus lugares favoritos de Nueva York.

No conocía ese lado amable y considerado de Aristedes Sarantos. No conocía a aquel hombre que la acompañaba al puerto, al puente de Brooklyn, a dar un paseo en carruaje; el hombre que reía mientras daban de comer a las palomas en la Quinta Avenida.

Después de comer, pasearon por Central Park y cuando le puso su chaqueta sobre los hombros, Selene se derritió, respirando esa mezcla de frescura, vigor y testosterona que era Aristedes Sarantos. Él frotó la barbilla contra su cabeza, riendo.

—Gracias por enseñarme la cuidad. Hacía mucho tiempo que no lo pasaba tan bien. De hecho, ayer y hoy son dos de los mejores días de mi vida.

El corazón de Selene se hinchó de tal modo que pensó que iba a explotar.

—No puedo creer que hayas estado aquí tantas veces y nunca hayas visto la ciudad.

—Nunca he tenido a nadie que me la enseñara —dijo él—. Pero ahora lo tengo.

La presión en el pecho se volvió insoportable. Parecía tan triste, tan solo.

Como si hubiera leído sus pensamientos, Aris dijo:

—La verdad es que nunca pensé que me estuviera perdiendo algo, pero ahora me doy cuenta de que así es.

Selene se apretó un poco más contra él, como para absorber su soledad.

—Yo pensé que conocía la ciudad en la que he vivido toda mi vida, pero mientras paseaba contigo sentía como si estuviera viéndola por primera vez y…

Una paloma levantó el vuelo a un metro de ellos y Selene no terminó la frase. Afortunadamente. Porque decir «me ha parecido más bella contigo» era demasiado prematuro.

Los dos se quedaron en silencio entonces, aunque para ella el silencio estaba cargado de confusión.

—Hasta que tomemos una decisión, creo que deberíamos mantener esto entre nosotros —dijo Aris entonces.

Selene levantó la mirada y su expresión debía traicionar sus dudas sobre cómo tomarse tal petición porque Aris añadió:

—No quiero involucrar a tu familia sabiendo lo que piensan de mí. En este momento, serían una influencia negativa.

Si era sincera consigo misma, Selene pensaba lo mismo. Sin embargo, que lo dijese él despertó ciertas suspicacias. Las razones llenarían un libro: desde la extraña reacción que Aris despertaba en ella a las inseguridades y contradicciones.

De repente, sentía la necesidad de alejarse de él pero cuando había dado dos pasos vio que Aris daba un salto y parpadeó, sorprendida. Había saltado para atrapar un *frisbee* que le había lanzado alguien...

Entonces oyó risas femeninas y cuando se volvió vio a media docena de estudiantes universitarias, todas en camiseta y pantalón corto, todas mirando a Aris.

Él le devolvió el *frisbee* a una rubia pechugona que sonreía de oreja a oreja y parecía a punto de echarle los brazos al cuello. Aris, sin embargo, las miraba como si fueran un grupo de crías traviesas y dijo algo que las hizo reír aún más.

El incidente duró dos minutos, pero fue suficiente para que Selene se pusiera de mal humor.

Mientras seguían paseando en silencio, se preguntó cómo podía haber pensado que un hombre como él se sentía solo. O que ella era diferente a las hordas de mujeres que lo perseguían.

–Lo haces de manera automática, ¿verdad?

Él levantó una ceja.

–¿A qué te refieres?

–Volver locas a las mujeres.

–Yo podría decir lo mismo de ti.

–Yo no afecto a los hombres como tú afectas a las mujeres.

–¿No te has dado cuenta de las bocas abiertas que ibas dejando a tu paso? Casi lamento haberte pedido que te pusieras una falda.

–Venga ya. Los hombres no se arrojan a mis pies cuando paso.

–No, porque los hombres necesitan una invitación para hacer eso. Las mujeres pueden permitirse el lujo de lanzarse sobre un hombre sin que nadie las acuse de acosarlo.

–¿Quieres decir que te sientes acosado por las mujeres? ¿No las invitas o las animas al menos?

–¿Crees que yo he invitado a esas chicas?

–No… quiero decir en general. Tu reputación de playboy es legendaria.

–Más bien un mito urbano. Pero yo podría repetir de memoria incidentes en los que tú has dejado devastada a la frágil población masculina.

–¿Frágil? ¿En que planeta vives tú?

–En éste, en el que tú no vives si no te has dado cuenta de que las mujeres son mucho más fuertes que los hombres.

Selene lo miró, pensativa.

–Entonces, ¿las historias que cuentan sobre ti no son ciertas?

–Nunca he sido promiscuo. Nunca me ha apetecido serlo.

–Pero has tenido muchas aventuras de una noche.

–¿Según las revistas? –se burló él–. No, no es verdad. Puedo contar las veces que he tenido relaciones sexuales desde los quince años.

–¿En serio?

–No me he acostado con tantas mujeres, te lo aseguro. Y si alguna vez he tenido una aventura de una noche no fue porque quisiera probar con otra al día siguiente sino porque no había encontrado lo que estaba buscando. De hecho, una de las razones por las que la mayoría de mis encuentros sexuales no se han convertido en una relación seria es porque la mujer no me ha gustado lo suficiente –Aris la miraba a los ojos, como intentando borrar de su mente la idea que tenía de él–. Y la otra razón es que creo que ningún hombre debería ser promiscuo porque las mujeres son personas. Personas muy complejas.

–Ah, gracias por ese discurso revolucionario –bromeó Selene.

–Quiero decir que un hombre promiscuo ve a las mujeres como meros pasatiempos, pero las mujeres requieren tiempo y esfuerzo y yo nunca he tenido ni lo uno ni lo otro. Sólo he aceptado las invitaciones de aquéllas que no estaban buscando una relación y a las que podía dar lo que querían.

A Selene no le gustaba oírle hablar de su vida sexual con tal sinceridad, pero era un alivio que no fuera lo que había imaginado.

–¿A qué te refieres, cosas materiales?

–He hecho muchos regalos en mi vida, pero no sólo a mis compañeras de cama. Aunque lo de compartir cama es metafórico porque nunca me quedo a dormir.

–Conmigo sí –le recordó Selene.

Aris clavó en ella sus ojos grises.

–Y me habría gustado seguir haciéndolo, pero tú te escapaste.

–No sabía qué hacer y pensé que lo mejor sería dejar que tú lo decidieras.

Muy bien, había admitido su inseguridad.

–Podrías haberme dado alguna indicación de que querías volver a verme. O al menos de que no pensabas que había sido el mayor error de tu vida.

Selene se mordió los labios para disimular que le temblaban.

–Y tú podrías haberme llamado por teléfono, aunque sólo fuera para darme las gracias por pasar un buen rato. Y entonces yo podría haberte dicho que no me importaría repetir.

Aris dejó escapar un suspiro.

–De modo que los dos cometimos un error y hemos perdido dieciocho meses.

–Imagino que habrás encontrado... alternativas en todo ese tiempo.

Él la miró, sin poder disimular su irritación.

–¿Para qué? La satisfacción que podían ofrecerme otras mujeres ya no me interesa.

–¿Estás diciendo que no has... desde entonces? –le preguntó ella, incrédula.

–No –contestó Aris–. ¿Y tú?

De nuevo, Selene se mordió los labios.

–Yo estaba embarazada y después del parto lo único que he hecho es trabajar y cuidar de mi hijo.

–¿Y ésas son las únicas razones por las que no has vuelto a salir con otros hombres?

–No, la verdad es que no –admitió ella–. Pero no puedo creer que a ti te pasara lo mismo.

–¿Por qué no, Selene? –le preguntó él entonces, su mirada llegándole hasta el tuétano–. Yo no estaba interesado en conformarme con menos de lo que había encontrado contigo. Porque tú eres lo que he buscado siempre.

Después de esa admisión y, como si se hubieran puesto de acuerdo para terminar con aquella charla a corazón abierto, siguieron hablando de cosas sin importancia durante el resto del día.

Y luego llegó el momento de volver a casa para meter a Alex en la cuna.

De vuelta en el apartamento, encontraron a Caliope y Alex pasándolo de maravilla, aunque el niño lanzó un grito de alegría al verlos, gateando hacia ellos con todas sus fuerzas.

Se quedaron hasta mucho después de que se hubiera dormido y, de nuevo, Aris cocinó para todos. Caliope se quedó helada cuando lo vio en la cocina. Y luego, cuando probó el suflé que había hecho, anunció que el mundo se había puesto oficialmente patas arriba.

Aris recibió su asombro con una enigmática sonrisa, una que sorprendió a Selene.

Antes de marcharse, entraron en el dormitorio de Alex y se le encogió el corazón mientras él besaba a su diminuta réplica. Tanto que casi estuvo a punto de pedirle que se quedara.

Pero, por muy increíble que hubieran sido los dos últimos días, aquel paso era demasiado prematuro.

Caliope se despidió, prometiendo volver lo antes posible porque estaba enamorada de Alex y Aris dejó que su hermana entrase en el ascensor mientras se despedía de ella con un gesto.

Selene se quedó en la puerta, decepcionada.

Pero, de repente, él volvió a su lado, con las manos en los bolsillos del pantalón.

–Esta noche, nada de beso de despedida. Así mañana no irás a trabajar como he ido yo hoy y nadie acabará en la cárcel.

Selene tuvo que contener un suspiro de alivio. Estaba conteniéndose por ella.

Aris se llevó su mano a los labios.

–¿Me das otro día, *kala mou?*

Y ella sólo pudo susurrar un trémulo:

–Sí.

No tuvieron otro día.

Lo único que tuvieron durante las siguientes semanas fueron unas horas robadas. Veía a Aris alguna vez, si tenía tiempo entre reunión y reunión.

Aunque verlo menos la hacía saborear el tiempo que pasaban juntos. Se había rendido ante ese nuevo Aris, descubriendo cosas que jamás hubiera esperado de él o de cualquier otro hombre.

El viernes, dos semanas más tarde, le dijo que llegaría a las siete, pero apareció a las once, mucho después de que Alex se hubiera dormido.

Se le encogió el corazón al darse cuenta de que cada día parecía más cansado. Y aquella noche parecía no sólo cansado, sino inquieto, nervioso.

En cuanto se sentó en el sofá, sonó su móvil.

Aris le pidió disculpas porque tenía que contestar a la llamada y lo oyó discutir con alguien mientras salía al balcón. Unos minutos después volvió a entrar y tiró el móvil sobre el sofá antes de ir al cuarto de baño.

Salió con el pelo mojado y se volvió hacia ella con una furia que hacía que sus ojos pareciesen negros.

–No vale de nada, Selene. Esto no funciona.

Capítulo Siete

–¿Qué no funciona?

Selene no sabía cómo había podido articular esa frase ya que el anuncio de Aris la había dejado helada.

–Yo esperaba que fuera así –siguió él–, pero no funciona. He sido un tonto por pensar que podría tener tiempo para estar contigo… y eso fue antes de saber lo de Alex y el tiempo libre que necesitaría para estar con él.

Estaba rindiéndose, pensó Selene.

Estaba diciéndole que todo había terminado antes de haber empezado.

No, no podía ser. Lo estaban haciendo tan bien… y podían organizarse mejor. Si lo intentaban, existía la posibilidad de que fueran felices.

Pero cuando lo miró a los ojos se dio cuenta de que hablaba en serio, todo había terminado.

Aristedes Sarantos había tomado una decisión y nadie podría convencerlo de que estaba equivocado.

–Tengo que marcharme o haré algo drástico –Aris se pasó una mano por el pelo en un gesto nervioso–. Pensaba que lo mejor era ir despacio y que, al final, los dos saldríamos ganando.

Hasta dos semanas antes, Selene había pensado que ésa sería su reacción a cualquier contacto personal, que se ahogaría, que se mostraría desdeñoso con aquéllos que lo necesitaban. Aris... Aristédes Sarantos era un conquistador nato, no un hombre que quisiera cuidar de un niño.

Pero él le había demostrado que era mucho más de lo que creía, que incluso podría ser aquello que ella había soñado.

¿Habría descubierto que cuidar de su hijo exigía de él más de lo que estaba dispuesto a dar?, se preguntó. Debería sentirse agradecida de que aquello terminase tan pronto, de que fuera sincero.

Pero no era así. Se sentía dolida y enfadada consigo misma por haberse dejado llevar, por haber creído que aquella relación podría funcionar.

–Cuando anuncié que quería posponer la firma del contrato durante un tiempo –siguió él– todos se volvieron locos. Creen que intento orquestar un golpe maestro a espaldas de todo el mundo y ahora intentan espiarme, averiguar qué estoy tramando...

–¿Estás hablando del contrato con la armada estadounidense?

El contrato del que su familia quería echarlo.

Aris apretó los dientes.

–Por supuesto. Parece que mi reputación es tan formidable que a nadie se le ocurre considerar que, sencillamente, quiero descansar durante un tiempo. Todos creen que es una maniobra para eliminar a algún competidor, cuando lo único que quiero es un poco de tiempo para pensar... o para no pensar, por una vez en mi vida.

¿Qué tenía eso que ver con el anuncio de que

su relación con ella y con Alex no funcionaba?, se preguntó Selene.

—Tus hermanos están detrás de esa reacción –siguió él–. Están apoyando a los Di Giordano y todos los que podrían perder un céntimo si yo fuese eliminado me buscan como si fuera una cuestión de vida o muerte.

Ella sacudió la cabeza, intentando olvidarse del asunto personal para concentrarse en los negocios.

—Casi tengo terminado el borrador con las condiciones que habíamos pactado y mis hermanos revisarán su opinión sobre el asunto si se lo ofreces.

Aris le había dicho que ella no debía involucrarse en esa batalla con sus hermanos porque podrían sospechar lo que había entre ellos. Había dicho que encontraría la manera de lidiar con sus dudas, pero si las cosas iban tan mal, y tan pronto, tal vez lo había reconsiderado.

Él cerró los ojos y volvió a abrirlos un momento después.

—Tengo mucho que perder y, por el momento y por primera vez en mi vida, no encuentro un curso de acción viable. Y tal y como me siento en este momento, si me presionan será el funeral de alguien.

¿Estar con Alex y con ella durante dos semanas lo había dejado en tal estado de angustia?, se preguntó Selene. Deberían salir en algún libro de récords como los que habían conseguido que el iceberg Aristedes Sarantos perdiese su famosa frialdad. Aunque él quería alejarse lo antes posible para recuperarla.

Selene intentó llevar aire a sus pulmones.

–Haz lo que haces siempre: actúa sólo cuando lo tengas todo planeado hasta el último detalle. En cuanto a nosotros, éramos un experimento y existía la posibilidad de que saliera mal.

–¿De qué estás hablando?

–No funciona, tú mismo lo has dicho. Y lo mejor es seguir adelante. Afortunadamente, nos hemos dado cuenta a tiempo.

–¿Crees que me refería a nosotros?

Su vehemencia la sorprendió.

–¿A qué si no?

–¡Me refiero a eso! –Aris señaló el móvil en el sofá–. Suena a todas horas y no puedo apagarlo porque si lo hago me buscarán por toda la ciudad. Y no me apetece que me sigan hasta aquí. *Theos*, Selene… habías pensado… –Aris sacudió la cabeza–. ¿Cómo has podido pensar eso? Estoy desesperado porque esta situación interfiere con nuestra relación. Eso es lo que tiene que terminar.

Selene sintió que le temblaban las piernas.

–Pero no puede terminar. Es tu vida.

–No, no lo es. Ésta es la batalla más importante para mí y no puedo luchar como me gustaría porque involucra a tu familia.

–Pero siempre habrá otras guerras. Si eso impide que estés con Alex y conmigo, siempre será así.

–No, no es verdad. Ahora no tenemos una relación –dijo él–. Soy nuevo en esto y estoy aprendiendo lo que hace falta para compartir mi vida con alguien. Estoy probándome a mí mismo y la prueba no puede ser justa en estas circunstancias.

Voy a fracasar y no puedo hacerlo, por eso tengo que alejarme de todo.

Selene lo miró, desconcertada.

—¿Y dónde quieres ir?

—Ven conmigo. Vámonos a algún sitio los tres durante el tiempo que haga falta.

Aris miraba a Selene, temiendo que pudiese escuchar los latidos de su corazón, tan estruendosos eran.

Ella lo miraba como si no lo hubiese oído o como si, de repente, hubiera dejado de entenderlo. ¿O pensaba que había perdido la cabeza?

Y tal vez así era. La lógica que había gobernado su vida parecía haberse esfumado. Se veía empujado por los impulsos, poseído por el deseo, movido por la necesidad, sin cálculo o premeditación. No le quedaba más que una imperiosa necesidad: estar con ella y con Alex.

Los perseguía con más determinación que la obsesión que lo había llevado a la cima. Y se había dado cuenta de que tanto Selene como él mismo estaban equivocados: él no era un hombre sin sentimientos. En lo que se refería a Selene y Alex, todo lo contrario.

Siempre había pensado que era más seguro, más eficiente, ser práctico y no acercarse demasiado a nadie, no comunicarse con ellos a un nivel íntimo. Sus hermanos tenían sus propias vidas y nunca había pensado que se hubieran perdido nada manteniendo las distancias.

Pero Selene y Alex eran otra cuestión.

Selene y Alex eran suyos.

Ese sentimiento posesivo, esa emoción, eran algo nuevo para él. Y totalmente abrumador.

Él era un hombre de acción y la idea de tener una familia lo aterrorizaba. Y, al mismo tiempo, se moría por tenerla.

No podía creer la felicidad que sentía estando con ellos, el vacío cuando se marchaba, la ansiedad de que aquello no fuese real y no durase para siempre.

Todo aquello era tan nuevo para él que temía meter la pata. No podía arriesgarse a dejar que el mundo los separase antes de que tuvieran algo sólido.

Y la reacción de Selene aumentaba sus miedos. Lo había interpretado mal, pero su reacción no había sido la de pelear por ellos, al contrario, había aceptado sin problemas que todo terminase.

¿Significaba eso que no estaba a su lado, que no sentía lo mismo que él? ¿O no tenía fe y creía que iba a fallarle? ¿Era por eso por lo que le resultaba tan fácil creer que iba a marcharse?

Pero era lógico, pensó entonces. Dos días perfectos y alguna hora robada durante la últimas semanas no cambiaban nada.

Por eso era imperativo que le demostrarse, a ella y a él mismo, que podía quedarse, que podía ser lo que quería que fuese, lo que Selene y Alex necesitaban que fuese.

Y sólo tendría esa oportunidad si se alejaban de Nueva York y de su familia durante algún tiempo.

–Ven a Creta conmigo, Selene. Pasaremos unas semanas tomando el sol, olvidando las exigencias del mundo y concentrándonos sólo en nosotros y en Alex –intentó animarla–. No he tenido vacaciones en veinticinco años y estoy seguro de que tampoco tú lo has hecho últimamente. Nos lo debemos a nosotros mismos, ¿y dónde mejor que en las playas de mi país?

Ella lo miró, en sus ojos una mezcla de tempestuosas emociones.

–No sé…

–Por favor, *kala mou*, di que sí.

Sí.

Ésa parecía ser la única respuesta. Había dicho que sí a la irresistible invitación menos de veinticuatro horas antes y, después de explicarle a sus hermanos que iba a tomarse unas vacaciones porque se encontraba cansada, allí estaba, al otro lado del mundo. En Creta, donde habían llegado en el avión privado de Aris… ella y su séquito.

Aunque él le había asegurado que su tíos vivían allí y tenían experiencia con niños, Selene había insistido en llevar a Eleni, al marido de Eleni, su hija, su yerno y sus nietos, todos encantados de volver a su patria en aquellas inesperadas vacaciones.

Después de aterrizar en el aeropuerto de Heraklion, la capital de Creta, el propio Aris los había llevado hasta la finca pilotando su helicóptero. En la pista, a un kilómetro de la mansión, los esperaban dos limusinas.

Una de ellas llevó a Eleni y su familia hasta la residencia de invitados, un edificio en medio de un campo de olivos, a cinco minutos de la casa principal.

La limusina en la que viajaban Aris, Alex y ella se detuvo frente a un edificio de tres plantas construido sobre un promontorio. La casa, rodeada de palmeras, cipreses y pinos, era de piedra blanca y, al atardecer, adquiría el mismo tono dorado que la arena de la playa a unos metros de la entrada. Estaban frente al mar de Creta, de un azul intenso, la brisa moviendo las ramas de los árboles…

Selene tembló ante la emoción que provocaba aquel paisaje… y la proximidad de Aris. Después del frío de Nueva York, el clima griego era una bendición.

Aris la llevó por una escalera de piedra hasta un pórtico con columnas de estilo corintio que parecía transportarla al tiempo de los dioses griegos. La casa debía tener unos dos mil metros cuadrados y estaba situada en una parcela de veinte hectáreas, con casi un kilómetro de playa privada. Pero no fue el tamaño lo que la impactó.

Ella había vivido toda su vida en una mansión casi tan grande como aquélla y se había movido desde niña en los círculos de la alta sociedad de Nueva York, pero aquel sitio era diferente.

Su clásica arquitectura griega parecía llevarse el estrés de la vida moderna que habían dejado atrás sólo unas horas antes y la llamaba de una forma extraña… tal vez debido a sus ancestros o a su sangre griega, que sólo había entendido hasta ese momento a un nivel intelectual.

Y mientras entraba en el vestíbulo, con Aris tomándola por la cintura, protegiéndola a ella y a Alex con su brazo, entendió por primera vez lo que era volver a casa.

El interior no era pretencioso; nada de complejos ornamentos o muebles que servían sólo para demostrar el dinero y el buen gusto del propietario.

El enorme vestíbulo de entrada daba paso a un salón amplio y sencillo, decorado en tonos arena, con una chimenea de piedra que conectaba el interior y el exterior y paredes de cristal desde las que se veía el fabuloso jardín y la piscina.

Una pareja robusta de unos sesenta años entró tras ellos y Selene imaginó que debían ser los tíos de Aris, Olympia y Christos, que miraban a Alex con cara de sorpresa.

—¡Has venido de verdad! —exclamó la mujer, en griego.

—Seguro que habías pensado que no vendría, como siempre —bromeó Aris—. *Kala mou*, te presento a mi tía Olympia y a mi tío Christos.

—Encantada —dijo ella.

—Os presento a Selene Louvardis y a nuestro hijo, Alexandros. Espero que hagáis inolvidable su estancia aquí.

Olympia y Christos eran su tío y su tía. Alex era su hijo.

Y ella era sólo ella.

¿Pero qué otra cosa podía ser? ¿Qué iba a llamarla, ex amante, madre accidental de su hijo, experimento?

Olympia se acercó al niño, llevándose una mano al corazón, y Alex alargó los bracitos hacia ella como si supiera que era parte de la familia.

–Aristedes... Dios mío, por fin –murmuró, emocionada–. Tienes un hijo.

Aris acarició la mejilla regordeta de su hijo con una sonrisa en los labios y Selene tuvo que contener una oleada de emoción.

Y eso fue antes de que dijera, con voz ronca:

–Sí, por fin.

Selene y Alex se instalaron en una de las ocho suites de la mansión que incluso tenía su propia escalera para bajar al primer piso. Escalera por la que subía Eleni para cuidar de Alex... aunque apenas tenía que hacerlo porque Aris no quería separarse del niño.

Y cuando Alex dormía, se quedaban a solas.

Aquel día estaban paseando por la playa, en silencio, empapándose de la belleza que los rodeaba. Selene miraba a Aris de soslayo y cada vez que lo hacía, él estaba mirándola con una intensidad abrumadora. Nerviosa, a veces reía, a veces se apartaba y corría hacia las olas que acariciaban la playa.

Había dejado atrás una ciudad fría de acero y cristal para encontrarse en un sitio que parecía el paraíso, atendida a todas horas por un hombre como Aristedes Sarantos. Y le parecía increíble.

Después de jugar en el agua como no lo había hecho desde que tenía diez años, se tiró sobre la arena, abriendo los brazos como si en ellos cupiera el universo.

—Y pensar que siempre había creído que no tenías un hogar.

—No lo tengo.

—¿Pero esta casa…?

Aris se tumbó a su lado en la arena, apoyándose en un codo para mirarla.

—No es exactamente mi hogar. No en el sentido que yo quería que lo fuera.

—¿Entonces por qué la compraste?

—No, en realidad hice que la construyeran.

—¿Y no pensabas vivir aquí?

—La construí para mis hermanos, por si algún día decidían volver a Grecia. Pero, por el momento, sólo la han usado alguna vez de vacaciones.

De modo que no había construido aquel sitio para él o para una futura familia. ¿Podría alguien como Aris cambiar, convertirse en el hombre que no había sido nunca?

Pero tenía que haber alguna razón para que hubiese construido la casa precisamente allí.

—¿Naciste en Creta?

—No, elegí Creta porque estaba lo más lejos posible del sitio en el que había nacido.

De modo que ésa era la razón. Le dolía que fuese una razón negativa, pero eso significaba que no se movía sólo por razones prácticas. También tenía impulsos, como todos los seres humanos.

—Mi casa estaba al otro lado de la isla, sobre el mar de Libia. Yo solía ir andando hasta Agios Nikolaos, un pueblo turístico al este de Heraklion, donde conseguí mi primer trabajo en los muelles. Y luego venía aquí y comía solo, mirando el mar. Desde los diez a los quince años, dormí en esta playa más que en mi propia casa –siguió contándole Aris–. Cuando gané mi primer millón, compré la parcela y empecé a construir la casa de mis sueños… aunque la terminaron hace sólo unos años.

Selene asintió con la cabeza, pensativa.

–Vives en Estados Unidos, pero no has solicitado la nacionalidad estadounidense.

–No, nunca he visto razones para hacerlo.

–Tus hermanos sí lo han hecho.

Sin dejar de mirar el horizonte, él asintió con la cabeza.

–Los llevé a Estados Unidos cuando eran muy pequeños y nunca han querido vivir en ningún otro sitio. Yo quería estar donde estaba mi trabajo y hasta hace unas semanas nunca había querido otra cosa.

No dijo nada más, pero el corazón de Selene daba saltos dentro de su pecho. ¿De qué huía cuando era un crío?, se preguntaba. ¿Dónde estaba su familia mientras él dormía en aquella playa a los quince años? Y sobre todo, ¿cómo se había convertido en el hombre que era cuando lo tenía todo en contra?

Pero no iba a preguntarle, esperaría que él mismo se lo contara, que le abriese su corazón cuando estuviera dispuesto a hacerlo.

De repente, Aris la apretó contra su corazón para hacer lo que decía haber hecho tantas veces cuando era un crío: ver como el sol se perdía dentro del mar.

Y Selene se dio cuenta de que no preguntarle, no intentar averiguar quién era iba a ser lo más difícil.

Selene dejó escapar un suspiro ante la maravillosa imagen que tenía ante sus ojos.

Aris, sin camisa, su cuerpo de dios brillando como una estatua de bronce, sus músculos flexionándose. Y por si eso no fuera suficiente, estaba ayudando a un desnudito Alex a dar sus primeros pasos sobre la arena.

Selene cerró los ojos, incapaz de soportar la emoción. Habían pasado dos semanas desde que llegaron a Creta y se había convertido en adicta a Aristedes Sarantos. Casi estaba empezando a depender de que él los transformase en un trío.

Cuanto más le abría su corazón, más le demostraba que no era sólo el hombre de negocios al que respetaba y el amante al que deseaba sino un hombre al que podría amar. Al que amaba, con toda su alma.

Y eso la estaba volviendo loca.

¿Y si quería a su hijo pero no a ella?

No dudaba que el lazo que estaba creando con Alex era profundo y para siempre, pero ellos no habían vuelto a hacer el amor. Tal vez ya no la deseaba, pensó, con angustia.

¿Y si estaba haciendo todo aquello sólo para demostrarle que podían compartir a Alex, sin que hubiera nada entre ellos? Aris era un empresario ambicioso y tal vez todo aquello era un plan para adquirir un hijo.

Tenía que saberlo con seguridad o se volvería loca.

Horas después, cuando Alex estaba en su cuna, Aris la llevó a la cocina para preparar una de sus creativas cenas.

Estaba dejando sobre la encimera las cebollas, champiñones y pimientos que habían tomado del huerto cuando Selene anunció:

–Puedes darle tu apellido al niño.

Él levantó la cabeza como si lo hubiera disparado.

–¿Lo dices en serio?

Selene asintió con la cabeza, emocionada por su evidente alegría.

–¿Quieres que Alex sea Alexandros Sarantos? –le preguntó Aris, con voz temblorosa.

Y ella sólo pudo asentir con la cabeza de nuevo porque no podía articular palabra. Pero, si pudiera, le haría la pregunta que estaba deseando hacer:

«¿Quieres que también yo sea Selene Sarantos?».

Un golpecito en la puerta hizo que los dos volvieran la cabeza, sorprendidos. Era Olympia y parecía muy agitada. Christos se había caído de una escalera de mano y estaba sangrando.

Aris corrió a auxiliar a su tío y, quince minutos después, Selene escuchaba las aspas del helicóptero.

Pero la llamó al móvil poco después.

–Me parece que Christos se ha roto el hombro. Voy a llevarlo a un hospital de Heraklion.

Selene hizo una mueca.

–Pobre hombre. Espero que se recupere pronto.

–Eso espero yo también –dijo Aris–. Selene... cuando has dicho que Alex podría llevar mi apellido, ¿querías decir que puedo darle mi apellido pero no ser su padre? Sé que sólo ha pasado un mes, pero... ¿sigues sin creer que pueda comprometerme de verdad? ¿Sigues temiendo que tarde o temprano desaparezca de su vida?

–¡No! –exclamó ella. No dudaba de su compromiso hacia Alex. ¿Pero qué significaba eso para los dos? Ésa era la pregunta que no se atrevía a hacer–. Estoy segura de que serás un padre maravilloso.

Aris dejó escapar un audible suspiro.

–Gracias, Selene. Nunca lamentarás esa decisión... pero ahora tengo que colgar. Gracias otra vez, *kala mou*.

Después de cortar la comunicación, Selene intentó llevar aire a sus pulmones. No había dicho nada sobre ellos dos.

Sólo quería a Alex.

Capítulo Ocho

Aris no volvió hasta el día siguiente. Eran las siete de la mañana, después de otra noche en el infierno, cuando oyó que se abría la puerta de entrada y sintió que su corazón se encogía con cada paso que lo llevaba hacia ella.

Se lo diría, le diría que quería volver a casa.

El experimento había concluido y Aris había pasado la prueba. Sería el padre de Alex. No había necesidad de seguir allí.

Aris entró en la cocina con aspecto cansado... y más atractivo que nunca.

—¿Christos está bien?

—Se pondrá bien. He llevado al hospital al mejor equipo médico de Atenas.

—Ah, muy bien.

Selene apartó la mirada, nerviosa.

—Oye, cuando dijiste que podría ser el padre de Alex, ¿querías decir que no me quieres como marido?

Su corazón dio un vuelco dentro de su pecho. ¿Estaba preguntándoselo o pidiéndoselo? Y si era esto último, ¿por qué lo hacía?

El cariño que sentía por Alex parecía empujarlo a comprometerse, pero Selene no quería eso. No, debía tomar una decisión sin apresurarse. Y debía decirle la verdad sobre sus sentimientos.

Aunque aquello fuese lo más difícil, lo más aterrador que había hecho nunca.

–Alex y yo no tenemos por qué ir juntos. Ser el padre de Alex no tiene nada que ver con ser mi marido.

–Pero ser su padre y tu marido era parte del trato.

Selene empezaba a hacerse ilusiones, pero tenía que estar segura del todo.

–Tu habilidad para negociar está fallando porque no parecía ser eso lo que me ofreciste el primer día.

–¿De qué estás hablando? Te pedí que te casaras conmigo el primer día.

Ella asintió con la cabeza.

–Sí, por Alex. Pero ésa no es razón para casarse y te lo dije entonces, cuando rechacé una proposición de matrimonio hecha a toda prisa y por las razones equivocadas.

–Quieres decir cuando te reíste de mi proposición –le recordó el.

Eso le había molestado, ¿eh?

–Tras lo cual, tú mismo reconociste que no estabas hecho para ser el marido de nadie.

Aris sacudió la cabeza, como si no diera crédito a lo que estaba escuchando.

–¿Qué crees que he estado haciendo estas últimas semanas?

–¿Llevarte bien con la madre de tu hijo? –sugirió Selene.

Él soltó una carcajada.

–Y yo pensando que nos llevábamos de maravilla…

–No, no lo creo.

–¿En serio? ¿Crees que no nos llevamos bien?

–No nos relacionamos como marido y mujer sino como amigos, como colegas. Aunque hace unas semanas no lo hubiera creído posible, debo reconocer que eres un buen amigo. Así que no creas que puedes ofrecerme matrimonio sólo por Alex. Podemos seguir como hasta ahora, siendo buenos amigos y buenos padres para nuestro hijo.

Aris la miró en silencio durante unos segundos y cuando pensó que iba a tomarla entre sus brazos para comérsela a besos, como prueba de que no podían ser amigos, se dio la vuelta.

Selene miró su espalda, perpleja.

¿Se marchaba? Pero no podía ser.

Cuando oyó que cerraba la puerta seguía sin creer que se hubiera ido.

Pero no volvió.

¿Sería posible que sus peores miedos se hubieran hecho realidad?

No sabía cuánto tiempo estuvo en la cocina, temblando, incrédula. Por fin, cuando logró moverse, se dirigió a la habitación de Alex.

No podía dejar que el dolor se la llevase por delante. Tenía que seguir siendo amiga de Aris porque él tenía derecho a ser el padre de su hijo sin ser su marido.

El niño estaba intentando levantarse en la cuna, como solía hacer últimamente, y Selene lo tomó en brazos, las lágrimas que resbalaban por su rostro mojando su pelo.

Se sentía feliz por él porque iba a tener un

papá. En cuanto a ella, tenía que recuperar la compostura, volver a ser la que había sido antes de que Aristedes Sarantos entrase en su vida. No se hacía ilusiones, sabía que le había robado el corazón y que no habría manera de recuperarlo o de ser feliz con otro hombre. Lo único que podía esperar era acostumbrarse a la idea y encontrar refugio a su pena, tal vez cierta serenidad.

Horas después, había hecho las maletas y estaba jugando con Alex mientras ensayaba lo que iba a decirle a Aris cuando escuchó un golpecito en la puerta.

Era Taki, el chófer.

–*Kyrios* Sarantos quiere que venga conmigo, *kyria* Louvardis.

Ella lo miró, alarmada.

–¿Le ha ocurrido algo?

–Está esperándola –insistió Taki.

Selene se volvió hacia Eleni y la niñera asintió con la cabeza.

–Vaya tranquila, yo me quedo con el niño.

Resignada, subió a la limusina y se dedicó a admirar el Mediterráneo hasta que, por fin, Taki se detuvo al lado del Porsche de Aris y le abrió la puerta.

Selene ni siquiera le dio las gracias, ni se fijó en que la limusina arrancaba de nuevo, porque sólo podía ver la escena que había delante de ella.

Al final de una alfombra roja, cubierta con pétalos blancos y flanqueada por ramos de lirios, había una enorme tienda de lona blanca a un metro de la playa.

Al final de la alfombra, estaba Aris, con una camisa blanca y un pantalón que destacaba sus fabulosas piernas. Su pelo ondulado, que no se había cortado desde que volvió a aparecer en su vida, se movía alrededor de su leonina cabeza, casi rozando sus hombros.

Selene se dirigió hacia él, aunque las piernas no le respondían del todo, y cuando llegó a su lado Aris clavó una rodilla en el suelo.

Y el corazón de Selene se detuvo.

Nunca, jamás habría imaginado que Aristedes Sarantos se pondría en posición de suplicante por nada ni por nadie.

Pero allí estaba.

Aris sacó del bolsillo una cajita de terciopelo del color del mar y, cuando la abrió, Selene dejó escapar un gemido.

Era un zafiro, el más perfecto que había visto nunca, casi del mismo color que sus ojos.

Y los de Aris estaban tan encendidos que rivalizaban con el calor del sol.

–¿Quieres casarte conmigo, *agape mou*?

Aris miraba a Selene, conteniendo el aliento.

Su expresión asombrada no hacía nada por animarlo y cuando no contestó de inmediato, se asustó.

¿Y si le decía que no quería casarse con él, que se contentaba con que fuera el padre de Alex y nada más? ¿Su decisión de no tocarla hasta que hubieran aclarado su relación habría enfriado el ardor que sentía por él?

O tal vez lo estaba haciendo todo mal. Tal vez a la cerebral y cínica empresaria le parecía ridículo aquel gesto sentimental. Tal vez no le gustaba que hubiera clavado una rodilla en el suelo y la llamase «mi amor», mirándola como si fuera a ahogarse si le decía que no.

Aris bajó la mano con que le ofrecía el anillo y se levantó.

—Metí la pata la primera vez que te propuse matrimonio. ¿Otra vez lo estoy haciendo mal?

Entonces, un sonido melodioso salió de los labios que se moría por besar.

Selene estaba riéndose.

De él, de su ofrecimiento, de su proposición de matrimonio.

Aris bajó los hombros. ¿Qué había esperado después de toda una vida de exilio emocional? Evidentemente, le era imposible comunicar sus recién encontradas emociones.

—Me parecía bien… en teoría, pero veo que me he equivocado.

Selene dejó de reír abruptamente y lo miró a los ojos. Y entonces sintió que todo estaba bien, que todo se colocaba en su sitio, completándolo. ¿Cómo iba a vivir si él no era capaz de completarla a ella?

—Mira, olvídate de lo que he dicho. Quiero complacerte, honrarte, demostrarte cuánto deseo que seas mía, pero no soy capaz de hacerlo bien…

—Aris, no podrías haberlo hecho mejor —lo interrumpió ella—. Ni siquiera en mis más locas fantasías hubiera podido imaginar algo parecido.

–¿Entonces por qué…?

–¿Por qué me he reído? Porque tú, Aristedes Sarantos, pareces tener los mismos miedos que yo tenía hasta hace unos minutos.

–¿Qué miedos?

–Como no habías vuelto a hacerme el amor, pensé que no me deseabas tanto como yo pensaba.

¿Ése había sido su miedo?

–Tenías razón –dijo él–. Porque te deseo mucho más de lo que puedas imaginar, más de lo que es sensato. Mi deseo por ti me define ahora, es lo que soy: el hombre que te desea.

En sus preciosos ojos vio una mezcla de alegría y tristeza.

–¿Entonces por qué no has vuelto a hacerme el amor?

–Estaba intentando hacer las cosas en el orden adecuado y temía que la intimidad sexual nos abrumase. Así que me he contenido, me he limitado a ser un buen amigo para ti… y el precio ha sido mi cordura.

–Y la mía.

Su confesión estaba sellando la verdad.

Selene lo deseaba, tanto como él la deseaba a ella.

Era casi inconcebible.

¿Cómo podía merecerlo?, se preguntó. Pero daba igual. A partir de aquel momento viviría intentando demostrarle que había hecho lo que debía hacer, lo mejor para los dos. Para los tres.

Esta vez, cuando clavó una rodilla en el suelo, Aris sacó el anillo de la caja.

–¿Quieres apiadarte de mí y decirme que sí, *agape mou*?

Selene alargó una mano hacia él. Quería que le pusiera el anillo a la manera tradicional, pero le temblaba tanto la mano que Aris tuvo que sujetarla.

–Y pensar que has malinterpretado mi contención por falta de interés.

–Y casi me muero. ¿Quieres tú apiadarte de mí ahora?

Cegado, loco de ansia por ella, de rendirse ante ella, Aris se levantó y tomó entre sus brazos a aquella diosa de la luna. Su mujer, la mujer para la que había sido creado.

–¿Eso es un sí, Selene? –murmuró sobre sus labios–. ¿Sí a una vida entera conmigo?

–Sí –dijo ella, con un hilo de voz.

–¿Sí a todo lo que quiero hacerte ahora y para siempre?

Esta vez, cuando Selene asintió con la cabeza dejando escapar un gemido, Aris tembló de arriba abajo. Quería que repitiera ese gemido una y otra vez, quería hacerla gritar y sollozar de placer mientras la devoraba, mientras la hacía suya.

–Di que eres mía –murmuró.

–Soy tuya, Aris.

Aquello era para lo que había vivido, su gran triunfo, lo único que merecía la pena.

–Mía para adorarte y para darte placer –Aris buscó sus labios, suspirando por el regalo que nunca había creído merecer y que jamás pensó encontrar en su camino–. Di que eres mía, Selene, haz que lo crea.

Ella lo repitió mientras la llevaba en brazos hacia la tienda, en el centro de la cual había una cama con sábanas de seda del color de sus ojos.

Aris se apartó para quitarle el vestido y reemplazó la tela con sus labios, con su lengua y sus dientes, los gemidos de Selene diciéndole dónde atormentarla. El deseo llegaba a un punto crítico, pero no podía dejar que su primer momento de intimidad en tanto tiempo, el que sellaría un pacto de por vida y daría comienzo a una vida de placeres, fuese menos que perfecto para ella. Su placer, como había ocurrido la primera vez, siempre derivaría del placer de Selene.

Se apiadó de ella, y de sí mismo, mientras le quitaba las braguitas y luego se apartó para mirar a su diosa.

La había visto antes de que tuviera a Alex y creía conocer su maravilloso cuerpo…

Pero se había equivocado. Porque allí estaba, madura, fuerte, ella, su mujer. Y se moría por él como él moría por ella, temblando con la fuerza de su deseo.

—Eres mucho más bella de lo que recordaba —musitó, con voz ronca—. Eres increíble, *agape mou*, me vuelves loco.

Selene levantó los brazos, en demanda, en súplica, y Aris tiró de ella.

—Dámelo todo, suplícame que yo te lo dé todo… te lo ruego.

Y ella lo hizo, su voz rompiéndose de pasión.

—Hazme todo lo que quieras, hazme tuya.

—No te guardes nada… nunca más.

Aris acarició los perfectos globos de sus túrgidos pechos, pellizcando los rosados pezones y ella recompensaba cada tirón, cada caricia, con un gemido. Y cuando deslizó la mano hacia abajo para ponerla sobre su monte de Venus, la oyó gritar.

Allí era donde se unían, donde la invadía, donde ella recibía su semilla y la transformaba en la magia de la vida. Donde le había dado la otra mitad de su alma, Alex.

—Éste es mi hogar, *agape mou*. Mi único hogar.

—Aris… —musitó ella—. Sí, mi amor, sí… ven a casa, dentro de mí.

«Mi amor».

Escuchar esas palabras en su voz satinada, como una oración, como un homenaje, Aris tuvo que tragar saliva. Había esperado, había soñado, pero oírselo decir… era demasiado para él.

No podía tener tanta suerte.

Dejó escapar un gruñido mientras introducía dos dedos en la humedad satinada de sus exquisitos pliegues, abriéndolos, excitándose aún más con su aroma, con la evidencia de su deseo.

—Aris, por favor…

—Deja que te dé placer, que te prepare. Aunque no puedo esperar mucho tiempo.

Ella lo recompensó con un nuevo río de lava y Aris se oyó a sí mismo rugiendo como una bestia cuando su pulgar encontró el capullo escondido. Apenas la había tocado cuando gritó su nombre, deshaciéndose entre sus brazos.

Pero él seguía moviendo los dedos, acariciándola por dentro y por fuera, chupando sus pezones hasta que sintió que se cerraba sobre sus dedos de nuevo, la bestia que había dentro de él enloquecida por su sabor, por su olor.

Selene intentó cerrar las piernas, sus ojos humedecidos y cautivadores.

–Aris, por favor…

–No, aún no. Llevo demasiado tiempo hambriento de ti. Demasiado tiempo, *agape mou*. Diecinueve largos meses… deja que disfrute.

Ella asintió, en silencio, sus mejillas ardiendo mientras se abría para él.

Aris se arrodilló ante ella, la sangre escapando de su cabeza para concentrarse en su miembro. Apretando los dientes, se colocó las piernas de Selene sobre los hombros, llenando sus manos con las firmes y sedosas nalgas.

–Mírame mientras te doy placer.

Selene se apoyó en los codos, empujando las caderas hacia arriba para poner sus labios femeninos contra los de él.

–Una belleza así debería estar prohibida –murmuró Aristedes, llevándola al borde del precipicio mientras escuchaba la música de sus gemidos.

Aquello era erotismo, intimidad y plenitud.

Con Selene era siempre así. Había sido así durante esos dos días mágicos, cuando concibieron a Alex. Selene no se cansaba de él, como él no se cansaba de ella.

Suspirando, la aplastó contra el colchón, marcando sus labios con un beso para que saboreara su propio placer.

–Dámelo todo –murmuró ella, tirando de su camisa y su pantalón con manos ansiosas.

Aris sintió que perdía la cabeza. No quedaba nada de él más que la necesidad de ceder, de enterrarse en ella por fin. Y lo hizo, colocando la punta de su miembro en la entrada, estimulándola, bañándose en su néctar, conteniéndose para no empujar.

Selene gimió, arqueándose hacia él para estar más cerca, y Aris se rindió del todo mientras se enterraba en la mágica cueva, la garra de terciopelo envolviéndolo. Parecían hechos el uno para el otro, como si fuera imposible encontrar una mujer que se ajustase tan perfectamente como ella.

Y, sin embargo, al oírla gemir, pensó que le había hecho daño.

–Perdóname… debería tener más cuidado.

–No, no –la voz de Selene era un suspiro–. Me prometiste que no te guardarías nada.

Aris la acarició, vacilante cuando su rostro se convulsionó en una mezcla de éxtasis y agonía.

–No te atrevas a guardarte nada, Sarantos.

Fue ese Sarantos, ese reto… Aris se perdió dentro de ella, profundizando su embestida.

–¡Sí!

Su grito de bienvenida hizo que empujase con más fuerza, sintiéndola temblar debajo de él, oyendo sus gemidos y sus incoherentes palabras. Parecía brillar de placer, cada centímetro de su cuerpo una obra de arte que ni los poetas y artistas de la antigua Grecia hubiesen podido plasmar.

Se apartó de ella para volver a entrar con la misma fuerza y se rompió, sintiendo el impacto del orgasmo como nunca lo había sentido antes.

Selene quedó inerte debajo de él, suspirando, buscando aire. Por un momento, pensó que se había dormido y se sintió más feliz que nunca mientras estudiaba su rostro.

Podría haber estado mirándola para siempre.

Pero un segundo después, Selene le regaló una sonrisa que podría haberle hecho volar. Y luego se incorporó un poco, rozando su pecho con la gloriosa melena.

—¿Tú sabes lo que siento cuando estás dentro de mí? Me sentía vacía sin ti… no vuelvas a dejarme vacía, mi amor.

—El ansia que sentía por ti me consumía —le confesó Aris—. Tómame siempre dentro de ti, *agape mou*. No me dejes escapar.

—Sí, sí… y esta vez lo deseo todo.

Él la miró, sorprendido. Creía habérselo dado todo.

Selene se apoyó en los codos, una diosa de sensual abandono, su sonrisa tan letal como un narcótico.

—Quiero cada centímetro de lo que es mío. Eres mío y puedo hacer contigo lo que quiera, ¿no?

Aris entendió entonces lo que quería decir.

—Soy tuyo, Selene. Tuyo, *agape mou*, de nadie más.

Selene estaba en la cama, muda, mareada después de lo que Aris le había hecho, pero preparada para más. Preparada ara todo.

La repentina violencia del mar, sacudido por el viento, hacía temblar la luz de la lámpara de aceite y los faldones de la tienda. Todo parecía acorde con el poder de su sexualidad.

Aris estaba de pie, frente a ella, y la luz del sol que se colaba por las costuras de la tienda iluminaba su excitado cuerpo.

No podía creerlo. ¿Todo eso era suyo?

—Tuyo, Selene —dijo él, como si hubiera leído sus pensamientos.

Ella enterró la cara en su plano abdomen, respirando su aroma, buscando aquel miembro que parecía de acero pero era como el terciopelo.

—Date prisa, *agape mou*. Espero ansiosamente mi turno para hacerte mía, para darte placer.

Pero Selene no se dio prisa; al contrario, se tomó su tiempo. Y luego, cuando pensó que ya no le quedaba nada, Aris le demostró que no era así.

Y durante el resto de la noche siguió demostrándoselo.

Durante los días siguientes, Selene no dejaba de preguntarse si aquello era real.

Pero lo era. Su intimidad era cada día más profunda. Aris le abría su corazón, hablándole de su pasado, de sus planes de futuro. Y se sentía tan feliz que la asustaba. El destino nunca dejaba que alguien fuera tan feliz y siempre conspiraba para romper esa felicidad.

Como para validar su miedo, una tarde, mientras tomaban el sol frente a la piscina, Aris recibió una llamada de teléfono.

Y cuando la miró, en sus ojos vio algo… terrible.

Aris apartó la mirada enseguida y cortó la comunicación, pero Selene estaba segura: algo terrible había pasado.

Y luego todo ocurrió muy rápido. Iba a levantarse y, de repente, oyó un golpe seguido de un grito.

Su hijo.

Alex estaba en el suelo, gritando a pleno pulmón. Mientras ella estaba preocupada por la expresión de Aris durante la llamada de teléfono, Alex se había levantado de la toalla y había resbalado en el suelo mojado del borde de la piscina, golpeando su cabecita contra el suelo…

Un segundo después, su hijo dejó de gritar y empezó a sufrir convulsiones.

131

Capítulo Nueve

Durante la pesadilla que siguió, Selene aprendió el significado de la palabra terror. Y la importancia de tener a Aris a su lado.

Porque Aris no era sólo el padre de Alex o una pareja para ella. Siendo alguien que había creado su propio imperio partiendo de la nada, era casi inhumanamente eficiente, la mejor persona en la Tierra para tener al lado en un momento de crisis.

Y aquél era el peor momento de su vida.

Al darse cuenta de que Alex estaba sufriendo convulsiones, todo tipo de macabro escenario empezó a pasar por su cabeza, paralizándola por completo. Alex podría sufrir una conmoción cerebral, podría morir. Podrían perderlo.

Y sería culpa suya.

Pero Aris no se hundió, al contrario. A toda velocidad, tomó al niño en brazos, diciéndole que no iba a dejar que le pasara nada, que cuidaría de él.

Y lo hizo.

Unos minutos después, subían al helicóptero con Eleni y Aris lo organizó todo durante el vuelo. Cuando aterrizaron en el helipuerto del hospital, un equipo de médicos estaba esperando.

Las pruebas terminaron en menos de media hora, pero si Aris no hubiera estado a su lado, sujetándola, animándola e imbuyéndola de su fuerza, Selene se habría derrumbado.

Cuando sacaron al niño de la sala de urgencias, despierto pero desorientado, Alex levantó los bracitos hacia ella primero… pero luego buscó a su padre y enterró la carita en su pecho buscando protección.

Cada uno de los médicos tenía una teoría, pero todos coincidían en que Alex había sufrido una ligera conmoción, pero el peligro había pasado y se recuperaría en unos días sin complicaciones. Lo peor que podría pasar era que tuviese jaqueca durante unos días, aunque debía quedarse en observación durante cuarenta y ocho horas, sólo como precaución.

A pesar de eso, y de que Alex despertó horas después como si nada hubiera pasado, para Selene siguió siendo el momento más horrible de toda su vida.

Pero cuando volvieron a casa se dio cuenta de que la pesadilla no había terminado.

Al principio pensó que era por el susto, que estaba imaginando una tensión que no existía, pero ya no podía creerlo. Le habían dado una mala noticia por teléfono, una noticia que Aris no quería compartir con ella y eso la turbaba más que nada. No podía soportar que estuviera sufriendo solo, que pensara que no podía compartir sus preocupaciones con ella.

Pero algo que no podía entender impedía que le preguntase, algo enorme que parecía colgar sobre ellos, sobre su futuro. Y no quería mirarlo a los ojos por temor a que ese algo fuera real.

Después de meter a Alex en la cuna por la noche, Selene decidió que no podía esperar más. No podía irse a la cama con él en ese estado.

–El niño está bien –dijo Aris, mientras abría la nevera–. Y por enésima vez, no fue culpa tuya.

–Quiero irme a casa –dijo Selene.

Él se quedó en silencio durante lo que le pareció una eternidad.

No sabía por qué lo había dicho así, de repente. O tal vez sí. Se sentía atrapada allí y necesitaba recuperar el control, estar en su territorio al menos. Y también creía que Aris necesitaba volver a Nueva York para lidiar con ese problema del que no quería hablarle.

Lo miró, con el corazón en la garganta mientras cerraba la nevera y se acercaba a ella. Seguramente le preguntaría por qué… pero no le preguntó. Sólo dijo:

–Como tú quieras.

Nunca había habido nada que Selene hubiese querido menos.

Y se lo dijo. Le dijo que habría deseado que sus vacaciones en Creta no terminasen nunca, que le encantaría volver pronto.

Aris sonrió, asegurándole que volverían cuando ella quisiera, pero sus palabras contradecían su expresión distante. Parecía haberse cerrado por completo.

Se dijo a sí misma que pasaría, que estaba preparándose para lidiar con el problema que lo esperaba en Nueva York, que una vez solucionado volvería a ser el mismo de antes.

Tenía que creerlo.

En veinticuatro horas habían vuelto a la ciudad en la que había vivido toda su vida, pero que ya no era su hogar. Su hogar era donde se había entregado a Aris, donde se habían convertido en una familia.

Estaba a punto de entrar en el apartamento cuando su corazón se detuvo al ver el brillo agresivo en sus ojos.

Y enseguida entendió por qué.

Sus tres hermanos estaban en el pasillo, mirándolo con evidente hostilidad.

No, no podía lidiar con aquello en ese momento. ¿Qué querían? ¿Quiénes creían que eran para entrar en su vida sin pedir permiso?

Antes de que pudiera decir nada, su hermano mediano, Lysandros, dio un paso adelante.

–Ah, la familia feliz ha regresado.

Damon soltó un bufido.

–Sí, qué emocionante.

De modo que lo sabían. Selene habría preferido contárselo ella misma, pero no podía cambiar las cosas. Además, su presencia allí podría terminar siendo una bendición. Por fin, podrían contarles la verdad y olvidarse del asunto.

Selene miró a Aris para decirle con los ojos que no tenía que luchar; el niño y ella eran suyos.

Era ella quien tenía que solucionar la situación y dictar las condiciones de la relación con sus hermanos porque Aris no iba a desaparecer de su vida. Una relación, con un poco de suerte, de amistad y fraternidad.

Pero él no la miraba a los ojos y su mortificación se convirtió en sorpresa al ver su expresión. Había estado esperándolos.

Selene miró a sus hermanos, esperando una explicación, pero ellos se acercaron a Aris como una manada de lobos. Y, en ese preciso instante, Alex dejó escapar un gemido.

Todos se volvieron para mirar al niño quien, como si intuyera que ocurría algo grave, apoyó la cabecita en el torso de su padre.

Eso detuvo a sus hermanos en seco.

Aris acarició la cabecita de Alex, murmurando algo ininteligible antes de mirar a Eleni, de quien también Selene se había olvidado.

Sin decir una palabra, la niñera tomó a Alex y desapareció en el interior del apartamento.

Todos se quedaron en silencio, roto al fin por Nikolas:

—¿Te has enterado, Sarantos? —le espetó.

—Míralo, claro que lo sabe —dijo Damon—. Sus perros de presa deben haberle dado la noticia.

¿De qué estaban hablando? ¿Qué noticia era ésa?, se preguntó Selene.

—¿Qué te parece, Sarantos? ¿Te gusta que te hayan dado la patada por una vez en tu vida? Y te va a doler más que nunca. Será como te dije, el principio del fin para ti.

—Por un momento nos tuviste asustados —siguió Lysandros—. Pero te hemos ganado la partida. Ahora nosotros tenemos el contrato con la armada estadounidense y siento un gran placer al decírtelo a la cara. Estás fuera del negocio, Sarantos. Hemos contratado a los Di Giordano.

Selene parpadeó, incrédula. ¿Era cierto? Si lo era, aquélla debía ser la noticia que Aris había recibido en Creta. ¿Pero cómo lo habían hecho? Era imposible que Aris no estuviera preparado para algo así. ¿Cómo podían haberlo eliminado tan fácilmente?

—Estabas desesperado por conseguir ese contrato, ¿verdad? —siguió Damon—. Estabas decidido a conseguirlo como fuera y cuando poníamos obstáculos en tu camino, tú intentas saltarlos. Y te has infiltrado a través del eslabón más débil: Selene.

Ella miraba de unos a otros, atónita. Sus hermanos pensaban…

—Tú sabías lo de Alex desde el principio, ¿verdad? —siguió Nikolas—. Pero sólo decidiste perseguir a Selene y entrar en la familia Louvardis para que no fuéramos enemigos porque no te convenía.

El horror de lo que estaban sugiriendo la dejó muda. Acusaban a Aris de algo terrible. ¿Cómo podía convencerlos de que no era un demonio, cómo iba a decirles que tenía total confianza en él?

—Eres tú quien ha caído en la trampa —siguió Lysandros—. Pero somos gente razonable y tú eres, después de todo, el padre biológico de Alex. Así que, por nuestro sobrino, estamos dispuestos a tolerar que entres en la familia. Puede que incluso nos convenzas para que te dejemos parte del contrato.

Selene estaba furiosa, fuera de así. No iba a permitir que lo trataran con esa condescendencia. Sus hermanos tendrían que disculparse y rogar el privilegio de trabajar con Aris. Ella se encargaría de eso.

Pero Lysandros no había terminado:

—Éste es el trato, Sarantos. Si quieres el contrato, exigimos un incentivo, una hipoteca por así decir, en caso de que te vuelvas contra nosotros. Y estamos seguros de que lo harías.

—La mitad de tu fortuna —dijo Nikolas— a nombre de Selene y Alex.

—¿Queréis callaros de una maldita vez? —exclamó ella, encolerizada—. Estáis diciendo tonterías. Hacedme un favor y marchaos de aquí.

Sus hermanos permanecieron donde estaban, de modo que sólo le quedaba pedirle a Aris que se fuera porque no había nada que ganar en aquella pelea cargada de testosterona. Hablaría con ellos cuando se hubiera ido.

Pero cuando se volvió hacia Aris recibió un golpe más duro porque la miraba como si fuera el enemigo.

—¿Aceptas el trato, Sarantos? —insistió Nikolas.

Y Aris habló por fin, con los dientes apretados:

—Desde luego que no, Louvardis.

—No me sorprende —dijo Damon—. Pero te lo agradezco, casi temía que dijeras que sí.

—Entonces márchate —intervino Lysandros—. Has perdido, acéptalo como un hombre. Aunque, considerando lo bajo que has caído esta vez, dudo que lo seas.

Aris dio un paso adelante.

—Está claro que no sabéis con quien estáis tratando –les dijo, con voz helada–. Si tuvierais la inteligencia de vuestro padre habríais aceptado negociar conmigo, pero habéis tenido que jugar sucio, niñatos mimados –añadió, desdeñoso–. Ahora, dejad que un maestro os enseñe cómo se hacen las cosas. Para cuando termine con vosotros, me suplicareis que vuelva a firmar un contrato.

Selene puso una mano en su brazo.

–Aris…

Él puso la mano sobre la suya y la apartó, como si lo asqueara.

Con una última mirada, en la que claramente también le declaraba la guerra a ella, se dio la vuelta y salió del apartamento.

Y Selene supo que se iba de su vida.

La vida en la que nunca había entrado en realidad si podía marcharse tan tranquilamente.

Nikolas le pasó un brazo por los hombros.

–Siento que haya tenido que terminar así, pero cuanto antes veas que estabas con alguien que no se detendría ante nada para conseguir lo que desea, antes se te pasará.

–Sabemos que te duele –dijo Lysandros–, pero es lo mejor. Te habría dado la espalda cuando le conviniera, por eso le hemos obligado a hacerlo ahora, antes de que destrozase tu vida y la de Alex.

Damon, el hermano con el que mejor se llevaba y evidentemente quien peor lo estaba pasando, sacudió la cabeza, incrédulo.

–No sé cómo has podido creer a ese hombre…

–¡Callaos de una vez!

Selene no quería hablar con ellos ni escuchar

esas estúpidas palabras de consuelo cuando no había consuelo posible.

–Selene, es lo mejor…

–Marchaos, dejadme en paz.

Las acusaciones de sus hermanos, el silencio de Aris y que se hubiera marchado sin hablar con ella reescribían el tiempo que habían pasado juntos en Creta. Cada palabra, cada caricia tomando una macabra interpretación.

Decían que un corazón no podía romperse, pero no era verdad porque el suyo estaba hecho pedazos.

Todo era mentira.

Selene tardó dos días en recuperarse. Y lo hizo sólo para llamar a sus hermanos, que aparecieron en el apartamento uno detrás de otro, los tres mirándola con cara de preocupación.

–Quiero que hagáis algo que nunca haríais por voluntad propia –empezó a decir–. Pero si Alex y yo os importamos algo, lo haréis.

–*Theos*, Sel, sólo lo hemos hecho porque te queremos y deseamos que seas feliz.

–Es demasiado tarde para eso –replicó ella, con voz ronca–. Pero podéis ayudarme a terminar con esto para siempre. Por favor, dejad que Aris… dejad que Aristedes recupere el contrato.

Sus hermanos se miraron, incómodos.

–Si con eso fueras feliz, lo haríamos –dijo Nikolas–. Pero no podemos hacerlo.

–¿Por qué?

–Sarantos ha llevado a cabo su amenaza, nos ha quitado el contrato de las manos. Ahora él es el constructor y él decidirá a qué empresa de ingeniería naval contrata.

Damon dejó escapar un suspiro.

–No sabemos cómo lo ha hecho.

Pero Selene sí lo sabía. En los últimos días, cuando Aris parecía abrirle su corazón, ella había hecho lo propio y ahora se daba cuenta de que había usado sus confidencias contra la empresa Louvardis.

De modo que aquélla era la confirmación de que la había manipulado para llegar a su hijo.

¿Qué haría un monstruo como Aristedes para conseguir la custodia de Alex?

Aunque el niño hubiera empezado siendo un peón en su estrategia para arruinar a la familia Louvardis, Selene no tenía la menor duda de que Aris intentaría reclamarlo.

Claro que también había creído que la quería a ella, de modo que esperaba estar equivocada sobre sus sentimientos por Alex.

O tendría que luchar por su hijo contra el mismo demonio.

Al día siguiente, Selene se obligó a sí misma a ir a la oficina.

Tenía que preparar un plan en caso de que Aris decidiera pedir la custodia de Alex, pero unos minutos después de llegar, oyó que se abría la puerta.

–He intentado detenerlo, pero… –empezó a disculparse su secretaria.

Selene sintió un vacío en su interior al ver a Aris.

De modo que era cierto, pensó. No sentía nada. Ni sorpresa, ni rabia, ni dolor. Nada. Aris había matado sus sentimientos.

Él se acercó como un tigre, manteniéndola cautiva con su penetrante mirada mientras dejaba una carpeta sobre el escritorio.

–Creo que debo felicitarte por…

Pero Aris no dejó que terminara la frase. La tomó por los brazos y la levantó del sillón, apretándola contra su pecho.

Después de un momento de parálisis, Selene intentó apartarse.

–¡Suéltame! –gritó, la protesta de una víctima a punto de ser devorada.

–Nunca –replicó él, apoderándose de sus labios en un beso abrasador.

Capítulo Diez

Aris estaba besándola.

Besándola como si ella fuera el aire que le faltaba.

No, no se haría ilusiones otra vez, era ridículo. No dejaría que pisoteara su corazón de nuevo.

De modo que lo empujó, decidida a no escuchar el clamor de su cuerpo, que le urgía a rendirse, a aceptar cualquier cosa que él quisiera darle.

Por fin, Aris se apartó, mirándola como si la hubiera besado en un momento de locura.

–¿Qué piensas hacer? ¿Tomarme contra mi voluntad?

–No sería contra tu voluntad –respondió él–. Sea lo que sea lo que sientes por mí, tú deseas esto tanto como yo. Me deseas, Selene.

–Eso ya no importa. El juego ha terminado y tú has ganado. Y tendrás que contentarte con eso porque no vas a tener nada más de mí –le espetó ella–. ¿Por qué has venido? No pensarás que vamos a retomar lo que dejamos en Creta, ¿verdad?

–Estoy aquí para decirte que no me importa.

¿Sería tan cruel como para ir allí y besarla hasta volverla loca sólo para decirle después que no le importaba?

–Me da igual lo que haya pasado –siguió Aris–.

Me da igual si tus hermanos te presionaron o si tú sentías que se lo debías a la memoria de tu padre…

—¿De qué estás hablando?

—Estoy hablando de que tus hermanos me eliminaron del contrato usando información que sólo conocía yo. Hasta que te la conté a ti.

Selene lo miró, perpleja. Pero entonces lo entendió todo. Por eso era por lo que la había mirado de esa forma en Creta, cuando recibió la llamada de teléfono…

—¿Crees que yo les di la información?

Sus ojos decían que sí.

—Puede que te engañaran para que revelases información privilegiada… o tal vez sean tan listos que lo han adivinado por su cuenta.

—¿Y cuál es la versión que estás dispuesto a creer?

Aris la miró a los ojos, en silencio.

—Tú no tuviste nada que ver.

—Vaya, gracias. Qué alegría ser exonerada con una frase. Tanto como ser acusada y juzgada sin decir una sola.

—No quería creerlo, Selene —Aris se pasó una mano por el pelo, nervioso—. Lo de Alex fue terrible para mí… puede que por fuera pareciese fuerte, pero por dentro estaba pulverizado. Entonces me di cuenta de que dependía de ti, de los dos, para respirar. Pero, de repente, tú querías volver a Nueva York…

—¿Qué tiene eso que ver?

—Estaba más débil que nunca cuando tuve que

144

enfrentarme con tus hermanos y sus palabras parecían confirmar mis miedos. Admito que dejé que mis sospechas me controlasen por un momento…

–¡Por un momento! Te habían controlado hasta hace un segundo.

–Sólo he tenido que mirarte a los ojos para saber que no es verdad –dijo él–. Pero incluso cuando pensaba que tenía razón, que no me habías querido nunca, me daba igual. Seguía deseándote.

–Y se supone que yo debo alegrarme de ello, ¿no? ¡Has creído lo peor de mí, me has juzgado sin concederme el beneficio de la duda y luego cometes el mismo crimen del que me acusabas a mí! Has usado información privilegiada, información que yo te he dado, para robarle el contrato a mi familia.

–No es cierto.

–¿Cómo que no?

–Soy el mejor del negocio, Selene. Puedo conseguir cualquier cosa, todo lo que quiera… en los negocios. Pero en las relaciones personales parece que no tengo ni idea –Aris volvió a pasarse una mano por el pelo–. Me he quedado con el contrato sólo para demostrarte que puedo ganar, pero que no significa nada para mí si no te tengo a ti y a Alex.

–No nos mereces –dijo ella–. Espero que el poder sea tu cruel y frío compañero durante el resto de tu vida, Aris. Y te advierto que lucharé por Alex hasta mi último aliento. No voy a dejar que un paranoico obsesivo como tú sea su padre. Y me alegro de que sea demasiado pequeño para recordarte, me alegro de que no sepa nunca que su padre es un monstruo.

Aris levantó las manos en un gesto de súplica.

–No me hagas eso, por favor. He venido a traerte esto –le dijo, señalando la carpeta que había dejado sobre el escritorio.

–¿Qué es?

–La prueba de que incluso cuando pensaba que habías elegido a tu familia por encima de mí, yo nunca elegiría a nadie más que a ti. Esta carpeta contiene los documentos de devolución. Quiero devolverle el contrato a tus hermanos.

Selene miró la capeta y luego a él.

–Podría ser una trampa, te conozco bien. Siendo el mejor, has calculado que podrías ganar la batalla a los Louvardis, pero la guerra, ahora que es personal, escalaría a tal nivel que no podrías soportarlo. Así que has decidido que es más sensato devolvernos el contrato como gesto de buena voluntad y mantenerme a mí y Alex como seguro permanente.

–Selene, te lo suplico, no…

–¿No qué? ¿No te gusta probar tu propia medicina? ¿Qué crees que sentimos Alex y yo cuando te fuiste? Alex llora todas las noches, esperando que vuelvas, y yo no he podido decirle dónde estás porque no lo sabía. No podía decirle que volverías o que si lo hacías podría ser mucho peor para los dos. Eres el hijo de tu padre después de todo.

–No, yo no me parezco a mi padre.

–Pero eso es lo que tú siempre has creído, ¿no?

Y parece que tenías razón –insistió Selene, deseando hacerle tanto daño como le había hecho él.

–Te juro que no…

–No jures nada –lo interrumpió ella–. Siempre podrás encontrar una razón para marcharte que te parezca aceptable, estoy segura. Pero yo no puedo arriesgarme a eso otra vez, ni por mí ni por Alex. Mi hijo necesita una madre, no una masa de ansiedades y tristezas.

Aris dio un paso atrás, como si lo hubiera golpeado

–Te daré pruebas de que eso no va a pasar. Y te demostraré que estás equivocada sobre mí. No soy el hijo de mi padre, Selene. No soy un egoísta ni un canalla. No te rindas, *agape mou*. No me saques de tu corazón.

Ella apartó la mirada. No quería, no debía hacerse ilusiones.

Cuando creyó que iba a tomarla entre sus brazos de nuevo, Aris hizo un gesto con la cabeza, como si fuera una promesa solemne, y salió del despacho.

Y Selene lo miró, pensando que parecía un guerrero embarcándose en una misión llena de peligros, decidido a volver con el trofeo a costa de lo que fuera.

No volvió a saber nada de Aris en cuatro días y los demonios de la duda empezaron a susurrarle cosas terribles al oído.

¿Y si había decidido que Alex y ella no merecían

tanto esfuerzo? ¿Y si, para ahorrarse las interminables complicaciones de la intimidad, había decidió volver a su solitaria vida?

No, no podía creerlo. Pero la duda era maligna y la encontraba debilitada.

El quinto día, estaba metiendo a Alex en la cuna a la hora de la siesta cuando sonó el teléfono.

Damon empezó a hablar sin preliminares, como siempre.

–Estoy delante de tu edificio. Baja, por favor.

Y colgó antes de que ella pudiese decir nada.

Unos minutos después, Selene colocaba la sillita de seguridad de Alex en el asiento trasero antes de sentarse al lado de Damon. Le bombardeó a preguntas, pero su hermano se limitó a decir que aún no sabían lo que estaba pasando, aunque pronto lo averiguarían.

Selene no tenía la menor duda de que aquello era sobre Aris. ¿Pero qué? ¿Estaría esperándolos con la «prueba»? ¿Qué podía ser esta vez?

Media hora después, llegaban a la mansión de su familia, donde se había instalado Nikolas hasta que decidieran qué iban a hacer con ella.

Una vez dentro, Damon la llevó a la antesala del antiguo despacho de su padre, ahora de Nikolas.

–Espera aquí y no te muevas por nada, ¿de acuerdo? No sé qué va a pasar, pero sea lo que sea seguro que es interesante.

Selene extendió una mantita en el suelo para Alex y se dejo caer en el sofá. Un segundo después, aunque casi lo esperaba, dio un salto al escuchar la voz de Aris.

–¿Puedo hablar, ahora que la familia se ha reunido? –estaba diciendo, con voz cansada.

–Puedes decir lo que tengas que decir –anunció Damon–. Pero que sea corto, Sarantos. No tenemos todo el día.

–No será corto, Louvardis, así que sírvete una copa para soportarlo –Selene oyó que Aris respiraba profundamente–. Mi madre tenía diecisiete años cuando yo nací. Era una chica sin educación y se casó con el hombre que la dejó embarazada, un hombre que tenía cuatro años más que ella, un seductor sin trabajo que entraba y salía de nuestras vidas, cada vez dejando un hijo más, otra carga sobre los hombros de mi madre, antes de marcharse de nuevo. A los doce años tuve que dejar el colegio y ponerme a trabajar en lo que podía para llevar comida a mi casa. Mi padre desapareció de nuestras vidas por completo antes de que naciera mi hermana pequeña, Caliope, y yo crecí despreciando las emociones que llevaron a mi madre a destrozar su vida. Juré que jamás me dejaría guiar por el corazón, que ninguna debilidad, como veía entonces el amor y la familia, me afectarían nunca. Y pronto empecé a creer que era igual que mi padre, incapaz de sentir nada por los demás. Me apartaba de todos los que intentaban acercarse a mí y les daba lo único que creía importante: dinero e influencia.

Aris se quedó callado y Nikolas dejó escapar un suspiro.

–¿Esta lección sobre la historia de los Sarantos lleva a algún sitio?

–Muy bien, daré un salto adelante –dijo él–. Cuando vuestra familia apareció en mi vida, yo envidiaba a vuestro padre y quería impresionarlo. Pero terminé haciendo que me odiase a muerte.

–No te odiaba, Sarantos –dijo Lysandros–. Seguramente, ésa es la razón por la que nosotros sí te odiamos. Te admiraba mucho, siempre decía que deberíamos aprender de ti.

Eso era nuevo para Selene. Y también parecía serlo para Aris.

–¡*Theos!* –exclamó–. Si pensaba eso, ¿por qué…?

–No supe la repuesta hasta que leí sus diarios –lo interrumpió Nikolas–. Mi padre vio que te volvías más frío, más distante con el paso de los años. Y sentía, no sé por qué razón, que era una especie de padre adoptivo para ti y que era su deber apartarte del abismo. Y, aunque nosotros no lo imaginábamos siquiera, también sabía la atracción que Selene sentía por ti y decidió que debía convertirte en el hombre que quería para su única hija.

De modo que su padre lo había sabido siempre…

–También se daba cuenta de que tú te sentías atraído por ella –siguió Nikolas–. Aunque ni siquiera tú mismo lo supieras.

–Yo deseaba a Selene desde el primer día –les confesó Aris–. Pero pensé que Hektor no me aceptaría como yerno, que ella no me aceptaría nunca. Así que, como buen empresario que nunca apuesta por un caballo perdedor, me alejé. Y entonces ocurrió un milagro: Selene se acercó a mí. Y cuando se marchó sin decir una palabra fue muy fácil pensar que creía estar cometiendo un error. Me fui pensando que no volvería a verla nunca, pero volví para intentarlo y ella me rechazó. Y entonces descubrí que Alex era hijo mío… sí, no soy tan retorcido como creéis. Yo no sabía nada sobre Alex y, al verlo, me asusté como nunca en toda mi vida. Porque tener otra oportunidad con Selene se había convertido en algo de vida o muerte para mí. Pero Selene no quería darme otra oportunidad, de hecho me puso frente a un espejo para mostrarme lo peor de mí mismo. Y entonces ocurrió otro milagro, me dio una oportunidad y esta vez me di cuenta de que no soy tan calculador como había pensado.

–¿Estás enamorado de ella? –le preguntó Nikolas.

–A veces, el amor que siento por ella y por Alex es tan fuerte que me impide respirar. No tengo vida sin ellos –respondió Aris–. Pero el auténtico milagro era que también Selene me quería y yo no entendía qué había hecho para merecer su amor. Por eso, cuando descubrí lo del contrato, pensé que no me amaba tanto como yo a ella, que había elegido a su familia.

–¿Pensabas que ella nos había dado la información? –exclamó Damon–. ¿Y dices que la quieres?

–Fue mi propia inseguridad –contestó Aris–. Me sentía seguro hasta que el accidente de Alex me volvió loco. Y luego aparecisteis en el apartamento, intentando humillarme con vuestro triunfo y con insinuaciones que me hacían pensar que mis sospechas eran ciertas. Me volví loco, ésa es mi

151

única excusa. En cuanto me marché quise volver y suplicarle que me perdonase, que no me echara de su vida aunque su familia fuera lo primero. Pero sabía que debía demostrarle que el contrato no tenía nada que ver, así que lo recuperé para dárselo a ella y refutar así sus acusaciones.

–¿A quién crees que estás engañando, Sarantos? –le espetó Nikolas–. De modo que el contrato es importante, pero no lo bastante para ti.

–No es eso. No hay un precio para Selene y Alex... para lo que mi familia vale para mí.

–De modo que no quieres poner la mitad de tu fortuna a nombre de Selene. Ya me lo imaginaba –replicó Nikolas, desdeñoso–. Estamos hablando de más de doce mil millones, ¿no?

–La mitad de mi fortuna son veinticuatro mil millones de dólares, Louvardis. Y no, no podéis tener eso. Yo haré mi propia oferta.

El corazón de Selene se encogió. No podría soportarlo si negociaban un precio para ella...

–De haber aceptado vuestra oferta habría sido un idiota –empezó a decir Aris–. Como he dicho, para demostrar mi compromiso con Selene y Alex, yo mismo pondré las condiciones. Y son éstas.

Selene oyó que se abría un maletín y movimiento de papeles.

Por fin, Nikolas exclamó:

–¡Estás loco! No puedes decirlo en serio.

–¿Dónde está la trampa? –preguntó Damon.

–Dinos cuál es y acabemos de una vez –añadió Lysandros.

–No hay ninguna trampa –replicó Aris–. Pedir la mitad de mi imperio por Selene y Alex es un insulto. Ellos lo son todo para mí y se lo merecen todo. Y todo lo que adquiera a partir de ahora.

–Estás loco –repitió Nikolas.

–Yo no sabía que la mayoría de las acciones de la compañía Di Giordano fueran tuyas –murmuró Lysandros, con tono de admiración–. Y Prime-Tech, Futures Inc. Mi padre tenía razón, estás dispuesto a dominar el mercado global.

Damon lanzó un silbido.

–¿De verdad piensas ponerlo todo a nombre de Selene?

–Ella vale mucho más que eso. Soy suyo y le ofrezco mi vida en los términos que ella y vosotros, sus hermanos, queráis imponerme. Le daré todo si ella está dispuesta a darme una tercera y última oportunidad. Sólo me he sentido vivo de verdad durante esas semanas en Creta… y necesito que me ayudéis a conseguirlo.

En ese momento, la parálisis que se había apoderado de Selene mientras escuchaba la conversación terminó abruptamente y entró en el despacho como una tromba.

–Selene… –dijo él, sorprendido.

–Lo he oído todo.

–¿Estabas escuchando detrás de la puerta, *agape mou*?

–No, en realidad mis hermanos me han traído aquí sin decirme para qué…

En ese momento, Alex entró gateando en el despacho y se abrazó a las piernas de su padre.

Aris, con lágrimas en los ojos, se inclinó para tomar a su hijo en brazos, como si estuviera recuperando el corazón que se había caído de su pecho.

Los ojos de Selene también estaban llenos de lágrimas. Deseaba echarle los brazos al cuello y no soltarlo nunca...

Pero, de repente, Aris clavó una rodilla en el suelo, sin soltar a Alex.

—Te lo pido de nuevo, Selene: ¿quieres casarte conmigo?

—Amor mío, diré que sí a todo lo que me pidas mientras viva.

Alex miraba de uno a otro sin entender nada, gritando de alegría cuando su madre los abrazó a los dos.

Aris se levantó entonces, tirando de ella mientras la besaba en la cara, en la frente, en el cuello.

—Mi amor por Alex y por ti me ha convertido en la persona que debería ser. Pero puedes ponerme a prueba durante el tiempo que quieras.

—No tengo que hacerlo —dijo Selene—. Aunque, por lo que me has hecho pasar y por hacer que te amase tanto que me siento vacía sin ti, mereces un par de años de prueba.

—Una sentencia a cadena perpetua y más allá —murmuró él, buscando sus labios.

Un carraspeo los interrumpió y los dos se volvieron hacia los hermanos de Selene.

—Muy bien. Esto es un poco... incómodo —dijo Lysandros.

—Dímelo a mí —bromeó Damon—. Esto del amor es lo más aterrador que he visto en toda mi vida.

Nikolas asintió con la cabeza.

—Yo estoy por salir corriendo la próxima vez que vea a una chica guapa. No quiero que me pase a mí también.

Aris sonrió.

—Será mejor que empecéis a practicar lo de clavar una rodilla en el suelo porque es lo único que hará que vuestras vidas merezcan la pena.

—No creí que nuestra hermana pequeña pudiese dominar al monstruo —dijo Damon—. Y menos que pudiese ponerle una correa y llevarlo por donde quisiera.

—Lo que me preocupa es verte como cuñado cuando hasta ahora has sido nuestro peor enemigo —añadió Nikolas.

En ese momento, Apollo, que seguía viviendo en la mansión, entró en el despacho y se dirigió alegremente hacia el trío.

Damon soltó una carcajada.

—Muy bien, hasta el gato te quiere y un gato es la prueba definitiva. Si a Apollo le gustas, no puedes ser tan malo.

Nikolas y Lysandros rieron. Selene rió también, sintiendo una ola de alivio y felicidad.

A pesar de lo que había sufrido, todo había merecido la pena por estar con Aris y ver que sus hermanos, por fin, lo aceptaban.

Pero, por el momento, lo más importante era él.

Dejando a Alex y Apollo con sus hermanos, Selene tomó el «maletín del sacrificio» con una mano y a Aris con la otra para llevarlo a su antiguo dormitorio.

En cuanto entraron, lo empujó contra la puerta, buscando sus labios en un beso apasionado y él se rindió de inmediato, dejando que lo devorase.

–S'aghapo, Selene, agape mou.

–Yo también te quiero, mi amor. Te he querido siempre.

Dejando escapar un rugido posesivo, Aris la tomó por la cintura y cayeron sobre la cama, una masa de brazos y piernas.

Selene no sabía cuándo o cómo, pero los dos estaban desnudos, apretándose el uno contra el otro como si no quisieran separarse nunca.

Pero de repente, antes de que pudieran completar su unión, se levantó de un salto para tomar el maletín y romper los documentos en mil pedazos.

–¿Qué haces? –exclamó Aris–. Sólo es una copia, puedo hacer más.

–Te ordeno que no hagas ninguna –dijo Selene, mientras lo envolvía en sus brazos–. Lo único que necesito es que seas mío y que dejes que yo sea tuya.

–Lo soy, todo tuyo. Lo he sido siempre y lo seré mientras viva –respondió él, buscando sus labios–. Y ahora, sobre lo de ser mía…

DESEO

ANNA CLEARY
SOLO SI ME AMAS

En lugar de ser recibida en Australia por unos amigos de la familia, Ariadne Giorgias se había encontrado con un extraño espectacularmente atractivo, Sebastian Nikosto.

Sebastian no sabía qué esperar de la esposa impuesta por contrato. Lo que no se esperaba era a la hermosa Ariadne, ni la incendiaria atracción que chisporroteaba entre ellos.

CAT SCHIELD
SABOR A TENTACIÓN

A Harper Fontaine solo le interesaba una cosa en la vida: dirigir el imperio hotelero de su familia, y no estaba dispuesta a que Ashton Croft, el famoso cocinero, estropeara la inauguración del nuevo restaurante de su hotel de Las Vegas. Conseguir que el aventurero cocinero cumpliera con sus obligaciones ya era difícil, pero apagar la llama de la incontrolable pasión que les consumía acabó resultando imposible.

N.º 561

OLIVIA GATES
SITIO PARA DOS

Aris Sarantos era el peor enemigo de la familia de Selene Louvardis, pero eso no impedía que ella lo desease con toda su alma. O que aprovechase la oportunidad de pasar una noche con él.

Cuando Selene apareció de nuevo en su vida con un hijo nada pudo evitar que él reclamara lo que era suyo.

DESEO
DAY LECLAIRE

LA MUJER PERFECTA

Lo primero era el matrimonio… y Justice St. John tenía un plan. Usando una ecuación infalible, el brillante científico diseñó un programa para encontrar a la mujer perfecta. Pero después de una noche de pasión inesperada, descubrió que Daisy Marcellus era la mujer más inadecuada, así que volvió a empezar.

Sin embargo, su pasión tuvo consecuencias y cuando Daisy lo localizó, con la pequeña Noelle a cuestas, llenó su mundo frío y metódico de vida, color y caos. Sus negociaciones para el futuro acababan de empezar cuando Daisy descubrió que él aún seguía buscando a la esposa perfecta…

N.º 562

CREER EN EL AMOR

Gabe Moretti llevaba toda la vida intentando conseguir un collar de diamantes que era su único legado. Al reencontrarse con Kat Malloy, prima de su difunta esposa, al fin se le presentó la oportunidad de lograr su objetivo. Kat le propuso un trato de negocios: fingir un noviazgo a cambio del collar que la madre de Gabe había diseñado. Pero, una vez puesta en marcha la farsa, un beso llevó a otro y Gabe se dio cuenta de que la relación estaba yéndosele de las manos. Además, Kat tenía secretos que él quería desvelar. Para lograrlo y descubrir la verdad de su poderosa atracción, iba a verse obligado a recurrir a su familia paterna, algo que se había jurado no hacer nunca.

JAZMÍN

MARION LENNOX
EL HIJO DE LA DOCTORA

Siendo la única doctora de Bay Beach, Emily Mainwaring estaba demasiado ocupada para distracciones. Por desgracia para ella, se acercaban dos importantes: un bebé huérfano al que deseaba adoptar y Jonas Lunn, un guapísimo cirujano de Sydney cuyo interés por ella no parecía meramente profesional.

Emily tenía un dilema: si se casaba con Jonas podría adoptar al niño... Pero Jonas no parecía de los que se casaban. Además, ¿debía ella arriesgarse a enamorarse de un hombre apasionado como él que seguramente iba a desba-ratarle su organizada vida?

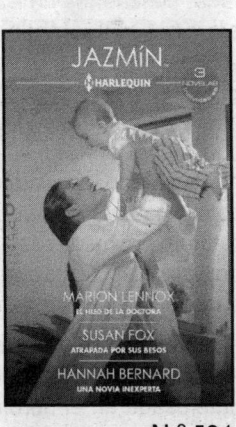

SUSAN FOX
ATRAPADA POR SUS BESOS

Tras obtener la custodia del sobrino huér-fano de Claire, Logan Pierce le pidió a esta que se casara con él para que el pequeño tuviera una verdadera familia. Logan quería además muchos más niños... y deseaba que Claire fuera la madre de todos. Pero se empeñaba en que el amor no tuviera nada que ver en todo aquello.

Claire no quería casarse con un hombre tan duro y cínico como Logan... hasta que descubrió que sus besos eran adictivos.

N.º 584

HANNAH BERNARD
UNA NOVIA INEXPERTA

Lea estaba a punto de cumplir los treinta y había sonado la alarma de su reloj biológico. Quería un marido... inmediatamente. Pero ¿cómo iba a encontrar al hombre perfecto una mujer que solo había tenido un novio?

Tom salía con muchísimas mujeres y no tenía la menor intención de sentar la cabeza. Quizá no fuera de los que se casaban, pero se le daba muy bien dar consejos, sobre todo a Lea...

BIANCA.

CHRISTINA HOLLIS

ENTRE LA OBLIGACIÓN Y EL DESEO

Para el príncipe y conocido *playboy* Lysander Kahani, las diversiones se habían acabado. Tenía que gobernar un país, además de cuidar de su sobrino huérfano.

Para ello, decidió contratar una niñera. Nada más ver a Alyssa Dene, su lado más travieso volvió a aparecer. Prevenida por su reputación, Alyssa intentó mantener las distancias, pero acabó cayendo en sus redes.

SHARON KENDRICK

JUEGO PERVERSO

Muy pocas personas se atrevían a desafiar al magnate griego Zak Constantinides. Era el dueño de un imperio hotelero y le gustaba tenerlo todo bajo control. Cuando vio que una empleada de su hotel de Londres iba detrás del dinero de su hermano, decidió tomar cartas en el asunto y trasladarla a Nueva York.

Emma tal vez tuviera más de un vergonzoso secreto, pero no estaba interesada en el hermano de Zak ni

N.º 496

en su dinero. Decidida a bajarle los humos a su arrogante y despótico jefe, aceptó el trabajo que le ofrecía…

LEE WILKINSON

TORMENTA EN EL ALMA

Zander Devereux deseó a Caris desde que entró en el despacho del bufete de abogados donde ella trabajaba. Arrogante y nada acostumbrado a las negativas, el carácter rebelde de Caris le pareció todo un reto. Y a él le encantaban los retos. Pero en mitad de su tempestuosa relación, ella se marchó.

¡YA EN TU PUNTO DE VENTA!

BIANCA™

CAITLIN CREWS

MÁS ALLÁ DEL ESCÁNDALO

Perseguida por los escándalos, atacada ferozmente por la prensa del corazón y sintiéndose muy vulnerable, Larissa Whitney decidió esconderse de los implacables paparazis en una pequeña y aislada isla. Pero tampoco iba a poder estar sola allí. Cuando menos se lo esperaba, se encontró con Jack Endicott Sutton…

Le parecía increíble estar atrapada en esa isla con un hombre con el que había tenido un apasionado romance cinco años antes, un hombre por el que aún sentía una gran atracción y que sabía que la verdad de Larissa era aún más escandalosa de la que destacaban las revistas…

N.º 497

UN REINO PARA UN JEQUE

Kiara Frederick llevaba una vida normal hasta que, tras su arrebatadora aventura con el jeque Azrin, se vio con el anillo de diamantes más grande de todo Khatan y descubrió que no solo se había convertido en princesa, sino también en propiedad pública de la noche a la mañana. Mientras Azrin se preparaba para acceder al trono, Kiara descubrió que la vida de palacio podría destruir su antes fuerte matrimonio. Pero los reyes de Khatan no se divorciaban, y las reinas de Khatan no debían siquiera planteárselo. ¿Lograría Kiara mantenerse firme ante aquel deseo tan ardiente como la arena del desierto?

¡YA EN TU PUNTO DE VENTA!

BIANCA™

La cláusula en su matrimonio de conveniencia:
«Nunca podrás enamorarte de mí».

MATRIMONIO CON CLÁUSULAS

JENNIE LUCAS

N.° 3152

Emmie no le había dicho a nadie quién era el padre de su hijo. De todos modos, ¿quién creería que la secretaria Emmie Swenson, con sus trajes pantalón de segunda mano, había pasado una noche explosiva con su multimillonario jefe griego? ¿O que Theo Katrakis le pidiese... no, que exigiera que Emmie, embarazada, se casase con él?

El deseo de Theo era que la boda se celebrase en Nueva York y luego viajar a las islas griegas. Pero durante su luna de miel, un anhelo insaciable comenzó a arder entre los recién casados.

El corazón de Theo, atormentado e irreparable, estaba rígidamente encerrado... ¿Podría ser Emmie quien lo liberase por fin?

¡YA EN TU PUNTO DE VENTA!

BIANCA™

*Reclamada por el hombre.
¿Coronada por el rey?*

SERÁ REINA

CAROL MARINELLI

N.º 3153

El futuro rey Sahir tenía que casarse porque ese era su deber, no por amor. Pero tras pasar una noche inolvidable con Violet, una hermosa desconocida, se dio cuenta de que ansiaba algo más en su vida. Los fotografiaron sin que se dieran cuenta, y se llevaron a Violet al desierto para minimizar los daños a la familia real.

Violet estaba furiosa, sobre todo por la reacción de su cuerpo al estar aislada con el único hombre que la había tocado. Su proximidad era un delicioso tormento. Ella sabía que su pasado familiar la impediría ser reina, a no ser que la profunda conexión con Sahir lo convenciera de que debía incumplir las leyes del reino.

¡YA EN TU PUNTO DE VENTA!

BIANCA™

Lo que se le negó en el pasado...
¡se le concedió en el presente!

UNA HISTORIA INACABADA

MAGGIE COX

N.º 3154

Lara Bradley sintió que se le cortaba la respiración cuando Gabriel Devenish volvió a aparecer en su vida, acompañado de un torbellino de sentimientos. El hombre que Lara tenía ante sí ya no era el objeto de sus deseos de adolescente, sino un hombre duro, distante y cruel...

Gabriel sabía que debía alejarse de Lara y demostrarle que los finales felices con él eran imposibles. Sin embargo, al tratar de probarle lo inadecuado que era para ella, se dio cuenta de lo bien que Lara le hacía sentirse, amenazando así los cimientos mismos del muro que había construido alrededor de su corazón.